La Voleuse de la Nuit

HOLLY BLACK

Traduit de l'anglais par Michel Pagel

LA VOLEUSE DE LA NUIT

DE SAXUS

Ceci est une œuvre de fiction.
Toute ressemblance avec des personnages, lieux, organisations
ou évènements existant ou ayant existé ne serait que purement fortuite.

AVERTISSEMENT DE CONTENU

AGRESSION SEXUELLE, ALCOOL, AUTOMUTILATION, BRÛLURE, DESCRIPTION EXPLICITE DE BLESSURE, DESCRIPTION EXPLICITE DE CADAVRE, DROGUE, HUMILIATION, INCENDIE, INCESTE, LANGAGE GROSSIER, MASSACRE, MEURTRES, MISOGYNIE, SANG, SÉQUESTRATION, SEXE, TORTURE, TROUBLES DE STRESS POST-TRAUMATIQUE, VIOLENCE

La Voleuse de la Nuit
par Holly Black

Thief of Night

Illustration de jaquette (relié) et de couverture (broché) :
© Sophia Cole, Bruce Amos, Partake/Shutterstock.com
Illustration de couverture (relié) : Silhouette homme © MSTMIM/AdobeStock_732075056 ;
Taches de sang © wanna/AdobeStock_688917284 ; Fumée © Nhan/AdobeStock_455006291 ;
Cadre ornements baroques © AcantStudio/Shutterstock_726661741
Illustration des pages de garde : © Mia Stendal/Shutterstock.com

Conception graphique couvertures, jaquette et pages de garde françaises :
Eilean Books

Ouvrage publié sous la direction de Maéva Rossi

100, avenue de Suffren – 75015 Paris – France
reglement_ue_rsgp@eileanbooks.com

Composition et mise en pages
PCA

Le papier intérieur de cet ouvrage est composé de fibres naturelles, renouvelables, recyclables et fabriquées à partir de bois issu de forêts plantées expressément pour la fabrication de pâte à papier.

ISBN : 978-2-37876-809-6 (broché)
ISBN : 978-2-37876-808-9 (relié)
ISBN : 978-2-37876-810-2 (e-book)

Dépôt légal : novembre 2025

1re édition
Relié : 10 9 8 7 6 5 4 3 2 1 – Broché : 10 9 8 7 6 5 4 3 2 1

Achevé d'imprimer en République tchèque par FINIDR en octobre 2025

SOMMAIRE

À toutes celles et ceux qui fêtent le Nouvel An
avec leur ombre pour seule compagnie

PROLOGUE

Passée une certaine heure, la maison devenait silencieuse. Nul ne fumait de cigares dans la bibliothèque. Nul ne hurlait au sous-sol.

Nuit après nuit, un être d'ombre dérivait à travers les murs du manoir de Salt. Il descendait de la chambre où dormait Remy – dont les dents crissaient telles les meules d'un moulin. Dépassait celle d'Adeline, qui se pressait des oreillers sur le visage afin de trouver le sommeil par l'asphyxie.

Assis sur le sol dallé du patio, il s'efforçait de ressentir le froid. Il se répétait tout ce qu'il savait. *Le fleuve le plus long du monde est le Nil. Le fleuve le plus large du monde est l'Amazone. Deux fois deux font quatre. L'infini moins un reste égal à l'infini.* Ensuite, il lui arrivait de se rendre au salon et de feuilleter les BD de Remy. Les histoires fournissaient de bonnes cachettes, mais il ne cessait de s'y chercher lui-même. Cache-cache. Était-il Batman ? Le Joker ? Quel était son nom ?

Pas Remy. Remy dormait encore.

Rouge.

Rouge comme le sang.

Une citation de *Blanche-Neige et les Sept Nains*. Une femme lui lisait des contes de fées, à l'époque. Il parvenait presque à se la rappeler – les cheveux gris, des montures de lunettes à damier noir et blanc –, mais on ne lui donnait pas toutes les pièces du puzzle.

Non, il n'était pas Remy. Il était l'ombre de Remy. Le *monstre* de Remy. Fait de bric et de broc, sa cohésion maintenue par de la salive, des tendons et de la malveillance.

Ainsi avait-il passé nuit après nuit, jusqu'au soir où, dans la bibliothèque, il avait trouvé une jeune fille allongée dans la flaque de son propre vomi. Il n'était pas très tard, les hurlements montaient encore du sous-sol, l'odeur des cigares s'attardait dans l'air…

Ne regarde pas, lui avait-il intimé.

Mais une partie de lui avait eu envie qu'elle se retourne.

1

LE HIÉROPHANTE

À Easthampton, la plupart des usines désaffectées depuis bien longtemps ressuscitaient peu à peu grâce à des promoteurs. De leurs carcasses desséchées surgissaient appartements et bureaux, écoles du cirque, brasseries hydroponiques, entrepôts pour merchandising de BD en ligne, dispensaires de marijuana, et salles d'exposition d'artisans avec plans de travail en ciment. Quelques-unes demeuraient toutefois intouchées – des squelettes de briques dominant les arbres et le fleuve, à l'intérieur obscur, encombré de clous rouillés et d'ordures.

Pas le genre d'endroit où Charlie Hall brûlait de s'aventurer, seulement armée d'un couteau, d'une lampe torche et d'un immense ressentiment, à la recherche d'une Furie dangereuse.

Son domaine était le mensonge et l'escroquerie, pas le combat.

Depuis que son éloquence lui avait valu de devenir le Hiérophante, Charlie était censée trouver et éliminer les ombres indépendantes, et on avait rapporté la présence de l'une d'elles autour des vieilles usines. Les ombres ne s'éveillaient à la conscience qu'avec l'accord des crépusculiens auxquels elles étaient attachées, et seules celles qui possédaient une conscience indépendante survivaient à la mort de leur hôte. Celles-là devenaient des Furies emplies d'une énergie de mort, acide et indisciplinée. Cela les conduisait le plus souvent à tuer des gens et à boire du sang, ce qui ternissait l'image de la magie d'ombre.

Les traquer était vraiment un boulot de merde. Pour autant que Charlie pût le dire, son seul atout était qu'à l'heure actuelle, une lune haute, ronde, éclatante illuminait les salles sinistres et emplies d'immondices qu'elle traversait.

Bien sûr, cela signifiait qu'il y avait des ombres partout.

Dont au moins une vivante et affamée.

Le souffle de Charlie formait de petits nuages dans l'air. Les seuls bruits étaient ceux d'un liquide coulant goutte à goutte près de la fenêtre, et de ses propres pas.

Quelque chose au sol lui accrocha l'œil au passage. La jeune femme tourna sa torche dans cette direction : un tas de petits os délicats. Elle recula vivement d'un pas. Un rat, devina-t-elle à la forme de la mâchoire et à quelques lambeaux de fourrure grise.

Ou plutôt, *des* rats. Un coup de son pied botté dans les ordures lui permit de découvrir d'autres os. *Beaucoup* d'autres.

D'instinct, elle se rapprocha de la fenêtre ouverte et du clair de lune. Une goutte tombée du plafond s'écrasa sur la manche de son manteau. Une autre, foncée, huileuse, la toucha à la main. Elle eut un moment d'incompréhension, quoique ayant déjà souvent vu cette substance. Ce n'était pas une fuite d'huile ni de la condensation issue d'un vieux tuyau. C'était du sang.

La lumière de la torche produisit un effet stroboscopique sur les murs quand le dos de Charlie heurta l'appui en briques de l'encadrement de fenêtre vide. Sous l'effet de la panique, tout son corps se figea, tendu.

Elle aurait dû ficher le camp d'ici. S'en aller et dire aux cabalistes qu'elle avait fouillé tout le bâtiment sans rien trouver. Son véritable talent était le mensonge. Elle aurait dû mentir.

Mais qui va arrêter la Furie sinon toi, Charlie Hall ?

Elle prit une profonde inspiration et se força à marcher vers l'escalier, tâtant chaque marche du pied avant d'y appuyer son poids. Une fois en haut, elle baissa les yeux vers son ombre à elle, le mince écheveau d'obscurité qui la reliait à une Furie encore plus terrifiante que celle qu'elle traquait. Rouge.

Pas Rouge, songea-t-elle. *Vince.* Vince qui l'avait aimée. Vince qui lui avait menti, qui s'était fait passer pour un petit ami normal – avec des secrets, certes, mais des secrets normaux, par exemple un fétichisme glauque. Alors qu'il était l'ombre d'un mort et que seule la magie du sang l'animait.

Vince qui ne se souvenait plus d'elle depuis qu'ils étaient attachés l'un à l'autre.

Qu'elle pourrait peut-être invoquer à travers leur lien, mais qu'elle doutait de pouvoir maîtriser s'il lui résistait. Cela dit, elle n'envisageait pas de le maîtriser.

Elle lui avait promis qu'il ne serait pas un outil entre ses mains, comme il l'avait été entre celles de Salt. Il ne l'avait pas crue. Pour le lui prouver, il avait clairement dit qu'il ne l'aiderait pas, sauf si elle l'y contraignait.

Elle était donc embarquée seule dans cette histoire. Encore. Une réussite caractéristique de Charlie Hall, toujours prête à se trancher la gorge pour contrarier le couteau.

La confiance se mérite, se répéta-t-elle. Comme la richesse, l'amour, la gentillesse et l'amitié. Et si, la plupart du temps, elle ne se méritait pas honnêtement, c'était encore mieux. Charlie était tricheuse par nature. Elle n'avait besoin que de déterminer le bon angle d'attaque et d'amener Rouge à lui faire confiance avant qu'il ne trouve le moyen de retourner contre elle son immense pouvoir.

Cette pensée inconfortable en tête, elle serra plus fort son couteau d'onyx et se força à monter un nouvel escalier plutôt que de s'enfuir hors du bâtiment.

Le deuxième étage était aussi couvert de saleté et de détritus que le premier. Charlie dépassa des placards enduits d'une telle couche de crasse et de poussière qu'on ne pouvait en déterminer la couleur. Plus loin, le long d'un mur, le parquet avait cédé et une brèche s'y ouvrait. La jeune femme s'en approcha avec prudence. Lorsqu'elle jeta un coup d'œil dans le vide, elle s'attendait à ce que son regard porte jusqu'au sous-sol, mais elle ne vit que du noir.

À son entrée dans la pièce suivante lui apparut la silhouette d'un homme couvert d'un manteau sale et allongé sur un sac de couchage encore plus sale. Ce dernier, elle s'en rendit compte en s'approchant, était taché d'un sang presque noir. Elle se pencha au-dessus de l'homme, que l'intensité de la torche ne dérangea nullement. Sa poitrine ne se soulevait ni ne retombait. Aucun souffle ne troublait l'air.

Le mort portait une veste camouflage et des bottes de travail crottées. Près de ses pieds reposait un sac de supermarché renfermant un pack de six Schlitz à peine entamé et une moitié de sandwich. Il avait dû s'introduire dans le bâtiment pour y dormir et découvrir que quelqu'un d'autre s'y trouvait déjà.

Le parfum de la bière répandue se mêlait désagréablement à une odeur de boucherie. Pas de décomposition, cela dit. Le sang n'avait pas eu le temps de coaguler. La mort était si récente que la jeune femme avait peut-être interrompu la Furie pendant son repas.

Une Furie qui était très proche. Peut-être encore dans cette pièce.

« Vince ? » appela-t-elle dans un souffle, mais elle ne reçut aucune réponse. Elle sentait le mince cordon de son lien avec l'ombre, mais rien de plus.

Des pas traînants sur le parquet, derrière elle, la poussèrent à se retourner, tendant à bout de bras son poignard d'onyx, bientôt suivi par le faisceau de sa torche.

Lequel illumina un rat, les yeux luisants de lumière reflétée et l'air aussi surpris que Charlie.

« Tu devrais te tirer de là », lui dit-elle en songeant à tous les petits os à l'étage inférieur.

Le rongeur huma l'air sans cesser de l'observer. Ses moustaches tressaillirent.

« Je sais, moi aussi je devrais me tirer, reprit-elle sur un ton badin. Mais je ne prends que de mauvaises décisions, je l'ai souvent prouvé. »

Le rat poussa un couinement surpris avant de s'enfuir dans le labyrinthe de débris. Charlie eut à peine le temps de se retourner avant que la Furie ne déferle sur elle, la baignant d'un noir d'encre.

Le froid envahit tout son corps quand le monstre tenta de s'insinuer au fond de sa gorge. De s'enfouir dans son torse. Elle commença à étouffer, et seuls les petits disques d'onyx qu'elle portait en pendentifs et en bracelets empêchèrent l'ombre de la broyer sur place.

Charlie donna un coup de couteau au hasard, sans la moindre technique. Dieu merci, la lame toucha quelque chose de solide. Sans savoir si elle blessait ou non son adversaire, elle frappa à nouveau, tel un animal acculé, se battant pour l'unique raison que la fuite lui était interdite.

La Furie s'écarta avec souplesse et se matérialisa sous ses yeux, seulement visible en tant que noirceur plus profonde au sein de l'obscurité, déchirure dans le tissu du monde. Sa bouche, pareille à une blessure aux bords déchiquetés, s'ouvrit toute grande, puis davantage encore.

Jamais Charlie n'aurait dû faire cette promesse à Rouge.

Elle tourna les talons et s'enfuit. Elle avait déjà affronté de petites Furies, risibles par rapport à celle-ci, gorgée de sang frais et de pouvoir brut. Comment pourrait-elle bien combattre ce monstre d'obscurité – et dans l'obscurité, rien de moins ?

À peine eut-elle fait quelques pas que la Furie se laissa tomber sur son dos. La jeune femme chancela sous ce poids improbable, tandis que des griffes d'ombre se plantaient dans son épaule.

Se jetant sur le côté, elle tenta de plaquer son agresseur contre le mur avec violence, afin de s'en débarrasser, mais il se dissipa si vite que ce fut son propre corps qui percuta les briques.

L'ombre se rematérialisa, adoptant cette fois la forme d'un homme trop grand, émacié, qui lui bouchait le passage et tendait vers elle ses doigts monstrueux.

Elle les évita de justesse par un bond de côté. Son souffle devenait saccadé. Le fond de sa gorge lui semblait aussi sec que du papier de verre.

Quand la Furie se rua de nouveau vers elle, la jeune femme se pencha, passa sous son bras et lui plongea le poignard d'onyx dans l'estomac avant de s'écarter d'une torsion. Le monstre tressaillit comme s'il voulait encore se métamorphoser, mais la lame plantée dans son ventre l'en empêchait, le forçant à rester solide.

Charlie recula, hors d'haleine, presque à court d'idées.

Rouge, appela-t-elle en son for intérieur, sans seulement savoir s'il l'entendait. *Au secours ! Je ne te force pas, mais s'il te plaît.*

La Furie avançait vers elle, à peine ralentie par le poignard qui surgissait de son flanc.

Charlie ne disposait pas d'une autre arme d'onyx. Lâchant sa lampe torche, dont le faisceau se mit à tournoyer follement sur le sol, elle empoigna une planche fendue.

L'ombre étirée l'avait de nouveau presque rejointe quand elle actionna du pouce la molette de son briquet. Le bois était vieux, à moitié vermoulu, et il avait mariné dans un liquide huileux : il s'enflamma sans difficulté.

À la vue du feu, la Furie marqua une pause.

Les flammes léchaient la planche et se propageaient vers le bas – vers la main de la jeune femme : la substance ayant permis au bois de prendre aisément accélérait aussi la combustion. Charlie sentit la chaleur lécher ses doigts, puis la brûler.

Avec un cri désespéré, elle jeta la planche vers son adversaire.

Le monstre d'ombre s'embrasa et se changea en une énorme torche au cœur de la nuit. Comme il poussait un hurlement inhumain, à mi-chemin entre le ululement d'un hibou et le vagissement d'un bébé, Charlie recula en titubant. Les flammes frôlèrent le plafond avant de brûler comme du papier flash, assez fort pour faire mal aux yeux, puis s'éteignirent d'un coup.

La jeune femme avait les doigts douloureux : elle les porta à sa bouche, tout en piétinant les dernières braises pour les éteindre. Elle remarqua alors une substance huileuse, plus foncée que les cendres, répandue sur le parquet. Les restes de la Furie.

Soudain, une autre ombre se laissa tomber de l'encadrement de fenêtre vide, atterrissant avec une souplesse féline. Charlie hurla.

Toutefois, quand l'arrivant se matérialisa, il se révéla n'être que Rouge.

Rouge.

Elle aurait voulu penser à lui en tant que Vince, mais elle en était incapable.

Grand, les épaules larges, les cheveux couleur bronze et les yeux pareils à des cratères fumants.

Les mots *Bon travail* résonnèrent dans l'esprit de la jeune femme.

« Pas grâce à toi », accusa-t-elle à haute voix, peu désireuse de lui montrer à quel point elle était secouée. Malgré cela, elle ne put s'empêcher de se plaquer les mains sur les cuisses et de se pencher en avant pour prendre plusieurs longues inspirations afin de se calmer.

« Je suis venu quand tu m'as appelé. Si tu avais besoin de moi, tu aurais dû m'appeler plus tôt. » Elle sentait le murmure de ses émotions, assez intenses et agressives pour lui parvenir à travers leur lien. « Tu peux me faire faire tout ce que tu veux, Charlie. »

Les cendres continuaient de fumer à ses pieds, et ses doigts brûlés de lui faire mal. Elle se baissa, ramassa son couteau au milieu des restes du monstre abattu, et s'en servit pour gratter un peu de la substance noire qu'elle devrait montrer à la Cabale afin de toucher sa prime. « Tu as été lent. »

Il se contenta de la fixer de ses yeux terrifiants.

Charlie plongea les mains dans ses poches et se dirigea vers la sortie du bâtiment, où l'attendait sa camionnette blanche. Elle tentait d'ignorer son épaule meurtrie, la brûlure de ses doigts, la douleur lancinante dans sa tête… et le fait que Rouge ne l'avait pas suivie. Tentait de se convaincre que la soirée se soldait par un succès.

Elle était le Hiérophante. Elle avait éliminé une redoutable Furie et avancé d'un pas supplémentaire dans le remboursement de sa dette envers les cabalistes.

Trois pâtés de maisons plus loin, Rouge la rattrapa dans l'obscurité. Ses yeux paraissaient davantage humains – plus d'orbites vides, plus de fumée. Elle songea au cadavre du deuxième étage, celui dont le sang était encore frais, la peau peut-être encore chaude.

Se demanda s'il restait à présent la moindre goutte de sang en lui.

2

LES DENTS SERRÉES

Charlie, calée dans le siège du conducteur de la camionnette, sentit l'humidité poisseuse de sa chemise sous son manteau. Du sang, là où les griffes de l'ombre s'étaient plantées dans son dos. Réalisant qu'elle saignait, la douleur jusque-là occultée par l'adrénaline l'envahit et chassa la froideur étrange éprouvée un instant plus tôt.

La jeune femme serra les dents et empoigna le volant, regrettant de ne pas être seule. Regrettant que Rouge soit là pour observer ses moindres moments de faiblesse.

Regrettant de n'être pas au moins seule dans sa tête, sans devoir se demander si l'ombre ne sentait pas la lisière de ses émotions, sinon davantage.

Toute sa vie, elle avait réussi à se cacher. Il lui était plus facile de paraître forte quand nul ne la voyait rester au lit toute la journée, trop déprimée pour se doucher. Plus facile, lorsqu'elle n'allait pas travailler, de laisser croire qu'elle avait une gueule de bois carabinée plutôt que de s'admettre incapable de quitter son canapé.

Et elle se permettait aussi plus facilement de succomber à des sanglots hystériques s'il n'y avait personne pour les observer, surtout pas une ex-Furie terrifiante. Son ombre à elle l'avait certes toujours accompagnée, mais sans trop occuper ses pensées. À présent, cette ombre-là appartenait à sa sœur Posey, et ses pensées étaient monopolisées par Rouge.

« Fais-moi voir ton épaule », dit-il, la voix pareille à de la fumée.

Avec Vince, elle avait essayé très fort de se faire passer pour normale, gentille. Elle lui avait caché les pires aspects de sa personnalité, et cela avait marché. En grande partie. Mais à Rouge, il était impossible de cacher quoi que ce soit.

Charlie ôta son manteau avec précaution, puis se pencha en avant, le front et les mains sur le volant. Ses muscles douloureux de leur rencontre brutale avec un mur de briques étaient en train de se tétaniser.

Les doigts de Rouge remontèrent sa chemise avec délicatesse. « Il y a une blessure étendue, dit-il, les mains chaudes sur sa peau. Tu vas sans doute avoir besoin de points de suture. »

Il était hors de question qu'elle aille à l'hôpital et réponde à des questions concernant une griffure infligée par une main humaine. « Pas de points. » En rentrant chez elle, elle s'arrêterait acheter une lotion antiseptique et des pansements dans un drugstore, voilà tout. Ce serait parfait. « Je pense que le moment est aussi bien choisi qu'un autre pour que tu... *tu sais...*

— Pour que je boive ton sang ? » répondit la voix douce et profonde de Rouge. Charlie se réjouissait de lui tourner le dos et de ne pas voir son visage pendant qu'ils discutaient de cela. « Je peux attendre. »

Ce processus d'alimentation, quoique déjà curieux, ne lui avait pas paru aussi étrange lorsqu'il s'agissait de son ombre véritable. Elle avait alors eu l'impression de nourrir un bébé, voire d'être une sorcière laissant son familier démoniaque téter un troisième mamelon magique.

Avec Rouge, elle avait davantage le sentiment d'autoriser un tigre à lécher une petite coupure en espérant qu'il n'y prenne pas goût.

Elle savait toutefois ce processus important pour leur relation. Le sang ne faisait pas que le nourrir. Il renforçait leur connexion, solidifiait le lien qui les unissait. Or, ironiquement, plus leur union devenait étroite, plus la laisse de l'ombre s'allongeait.

« Vas-y, dit-elle en se tournant sur son siège, la voix fragile. Sauf si tu es déjà repu. »

Rouge lui lança un regard indéchiffrable.

Puis elle sentit une langue suivre les contours de la coupure, dans son dos. Cela lui fit mal – seulement un peu –, et les poils le long de ses bras se dressèrent. Un crépitement de désir la frappa comme une décharge d'électricité statique.

Quand il pressa la bouche contre sa blessure, tous les sens de Charlie se concentrèrent sur ce point de contact. Le monde s'étrécit pour ne plus abriter que les lèvres posées sur sa peau et une langue pareille à un jet de vapeur. Frissonnante, elle serra de nouveau les dents, fort.

Lorsqu'il se retira, elle avait le vertige. Elle ferma les yeux un long moment et voulut forcer ses pensées à s'apaiser. Avant que Rouge ne commence, elle avait espéré que ses attentions la distrairaient de sa douleur ; elle se surprenait maintenant à se concentrer sur son mal de tête lancinant pour échapper au désir niché entre ses cuisses.

Voiture. Trajet. Pharmacie. Maison.

Merde.

« Si tu as terminé... », fit Charlie en s'éclaircissant la voix. Elle frissonnait et espérait que c'était à cause du froid.

« Je ne peux prendre que ce que tu m'autorises », lui rappela Rouge, dont la voix se durcit.

Il détestait être attaché à elle. Peut-être la détestait-il, elle, point final. Il ne se rappelait pas avoir accepté de travailler pour les cabalistes. Il n'avait aucune raison de croire qu'elle s'était liée à lui pour lui éviter des ennuis encore plus graves. Tout ce qu'il se rappelait, c'était Salt, Remy, le sang, puis plus rien.

Charlie Hall n'était qu'une inconnue à laquelle il était lié. Une inconnue ayant le pouvoir de lui faire accomplir des choses innommables. Qu'il lui en voulût était évident. En revanche, elle ne savait pas trop ce qu'elle pouvait y faire.

La jeune femme tourna la clef de contact, et la camionnette démarra en ronronnant. La camionnette de Vince, celle qui était emplie de flacons de détergent et de sacs en plastique pour son travail au noir consistant à nettoyer des scènes de crime. Elle se revoyait plaquée par lui contre la portière du conducteur, le nez pressé dans le creux de sa gorge, tandis qu'il glissait la main sous sa jupe.

En gagnant le Walgreens le plus proche, Charlie tenta de se concentrer sur n'importe quoi d'autre. Une fois à l'intérieur, elle ignora le regard apeuré de l'adolescent aux cheveux ébouriffés qui tenait le comptoir, et commença à jeter dans un panier sparadrap, gaze, lingettes antiseptiques, eau oxygénée, superglu et Twizzlers à la réglisse noirs.

Puisqu'on n'était qu'à quelques semaines de Noël, les rayons regorgeaient de sapins miniatures, de rennes en peluche et de paniers cadeaux contenant sauce piquante, bain moussant à la menthe et parfum bon marché, l'ensemble destiné à tenter les clients désespérés de dernière minute. Toute une étagère de téléviseurs rapportait en chœur le « massacre de la secte de Hatfield » qui dominait les informations depuis vingt-quatre heures. Charlie n'aimait pas en entendre parler :

l'église où on avait trouvé les cadavres était celle où sa mère s'était mariée pour la deuxième fois. Posey et elle se trouvaient alors sur un banc, vêtues de jolies robes et serrant entre leurs mains moites des bouquets de fleurs de carottes sauvages. Quoique nul ne fût descendu au sous-sol, où les meurtres avaient été commis, la jeune femme jugeait cette proximité déplaisante. Le reportage macabre en fond sonore renforçait l'aspect inquiétant des étranges pères Noël de jardin, pareils à des nains, tandis que Charlie se frayait un chemin dans les rayons. Les elfes posés sur les étagères lui lançaient des sourires cruels. Un bonhomme de neige lumineux lui bloquait le passage.

Charlie n'était pas prête pour d'autres célébrations. Celles de Thanksgiving avaient été assez rudes. Sa mère, bien sûr, lui avait posé des questions à propos de Vince et de... eh bien, de tout ce dont avaient parlé les journaux. Remy. Salt.

« S'il était si riche que ça, tu aurais dû lui faire payer un loyer », avait dit son beau-père, Bob, devant une dinde rôtie achetée au supermarché Stop & Shop et réchauffée au four dans la chambre de motel à séjour longue durée de sa mère.

Charlie, pour gagner un peu de temps, avait avalé une bonne rasade d'un vin en brique pas si mauvais que ça. Elle ne voulait pas parler de Vince, pas alors que Rouge, une ombre à ses pieds, écoutait tout ce qu'elle disait.

« On lui en faisait payer un, était intervenue Posey, ce qui lui avait valu la reconnaissance de sa sœur.

— Eh bien, vous auriez dû le faire payer plus. » Bob avait adressé un clin d'œil à Charlie. Il essayait de se montrer gentil, elle le savait. Tous essayaient de se montrer gentils, même par leurs questions. En tournant autour de ce qu'ils avaient vraiment envie de demander.

« Et il passe la journée avec sa famille ? » Sa mère leur avait servi à tous les quatre du champagne Korbel. Elle croyait à l'astrologie et aux médiums, mais n'aurait pas même envisagé que Vince pût renoncer à fêter Thanksgiving autour d'une table garnie de vrai cristal et d'un dîner préparé par un grand chef sur des assiettes cerclées d'or massif. Nul n'aimerait assez Charlie pour la choisir, elle, plutôt que cela.

Les garçons riches étaient différents. Toute la famille le savait, y compris Bob. Il était possible de les fréquenter, mais on avait intérêt à prendre ce qu'on pouvait tant qu'on le pouvait, car leurs promesses se dissipaient à l'instar d'une brume matinale dès qu'on commençait à les ennuyer.

Rouge ne faisait pas tout à fait partie des garçons riches en question. Mais tout de même *un peu*.

« Ouais, avec sa famille, avait menti Charlie. L'année prochaine, ce sera peut-être avec nous. »

Le regard de sa mère, alors, lui avait fait mal. Un regard de pitié. Comme si c'était elle, soudain, qui ne comprenait pas le fonctionnement du monde. Et ce de la part d'une femme qui se faisait déjà avoir par les hommes dont elle croyait les boniments avant la naissance de ses filles.

Oui, Noël allait être nul.

Charlie dépassa des anges pailletés. Elle jeta dans son panier un rouge à lèvres et une boisson énergisante avant de se diriger vers la caisse.

« Vous avez du… », dit l'employé, inquiet, en désignant son visage.

En relevant les yeux, elle aperçut son reflet distordu dans le miroir fixé en hauteur. La ligne rouge qui traversait son front se prolongeait le long d'une joue. Elle leva la main et se passa les doigts dans les cheveux : ils étaient aussi collants que du miel cristallisé au fond d'un pot. Un point situé juste au-dessus de son oreille la brûlait : encore une égratignure infligée par la Furie. Pas aussi grave que les griffures dans son dos, mais les blessures à la tête saignaient davantage.

« Merci, dit-elle au vendeur, avant de soupirer. Donnez-moi une carte à gratter pendant que vous comptez tout ça. Ma chance va bien finir par tourner. »

Les femmes de la famille Hall étaient abonnées aux coups de malchance et aux décisions fâcheuses. La régularité avec laquelle elles tombaient amoureuses des mauvaises personnes suggérait une malédiction ancestrale les condamnant aux peines de cœur, depuis une grand-mère mariée à un type tellement détestable qu'elle l'avait tué, jusqu'au petit copain précédent de Charlie, qui lui avait tiré dessus. D'après Posey, pour qu'une Hall soit folle de lui, un homme devait avoir un trou dans la tête, dans le cœur ou dans la poche – et elle gagnait sa vie en disant la bonne aventure.

Sa carte à gratter tenue d'une main, son sac de courses au bout de l'autre, Charlie quitta le drugstore en feignant de ne pas remarquer que l'ombre qui la suivait ne ressemblait en rien à celle qu'elle aurait dû projeter.

Même selon les critères des femmes de la famille Hall, elle était dans le pétrin.

3

APPRIVOISÉ

Bellamy, après avoir accepté que Charlie devienne le Hiérophante, avait expliqué ce qui allait se produire.

Ils se trouvaient dans la tour de garde abandonnée d'Holyoke, laquelle servait de forteresse à la faction des cabalistes, les masques, qui se consacraient à d'obscures théories de manipulation des ombres. Malik était là, représentant les marionnettistes, ceux qui se servaient de leur ombre pour contrôler les gens ; ainsi que Vicereine, des retailleurs, capables de changer la forme des ombres – et la nature de ceux auxquels elles étaient attachées. Bellamy, chef des masques, était là aussi, bien sûr. Trois factions représentant trois des quatre aspects de leur art. Le dernier, celui des carapaces, spécialistes de la magie d'ombre physique, n'était pas représenté.

Elle resterait Hiérophante durant cinq ans, lui avaient-ils dit. Trois si elle accomplissait un travail exceptionnel ou si quelqu'un d'autre les faisait assez chier pour mériter le poste. « Vous serez ravis de me dire adieu bien plus vite que ça, avait prédit Charlie, estimant qu'un peu de frime ne nuisait jamais.

— Ne poussez pas votre chance », avait répondu Malik.

On lui avait fourni le matériel nécessaire pour le travail, et elle avait même touché une prime pour chaque Furie. De la menue monnaie pour celles qui étaient de la taille d'un chat, mais les ombres de taille humaine lui rapporteraient sans doute assez pour qu'elle pût se permettre de démissionner du *Rapture*, à condition d'en détruire une tous les mois et demi. Bien sûr, si une Furie de taille humaine venait à terroriser le voisinage tous les mois et demi, la jeune femme se trouverait peut-être confrontée à un problème plus grave.

« Donnez-nous votre parole, avait conclu Bellamy, et nous vous donnerons la Furie. »

Charlie avait donc promis, les yeux dans les yeux, de purger sa peine pour expier ses crimes passés en traquant des ombres révoltées.

Quelques instants plus tard, ils avaient amené Vince, couvert de chaînes d'onyx. Ses yeux brûlaient comme des charbons ardents, mais elle n'avait pas eu peur de lui. Elle le croyait furieux seulement parce qu'il ne voulait pas qu'elle s'attache à lui, aux cabalistes, à tout ce bordel.

Sur le moment, elle avait cru gagner la partie. S'être montrée plus maligne que tous ces gens de pouvoir et avoir repris son amant sous leur nez. Et elle avait été certaine de gagner encore. Certaine que le marché passé avec la Cabale se révélerait pareil à une de ces ballades parlant de pacte avec le diable, où le violoneux l'emportait toujours à la fin grâce à son talent et à son intelligence.

Charlie Hall, ivre d'amour.

Vicereine, pinçant légèrement son ombre sur les bords, s'en était servie pour façonner une aiguille. Puis elle avait tendu la main vers Vince et paru lui arracher quelque chose. Il avait alors sifflé entre ses dents comme si ce contact le faisait souffrir.

Or, il était plutôt du genre à dissimuler sa douleur : cela avait *vraiment* dû lui faire mal.

« Qu'est-ce que vous foutez ? s'était insurgée Charlie. Arrêtez !

— Je le prépare pour l'attacher à vous, avait répondu Vicereine en roulant une partie de la substance prélevée, dont elle fit un fil, avant de passer le reste à Bellamy. Ce n'est pas ce que vous vouliez ?

— On n'est pas obligé de faire comme ça, avait rétorqué la jeune femme.

— Oh si, avait répondu le chef des masques, en enfermant le morceau d'ombre dans un tube de pierre. Ce que nous avons pris à votre Furie nous permettra de la retrouver si jamais elle tente de disparaître. Nous pourrons aussi utiliser cela contre elle de bien d'autres manières si c'est nécessaire.

— Que nous en disposions garantira votre sécurité, avait ajouté Malik. Rappelez-vous qu'il n'a jamais été attaché qu'à son créateur. Être lié à vous pourra le contrarier. Il pourra même en arriver à vous vouloir du mal.

— Tout le monde n'est pas comme vous, avait répliqué Charlie.

— *Personne* n'est comme moi, avait lâché Malik avec un sourire suffisant. À présent, rappelez-vous : il entendra tout ce que vous direz, même s'il ne s'est pas manifesté. En tant qu'ombre, il est toujours présent. Ne l'oubliez jamais.

— D'accord, avait dit Charlie, mal à l'aise.

— Vos émotions peuvent lui parvenir aussi, si elles sont très fortes, mais il n'aura accès à vos pensées que si vous les lui envoyez. »

Bon, c'était un soulagement. Peut-être l'expérience ne serait-elle pas aussi déplaisante qu'elle l'avait cru.

« Et les souvenirs ? s'était-elle surprise à demander.

— Il n'est pas *votre* ombre, donc vous n'entretiendrez avec lui qu'une connexion limitée. Il ne va pas évoluer pour vous ressembler davantage. Si vous lui donnez des souvenirs, il en absorbera l'énergie et en fera l'expérience sur le moment, mais ils ne deviendront pas *ses* souvenirs. »

C'était là aussi un soulagement.

Pourtant, elle ne pouvait s'empêcher de se demander si, la nuit, il serait capable de fouiller dans ses rêves.

Arrête d'être parano, s'était-elle intimée. *Vince ne ferait jamais ça.*

Bien sûr, s'il le faisait, si seulement il en était capable, elle ne le saurait pas.

Malik avait repris en faisant les cent pas, les mains derrière le dos : « Le plus important – ce que vous devez faire absolument –, c'est lui donner votre sang à intervalles régulier. Chaque jour serait l'idéal, mais une fois tous les deux ou trois jours devrait suffire. C'est le seul moyen de garder entre vous une connexion assez forte pour que vous le commandiez. »

Il s'était arrêté et l'avait regardée droit dans les yeux. « N'oubliez jamais que ce n'est pas une personne : c'est une Furie. Vous devez le *contrôler,* Charlie Hall. Faute de quoi – si nous constatons un jour que votre lien a été brisé ou que Rouge agit de manière indépendante –, vous perdrez tous les deux la chance que nous vous accordons généreusement. Et vous le perdrez, lui, à jamais.

— Ce qui veut dire quoi exactement ? avait demandé la jeune femme. Videz votre sac.

— Restons-en à ce que j'ai dit. »

Vince avait regardé Malik de ses yeux brûlants et souri. « Je serai apprivoisé pour Charlie », avait-il déclaré.

Mais Rouge ne se rappelait pas avoir fait cette promesse. Une fois attaché à elle, il était devenu muet. Dehors, tandis qu'elle gagnait sa voiture à travers la neige tourbillonnante, le croyant furieux qu'elle se soit sacrifiée, elle avait voulu l'amadouer, le tenter avec du sang frais tiré d'un de ses doigts.

Et puis il y avait eu ces premiers mots, qui résonnaient encore en elle. *Tu n'es pas Remy.* Cette voix douce mais chargée de menace. Le corps de Rouge se formant à partir de son ombre, sans une étincelle de familiarité au fond de ses yeux enflammés. Le triomphe s'était aigri dans la bouche de Charlie.

Elle repensait souvent à ce soir-là, curieuse de savoir quel morceau de Vince lui avait été retiré. Pour autant qu'elle le sût, il avait perdu plus d'un an de souvenirs. Peut-être, si elle récupérait cette portion-là de son ombre, retrouverait-elle Vince en même temps.

4

ROUGEROUGEROUGE

Charlie Hall était une énigme, et pas de celles qui plaisaient à Rouge.

Quand il était plus jeune, Remy lui avait demandé où il allait lorsqu'il était une ombre. Rouge avait tenté d'expliquer l'endroit de nulle part, ni ici ni ailleurs. Comment, lorsqu'il s'y trouvait, il voyait le monde réel mais flou, distordu, teinté d'argent. Le temps s'y écoulait différemment, comme s'il regardait un film qui se déroulait à vitesse normale pendant quelques minutes, puis passait en avance rapide, avant de retrouver l'état précédent, et ainsi de suite.

Tandis qu'il regardait depuis l'endroit de nulle part Charlie désinfecter sa blessure, le temps sembla ralentir son cours plutôt que l'accélérer. La jeune femme, agenouillée sur la banquette avant du van, regardait son épaule nue dans le rétroviseur. Garée devant chez elle, mais sans entrer.

Ses courts cheveux noirs encadraient son visage à l'ossature forte, mais mettaient aussi en relief les poches d'épuisement sous ses yeux. Même les scarabées éclatants tatoués le long de sa clavicule ne pouvaient distraire l'attention de ces cernes une fois qu'on les avait remarqués.

Et il se surprenait à tout remarquer.

Lorsqu'elle souleva son chemisier et versa de l'eau oxygénée sur sa blessure en se mordant les lèvres, Rouge fut incapable de détourner les yeux. La plus grande partie du liquide manqua sa cible et imprégna le siège du van. Le peu qui la toucha entra en effervescence comme du soda, et la jeune femme fit la grimace.

Il ne la comprenait pas.

Pourquoi ne pas lui ordonner de le faire pour elle ? Il n'aurait pas manqué de délicatesse. S'il s'était montré lent dans l'usine désaffectée, c'était faute de savoir que la Furie venait de se nourrir. Puisqu'il la croyait affaiblie, facile à vaincre, il n'avait pas imaginé que Charlie était en danger avant qu'elle ne l'appelle – et même alors, il n'avait pas réalisé à quel point.

Le moment où il l'avait vue meurtrie et ensanglantée, la Furie dressée au-dessus d'elle, le hantait.

Rouge aurait voulu que le temps s'accélère, comme autrefois, emportant ce souvenir avec lui. Au lieu de cela, il fut contraint de regarder la jeune femme recoller maladroitement sa blessure. Contraint de remarquer l'éclat de ses yeux, ses cils humides qui frottaient contre ses joues lorsqu'elle clignait des paupières, le sanglot qu'elle ravalait. Le mouvement de sa gorge tandis qu'elle buvait rapidement son Gatorade, comme si les électrolytes pouvaient compenser la perte de sang.

Pourquoi d'ailleurs s'était-elle mise dans cette position au sein de la vieille usine ? Elle avait convaincu les cabalistes de l'attacher à elle, accepté de devenir leur Hiérophante, mais *pourquoi* ? Qu'y gagnait-elle ? Rouge avait été précieux pour Salt en tant que tueur, mais il ne pensait pas qu'elle voulût de lui pour cela. Bien qu'elle fût de son propre aveu voleuse et escroc, elle semblait reculer devant le meurtre. Mais peut-être était-ce la raison pour laquelle elle avait besoin de lui ? À moins qu'elle ne le crût susceptible de se révéler utile autrement. Sans doute serait-il capable aussi de voler, et il connaissait les domiciles de divers crépusculiens dont les bibliothèques regorgeaient de raretés.

Elle lui avait dit s'être arrangée pour devenir le Hiérophante parce qu'elle l'aimait. Parce qu'elle voulait le sauver.

C'était ridicule. On craignait Rouge, on ne s'inquiétait pas pour lui. Il mettait mal à l'aise. Même Remy, qui pourtant s'intéressait davantage à lui que n'importe qui d'autre, avait éprouvé peur et malaise à son contact. Or, Charlie l'avait certes un temps fréquenté sans savoir ce qu'il était, mais elle le savait lorsqu'elle s'était attachée à lui.

Je ne t'imposerai rien que tu ne veuilles pas faire.

Tout le monde disait cela. Salt l'avait sûrement dit à Remy, au début, lorsque le jeune homme était venu vivre au manoir. Remy lui-même l'avait dit à Rouge, alors qu'il lui avait déjà fait faire beaucoup de choses. Tout ce que cela signifiait était que la personne en question n'exigerait pas immédiatement de lui des horreurs.

Il importait donc peu que Charlie le regarde avec une chaleur convaincante au fond de ses grands yeux bruns ni qu'elle donne l'impression de le considérer comme une vraie personne. Il ne la croyait pas disposée à risquer sa vie pour le sauver. Il ne croyait à rien de tout cela. Charlie Hall était une arnaqueuse et ceci était une arnaque.

5

LA MALÉDICTION FAMILIALE DES HALL

La sœur cadette de Charlie, Posey, leva les yeux des cartons qu'elle remplissait en entendant claquer la porte-moustiquaire. Les placards de la cuisine étaient tous ouverts, et la moitié de leur contenu entassé sans ordre dans les cartons en question, qui portaient des inscriptions au marqueur très aléatoires mais aussi très précises – PETITS PARAPLUIES, TASSES À THÉ, SPATULES, PINCETTES & PASSOIRES À PATES OU PRESSE-CITRONS, COUTEAUX, TIARE ET MOULIN À CAFÉ. Leur chatte, Lucifeule, se trouvait dans le carton marqué SEAU À VERS, à peine visible sinon pour l'éclat de ses yeux verts.

« Te voilà enfin, dit Posey. Tu veux commander une pizza ? »

Charlie sourit comme si elle n'avait mal nulle part. « Bien sûr.

— Je nous ai trouvé un appart, continua sa sœur. Les mecs de State Street ont rappelé. Il suffit qu'on aille signer le bail. On peut emménager la semaine prochaine.

— À Northampton ? demanda Charlie, qui se méfiait des bonnes nouvelles. Tu es sûre qu'on peut se le permettre ?

— Tu serais surprise... C'est assez bon marché. Je ne sais pas du tout pourquoi. Peut-être qu'il y a aussi eu un meurtre, là-bas. »

Dans la maison que louaient encore pour le moment les sœurs Hall, le précédent Hiérophante avait tué un dénommé Adam, et son ombre en avait utilisé le sang pour repeindre les murs du salon. *RougeRougeRouge,* en lettres de cauchemar, du sol au plafond - car c'était bien Rouge qu'il cherchait.

Charlie et Posey avaient réinvesti la maison dès que la police en avait autorisé l'accès, une fois le sang nettoyé. Toutefois, leur sens pratique impitoyable n'avait en rien soulagé le propriétaire horrifié, lequel avait reloué son bien dès que possible à un couple de Brooklyn inconscient du problème et désireux de s'installer dans la Vallée après la naissance de son deuxième enfant. Ces gens prendraient possession des lieux juste avant Noël, si bien que telle était la date où toutes - femmes, chatte, Furie - devraient en sortir.

« Alors, de combien as-tu besoin pour la caution ? » Charlie n'était pas pourrie de fric, mais on lui devait une prime pour cette Furie, et elle en avait attrapé deux avant cela - quoique petites, pas aussi impressionnantes ni lucratives. D'autre part, en cas de besoin, elle pourrait mettre au clou un ou deux objets subtilisés dans le manoir de Salt.

« Rien pour l'instant », répondit Posey.

Ce qui pouvait signifier qu'elle aurait besoin de la totalité et n'avait simplement pas envie d'annoncer la mauvaise nouvelle à sa sœur. Elle travaillait depuis plus d'un an comme tireuse de tarots sur Zoom, un travail qui n'avait jamais été terriblement profitable. En outre, depuis qu'elle était devenue crépusculienne, Posey sortait, alors qu'il lui arrivait auparavant de s'enfermer à la maison plusieurs mois de suite. Sa santé socio-émotionnelle s'améliorait, ce qui était un soulagement, mais son portefeuille en faisait les frais. Ces derniers temps, elle semblait à peine travailler.

Même si leur nouveau domicile était bon marché, Charlie doutait de gagner assez au *Rapture* pour payer régulièrement le loyer entier. Elle allait devoir attraper ou tuer bien davantage de Furies.

« Qu'est-il arrivé à ton visage ? demanda Posey, avant de renifler. Et pourquoi est-ce que tu sens le feu de camp ? »

Le regard de Charlie se posa sur l'ombre éveillée de sa cadette. Magique mais nullement *consciente*. Du moins, la jeune femme ne le croyait pas. La regarder lui donnait une impression étrange, et pas seulement parce que cette ombre avait naguère été la sienne. Il lui semblait parfois qu'elle aurait dû faire quelque chose – lui parler ? s'assurer qu'elle allait bien ? – mais elle ne savait comment s'y prendre.

Posey la nourrissait fréquemment. Charlie avait remarqué les coupures peu profondes sur ses mollets, et le paquet de lames de rasoir en acier souvent en équilibre au bord de la baignoire, tandis qu'aucun rasoir n'était en vue. Elle la voyait effectuer des recherches tard le soir, potassant de vieux livres et pratiquant sans relâche la manipulation des ombres.

On pouvait donc se demander ce que Posey faisait d'autre quand nul n'était là. Se demander si elle n'avait pas déjà essayé de se saigner davantage qu'il n'était raisonnable.

Si Salt devait servir d'exemple, le meilleur moyen de conférer *très vite* du pouvoir à une ombre était de la nourrir avec le sang de quelqu'un d'autre, et en quantité.

« Sérieux, reprit Posey, qu'est-ce qui t'est arrivé ?

— Juste le boulot », répondit Charlie, en s'approchant de l'ordinateur portable de sa sœur, sur la table de la cuisine. Elle chercha le menu de la pizzeria du bas de la rue. « Olives, poivrons et champignons ? »

Dans une fenêtre de *chat* ouverte au second plan, des internautes déploraient l'existence d'un établissement pour riches individus désireux d'éveiller leur ombre.

ChiliSceptique82 : *Des bains de glace pour les riches.*
honnete_atempspartiel : *Des pics à glace pour les riches ce serait mieux.*

« J'emmerde la Cabale, dit Posey. Ces types-là essaient de te faire tuer. »

Selon Charlie, ils ne s'y employaient pas activement, mais ils y parviendraient peut-être tout de même.

« C'est bon, dit-elle, épuisée. Ça ne sera pas éternel. »

Posey lâcha un soupir exagéré. « *Des années*. Et tu ne prends pas ça au sérieux. Alors que tu es le Hiérophante, tu ne t'es même pas fendu la langue.

— Tu n'as pas besoin de camoufler ton discours sous de la compassion, dit Charlie. C'est comme si tu faisais du trollage en direct. »

Se fendre la langue réveillait des muscles en sommeil. Apprendre à les contrôler – afin de bouger les deux moitiés en même temps – permettait censément d'atteindre ce qu'on appelait la conscience bifurquée, la capacité de maîtriser à la fois son corps et son ombre. Contrôler une ombre à l'instar d'un membre supplémentaire constituait la manière « éthique » d'être crépusculien.

Une méthode plus facile, mais moins éthique, était de jeter des fragments de soi dans son ombre. Les souvenirs, notamment, donnaient de bons résultats. Assez de fragments créaient une ombre puissante, capable d'opérer avec des instructions limitées. Et si cela finissait par générer une Furie, eh bien, n'y avait-il pas un proverbe parlant de faire une omelette sans casser des œufs ?

« Être crépusculien est extrêmement important. Je tiens à ce que tu réalises ton potentiel, c'est tout », dit Posey, rappelant à Charlie leur mère qui avait naguère cru sa fille aînée quand elle se prétendait médium, et n'avait pas voulu la voir abandonner ce rôle. La raison qu'elle donnait était la même : un gaspillage de potentiel.

« Je ne suis pas comme toi, dit fermement Charlie. Je suis une *charlatane.* J'ai été fausse magicienne, faux médium, faux fantôme – toujours faux. Une fois cette histoire terminée, c'est ce que je redeviendrai, parce que c'est ce que je sais faire.

— Et si on ne te le permet pas ? demanda Posey.

— Qu'est-ce que tu disais, tout à l'heure ? J'emmerde la Cabale », lui rappela Charlie.

L'ordinateur restait ouvert sur la table. Le *chat* en était arrivé à discuter des meurtres commis au sous-sol de l'église de Hatfield.

imposteur_chelou00 : *C'étaient tous des quêteurs non ?*

BrutenDevenir : *Pas tous je connais un crépusculien qui faisait partie de ce groupe*

ChiliSceptique82 : *Est-ce qu'un type de la cabale était pas censé parler ce soir-là ? il est mort aussi ?*

DesCullllls : *Rien sur le tiktok de rooster*

Charlie se leva. « Je vais dormir un peu.

— Attends ! On n'a pas fini de causer, dit Posey. Il faut que tu fasses quelque chose.

— Je *fais* quelque chose, dit Charlie.

— À *son* propos. » Sa sœur baissa la voix, comme si cela pouvait empêcher Rouge de l'entendre. « Imagine qu'il ne retrouve jamais la mémoire ?

— D'après Malhar, il est possible qu'elle lui revienne. » Elle parvenait à paraître calme, mais craignait que sa détresse ne se transmette le long de son lien avec Rouge. Madurai Malhar Iyer était un doctorant qui préparait une thèse sur les Furies. Il croyait un tas de choses possibles.

« Quoi qu'il dise, ajouta Posey, il pense toujours que ce que tu fais, je cite, "revient à jouer avec ta vie".

— Tu passes beaucoup de temps avec lui, en ce moment, observa Charlie. Il n'y a pas quelque chose que tu veux me dire, toi ? »

Sa sœur se posa la main sur la hanche. « Si. Que tu dois en apprendre plus sur ce que signifie être crépusculienne, parce qu'un jour, tu pourrais avoir besoin de... l'arrêter. D'arrêter Rouge. »

L'empêcher de la vider de son sang, voilà ce qui inquiétait Posey.

« Écoute... » Charlie leva la main pour s'efforcer de tuer dans l'œuf ce qui allait suivre.

« Vous êtes attachés l'un à l'autre, lui rappela sa cadette. Coincés l'un avec l'autre. Comme par un mariage, mais en plus permanent. Et c'est authentiquement un *meurtrier* ! Encore une fois, je ne dis pas que ce n'est pas un type bien, parce que je sais qu'il n'a pas eu le choix, mais...

— Ne parle pas comme ça », lui intima sèchement Charlie, qui sentait un changement dans l'atmosphère, comme une charge électrique.

Sa sœur plissa le front. « Comment ? »

Rouge apparut dans l'encadrement de la porte, avec l'air de sortir simplement de la pièce voisine, plutôt que de l'ombre.

Posey inspira sèchement, surprise.

« Comme s'il n'était pas là », répondit Charlie.

6

UNE FÊTE DE FIN D'ANNÉE

L'alarme du téléphone de Charlie l'éveilla en fin d'après-midi. Le réveil posé près du matelas, lui, clignotait inutilement, car elle ne l'avait pas remis à l'heure depuis la dernière coupure de courant. D'une main maladroite, elle trouva le téléphone qui sonnait dans la poche de son manteau. Depuis le combat de la nuit précédente contre la Furie, un éclat en forme de toile d'araignée s'épanouissait sur l'écran. La jeune femme avait manqué deux appels d'Adeline et une poignée de messages que l'appareil refusa de lui montrer, autant qu'elle pût taper sur l'icône appropriée.

Au moins un provenait sûrement de la gérante du *Rapture Bar & Lounge,* afin de lui rappeler qu'elle prenait son service ce soir-là.

Charlie entra dans la salle de bains d'une démarche raide, sentant ses mouvements tirer sur sa blessure refermée à la glu. Elle eut envie d'appeler pour se dire malade, mais on était jeudi soir, il y aurait sans doute peu de clients et, le lendemain, elle aurait peut-être encore plus mal. Telle était la douleur : épuisante.

La jeune femme passa sous la douche, laissant l'eau chaude chasser le sang qui maculait encore son dos et celui qui avait séché dans ses cheveux. Elle trouvait gênant d'être nue alors que Rouge était toujours à proximité, mais cela n'était rien à côté de toutes les autres fois où elle se sentait dénudée. Seigneur ! Qu'il était humiliant d'être observé pendant qu'on vivait sa vie. *Ne me regarde pas faire pipi !* avait-elle hurlé durant toute la première semaine ayant suivi leur rattachement. Ce qui voulait dire aussi : Ne me regarde pas pleurer. Détourne les yeux quand je bave pendant mon sommeil. Ne remarque pas tous les aspects répugnants des êtres humains. Ne remarque pas tout ce qui me rend humaine.

Charlie enfila sa brassière de sport la plus douce, espérant qu'elle ne frotterait pas trop fort sur la blessure, puis un des nouveaux tee-shirts du *Rapture,* orné du dessin de deux fouets croisés. Après avoir enfilé un jean élastique, des chaussettes épaisses et des bottes solides, elle se posta devant le miroir pour mettre du fond de teint et de l'eyeliner. Enfin, elle étala du rouge à lèvres cerise sur ses joues dans le but d'y ramener un peu de couleur. Lorsqu'elle eut terminé, quoique rien n'eût vraiment changé, elle ne paraissait plus aussi épuisée ni aussi percluse de douleurs.

Posey ayant, semblait-il, terminé la pizza, Charlie mangea des bonbons à la réglisse et but une grande quantité de mauvais café instantané en guise de petit-déjeuner. Après ce début de journée, elle gagna le *Rapture Bar & Lounge.*

La nouvelle assistante personnelle d'Odette, Rachel, perchée sur une échelle près de l'entrée, fixait des guirlandes de Noël sur le mur peint en noir, ainsi que des décorations en verre représentant bouteilles d'alcool, Père Fouettard et sucres d'orge à rayures. Pour les vacances d'hiver, Odette choisissait toujours une décoration voyante, horrifique mais théâtrale. Un petit tas de guirlandes rouges, ornées de versions fétichistes du père Noël et de ses elfes, avec bas résille et talons hauts, attendait d'être hissé à son tour.

« Première des fêtes de fin d'année, ce soir », lui lança Rachel en guise d'explication. C'était une femme pulpeuse d'à peine plus de vingt ans, extrêmement organisée, qui portait des lunettes à verres épais et des robes de pin-up façon années 1950. Même Don l'aimait bien, de la manière perplexe dont un homme séduisant apprécie une fille qui, au lieu de le draguer comme une bête à l'image de toutes les autres, se rappelle à peine son nom. Si elle éprouvait en revanche un trop grand intérêt pour le salon d'ombre de Balthazar, au sous-sol, on pouvait espérer qu'elle ait le bon sens de l'éviter.

« C'est la saison », soupira Charlie, dont les rêves de passer une soirée tranquille venaient de partir en fumée.

Les fêtes de fin d'année étaient bonnes pour les affaires mais pas géniales pour le personnel. Les invités qui ne payaient pas leurs verres laissaient peu de pourboires, surtout à présent que la plupart des gens n'avaient jamais de liquide sur eux. En outre, en ce genre d'occasions, ils se lâchaient – buvaient trop, englués dans les problèmes accumulés au bureau, et déversaient leurs émotions négatives sur quiconque avait la malchance de croiser leur chemin. Charlie détestait la saison des fêtes.

Odette, dominatrice à la retraite et propriétaire du *Rapture,* releva les yeux de la table où elle était assise en compagnie de deux amis quand Charlie traversa la salle. Ses cheveux gris étaient tirés en arrière pour former un chignon sévère, et elle portait un caftan fait d'une matière évoquant de l'argent liquide. Autour de son cou, une rangée de lourdes perles d'onyx lui fournissait un ornement bien pratique. Depuis qu'un crépusculien avait fait dévaster le *Rapture* par son ombre, Odette était beaucoup plus pointilleuse en matière de protections.

« Dites donc, ma chérie, lança-t-elle à Charlie, quand vous serez installée, vous voudrez bien nous préparer une tournée de pink squirrel avant que ce ne soit le coup de feu ?

— Ça marche », lui assura Charlie.

Don se trouvait déjà derrière le bar, à essuyer des verres. Les deux employés se connaissaient, car ils fréquentaient les mêmes cercles de restaurateurs locaux, mais n'avaient encore jamais travaillé ensemble. Lui avait passé des années au *Top Hat*, un bar plus grand et plus généraliste, aussi n'avait-il pas encore assimilé l'esprit du *Rapture*. Selon lui, mettre de la glace carbonique dans les verres était un peu imprudent, et il détestait devoir enflammer le sucre pour de bon quand un client commandait une absinthe. Malgré cela, il estimait à l'évidence que se retrouver chargé de toutes les décisions importantes et pouvoir modifier les règles qui lui déplaisaient n'était qu'une question de temps.

Raison probable pour laquelle il fit la moue lorsque Charlie rangea son sac et son manteau dans la case derrière le bar. Un peu de bourre sortait par les déchirures dans le dos du vêtement. La jeune femme fit mine de ne pas le remarquer.

« Odette aurait pu me demander ses consos », remarqua Don. Que la commande ait été passée à quelqu'un d'autre semblait lui faire l'effet d'un affront personnel.

À ses yeux, Charlie Hall, virée de tous les bars convenables de la ville et de la plupart des moins convenables, n'était sans doute pas censée avoir de l'autorité au *Rapture* ni être appréciée de leur patronne.

« Tu sais qui organise la fête ? demanda la jeune femme pour changer de sujet.

— Le concessionnaire Ford de Main Street. » Don lui lança un coup d'œil impatient, comme si elle aurait dû le savoir. Ce qui était probablement le cas.

Un employé du *Daikaiju*, le restaurant de ramen du bas de la rue, commença à apporter des plateaux en aluminium chargés de poulet *karaage*, et de les déposer avec des cannettes d'alcool gélifié Sterno sur la table pliante posée contre un mur. Des odeurs de soja, d'ail et de *mirin* firent gargouiller l'estomac de Charlie.

Tentant d'oublier sa faim, la jeune femme entreprit de mélanger crème de cacao et crème de noyaux pour les cocktails d'Odette. Tandis qu'elle versait le liquide rouge dans des coupes, un jeune homme aux cheveux hérissés, en veste matelassée argentée, entra, porteur d'un matériel de DJ.

« Tu veux qu'on prépare des trucs ? » demanda-t-elle à Don, lequel se contenta de hausser les épaules et commença à découper des citrons verts. Au *Top Hat*, les gens ne commandaient pas autant de cocktails qu'au *Rapture*, puisque l'établissement était connu pour sa vaste carte de bières, dont une vingtaine d'IPA à la pression, toutes parfumées à la banane ou vieillies en futs de whisky sous la pleine lune. Il ne savait pas ce qui l'attendait.

Charlie porta avec précaution les pink squirrel à la table basse d'Odette et de ses amis, et les y déposa avec une pile de serviettes en papier. Une drag-queen vêtue d'un survêtement Barbiecore et portant des boucles d'oreilles en forme d'araignées roses géantes, avec la perruque assortie, la salua en prenant sa boisson colorée au Pepto-Bismol.

La sono du DJ démarra dans un véritable assaut sonore, jouant le *Fairytale of New York* des Pogues assez fort pour faire sursauter tout le monde.

« Il y a un menu spécial pour ce soir ? demanda Charlie à sa patronne.

— Entièrement open bar, répondit Odette, à l'évidence ravie du budget du concessionnaire et de son envie de faire la fête. Mais, si vous voulez préparer quelques spéciaux, allez-y. Il est possible que j'aie commandé trop de Domaine de Canton.

— J'ai quelques idées. » Charlie s'approcha du tableau noir pendu au mur près du couloir - celui qui menait aux loges, ainsi qu'au bureau et salle de torture occasionnelle d'Odette. Elle commença à improviser plusieurs cocktails, à peu près sûre que le bar regorgeait de bouteilles de jus de cranberry et de liqueur de piment de la Jamaïque que nul n'avait seulement ouvertes.

Quand elle releva les yeux, elle vit Don la regarder avec fureur depuis le bar.

« Tu ne peux pas faire ça, dit-il.

— Faire quoi ? » Charlie jeta un coup d'œil au tableau. Trois cocktails spéciaux, fondés sur des commandes populaires - une margarita à la canneberge appropriée à la saison, un corpse reviver au gingembre avec le Domaine de Canton, et un negroni épicé à la liqueur de piment.

« Inventer des trucs sans les faire approuver par personne. »

La jeune femme jeta un coup d'œil à Odette qui, en pleine conversation avec ses amis, ne faisait pas attention à eux. Don n'avait aucune idée de ce qu'elles s'étaient dit, et savait encore moins si leur patronne approuvait ou non ses menus spéciaux. La personne auprès de laquelle Charlie aurait dû les faire approuver, à l'entendre, c'était lui-même.

« Tu veux ajouter quelque chose ?

— Je dis ça comme ça », marmonna-t-il avant de se remettre au travail. Sans doute s'attendait-il à une réaction plus violente, mais elle était trop épuisée et meurtrie pour se mettre en colère.

Bientôt, les vendeurs de voitures et leurs employés de bureau commencèrent à arriver. Le DJ monta le volume de sa sono pour compenser le niveau sonore plus élevé des conversations. Les fêtards portaient des tenues allant de robes du soir et costumes trois pièces à tee-shirts et jeans, avec parfois en guise d'accessoires des boucles d'oreilles ou des broches en forme de flocons de neige, de sapins de Noël... La plupart de leurs ombres n'avaient pas été modifiées et, pour ce qu'en voyait Charlie, aucune n'était éveillée. Celle d'un des plus jeunes vendeurs s'avérait plus grande et large d'épaules que lui, mais la modification restait assez subtile : il fallait y regarder à deux fois pour s'en rendre compte.

Une femme assez âgée, petite, trapue, et vêtue d'un pull rouge orné de lumières clignotantes, s'assit au bar sans attendre et commanda un double rye avec un bol de glaçons. Elle déposa un billet de vingt dollars sur le comptoir en bois. « Pour vous. Continuez à me les servir. »

Charlie admira son style.

Un homme pourvu de grandes dents d'un blanc aveuglant tapa bruyamment sur le bar. « Il me faut une demi-douzaine de margaritas à la canneberge, et vous devez vous en occuper tout de suite. C'est ma fête, je veux être satisfait.

— Bien sûr », lui dit Charlie en jetant un coup d'œil à Don pour voir s'il comptait lui apporter la moindre assistance. Il était très occupé à donner un cours sur les brasseries locales à une vieille blonde en robe verte à paillettes.

Puisque Charlie avait pris de l'avance, les margaritas ne lui demandèrent pas trop de temps : il lui suffit de saler le bord des verres et de secouer le shaker. Après le départ du client, lequel paraissait satisfait presque à regret, le bar subit un assaut en règle. La jeune femme se perdit dans la routine consistant à préparer un cocktail après l'autre et à faire disparaître dans son tablier les quelques pourboires qu'on lui laissait. Le *Rapture* se réchauffa à la chaleur d'autant d'êtres humains dans un espace trop confiné, et Charlie sentit la sueur s'accumuler sous ses bras ainsi qu'à la base de son cou. On lui commanda d'autres boissons. Des vodka soda. Des martinis extra dirty. Des Corona avec citron vert.

Sa routine fut brisée par Balthazar Blades, qui s'installa à une extrémité du bar, souriant de tout son charme discutable. « Prépare-moi un amaretto sour et mets-le sur leur compte. » Ses cheveux ondulés réunis en une queue de cheval, il bâilla comme s'il était réveillé depuis moins d'une heure. Ce qui était peut-être le cas. Le salon d'ombre qu'il dirigeait sous le *Rapture*, façon bar clandestin, était surtout fréquenté la nuit.

Charlie leva les yeux au ciel. « Sûrement pas.

— Oh, allez, insista Balthazar. Ils ne s'en rendront pas compte, de toute façon. »

Le concessionnaire en chef, sur la piste de danse, margarita à la canneberge en main, agitait le poing au rythme du *Oi To The World!* des Vandals. Charlie décida de ne pas insister et de préparer son verre à Balthazar.

« D'autre part, dit ce dernier après avoir bu une gorgée, Vicereine veut te voir aussi vite que possible. Qu'est-ce qui ne va pas avec ton téléphone ? »

L'un des messages que Charlie n'avait pas pu lire venait-il de Vicereine ? La dernière chose dont elle avait besoin, c'était de problèmes avec les cabalistes.

« J'ai pété l'écran. » Elle ne se préoccupa pas de donner des détails. « De toute façon, elle n'a pas besoin de vérifier. J'ai fait le boulot qu'elle m'a confié. »

Balthazar fit tourner ce qui restait dans son verre. « Dis-le-lui toi-même. Je ne suis pas ton coursier.

— Holà, poupée », interrompit un des commerciaux, un homme à moitié chauve, au visage rougi par la boisson et le blouson qu'il portait même à l'intérieur.

Poupée ?

« Holà, voyageur temporel », répondit Charlie.

Le vendeur paraissait désorienté. Et déjà trop imbibé. « Ton copain, là, il ne veut pas me donner un verre. »

Charlie jeta un coup d'œil à Don qui s'employait à ignorer la situation. Balthazar termina son amaretto sour, se leva et lui lança un regard compatissant avant de l'abandonner.

« Et vous trouvez que j'ai l'air plus souple ?

— Souple ? Je ne sais pas... mais j'aimerais bien le découvrir. » L'homme se pencha plus près et referma sur son poignet des doigts humides. Elle recula, regrettant d'avoir employé cette expression.

Il ne lâcha pas prise, et son sourire se fit moins amical.

« Lâchez-moi », ordonna-t-elle.

Il lui serra le poignet avec force. « Tu vas me servir un verre, hein ?

— LÂCHEZ-MOI », cria Charlie. Merde aux fêtes de fin d'année, au père Noël et à tous ses elfes. Merde au contrat social. Et merde à ce con.

D'un coup, son poignet se retrouva libre et son agresseur effondré par terre. Rouge se tenait au-dessus de lui, semblant sorti de nulle part, ce qui était plus ou moins le cas.

Il se pencha et prit entre ses mains la tête de l'homme. « Ne la touche pas, gronda-t-il. Plus jamais. »

Charlie ouvrait de grands yeux, trop surprise pour parler.

L'instant d'après, deux vendeurs de voitures empoignaient Rouge par les bras, tentant de l'arracher à leur collègue. Charlie sentit la colère de la Furie l'atteindre à travers leur lien, comme une gifle brûlante. Il pouvait tuer cet homme. Il pouvait le tuer et n'en éprouver absolument aucun remords.

La jeune femme bondit sur le bar et se laissa glisser de l'autre côté, bousculant quelques serviettes en papier qui se retrouvèrent par terre.

Plusieurs personnes avaient sorti leur téléphone portable pour filmer la scène.

« Arrête, dit Charlie à Rouge, en appuyant la main contre son large dos, bien matériel.

— Comment est-il entré, lui ? » interrogea une femme en robe verte pailletée et bandeau à cornes de renne. Celle à qui Don avait fait un cours sur la bière. « Je suis la DAF de Hampshire Ford. Cette fête est strictement réservée à notre entreprise. »

D'un coup, Rouge lâcha l'homme, tourna la pleine force de son attention vers la nouvelle venue, et une autorité surprenante s'immisça dans sa voix. « Alors, si je n'étais pas là, vous le laisseriez faire tout ce qu'il voudrait ? Je comprends pourquoi vous aimeriez que je m'en aille. »

L'expression de la femme se modifia, comme si elle n'était plus certaine de tenir à prolonger cette conversation. « Rangez vos téléphones ! » aboya-t-elle à l'attention de la foule.

L'homme au crâne dégarni se remit sur ses pieds en titubant, la main sur la gorge.

« Tout va bien, Fred ? demanda la DAF. Allons nous asseoir.

— Je veux porter plainte, balbutia-t-il, furieux, avant de se tourner vers Charlie. Vous entendrez parler de moi. Où est votre gérant ? Elaine, contactez notre département juridique. »

Odette se dirigeait vers eux. Son caftan d'argent liquide flottait autour d'elle. Elle n'allait pas être contente.

L'expression de Rouge se fit sinistre. Le vendeur sembla se dégonfler au sens propre lorsqu'il vit son visage, ses yeux qui semblaient brûler dans l'obscurité, aussi rougeoyants que des braises.

« Quels yeux ! chuchota-t-il.

— *Vince,* siffla Charlie avant de réaliser avec une pointe d'horreur qu'il risquait de ne pas réagir à ce nom. *Rouge.* »

L'interpellé se tourna vers elle, puis ferma les paupières un long moment, cherchant peut-être à se maîtriser. Pourquoi la défendait-il maintenant, après l'avoir abandonnée dans l'usine désaffectée ? Ce type ne représentait pourtant pas une menace bien grave.

« Il faut que tu sortes d'ici », lui dit-elle.

À l'autre bout du bar, Don arborait un sourire méchant, comme s'il se réjouissait d'avance du savon qu'Odette allait passer à Charlie.

La DAF, à tout le moins, emmenait son compagnon – Fred – à l'écart, vers une table où étaient installés d'autres vendeurs de voitures à l'air inquiet.

Quand Rouge ouvrit les yeux, ce n'étaient plus des trous noirs, mais ses yeux humains, gris pâle, reflétant la lumière.

Alors Fred se retourna. Peut-être ne supportait-il pas l'idée que ses collègues considèrent qu'il avait perdu une bataille. Ou bien était-il trop soûl pour avoir peur. Quelle qu'en fût la raison, il prit une profonde inspiration, serra le poing et courut vers Rouge, le bras levé.

Le coup traversa l'ombre. Puis l'assaillant tout entier, emporté par son élan, la traversa à son tour.

Droit sur Charlie, dont il percuta le visage de plein fouet.

7

LE JOURNALISTE

Dans l'arrière-salle, Charlie posa sur sa joue meurtrie de la glace enveloppée dans une serviette du bar. Tout faisait mal.

Le DJ avait mis *Merry Christmas (I Don't Want To Fight Tonight)* de Ramones – en guise de commentaire ? –, dont le rythme vibrait dans les murs. Si elle n'avait pas eu aussi mal, la jeune femme aurait sans doute éclaté de rire.

Odette lui tendit un whisky sans glace. Peut-être estimait-elle que, puisqu'elle en avait sur le visage, elle n'en avait pas besoin dans son verre. « J'ai horreur de ces fêtes-là. Vous voulez que j'appelle quelqu'un ? Un représentant de la loi ? »

Charlie prit le whisky en souriant et le vida d'un trait. « Non, non, ils voudraient savoir où est passé Vince. » Elle aimait beaucoup sa patronne, en particulier son absence d'égards pour les clients désagréables avec le personnel.

« Votre petit copain n'est pas resté ? C'est très con », dit la drag-queen amie d'Odette, dont le nom se révéla être Hantise Hystérie Pailletti.

Charlie baissa les yeux sur son ombre. « Qu'il soit là ne servirait à rien. »

Hantise eut un haussement de sourcils disant clairement que, selon elle, ce n'était pas la question.

« Reposez-vous un moment, continua Odette. Allongez-vous sur le canapé, je viendrai prendre de vos nouvelles dans une heure. Don s'en tirera tout seul. »

Don serait sûrement enchanté de s'en tirer tout seul.

Hantise se leva. « Et si vous avez la nausée, si vous voyez double ou quoi que ce soit de ce genre-là, allez aux urgences. Les blessures à la tête sont méchantes. J'ai connu une fille qui se l'est cognée sur scène et qui en est morte.

— On n'avait pas forcément besoin de lui dire ça, chérie, remarqua Odette.

— Je vais bien », marmonna Charlie avant de se pencher en arrière et de fermer les yeux. Son corps était encore douloureux du combat contre la Furie, la veille au soir. Peut-être aurait-elle dû remercier Fred de l'avoir frappée. À tout le moins, cela lui donnait une excuse pour s'allonger.

Elle ne savait pas trop combien de temps s'était écoulé quand elle fut réveillée par la sonnerie de son téléphone. Le cherchant d'une main maladroite, elle répondit sans réfléchir et se coupa le bout de l'index en le faisant glisser sur l'écran brisé.

« C'est bien Charlotte Hall ? » Une voix inconnue.

« Charlie, corrigea-t-elle, encore vaseuse, tout en fourrant son doigt blessé dans sa bouche. Je ne veux rien acheter.

— Je vous appelle de la part de *Vulture*, une rubrique du magazine *New York*, vous connaissez ? Je voudrais vous parler d'Edmund Carver. J'ai cru comprendre que vous êtes amis ?

— Non, dit-elle, en se réveillant tout à fait. Attendez. Quoi ?

— Je sais que vous ne voudrez rien révéler que votre ami désire cacher, et je sais aussi que vous avez dû en baver, mais je vous promets que cette conversation restera confidentielle, sauf avis contraire de votre part.

— Je ne comprends pas », avoua Charlie en s'asseyant. La pièce s'inclina aussitôt de manière alarmante. Un instant, la jeune femme fut obligée de fermer les yeux. Qu'avait dit Hantise à propos des blessures à la tête ? « Où avez-vous eu ce numéro ?

— Quelqu'un va écrire l'histoire de Carver, répondit le journaliste. Et, à *Vulture,* on aime faire les choses correctement. »

Je veux vous parler d'Edmund Carver. J'ai cru comprendre que vous êtes amis ?

Pas *étiez* amis.

Adeline avait confié à Charlie que son avocat travaillait à faire déclarer Edmund « Remy » Vincent Carver « non mort ». Elle avait déjà annoncé aux médias qu'il avait été emprisonné au sous-sol du manoir de Salt. Selon elle, telle que citée dans le *Hampshire Gazette,* « Ceux qui se sont aventurés dans les profondeurs de la maison après la mort de Salt ont découvert non seulement des prisons, mais le propre fils du milliardaire, appelant à l'aide. »

C'était une très bonne histoire. Dans un monde meilleur, elle aurait même pu être vraie.

Rouge sera très riche, avait déclaré Adeline, quand elle croyait encore que ce serait à elle qu'on l'attacherait. *Il pourra reprendre la vie d'Edmund là où elle s'est arrêtée.*

Soudain, Charlie avait une très bonne idée de la manière dont le journaliste avait eu son numéro.

« Alors, demanda-t-elle. Vous connaissez bien Adeline ? »

Il y eut une longue pause. « Vous m'avez eu, dit enfin son correspondant. J'ai fait mes études avec un copain d'Addy, raison pour laquelle elle sait que je traiterai l'histoire de son cousin avec respect. Selon elle, vous direz à Remy qu'il peut me parler sans crainte. Depuis que la nouvelle est sortie, il reste muet. Aucun communiqué. Aucune interview. Il ne pourra pas faire ça éternellement.

— Adeline est sa tante, pas sa cousine. Il est son neveu. » Charlie espérait vraiment que ce détail figurerait dans l'article.

Il y eut une autre pause, puis le journaliste décida de changer de tactique. « D'autres médias vont vous appeler. L'histoire de Remy ne restera pas toujours un bref paragraphe d'un article consacré aux crimes de Lionel. Il s'agit d'une nouvelle d'intérêt national. Et, bon, je ne veux pas vous décourager de parler à qui que ce soit, mais il y a des gens sans scrupules dans ce métier.

— Des gens sans scrupules, hein ? » répéta Charlie, dont les pensées tournaient à toute vitesse.

Le journaliste eut un rire appréciateur, comme si l'allusion ne le dérangeait pas. « C'est une excellente histoire, dit-il. Un type riche comme Crésus enferme son petit-fils, séduisant homme du monde, pendant plus d'un an, pendant qu'il cherche à le faire accuser de meurtre. J'ai cru comprendre qu'il y avait aussi une histoire de drogue. Les nouvelles du soir vont adorer ça. Celles du matin aussi, surtout s'il est d'accord pour pleurer. Il pourrait écrire un livre. »

Le journaliste avait raison, le public se passionnait toujours pour les riches, et que l'un d'eux soit mêlé à une affaire aussi glauque était palpitant. Les souffrances du jeune et beau Remy Carver feraient pleurer dans les chaumières.

Dommage que le jeune et beau Remy Carver soit bel et bien mort.

« Je lui dirai que vous avez appelé, assura Charlie d'une voix vacillante, songeant aux projecteurs qui allaient se braquer sur Rouge.

— On pourrait aussi causer – vous et moi, dit le journaliste. Rien de trop personnel. Rien qui doive être imprimé. Seulement quelques détails de fond. Sa mère est morte d'une overdose, c'est bien ça ? Ç'a dû être dur. Étant sa petite amie...

— S'il a envie de vous parler, il vous le dira », conclut la jeune femme.

L'autre commença une nouvelle phrase, mais elle raccrocha. Puis appela Adeline.

« Charlie Hall, fit cette dernière de sa voix douce et cultivée, avec un soupçon d'intonations de fillette. Enfin. Il faut que je vous voie. Et Rouge.

— Je ne sais pas. Il est peut-être trop occupé à donner une conférence de presse. Combien de journalistes avez-vous contactés ?

— Je voulais vous motiver pour me rappeler, dit Adeline, comme si sa réaction avait été parfaitement logique. Je pourrais vous payer votre temps, vous savez. »

Elle avait hérité une grande partie de la fortune de Salt. La somme avait été imprimée dans le journal – un chiffre étourdissant, aux environs de 400 millions de dollars. Elle pouvait certes se permettre de corrompre une femme qui, à l'heure qu'il était, ne disposait pas même d'un véhicule en état de marche immatriculé légalement.

« Je ne veux pas de votre argent », dit Charlie.

Adeline eut un petit rire, comme s'il s'agissait d'un mensonge évident. « Rouge doit préparer son retour dans le monde, et Trevor serait un bon premier intervieweur. C'est un ami. Il se montrerait patient. Bien sûr, on s'entraînera avant. On en parlera davantage quand vous l'emmènerez à la maison samedi prochain.

— Si vous voulez le voir, vous savez où j'habite. » Après tout, quelques semaines après la mort de Salt, Adeline lui avait envoyé assez de vêtements de Remy, tous ridiculement beaux et chers, pour emplir deux placards.

« Mais comment saurais-je quand il sera à la maison ? fit Adeline, jouant l'innocence. Les cabalistes et vous l'occupez tellement. Les gens s'inquiètent à son sujet. J'ai eu des nouvelles de plusieurs de ses amis étudiants. Tout le monde veut lui rendre visite. Il va falloir mettre au point une espèce de calendrier social.

— Ses amis ? répéta Charlie, ne sachant trop comment interpréter cela.

— Ce week-end semble être une bonne date, vous ne croyez pas ? À moins que vous n'ayez autre chose de prévu. »

Charlie songea aux photos de Remy Carver qu'elle avait vues en ligne, datant de l'époque où il habitait New York. Remy à des bals de charité, en smoking, une coupe de champagne à la main. Adeline toujours à proximité. Remy entouré de jeunes femmes riches aux mèches colorées, aux sourcils épilés et aux robes du soir étincelantes. De jeunes hommes en chemise à col ouvert mais amidonné, avec des montres en or et, sur les joues, un duvet de star de cinéma.

Rouge serait-il capable de se comporter comme cette personne ? D'*être* cette personne ? Remy et lui étaient après tout faits des mêmes souvenirs, du même sang et du même traumatisme.

Bon… *en grande partie* du même sang.

« J'ai du travail, répondit Charlie. Choisissez un autre week-end. »

Adeline eut un nouveau rire cristallin. « Oh, on va sûrement pouvoir trouver quelque chose.

— On verra. » La tête de Charlie palpitait à nouveau. Elle n'aurait pas dû répondre au téléphone la première fois – et elle n'aurait certes pas dû appeler Adeline. Elle n'était pas en état de livrer une joute mentale contre quiconque.

À présent qu'elle obtenait ce qu'elle voulait, la jeune tante de Remy se montrait presque sympathique. « Je vous enverrai une heure par message pour samedi.

— Mon téléphone est cassé, dit Charlie. Je ne reçois pas les messages.

— Votre vie est bourrée de vicissitudes, fit son interlocutrice sur un ton léger. Venez donc à onze heures pour un brunch, alors.

— Au manoir ? » L'idée de retourner là-bas lui donnait le frisson.

« Bien sûr, au manoir. » Adeline se faisait impatiente. « Où voulez-vous que ce soit ? »

Un instant, Charlie envisagea de raccrocher et de se rallonger. Ou de refuser platement l'invitation. Mais il semblait que Rouge fût sur le point de devenir Remy Carver, officiellement vivant, officiellement riche – et ce ne serait pas elle qui le retiendrait.

« Ne donnez mon numéro à personne d'autre, intima-t-elle d'une voix dure. S'il est trop tard, dites aux gens concernés de l'oublier.

— Ne soyez pas…

— Et si vous voulez que je serve de chauffeur à Vince, cessez de me menacer et d'essayer de me contraindre ou de m'acheter. C'est compris ?

— C'est vous la menace, Charlie Hall. Remy était un frère pour moi, et Rouge est une partie de lui. Il n'est pas juste que vous nous empêchiez de nous voir. »

Charlie se rappela une photo de paparazzi, en ligne, qui semblait surprendre Adeline et Remy au beau milieu d'un acte intime sur un yacht – et suggérait qu'ils ne se considéraient pas tellement comme frère et sœur, bien qu'ils aient grandi ensemble chez Salt. « Je n'empêche rien du tout. Vous n'avez qu'à mettre au point vos projets avec lui. »

Il y eut un long silence à l'autre bout de la ligne. Avec tout l'argent qu'elle possédait, Adeline devait juger insupportable de ne pouvoir contrôler certaines choses.

« Très bien, dit-elle enfin. Passez-le-moi.

— Désolée, fit Charlie d'une voix douce, consciente de se montrer déraisonnable, mais n'arrêtant pas pour autant. Il n'est pas là pour le moment. » Puis elle raccrocha.

Ses mains tremblaient et sa tête l'élançait. Elle était quasi certaine d'avoir mal géré ces deux coups de téléphone. Cette impression s'intensifia lorsqu'elle se tourna pour voir Rouge assis sur une chaise près de la cafetière, les mains pas entièrement solides, de l'ombre s'échappant de lui à l'instar d'une brume légère. Était-il furieux ? Charlie ne parvenait pas à le déterminer.

Elle prit une longue inspiration, puis se força à parler. « Adeline veut qu'on aille chez elle samedi, mais je suppose que tu as entendu.

— Oui, dit-il.

— Il semble que tu sois officiellement vivant. Donc, euh… félicitations ? »

Son regard se tourna vers elle, empli de braises.

Charlie eut un rire forcé au point d'en être gênant. Elle détestait qu'il lui fasse peur, mais c'était alors le cas.

« Je ne suis pas Remy Carver, dit Rouge, la voix aussi creuse qu'un tunnel empli d'écho. Elle n'aurait pas dû le faire revenir d'entre les morts. »

8

FROUSSARDS

Quand Charlie sortit de l'arrière-salle d'un pas mal assuré, la réception de fin d'année du concessionnaire s'était apaisée. La plupart des boissons préparées en amont avaient disparu, et Don ne semblait qu'à peine pris d'assaut derrière le comptoir.

« Vous devriez rentrer chez vous, ma chérie. » Odette s'était postée à un bout du bar, près de la femme taciturne qui buvait du rye. Un nouveau pink squirrel coloré au Pepto-Bismol était posé devant elle.

« Ouais, je maîtrise la situation », intervint Don.

Cela faillit pousser Charlie à rester pour le contrarier, mais elle ne ferait ainsi de mal qu'à elle-même. Et elle avait déjà assez mal partout. « À demain, alors.

— Mettez-vous un steak sur l'œil », lui lança Odette alors qu'elle s'éloignait.

Comme la jeune femme se frayait un chemin entre les clients, jetant un regard noir à quiconque regardait dans sa direction, elle remarqua la vitesse à laquelle les gens se détournaient. Une fois au volant, elle s'inspecta dans le rétroviseur. La peau autour de son œil gauche était sans conteste gonflée et violacée.

« Tu devrais me laisser conduire », dit Rouge, ce qui la fit sursauter. Elle n'avait pas remarqué qu'il se formait à partir des ombres sur le siège du passager.

« Merde ! » Elle appuya la tête contre le dossier de son siège. « Tu m'as fait peur. »

Il la regardait, impassible.

« Ça va, assura-t-elle au bout d'un moment.

— Tu es une menteuse. » Quelques mèches de cheveux d'or filé tombaient devant les yeux de l'ombre. Charlie avait peine à croire qu'à une époque, elle les aurait chassées de la main sans même y penser.

Malgré son affolement général et la douleur dans sa joue, elle se força à sourire. « Oui, c'est vrai, mais ça ne veut pas dire que je vais mal.

— Charlie… » Rouge avait prononcé le prénom en un soupir qu'on aurait presque pu considérer comme affectueux.

« D'accord », soupira-t-elle en descendant du véhicule pour qu'ils changent de place. Il se coula du côté conducteur, sans même faire mine d'être humain. Quand elle fut remontée près de lui, elle fronça les sourcils. « Alors, tu vas me dire pourquoi tu t'es attaqué à ce vendeur de bagnoles ? »

Il quitta le parking et suivit Cottage Street, longeant le lac Nashawannuck en silence. « Je ne sais pas pourquoi j'ai fait ça », admit-il enfin.

Elle n'était pas sûre de ce qu'elle devait en déduire. « Eh bien, merci de m'avoir défendue, dit-elle. Ne recommence pas. »

Rouge hocha la tête, le front plissé.

« Sauf bien sûr si tu *voulais* que je prenne un coup de poing. » Elle savait qu'elle aurait dû se taire. Son entretien avec Adeline l'avait mise dans tous ses états.

Il lui lança un regard étrange, haussant un sourcil. « Et dans ce cas ? »

Elle ne put s'empêcher de sourire. « Dans ce cas, la prochaine fois, attaque-moi directement, espèce de froussard. »

Il éclata de rire, à l'évidence surpris par sa propre réaction. Charlie eut l'impression qu'il n'avait pas ri souvent tandis qu'il grandissait chez Lionel Salt.

Après avoir fait cuire des nouilles, elle prit une nouvelle douche puis se dirigea vers le lit, enveloppée d'une serviette bleue usée. Sa chambre à coucher était un désastre. La moitié de ses vêtements propres s'entassait dans des cartons posés sur la commode, tandis que son linge sale, en grande partie éparpillé, lui rappelait qu'elle avait beaucoup d'autres cartons à remplir. Pourvu que l'appartement de State Street leur soit bel et bien attribué.

En changeant de position, elle constata que sa serviette était tachée de sang. De toute évidence, la colle de sa blessure n'avait pas tenu toute la soirée. Rouge avait peut-être raison : elle aurait dû se faire poser des points de suture. Peut-être était-ce encore possible, mais il était tard et elle n'avait aucune envie de passer des heures aux urgences pour se retrouver encore plus endettée. La franchise de son assurance était élevée, et elle n'avait pas encore attrapé assez de Furies depuis qu'elle était le Hiérophante pour que ses primes l'aient suffisamment enrichie.

Elle comptait prendre deux aspirines, mâcher une gomme au cannabis, et attendre de voir à quel point elle aurait encore mal le lendemain matin, à quel point son œil aurait gonflé. Qu'elle dût se contraindre à chercher des sous-vêtements et un tee-shirt propres n'était cependant pas bon signe.

Un instant, l'air lui parut chargé d'électricité statique, une sensation assez familière pour qu'elle sache ce qu'elle signifiait. Elle tourna la tête : Rouge la contemplait de ses yeux brûlants.

Charlie chassa ses cheveux mouillés de son visage, refusant de le laisser voir qu'il la mettait très mal à l'aise. « Lance-moi un tee-shirt pour dormir. »

Il ne pouvait pas lui nuire. C'était elle qui commandait. N'était-ce pas ce qu'il disait toujours – qu'elle avait du pouvoir sur lui ? Elle n'avait aucune raison d'avoir peur.

Rouge ouvrit la commode et en sortit un tee-shirt à la gloire d'un fan-club d'une série télé avec des vampires. Alors qu'il le lui tendait avec précaution, comme si elle risquait de mordre, son regard s'attarda un peu trop longtemps sur les épaules de la jeune femme.

Il se détourna, mais la peur de Charlie avait déjà muté. En un désir aussi ardent qu'un coup de pied dans les dents.

La plupart du temps, Rouge semblait la détester, mais pas toujours. Ce soir-là, elle l'avait fait rire. À présent il la fixait.

Elle prit une profonde inspiration.

« Tu veux venir te coucher ? » chuchota-t-elle en laissant tomber sa serviette. À tout le moins, nul ne pourrait l'accuser de manquer de cran.

Un temps, il resta silencieux. Puis un muscle tressaillit dans sa mâchoire. Elle vit le corps de Rouge réagir à la vision qu'elle lui offrait. Apparemment, il était assez humain pour cela, encore empli de sang. Lorsqu'il parla, ce fut d'une voix dure. « Remy n'aurait jamais pu aimer quelqu'un comme toi. »

Ces mots lui firent l'effet d'une gifle. Un instant, comme avec la douleur physique, elle dut rester immobile jusqu'à ce que la sensation s'apaise. Puis elle se para de son sourire le plus méchant. « Peut-être que tu ne m'aimes pas non plus. Mais tu as envie de moi – tu as toujours eu envie de moi. »

Il recula d'un pas, ce qu'elle considéra comme un triomphe. *Eh oui, terrifiante Furie. Je suis un électron libre. Je peux te faire mal avec des mots.*

« Dommage que tu ne puisses pas m'avoir ce soir », reprit-elle, adorant se montrer mesquine. Elle enfila le tee-shirt qu'il lui avait donné. « Offre de sexe annulée. » Elle dut alors subir l'indignité de se lever et de trouver une culotte. Une fois qu'elle l'eut enfilée, toutefois, elle se laissa tomber sur le matelas, le dos tourné à Rouge.

« Tu pourrais m'y obliger, tu sais, dit-il, toujours debout près de la porte. Tu n'as pas besoin de demander. »

Charlie se retourna sous l'effet de la surprise. La douleur lui fit regretter la brusquerie du mouvement. « Quoi ? »

Il ne répéta pas mais, s'il voulait se disputer, elle était prête. Changer sa honte et sa désorientation en colère serait un soulagement. « Tu *veux* que je te donne des ordres ? C'est ça ? Tu aimes qu'on te dise quoi faire ?

— Arrête de faire semblant, répliqua-t-il, avalant la fin de chaque mot. Tu finiras par m'envoyer commettre des horreurs. Pourquoi prétendre le contraire ? Pourquoi jouer à ce jeu ?

— Si tu ne veux pas être attaché à moi, donne-moi un des couteaux d'onyx qui sont dans la table de nuit et je te libère séance tenante. Il est possible que la Cabale te traque, mais ça ne sera pas mon problème. »

Rouge retroussa les lèvres. « Tu ne ferais pas ça.

— Donne-m'en un, et tu verras, déclara-t-elle. À moins que tu ne craignes que je te le plante dans le cœur si tu t'approches trop.

— On jouera peut-être à ça un autre soir », dit-il. Puis il disparut, changé en obscurité.

« Il n'y a qu'un froussard pour mettre fin comme ça à une dispute », cria Charlie en jetant un oreiller là où il s'était trouvé.

Il ne revint pas.

9

[BROUILLON] Transcription par IA d'un enregistrement effectué par Madurai Malhar Iyer

Contexte : On m'a demandé de m'entretenir avec l'ombre entendue dans ces enregistrements, laquelle se désigne sous le nom de « Rouge », dans l'espoir que je puisse soigner la perte de mémoire provoquée par sa transformation d'ombre indépendante (parfois aussi appelée *ombre sauvage* ou *Furie,* quoique les implications négatives du dernier terme soient évidentes) en ombre parasite, attachée.

Préjugé personnel : J'ai de l'amitié pour Charlotte Hall, la personne à laquelle Rouge est attaché, et encore plus d'amitié [*note à moi-même : situation affective ? Autre chose qui sonne plus scientifique ? Merci*] pour sa sœur, Posey Hall. Je ne connaissais pas Rouge avant qu'il ne perde ses souvenirs, mais je sais qu'il se faisait appeler « Vincent » et pouvait passer pour un être humain.

Préjugé personnel supplémentaire [*supprimer ? Merci*] : il y a très longtemps que j'avais envie de m'entretenir avec une Furie.

À noter également : Il est terrifiant.

Malhar : Tu peux me dire à tout moment d'arrêter de te poser des questions et l'interview prendra fin.

Rouge : Très bien. Arrête de me poser des questions.

Malhar : Tu n'as pas envie de te rappeler ?

Rouge : Me rappeler quoi ? M'être fait appeler Vincent ? Avoir fait semblant d'être un homme et vécu parmi eux ? Je ne sais pas. Je devrais le vouloir ?

Malhar : Qu'est-ce que tu veux, alors ?

Rouge : Être...

Malhar : Humain ?

Rouge : Être ou ne pas être. Telle est la question. Ou bien quoi – je pense donc je suis ? Et je suis. Du moins je crois être. Je suis. Oui, oui. Oui-Oui chauffeur de taxi[1].

Malhar : Qu'est-ce que ça signifie quand tu parles comme ça ?

---

1. La version originale mentionne un autre livre pour enfants, *Green Eggs and Ham,* du Dr Seuss, dont le personnage principal s'appelle « Sam-I Am ». Il s'agit d'un jeu de sonorités et non de sens. *(Toutes les notes sont du traducteur.)*

Rouge : Peut-être seulement que je ne sais pas ce qu'il convient de dire à haute voix. Certaines de mes pensées devraient sans doute être enchaînées.

Malhar : C'est une manière théâtrale de dire les choses.

Rouge : Mais c'est ce que tu penses, non ? Que ce serait plus facile si j'étais enchaîné.

Malhar : Qu'est-ce qui te fait dire ça ?

Rouge : Je vois que tu as peur.

Malhar : Bien sûr que j'ai peur. Je suis conscient de ne pas te connaître très bien et du fait que tu peux me faire du mal. Tu en as fait à d'autres gens. Tu l'as toi-même admis. Mais j'ai décidé de te faire confiance.

Rouge : Est-ce que c'est une preuve d'intelligence ?

Malhar : À toi de me le dire.

Rouge : J'ai voulu être humain.

Malhar : Je suis surpris. Il y a environ une minute, j'ai cru que tu pensais le contraire. J'ai même cru que tu te moquais de moi pour l'avoir suggéré.

Rouge : Personne n'a envie d'être un truc plein de trous. Une tapisserie à moitié tissée, qui ne tardera pas à s'effilocher. Une chose qui, peut-être, ne devrait pas exister du tout. Je suis les morceaux dont quelqu'un d'autre ne voulait pas. Pourquoi voudrais-je être tel que je suis ?

Malhar : C'est ce que tu crois ? Qu'une ombre n'est rien d'autre que cela ?

Rouge : Ça, c'est toi qui dois me le dire. C'est toi le scientifique.

Malhar : Je suis *ethnographe.*

Rouge : Moi, je suis une créature pleine de trous. Je ne sais pas ce qu'est un ethnographe.

Malhar : Nous sommes censés parler de *toi.* De la manière dont tu vois le monde. Et ne t'inquiète pas de ne pas savoir ce qu'est un ethnographe... Mes cousins n'arrêtent pas de se foutre de moi en disant que ce n'est pas un vrai boulot. Même ma mère oublie toujours ce que ça veut dire.

Rouge : Je ne saurais pas décrire la manière dont je vois le monde. Je n'ai pas de point de comparaison. Je pourrais dire que je le vois tel qu'il est, mais je sais trop de choses pour ça. Comme... Comment ça s'appelle, le truc avec les ombres sur le mur de la caverne ? Platon ?

Malhar : Tu es un troublant mélange d'érudition et d'instabilité.

Rouge : Oh oui. Je me trouble moi-même.

10
MAUVAIS CONSEIL

Charlie s'éveilla dans le noir, tirée d'un rêve de Furies, de gâteaux d'anniversaire et de foules d'enfants gluants de sucre qui tenaient des ombres par la main et faisaient la ronde en chantant *Promenons-nous dans le noir, pendant que l'ombre n'y est pas. Si elle y était, elle nous saignerait. Mais comme elle n'y est pas, elle nous saignera pas.*

Elle s'assit tout droit, bien réveillée, mais ne sachant pas bien pourquoi, jusqu'à ce qu'elle entende un pas trop lourd. Assez pour faire craquer les lattes du parquet.

Roulant sur le côté, Charlie chercha la barre de fer qu'elle avait glissée sous son matelas après les événements de l'automne précédent.

« Il y a quelqu'un ? » appela une Posey ensommeillée – mais pas effrayée, semblait-il, ce qui inquiéta terriblement sa sœur.

Laquelle ouvrit la porte de sa chambre à la volée, la barre de fer brandie.

Deux hommes entraient dans le couloir, leurs ombres dressées autour d'eux. L'un tenait un pistolet, l'autre un filet semé de perles d'onyx. Tous les deux portaient vêtements, bottes et manteaux noirs. Un instant, ils se contentèrent de regarder fixement.

Quoique ni Charlie ni Posey : Rouge, en train de prendre forme devant eux.

« Qu'est-ce que vous voulez ? » demanda la cadette des sœurs Hall, la voix tremblante.

La juxtaposition de l'ombre menaçante, de Charlie en tee-shirt et culotte, avec barre de fer et œil au beurre noir, et de Posey en pyjama Demon Slayer, un ordinateur portable sous le bras, devait être déroutante.

Étrangement, toutefois, les visiteurs semblaient avoir craint de trouver bien pire.

« Toi, dit un des deux hommes à Charlie, aux lèvres ornées d'un bouc bien taillé. Un dirigeant de la Cabale veut te voir !

— En plein milieu de la nuit ? » Quand Balthazar le lui avait transmis, le message de Vicereine n'avait pas paru aussi urgent.

« Lorsque l'un d'eux tire sur ta laisse, tu dois venir aussitôt », ajouta l'autre type, un rouquin bien plus jeune.

Charlie se frotta le visage du dos de sa main libre. « C'est ridicule. Vous n'avez pas besoin de faire tout ça.

— Si tu as besoin qu'on te rappelle plus clairement que le Hiérophante intervient au bon plaisir de la Cabale, ça peut s'arranger, dit le gorille barbu.

— Vraiment ? » fit Rouge, la voix douce et menaçante.

Charlie songea soudain que, puisqu'elle n'avait pas répondu à ses messages, Vicereine avait peut-être cru qu'il était arrivé quelque chose. Par exemple, en rapport avec Rouge. Ces types venaient-ils vérifier qu'une redoutable Furie n'avait pas été libérée ?

« Vous êtes sérieusement en train de me dire que Vicereine veut que j'aille la voir *maintenant* ? J'ai accompli son putain de boulot, et je suis vivante. Allez donc juste lui dire ça.

— Habille-toi, dit le barbu. On est pressés. »

Rouge s'effaça un peu, devenant à l'évidence inhumain – une vision perturbante. De l'ombre s'échappait de son corps comme de la fumée. « Approchez-vous un peu et je vous tuerai vite, puisque vous êtes si pressés. »

Les deux hommes s'interrogèrent du regard. Le rouquin recula d'un pas.

« Vous feriez mieux de partir », conseilla Posey, qui semblait pour une fois contente de Rouge.

Charlie avait déjà vu ce dernier en action. Même si la facilité avec laquelle ces deux types s'étaient introduits chez elle la rendait malade, elle n'avait pas envie de les voir mourir.

« Non, je viens, dit-elle en se contraignant à lever les yeux au ciel, à se comporter de manière badine, alors même que son cœur tambourinait dans sa poitrine. Je suis debout, maintenant, de toute façon.

— Charlie..., la mit en garde Posey.

— Tout va bien », assura-t-elle.

Rouge avança encore d'un pas vers les gorilles et, un instant, elle crut qu'il ne s'arrêterait pas. Il s'arrêta pourtant, les fixant comme s'il les mettait au défi de le faire changer d'avis.

Espérant qu'il reste en place, Charlie reprit le chemin de sa chambre sans que son cœur ait ralenti le moins du monde. Elle avait livré trop de combats lors des dernières vingt-quatre heures. Son niveau de cortisol était à fond dans le rouge.

Elle se força à enfiler un jean et un sweat-shirt. Quand elle voulut prendre son manteau, elle réalisa que le dos en était largement déchiré au point que la mousse en jaillissait librement. Elle renonça à le mettre et enfila à la place son blouson de cuir ainsi qu'une écharpe.

Rouge se tenait sur le pas de la porte. Charlie sursauta, ne l'ayant pas entendu entrer.

« Tu pourrais me le donner », lui dit-il.

Elle plissa le front, perplexe. Il ne parlait sûrement pas du manteau. « Te donner quoi ? Je croyais que tu ne voulais rien de moi. Ce n'est pas ce que tu m'as fait comprendre hier soir ?

— Je parle de ce que tu ressens. Les mauvaises émotions. Tu peux me les donner.

— Tu ne te sentirais pas mal, après ? » interrogea Charlie en lui lançant un regard acéré. Il haussa les épaules. « Tu tiens vraiment à ressentir ce que je ressens en ce moment ? » Sa voix se brisa et elle craignit brusquement de se mettre à pleurer. « J'ai l'impression d'être sur le point de jaillir hors de ma peau, de vomir ou de balancer des trucs. D'être incapable de protéger ma sœur. Et aussi d'être une imbécile parce que tout le monde croit que tu veux ma mort et que je m'autorise à penser le contraire.

— Je ne veux pas ta mort, dit-il.

— C'est bon à savoir, répondit-elle. Et, pour information, que tu veuilles ou non ressentir les saloperies que je ressens en ce moment, tu ne les auras pas, parce que ce sont *mes* saloperies et que je ne te les donnerai jamais. »

Il émit un souffle qui pouvait être un rire. « Tu es une personne très étrange, Charlie Hall.

— Ah ouais ? Ben, t'es un peu spécial, toi aussi », conclut-elle avant de sortir de la chambre en trombe et de longer le couloir jusqu'à la salle de bains, où elle se mit du déodorant, se brossa les dents, et versa quelques larmes sans tout à fait savoir pourquoi.

Posey entra alors qu'elle examinait dans la glace la meurtrissure violette et noire au coin de son œil gauche très gonflé.

« Est-ce qu'il t'a frappé ?

— Non. » Charlie s'empara de fond de teint et en appliqua inutilement.

« Les cabalistes sont dangereux. Tu devrais me laisser venir avec toi, dit Posey.

— Je ne serai pas seule », lui rappela sa sœur.

Elle lui lança un regard sceptique. « Je vous ai entendus vous disputer, tous les deux... Je veux dire : je ne comprenais pas ce que vous disiez, mais j'entendais ta voix. Vince était gentil - peut-être un peu mou, mais gentil. Il ne l'est plus.

— Tu ne l'aimais pas, à l'époque.

— Eh bien, maintenant, il me manque, admit Posey. Et je ne me fie pas à Rouge. »

Vince avait menti, mais les mensonges ne dérangeaient pas Charlie. Les mensonges faisaient de meilleurs récits. Les histoires les plus improbables s'avéraient très souvent vraies, mais les mensonges... Les mensonges étaient le monde tel que nous le voulions ou étions profondément convaincus qu'il était. Les mensonges étaient de l'art, des vœux pieux et un effroi profond. Charlie s'était toujours sentie plus proche des gens lorsqu'elle leur mentait, mais cette proximité était en général à sens unique. « Il me manque aussi.

— Alors, je peux venir ? demanda Posey.

— Absolument pas, trancha sa sœur. Si je ne suis pas revenue à midi, appelle Raven. Je vais te donner son numéro. »

La cadette eut un rire sans joie. « Qu'est-ce qu'elle fera, elle ?

— Je ne sais pas, avoua Charlie. Mais elle connaît les cabalistes. Promets-lui que je lui rendrai un service de son choix, et elle utilisera ses contacts pour découvrir ce qui s'est passé. Si j'ai des ennuis, j'ai besoin que tu sois dehors.

— Parfait. » Avec un regard furieux, Posey quitta la salle de bains à grands pas. Qu'elle soit furieuse valait mieux que la mettre en danger. Charlie n'avait vraiment pas besoin d'embarquer quelqu'un d'autre dans l'effroyable situation où elle se trouvait actuellement.

Les gorilles des cabalistes l'attendaient à la sortie de la salle de bains.

« Allez, viens. » Le barbu l'entraîna par le bras.

Dehors, l'air était encore plus glacial. L'aube ne se lèverait pas avant encore une heure. Le souffle de Charlie formait de petits nuages devant sa bouche tandis que les gros bras de la Cabale l'escortaient jusqu'à une Jeep noire, avec une paire de dés blancs duveteux pendus au rétroviseur.

Elle monta à l'arrière, s'attirant un rictus dans le miroir de la part du rouquin. Le barbu s'activa sur son téléphone et lança un podcast dans les haut-parleurs de la voiture alors qu'ils n'étaient pas encore sortis de l'allée. Un spécialiste du développement personnel prononçait un discours :

Les femmes sont attirées par le succès mais, regardez mieux : vous verrez que tout le monde est attiré par le succès. Si vous ne l'étiez pas, vous ne seriez pas en train de m'écouter. Vous vous moqueriez de ce que j'ai à dire si vous ne vouliez pas ce que j'ai – l'argent, le respect et, bien sûr, les femmes, mais soyons réaliste : quand on est riche et respecté, les salopes débarquent. Pour obtenir ça, cela dit, il vous faut de la discipline. Il vous faut travailler dur, intelligemment, et embrasser l'image d'un homme qui est le bienvenu partout où il va.

« Pourquoi est-ce qu'on est toujours obligés d'écouter ces conneries-là ? demanda le rouquin.

— Ta gueule, répondit le barbu. Tu pourrais bien apprendre quelque chose. »

Charlie tentait d'ignorer la voix du podcast, mais *l'image d'un homme qui est le bienvenu partout où il va* lui rappela Rand. Il lui avait dit quelque chose de similaire à propos des escrocs : *Il te faudra pouvoir aller n'importe où, Charlie. Dans un rade minable ou un restaurant étoilé au Michelin. L'escroc doit être un caméléon. Réussis cela et aucune porte ne te sera fermée.*

Il avait tenté de lui apprendre à se comporter ainsi. À pouvoir entrer n'importe où et en ressortir. À paraître à sa place en compagnie de n'importe qui, y compris les grands de ce monde.

Et voyez où elle en était, à présent.

11

M. PUNCH

Vingt-cinq minutes plus tard, ils s'arrêtèrent dans l'allée d'une maison, au milieu de la forêt de Leverett. La lumière qui jaillissait d'une baie vitrée illuminait une cour pentue. Le bord d'une falaise, visible sur un côté, dominait un tapis d'arbres. Un grand panneau À VENDRE était posé sur la pelouse.

« C'est le domicile d'un chef de la Cabale, ça ? » demanda Charlie. Elle n'était pas sûre d'attendre quoi que ce soit, mais les masques de Bellamy avaient pour quartier général une tour abandonnée au milieu des bois, avec tags et ciment effrité. Cette maison-ci était assortie d'un garage à deux places.

« Non, lui dit le rouquin. M. Punch l'emprunte.

— M. Punch ? répéta Charlie.

— Le nouveau chef des marionnettistes, expliqua le barbu.

— Qu'est-il arrivé à Malik ? » Charlie n'appréciait pas particulièrement ce dernier – contrôler le corps d'autrui était un emploi de la magie d'ombre assez atterrant, et la jeune femme se méfiait comme de la peste de quiconque voulait s'y spécialiser, encore plus diriger cette branche-là de la Cabale – mais il n'avait jamais rien fait non plus pour qu'elle lui en voulût.

« Salt a affaibli l'image de Malik. Quelqu'un allait forcément en profiter au sein de l'organisation. »

Un coup d'État, et récent. Elle se demanda si Bellamy et Vicereine l'avaient soutenu ou s'ils en avaient été surpris.

Le rouquin l'escorta jusqu'à la porte, qu'il ouvrit avant d'entrer. Charlie le suivit. Dans un salon au plafond digne d'une cathédrale et aux immenses fenêtres, un homme assez âgé, en robe de chambre et pyjama, était assis seul sur un canapé en velours vert. Ses yeux étaient clos.

« Charlie Hall, dit-il sans ouvrir les paupières. Enfin nous nous rencontrons. »

Un frisson secoua la jeune femme comme un courant d'air secoue une culotte sur un fil à linge. Il s'agissait forcément du nouveau chef des marionnettistes – quoique pas tout à fait. Manipulait-il le propriétaire de la maison ? Elle tenta de chasser son horreur et de réfléchir rationnellement. M. Punch était capable de dissimuler son identité tout en frimant. Une attitude destinée à la faire paniquer.

Et c'était efficace.

« Où est Vicereine ? interrogea Charlie, l'angoisse au creux de l'estomac.

— Est-ce pertinent ? » répondit M. Punch par la gorge de l'autre homme.

Charlie avait cru Viceine derrière tout cela. Cru que, quelles que soient les autres personnes présentes, c'était elle qui l'avait fait venir pour lui passer un savon. À présent, elle n'en était plus aussi sûre. « Je ne sais carrément pas pourquoi je suis là.

— Parce que vous servez la Cabale et que je dirige une de ses branches. Vous pouvez m'appeler M. Punch, quoique ce ne soit pas davantage mon nom que ceci n'est mon visage. » L'homme eut un sourire horrible, comme si ses muscles se combattaient les uns les autres. « Maintenant, allez-vous deviner pourquoi je vous ai fait venir ici ?

— J'ai accompli ma dernière mission. » Charlie désigna le bleu reçu au *Rapture,* ce qui était inexact, mais plus facile que de montrer la plaie recollée de son dos. « Si c'est de ça qu'il s'agit.

— Vous êtes rapide, dit M. Punch. Et peut-être insensée.

— Je suis ambitieuse, répliqua-t-elle. Mon ambition est que Vince et moi en terminions le plus vite possible avec ce boulot.

— Et toi, ombre, apprécies-tu ton travail ? » demanda M. Punch.

Charlie se tourna pour voir Rouge debout derrière elle, en apparence aussi solide que n'importe qui. Elle ne l'avait pas vu se manifester et se demanda pourquoi il l'avait fait. « Sol d'onyx », lui apprit-il en remuant les lèvres sans bruit.

Merde, elle perdait la main. Elle marchait dessus et ne s'en était pas rendu compte.

« *Ombre ?* » répéta l'homme.

Il y eut une pause durant laquelle Charlie craignit que Rouge ne refuse de répondre au nouveau chef des marionnettistes si elle ne le lui ordonnait pas.

« Tuer d'autres Furies ? renvoya-t-il enfin d'une voix satinée, menaçante. Qu'est-ce qui pourrait bien me déranger là-dedans ? »

Charlie remarqua la surprise des deux hommes qui l'avaient escortée ici. Ils savaient Rouge capable de parler, mais parurent tout de même choqués quand il le fit. Peut-être ne s'attendaient-ils pas à du sarcasme de sa part.

Le Vince qu'elle avait connu se voûtait pour paraître moins grand, s'efforçait de prendre le moins d'espace possible. Rouge, lui, exsudait la violence. Il n'envisageait même pas de feindre la docilité : il était furieux de se retrouver au bout d'une laisse et se foutait que cela se sache. Quand leurs yeux se croisèrent, il lui sourit, mais il n'y avait pas une once de gentillesse là-dedans.

« Mettons-nous au travail, décida M. Punch. Asseyez-vous, Charlie Hall. »

L'homme en robe de chambre parut se dégonfler lorsqu'une ombre glissa hors de lui et fila le long du sol pour se diriger vers l'escalier menant au premier étage.

« Oui, asseyez-vous », encouragea une deuxième voix, en provenance des marches – celle d'une femme entre cinquante et soixante ans, aux cheveux gris, seulement vêtue d'une chemise de nuit. Les yeux fermés, elle se balançait un peu, comme profondément endormie. Était-ce l'autre propriétaire ?

« Théâtral, remarqua Rouge.

— Sinistre », ajouta Charlie, dont le regard balayait la pièce. Si elle repérait la ligne qui reliait l'ombre de M. Punch à sa cachette, elle aurait une chance de deviner qui il était. Mais il y avait trop d'ombres alentour. « Vous avez fini de jouer à la poupée ?

— Ne soyez pas impolie », lui reprocha le rouquin – qui porta aussitôt la main à sa bouche, comme s'il n'arrivait pas à croire ces mots sortis de sa gorge. Encore M. Punch.

« Asseyez-vous, dit l'homme en pyjama sur le canapé, alors que le rejoignait l'ombre du marionnettiste. Avant que je ne perde patience. »

Ne voulant pas que l'ordre suivant sorte de sa propre bouche, Charlie prit place sur le canapé en velours. Rouge se posta derrière elle, assez près pour le toucher si elle se laissait aller en arrière, ce qu'elle n'avait aucune envie de faire.

« Maintenant, soyons hospitaliers, dit M. Punch au rouquin qu'il avait récemment contrôlé. Apportez du thé. »

L'homme fronça les sourcils, mais se dirigea vers la cuisine.

« Du café, plutôt, s'il y en a », lui lança Charlie, tentant de se comporter comme si tout était normal. Comme si tout allait bien.

La femme restée sur les marches, les yeux clos, vacillait légèrement. Pourtant, elle ne tomba pas. « J'ai une mission pour vous, Hiérophante », dit-elle avec les intonations de M. Punch.

Cela ne faisait qu'une semaine que Vicereine avait ordonné à Charlie de traquer la Furie de l'usine, après que quelques crépusculiens en herbe l'eurent repérée aux alentours d'un tunnel routier, près du fleuve. Charlie n'avait vraiment pas besoin d'un autre boulot, mais il semblait qu'elle fût sur le point de s'en voir confier un quand même.

À tout le moins, il y aurait une prime.

« Il s'est produit un massacre à l'église de l'Alliance de la Grâce, dit M. Punch.

— Celle de Hatfield », devina la jeune femme, repensant aux téléviseurs du drugstore et au journaliste qui parlait de cadavres au sous-sol. Songeant aux fleurs laiteuses collantes qu'elle tenait à la main lorsque sa mère avait épousé Travis, fraîchement cueillies au bord de la route. Elle avait alors entretenu des espoirs pour son avenir, pour sa famille. « Avec la secte.

— Les victimes se retrouvaient régulièrement au sous-sol de l'église pour discuter de magie d'ombre, renvoya M. Punch par l'intermédiaire de l'homme en pyjama sur le divan. Elles espéraient éveiller leurs ombres. Vous devez connaître ce genre de personnes. »

Elle ne savait pas trop s'il suggérait qu'elle en avait elle-même fait partie – faux… enfin… plutôt faux – ou s'il était au courant pour Posey. « J'en ai connu, fut tout ce qu'elle répondit.

— Ils ne faisaient partie d'aucune secte, continua le chef des marionnettistes. Un des nôtres était là-bas. Il a donné une conférence ce soir-là. Personne ne l'a revu depuis. Je veux que vous déterminiez ce qui s'est passé.

— Moi ? » Charlie leva les mains en guise d'avertissement. La tâche sortait du rôle du Hiérophante et ne promettait pas non plus d'être rémunérée. « Je ne suis pas douée pour enquêter sur les disparitions ou trouver des assassins. Je traque les Furies sauvages et je vole des trucs.

— Je croyais que vous étiez ambitieuse. »

Cette réponse la surprit. « Qu'est-ce que vous voulez dire ?

— Tuez là Furie responsable. Trouvez Rooster Argent et camouflez son implication. Je ne veux pas que cette histoire retombe sur la Cabale, vous comprenez ?

— C'est une Furie qui a fait ça ? » s'enquit Charlie.

Le rouquin revint avec une tasse de café – de l'instantané, à l'odeur. La jeune femme la prit avec reconnaissance. Une gorgée lui éclaircit un peu les idées. À la deuxième, elle réalisa que le type n'avait rien apporté pour Rouge. Parce qu'on ne s'attendait pas à ce que ce dernier ingère nourriture ou boisson ? À quel point était-il inhabituel qu'il le pût ?

Elle lui jeta un coup d'œil, mais son expression ne lui apprit rien de ce qu'il ressentait.

Tu en veux ? lui transmit-elle par l'intermédiaire de leur lien, en soulevant la tasse. Elle restait fâchée contre lui en raison de leur dispute dans sa chambre, mais ne pas le traiter comme une personne ne constituait en rien une vengeance appropriée.

Rouge secoua la tête. Charlie se retourna vers la marionnette de M. Punch et tenta de retrouver le fil de la conversation.

« Vous voulez que je tue une Furie et que je retrouve un nommé Rooster ? résuma-t-elle. Comme ce qui fait cocorico[2] ? »

Le type en question étant sans doute mort, il semblait peu charitable de se moquer de son prénom. Bon. Trop tard.

« Oui, répondit M. Punch. Éliminez toutes les personnes ou éléments responsables de ces morts. Étouffez l'affaire. Trouvez Rooster ou ce qui en reste. Exonérez-le de toute faute. La Cabale n'a vraiment pas besoin de mauvaise presse supplémentaire ni de nouvelles menaces de contrôle par le gouvernement. Éloignez ce danger, soyez discrète à propos de vos découvertes, et je convaincrai les autres de vous libérer tous les deux du

2. En anglais, « rooster » signifie « coq ».

rôle de Hiérophante. Vous devez savoir qu'ils ne relâcheraient *jamais* votre ombre sans mon intercession. »

C'était là une récompense bien supérieure à une prime.

« Et vous pensez les convaincre ? » Charlie appréciait cette offre, notamment du fait qu'elle impliquait de dissimuler des faits. Avoir de quoi faire chanter un chef de la Cabale pouvait toujours servir. Bien sûr, s'il avait quelque chose de grave à cacher, il préférerait peut-être qu'elle emporte son secret dans une tombe fraîchement creusée. Les promesses n'étaient que des mots. S'il comptait la tuer, il pouvait bien lui offrir la lune et les étoiles.

« Je me fais fort d'orchestrer votre liberté à tous les deux », dit-il à l'aide d'une bouche d'emprunt.

Charlie ne voyait pas le moyen de sortir de cette situation, et n'avait donc plus qu'à espérer qu'il dise vrai. « Y a-t-il quoi que ce soit que vous puissiez nous apprendre à propos du massacre ? Avez-vous une raison de croire qu'une Furie est impliquée ? »

La réponse fut prononcée par la femme dans l'escalier. « Les corps étaient exsangues. »

Bon. C'était une raison. Une raison troublante.

« Aucune Furie n'a besoin d'autant de sang. » Rouge plissait le front. « Envie, peut-être. Mais pas besoin. »

Les deux gorilles échangèrent un regard mal à l'aise.

« Devons-nous douter de votre loyauté, Vincent Carver ? » interrogea M. Punch.

Un long silence emplit la pièce. Charlie songea une fois de plus au café apporté par le rouquin. Comment pouvaient-ils s'attendre à ce que Rouge leur soit loyal, alors qu'ils ne lui offraient même pas à boire ?

« Non, répondit enfin l'intéressé.

— Bellamy adorerait vous étudier, reprit la marionnette de M. Punch. Il pense que vous tâter par-ci et vous piquer par-là lui en apprendrait beaucoup sur les Furies. Quelques expériences.

— Ce n'est pas un rat de laboratoire, dit sèchement Charlie.

— Non. C'est un monstre, répliqua M. Punch, quoiqu'il y eût du respect dans sa voix. Si vous me décevez, il sera remis aux masques pour être étudié. Quant à vous, Charlie Hall, je vous transformerai en véritable marionnette.

— Qu'est-ce que ça veut dire, ça ? renvoya la jeune femme, qui regretta à moitié sa question dès qu'elle eut quitté sa bouche.

— Je vous dresserai contre tous ceux que vous aimez le plus. Vous leur ferez du mal, vous en souviendrez, mais serez incapable de vous en empêcher, expliqua-t-il. Obéissez-moi. Je ne possède du pouvoir parmi les chefs locaux de la Cabale que depuis peu de temps. J'ai besoin d'alliés. Soit vous en faites partie, soit vous êtes mon ennemie. »

Grande promesse, encore plus grande menace, et rien pour contraindre ce type à respecter sa part du marché. En outre, il semblait considérer que « ne pas réussir une tâche difficile » revenait à « être son ennemi ». Pas génial. Charlie avait eu peine à abattre la dernière Furie qu'elle avait affrontée, et une ombre ayant tué tant de gens serait bien plus puissante.

Malgré tout, il la tenait. Ses menaces étaient trop effrayantes, sa proposition trop alléchante.

« J'accomplirai votre travail, dit-elle. Comment puis-je vous contacter si j'ai besoin de vous poser d'autres questions ? Ou de vous communiquer ce que j'aurai découvert.

— C'est moi qui vous trouverai, répondit la femme dans l'escalier, parlant comme dans un rêve.

— C'est moi qui vous trouverai, dit l'homme sur le canapé, avec sa robe de chambre et son pyjama, les pieds nus sur le tapis.

— C'est moi qui vous trouverai », dit le gorille barbu. Il s'essuya la bouche sur sa manche dès qu'il eut fini de parler, l'air dégoûté.

Charlie se leva. « Je ferais mieux de m'y mettre, alors. » Elle posa sa tasse sur la table basse.

L'homme en robe de chambre ne répondit pas. Son visage s'était détendu. Il ressemblait à n'importe quel client croisé au supermarché, en train de vérifier que les œufs n'étaient pas fêlés. À n'importe quel papa gémissant sous le poids de l'échelle qu'il apportait pour installer les illuminations de Noël en prévision de la visite des enfants. Allait-il se réveiller sur le canapé, avec une tasse de café sale devant lui, sans se rappeler comment il était arrivé là ? Sa femme allait-elle se retrouver dans l'escalier et se demander si elle ne devenait pas sénile ? Ni l'un ni l'autre ne saurait comment M. Punch les avait utilisés et, curieusement, cela rendait la situation encore plus horrible.

Personne n'aurait dû couvrir les actes du chef des marionnettistes. Personne n'aurait dû étouffer cette affaire.

Charlie n'était donc personne, car, même en sachant cela, elle allait faire exactement ce qu'il demandait.

12

COMÉDIE

Alors que l'aube, tel un feu lointain, pointait à travers les arbres, Charlie s'assit au bord de la route et commanda un Cosmic Cab, une des alternatives locales les plus originales à Uber et Lyft. Observant Rouge du coin de l'œil tandis qu'elle donnait son adresse, elle avait la sensation inconfortable que, si elle détournait le regard, il retournerait aussitôt à l'état d'ombre.

« Ne t'en va pas », dit-elle en rangeant son téléphone.

Rouge fronça les sourcils, comme s'il ne savait trop ce qu'elle voulait dire.

« Tu n'as pas besoin de disparaître tout le temps, reprit-elle. Même si je comprends pourquoi tu en as envie. J'aimerais bien disparaître aussi, moi, parfois. »

Il alla s'asseoir près d'elle dans l'herbe gelée.

Peut-être ne pourraient-ils jamais partager davantage que de l'amitié, mais le moyen d'en arriver là avec lui restait encore à trouver. « Tu pourrais aussi me parler plus, dit-elle avec un bâillement. Enfin, c'est évident. Pardon, je suis crevée.

— Je ne dormais jamais, avant, déclara-t-il en la regardant avec attention. Maintenant si. Quelques heures par nuit. Ce n'est pas bizarre, ça ?

— Est-ce que tu rêves ? » demanda-t-elle, bien qu'elle le sût. Une fois, dans son sommeil, il avait appelé Adeline.

« Je crois que j'ai toujours rêvé », dit-il, l'air surpris de sa propre réponse.

Elle lui sourit. « Est-ce que je peux m'appuyer sur ton épaule ?

— Tu *peux* », dit-il, comme s'il s'attendait à ce qu'elle change d'avis. Pour le moment, elle était toutefois preneuse de tout le réconfort possible. Comme ceci, il était facile d'imaginer que c'était Vince qui lui servait d'oreiller – le Vince qui débouchait les gouttières et allait faire les courses même quand ce n'était pas son tour, qui payait ponctuellement sa part du loyer, et sans discuter. En apparence tellement stable que c'en était une énigme.

Le manteau en laine de Rouge était très doux et dégageait un parfum d'eau de Cologne chère, avec des accents de clou de girofle et de fumée. Vince, naguère, sentait l'eau de Javel et le savon bon marché que Charlie achetait pour la douche. Il avait voulu lui faire croire qu'il n'avait rien de particulier. Même à l'époque, pourtant, elle avait su tout au fond d'elle qu'elle pouvait l'avoir mais pas le garder.

Or, il s'était avéré irréel.

Rouge était la face cachée de l'homme qu'elle avait aimé, une face que ses provocations l'avaient parfois poussé à montrer, et qui lui avait donné l'impression de partager avec lui un secret pervers. À présent qu'il affichait cette face-là devant tout le monde, tout le temps, et qu'il n'éprouvait peut-être pas même de sympathie pour elle, elle se trouvait prise dans un douloureux chaos émotionnel de désir et de honte.

Vince était le genre d'homme avec lequel on était censé vieillir agréablement. Rouge était un monstre. On ne vieillissait pas avec un monstre. On mettait ensemble le monde à feu et à sang avant de se consumer dans la fournaise.

Pourtant, elle appuya sa joue sur l'épaule de Rouge et ferma les yeux. Typique de Charlie Hall : ignorer toutes les mises en garde. « Réveille-moi quand la voiture arrivera. »

Elle ne dormit pas, mais elle écouta les chants matinaux des oiseaux et sentit la chaleur du soleil s'insinuer dans l'air frais de la nuit, tout en se laissant réconforter par le bras passé autour de ses épaules, aussi solide que s'il était fait de chair.

M. Punch lui donnait une occasion, à elle de ne pas la gâcher. Elle avait besoin de savoir ce qu'il voulait cacher aux deux autres chefs de la Cabale. Et elle avait aussi besoin de trouver le meurtrier, bien qu'elle ne sût pas comment s'y prendre – surtout du fait qu'une Furie pouvait retourner à l'état d'ombre et sans doute y rester.

Elle ouvrit les yeux lorsqu'elle entendit crisser des pneus sur le gravier.

Comme le voulait le nom cosmique de l'entreprise, cette Mitsubishi Mirage avait été personnalisée, à l'évidence au rabais : de la peinture en bombe couvrait la carrosserie de volutes roses et bleu foncé qui masquaient quelques bosses ou rayures et créaient une ambiance vaguement galactique.

Quand Charlie ouvrit la portière, elle fut accueillie par le rythme tonitruant d'un morceau d'eurodance, et une banquette arrière couverte d'une housse en fourrure rose. Du tissu argenté tapissait le toit, semé de LED qui adoptaient tour à tour les couleurs de l'arc-en-ciel. Ce n'était pas une voiture dans laquelle il fallait monter à la légère si on était défoncé.

Elle se poussa au fond de la banquette afin de laisser de la place à Vince, et donna son adresse au chauffeur – un jeune homme, sans doute un étudiant, qui la tapa dûment dans l'appli GPS de son téléphone.

« Vous pourriez passer par un drive Dunkin' en chemin ? » demanda-t-elle.

Le jeune redressa la tête. « Pas de problème. »

Sur ce, Charlie posa de nouveau la tête sur l'épaule de Rouge. Les vibrations du moteur et le chauffage l'arrachèrent cette fois à ses projets : quelques instants plus tard, en dépit de la musique, elle dormait.

En rêve, elle se retrouva dans la bibliothèque de Lionel Salt, étendue sur le tapis. Elle n'était toutefois pas l'enfant qui s'était réveillée là un soir, dans une flaque gluante de vomi, de poison et de sang factice. Au contraire adulte, elle portait la combinaison rouge enfilée pour sa dernière visite en ces lieux, et Rand, assis dans un fauteuil en cuir, baissait les yeux sur elle en tirant sur un cigare.

Rand, son maître en escroquerie, lorsqu'elle était trop jeune pour deviner que c'était une mauvaise idée et lui trop vieux pour changer d'avis. Rand, qu'elle détestait à peu près autant qu'elle l'aimait, et qui lui manquait terriblement depuis que Salt l'avait assassiné.

« Un cigare cubain », dit-il en prenant une longue bouffée, avant de plisser les lèvres pour faire des ronds de fumée. « Lionel Salt n'acceptait que le meilleur.

— Qu'est-ce que tu fais ici ? demanda Charlie en se mettant sur ses pieds. Tu n'es pas censé être mort ? »

Rand eut un sourire affectueux. « Tu me connais, je n'arrête pas de m'introduire là où je n'ai pas le droit d'aller. Quoi qu'il en soit, je suis venu t'avertir. »

Charlie balaya la pièce des yeux. « Il est peut-être trop tard. Salt est mort.

— Tu ne peux pas te fier aux habitants du château, dit-il en secouant la tête. À aucun d'eux. Pas même aux prisonniers des cachots. »

Parlait-il de Rouge ?

« Ce sont de vrais vampires », continua-t-il en retournant le cigare pour en presser l'extrémité incandescente au centre de sa paume. L'odeur de la chair brûlée envahit la pièce. Le sourire familier de Rand devint étrange, menaçant. « Ils boiront ton sang. »

Charlie s'éveilla en sursaut, avec un hoquet. Elle était encore à l'arrière du Cosmic Cab, et la musique continuait de beugler. Sans doute avait-elle été réveillée par l'air froid que laissait entrer une vitre ouverte, car le chauffeur était en train de recevoir un plateau de boissons.

« Je t'ai commandé un grand café crème », annonça Rouge. Un instant, elle ne comprit pas : comment se rappelait-il la manière dont elle buvait son café ?

Elle se passa la main sur le visage. Cela n'impliquait pas qu'il eût retrouvé ses souvenirs, elle s'en rendait compte à présent, mais simplement qu'il lui avait prêté attention ces dernières semaines. « Très bien. Merci. »

Le chauffeur lui passa un grand café, en donna un autre, plus petit, mais tout aussi crémeux à Rouge, avec un peu de monnaie, et conserva pour lui une monstruosité à la crème chantilly.

Rouge s'était commandé un café. C'était intéressant. Il souhaitait donc manger et boire comme un être humain.

« Qu'est-ce que tu regardes ? lui demanda-t-il.

— Tu le buvais noir, autrefois », dit-elle en désignant son gobelet.

Il cligna des paupières. « Vraiment ?

— C'était peut-être juste pour avoir l'air d'un dur. »

Il but une gorgée prudente, mais son expression ne permit pas à la jeune femme de deviner s'il appréciait l'expérience. Peut-être ne savait-il tout bonnement pas comment il préférait son café. Même autrefois, peut-être le buvait-il noir parce qu'il avait choisi cette option une fois, au hasard – par exemple, après avoir entendu quelqu'un le commander ainsi – et s'y était tenu. Peut-être énormément des choses qu'elle avait cru savoir à propos de Vince n'avaient-elles été qu'un vernis protecteur.

Cela lui donna une idée.

Quand ils arrivèrent chez elle, elle découvrit que Posey était sortie, ne laissant derrière elle qu'une assiette sale dans l'évier et une carte de tarot, face visible, sur le plan de travail. Le Hiérophante.

Ayant passé des années à écouter sa sœur tirer les cartes à ses clients sur Zoom, elle en connaissait le sens : une validation des conventions, des restrictions et des règlements. Mais, puisque c'était aussi l'intitulé de son emploi pour les cabalistes, Charlie estima que la carte était surtout là pour l'agacer – et c'était réussi.

Elle aurait voulu écrire à Posey pour lui apprendre qu'elle était bien rentrée, mais, dès qu'elle sortit son téléphone, elle se souvint qu'elle en était incapable. Au lieu de cela, elle appela, mais sa sœur la renvoya directement vers le répondeur.

Encore quelques mois plus tôt, Charlie savait à tout moment où se trouvait sa cadette. La Posey de naguère se terrait à la maison, et n'était ni dangereuse ni susceptible de se mettre en danger. Depuis que son ombre était éveillée, elle était devenue l'une et l'autre. Il fallait s'y habituer, voilà tout.

« Je vais faire un ramen pour le petit-déj, ou quel que soit le nom que tu veuilles donner à ce repas, annonça Charlie en s'emparant d'une casserole. Tu en veux ?

— Moi ? s'étonna Rouge.

— Tu as bu du café dans la voiture », lui rappela-t-elle.

Juste avant de mourir, Remy avait transféré en Rouge tout son être. Cela – en plus du pouvoir qu'elle possédait déjà – avait permis à l'ombre de passer pour un être humain, ce dont aucune autre Furie ne semblait capable.

Il la regarda depuis un coin de la pièce faire cuire des nouilles et deux œufs. La regarda ajouter de la sauce soja et des épinards surgelés hachés.

« Goûte », dit-elle en déposant un bol devant lui.

Il hésita puis porta la cuiller à sa bouche. La jeune femme voyait presque son incrédulité tandis qu'il mangeait, comme s'il n'en avait pas le droit. Cependant, il avala les aliments aussi aisément qu'il avait avalé le café. Un instant plus tard, leurs yeux se croisèrent.

« Je n'ai pas toujours été capable de faire ça.

— Quel goût ça a ? demanda-t-elle.

— C'est salé, dit-il. Comme de la sueur. »

Une comparaison étrange – et un peu répugnante –, mais il n'avait pas tort de dire la sueur salée. Il en avait sans doute déjà goûté sur une peau, tandis qu'il léchait du sang. « Qu'as-tu déjà mangé d'autre ? »

L'expression de Rouge se modifia, comme s'il fouillait dans ses souvenirs. « Du gâteau d'anniversaire. »

Charlie lui lança un regard curieux.

« Remy disait que c'était *notre* anniversaire, pas seulement le sien. » Il paraissait presque un peu timide. « Puisqu'il voulait que je mange, j'ai appris. Pour son grand-père, j'étais un parasite. Un imitateur. Il n'aimait pas que Remy me laisse faire des choses agréables. »

Charlie se demanda si c'était parce que Salt était justement très investi dans la mission de lui faire accomplir des tâches fort désagréables. « Et comment tu as trouvé le goût du gâteau ?

— Trop sucré. En particulier le glaçage. »

Rouge, tandis qu'il répondait à ses questions, avait pris des cuillerées de bouillon à titre d'expérience. À chacune, il avait ajouté quelque chose. Une nouille. Un fragment d'épinard. Bien qu'il eût comparé ce parfum à la sueur, cela ne semblait pas lui déplaire. « Je n'étais censé en parler à personne, de ce gâteau. »

Un parasite. Une imitation. Était-ce ainsi qu'il se voyait lui-même ? Ces mots ne semblaient pas le blesser, mais était-ce possible ? Charlie ne se rappelait pas non plus l'avoir vu changer d'expression quand M. Punch l'avait traité de monstre.

« Tu peux manger tout ce que tu veux, maintenant », dit-elle en se penchant sur son propre bol de ramen.

Il eut un sourire malicieux. « Ça ne me rendra pas plus humain, dit-il. Même si ça t'aide à le croire. »

Elle soutint son regard. « Ce n'est pas moi qui me faisais croire que tu étais humain. »

L'après-midi, Charlie emprunta l'ordinateur portable de Posey et chercha des articles sur ce que la presse appelait « Le massacre de la secte de Hatfield ». Malgré le titre sensationnel, la plupart des journalistes sérieux reconnaissaient qu'il s'agissait d'un groupe de discussion informel se rencontrant une fois tous les quinze jours à l'église de l'Alliance de la Grâce. Pas d'une secte.

Un article donnait des détails sur les victimes et incluait des photos. Douze morts. Surtout des personnes âgées ; quelques adolescents. La police avait retrouvé plusieurs membres du groupe encore vivants, mais il n'existait aucune raison de croire qu'ils se trouvaient présents le fameux soir. On avait décelé des drogues dans l'organisme d'une des victimes, mais cela ne paraissait guère significatif. Avec de la chance, la personne en question était assez défoncée pour ne pas trop ressentir la douleur.

Aucune mention n'était faite de Rooster ni des cabalistes.

L'absence de piste apparente donnait lieu à des spéculations farfelues en provenance des sources habituelles. Certains commentateurs, sur X et Reddit, étaient persuadés que le groupe avait été pris pour cible par un fanatique croyant tous les crépusculiens possédés par des démons. Quelques intervenants conservateurs affirmaient le massacre dû à une tentative des victimes d'éveiller leur ombre, une tentative qui réclamait du sang et avait terriblement dérapé.

Charlie espérait que M. Punch ne considérait pas ce genre de délire comme un échec de sa part d'étouffer l'affaire. Les gens étaient intéressés, et de telles hypothèses ne disparaîtraient sans doute que lorsque le meurtre serait résolu. Or, le grand public n'accepterait pas d'en rendre responsable une Furie, car cela exigerait qu'il en accepte l'existence ; quelqu'un allait devoir servir de bouc émissaire.

Les gens étaient même tellement investis que la jeune femme trouva sur un forum Reddit un lien vers des photos clandestines de la scène de crime. Si ces clichés étaient authentiques – et ils le paraissaient bel et bien –, les meurtres avaient été d'une brutalité choquante. Les cadavres portaient des coupures larges et profondes, comme infligées par un animal. Certaines victimes semblaient mortes alors qu'elles se serraient les unes contre les autres. Une femme ayant fait un rempart de son corps aux adolescents présentait un dos tellement déchiqueté qu'on voyait sa colonne vertébrale. Du sang tachait les murs sur toute leur hauteur, mais il y en avait peu par terre, en contradiction avec le nombre de cadavres.

Qu'est-ce que tu en penses ? demanda Charlie à Rouge.

Tu demandes ça à cause de tous les meurtres que j'ai commis ?

Non, parce que tu nettoyais des scènes de cri… Charlie interrompit sa pensée. Il s'était agi de Vince. Rouge ne se rappelait pas cet emploi. Il avait oublié les collègues qui, tous, l'appréciaient, et le patron qui se vantait d'emmener son épouse dans des chambres d'hôtel tout juste désinfectées parce qu'il en détenait encore les clefs. *Laisse tomber.*

La voix de Rouge sembla résonner dans ses pensées. *Je crois que M. Punch se trompait en déclarant les cadavres exsangues. Je crois qu'ils ont plutôt été désanguinisés.*

C'est un vrai mot, ça ? demanda Charlie.

Elle entendit l'amusement percer dans le ton de l'ombre. *L'exsanguination peut être mineure, dès l'instant qu'elle suffit à provoquer la mort. La désanguination est… ma foi… plus importante.*

Elle se rappela l'ami de Remy, le médecin qu'elle avait fait chanter pour qu'il l'aide. Elle se rappela aussi le sous-sol de Salt et ne voulut pas savoir de qui Rouge tenait cette distinction. *D'accord, mais est-ce que tu remarques quoi que ce soit d'autre ? Quoi que ce soit d'utile ?*

Compte les ombres, dit-il.

Elle plissa les yeux. Elle ne voyait pas ce qu'il… Oh, une fille, là, sur la gauche, qui ne projetait aucune ombre, ce qu'elle avait d'abord pris pour un effet de la luminosité. Bien sûr, une fille sans ombre pouvait avoir beaucoup de raisons de participer à un groupe de discussion pour quêteurs.

Charlie se rappelait le *chat* vaguement suivi lorsqu'elle s'apprêtait à commander une pizza, qui mentionnait un porte-parole de la Cabale. Et affirmait qu'un des membres du groupe était crépusculien. Serait-ce la fille, avant qu'elle ne perde son ombre ?

La voix de Rouge monta comme s'il lui parlait doucement à l'oreille. *Curieux qu'ils n'aient pas tous couru vers la porte.*

Ça l'était bel et bien. Charlie s'envoya les photos afin de pouvoir mieux les étudier, puis, après une hésitation, referma l'ordinateur. Elle n'avait aucune envie de mêler Posey à cette histoire, d'aussi loin que ce fût, ni d'explorer ses messages privés sans sa permission.

Elle examina de nouveau les photos, cette fois sur son téléphone. Il était ainsi plus facile de les agrandir, de toute façon. La fille sans ombre restait sans ombre. En regardant de plus près, toutefois, Charlie constata qu'un des cadavres portait une trace de morsure légère au mollet.

Plus elle étudia la photo, plus il lui sembla que cette blessure était due à des dents humaines peu effilées.

Charlie alla prendre son service du soir au *Rapture* plus distraite que jamais. Le DJ ayant diffusé la musique de la fête des concessionnaires, de retour, installait une machine de karaoké près de la scène. Un projecteur allumé était pointé vers le mur. Pour l'heure, une vidéo de FKA Twigs passait en silence. Les danseurs semblaient tous avoir des serpents en guise d'ombres.

Don, devant le tableau noir, rédigeait un menu où nombre des noms de boissons incluaient les mots « cheveux » et « ciseaux ». Charlie en déduisit qu'elle devait s'attendre à une autre réception de fin d'année, cette fois pour un salon de coiffure.

Et aussi que Don tenait à afficher son menu avant qu'elle n'arrive sur les lieux.

« Tu es un vrai bon élève, lui dit-elle en jetant blouson et sac dans la niche derrière le bar, avant d'empoigner son tablier.

— Qu'est-ce que ça veut dire, ça ? interrogea-t-il.

— Rien, répondit-elle en jetant un coup d'œil au menu, lequel mettait en jeu beaucoup de vodka et de citron - mais il n'y avait aucun mal à ça. Ça m'a l'air bien. »

Cela sembla le radoucir. Ou bien il se rappelait que le dernier type l'ayant ennuyée s'était fait étrangler. « Ça va, ton œil ? »

Elle y porta une main prudente. L'enflure avait diminué, mais la meurtrissure était encore assez marquée pour que le fond de teint peine à la dissimuler. La jeune femme avait hâte d'être au lendemain, son jour de congé. « Ça va, je crois. Avec de la chance, cette fête-ci se passera mieux. Odette est là ?

— Derrière, avec un pauvre vieux monsieur qui a essayé de rentrer discrètement tout à l'heure, fit Don en haussant les sourcils.

— J'espère que le “pauvre vieux monsieur” la paie bien pour ce privilège », dit Charlie avant d'aller préparer des garnitures.

Tout en découpant des citrons verts, elle songeait aux cadavres trouvés au sous-sol de l'église de Hatfield. À la morsure repérée sur la photo, qui rappelait les griffures de son propre dos. Elle ne croyait pas qu'il pût s'agir de la même – elle n'aurait sûrement pas cette chance –, mais cela lui faisait penser qu'il s'agissait bel et bien d'une Furie.

Donc cette affaire l'aurait concernée même si M. Punch ne l'avait pas contrainte à s'en occuper.

Lorsqu'elle en arriva aux cerises au marasquin, elle en jeta deux dans un verre à whisky et prépara un godmother avec vodka et amaretto, qu'elle porta derrière le rideau de velours dissimulant l'escalier du salon d'ombre de Balthazar.

La première marche était incrustée d'onyx : lorsqu'elle s'y engagea, Rouge fut contraint de se manifester. Elle entendit son pas lourd derrière elle tandis qu'ils descendaient les degrés.

En bas, cependant, lorsqu'elle se retourna, il avait disparu.

Charlie inspira entre ses dents et regarda autour d'elle. Le salon d'ombre, bas de plafond, présentait les mêmes murs noirs que le *Rapture* et nombre de tables basses autour desquelles crépusculiens et clients se rencontraient pour mettre au point leurs arrangements.

Un jeune Noir en parka avait la main posée sur le poignet d'un Blanc d'âge moyen aux yeux révulsés. Une révulsion jouissive, sans doute, quoique les retailleurs pussent aussi retrancher les portions de soi qu'on n'appréciait pas – les addictions, la rage incontrôlable, la jalousie. C'était cependant moins fréquent, car tout ce qu'on perdait disparaissait à jamais. Qu'on coupe un peu trop et le sujet se retrouverait effectivement lobotomisé. Plus ou moins ce dont M. Punch avait menacé Charlie.

Une fille aux cheveux teints en noir pleurait en silence, soutenue par deux amies. « Il l'a volée, disait-elle quand Charlie la dépassa. Il m'a dit qu'il m'aimait et il a volé mon ombre. »

Joey Aspirins se tenait devant le second rideau, celui qui masquait le bureau de Balthazar, porteur sur l'avant-bras d'un nouveau tatouage représentant un homard luisant de pommade Aquaphor. Il avait toujours les joues aussi creuses et paraissait toujours aussi malade.

« Il est là ? » demanda-t-elle.

Aspirins hocha la tête une fois et croisa les bras sur la poitrine. « Pour toi, oui. »

Charlie prit cela pour un compliment. Elle écarta le rideau. Balthazar Blades était assis dans un des fauteuils en cuir. Grand et maigre, il avait les yeux sombres, des mèches emmêlées tout aussi sombres, et portait un costume en velours bordeaux froissé. Les trois boutons du haut de sa chemise blanche également froissée étaient défaits.

« Tiens, on dirait que les ennuis sont là, dit-il. Et ils m'ont apporté un verre ! Tu essaies de m'acheter pour que je fasse quoi, cette fois-ci ?

— J'ai besoin de ton aide », avoua-t-elle.

Balthazar eut l'air aussi ravi qu'un requin sentant l'odeur du sang dans l'eau. « Explique », encouragea-t-il, ronronnant presque.

Charlie prit une profonde inspiration. Quoique Posey ne fût pas présente, ses oreilles devaient siffler. « J'ai besoin de savoir deux ou trois choses à propos de la manière dont on devient crépusculien.

— Et il n'y a pas de meilleur professeur que Balthazar.

— En dépit du fait qu'il parle de lui à la troisième personne. »

Le maître des lieux sourit, peu troublé. « Bien sûr, il y a un prix.

— Lequel ?

— Apporte-moi une des Furies que tu es censée tuer. Une bonne, pas une toute petite comme Raven en utilise pour ses travaux de couture.

— Celles-là, on n'envoie pas le Hiérophante les traquer, lui rappela-t-elle.

— Je veux récupérer une vraie ombre, dit Balthazar en désignant le sol. Pas ce néant dormant. »

Exactement ce dont elle avait besoin. Encore quelqu'un qui voulait lui faire attraper une Furie.

« Marché conclu, dit-elle en ravalant sa frustration. Mais je tiens à toucher une avance sur mes services. Tu commences à enseigner, je commence à chasser pour toi.

— On se connaît depuis si longtemps qu'on peut se fier l'un à l'autre pour tenir une promesse », fit-il en souriant.

Charlie se posa les mains sur les hanches. « Quand tu le dis comme ça, tu sais que ça laisse penser exactement le contraire, hein ?

— Ne t'inquiète pas, dit Balthazar en sortant une enveloppe de son bureau. J'ai autre chose pour marchander. Ce que tu cherchais. »

Charlie retourna le coin du rabat avec un tel empressement que l'enveloppe se déchira sur toute sa longueur. À l'intérieur se trouvaient la description manuscrite et le plan grossier mais utilisable d'une salle aux trésors située sous la forteresse des masques. « Comment... »

Elle chercha le regard de Balthazar. « Je t'avais dit que je trouverais, dit-il, terriblement suffisant. Il y a toujours quelqu'un qui a besoin de quelque chose. La rumeur veut que les masques aient engagé une entreprise pour creuser ce nouvel espace, puis dérobé les souvenirs des ouvriers.

— As-tu demandé... ? commença-t-elle.

— Oui, ce qu'ils ont pris à Rouge s'y trouve, dans une fiole en onyx. Elle est marquée de chiffres. 335. »

Charlie replia les papiers et les glissa dans son tablier. « Je t'apporterai cette ombre, promit-elle.

— N'y manque pas. » Balthazar sourit et but une gorgée de son verre. « Je suppose que je peux ajouter un peu de formation en prime. Te montrer quelques trucs. Viens chez moi. Le mieux, c'est l'après-midi. Ou alors tard le soir, après la fermeture du *Rapture*. Mais je risque de ne pas être totalement sobre. »

Quand Charlie remonta au rez-de-chaussée, les coiffeurs étaient arrivés. Il s'agissait à l'évidence d'un petit salon et, quoique chacun fût accompagné de conjoint ou conjointe, la salle paraissait vide. Don, distrait, pianotait sur son téléphone.

Sur la scène, le karaoké avait commencé : un coiffeur à la barbe pailletée et aux fausses oreilles de chat massacrait *Animal In Me*.

Charlie servit un chardonnay à un homme portant du rouge à lèvres noir parfaitement appliqué qui ne tachait pas le verre quand il buvait. Elle servit toute une ligne de *shots* de vodka à trois jeunes femmes arborant coupe mulet et septum. Une autre, plus âgée, un énorme serpent jaune et blanc sur les épaules, s'installa au bout du bar. Son ombre portait des cornes.

« Je peux avoir un espresso martini ? demanda-t-elle. Noir.

— Vu la taille de votre serpent, vous pouvez avoir tout ce que vous voulez, lui dit Charlie.

— Flatteuse », répondit la cliente.

La jeune femme servit d'autres verres, ses doigts se glissant de temps à autre dans son tablier pour vérifier que les papiers s'y trouvaient toujours. Sa distraction fut l'unique raison pour laquelle elle ne remarqua pas l'homme avant qu'il n'arrive juste devant le bar. Son capuchon baissé devant les yeux, il était plus maigre que dans son souvenir. Il avait les joues creuses.

Toujours séduisant dans le genre triste maigrichon brun, le modèle de tous les petits copains de Charlie avant Vince. Mark. Qui l'avait presque tuée. Qui était censé être en prison.

Un instant, elle se contenta de le fixer, incapable d'ordonner ses pensées. Il lui semblait que, si elle clignait des paupières, l'arrivant pourrait se révéler n'être qu'une illusion d'optique. S'il avait été libéré, quelqu'un le lui aurait sûrement dit. Quelqu'un l'aurait prévenue.

« Toi », dit-elle. Seul l'impact du creux de ses reins contre le plan de travail lui fit réaliser qu'elle avait bougé. « Tu ne peux pas rester là. »

Mark avait les ongles sales. Il paraissait affamé. « Je suis venu m'excuser. »

Qui est-ce ? demanda la voix de Rouge dans la tête de Charlie.

Elle s'était très bien débrouillée pour éviter de penser à Mark depuis qu'on lui avait retiré les bandages de sa blessure par balle. Pour ne jamais laisser ses doigts frotter ses cicatrices sous la douche, pour ne pas les regarder quand elle se trouvait face à un miroir.

Puis elle avait rencontré Vince, un *type bien,* censé prouver que Charlie Hall était capable de prendre de bonnes décisions. Censé effacer son passé en refusant d'évoquer le sien. Rien de tout cela n'avait fonctionné.

Mon ex, dit-elle à Rouge.

Je le tuerai. Après une pause, il amenda sa déclaration. *Si tu veux.*

Elle tenta d'ignorer cette offre alléchante. « Alors quoi, quelqu'un t'a apporté un gâteau avec une lime dedans ? demanda-t-elle plutôt à Mark. Comment t'es-tu évadé ?

— Je ne me suis pas évadé », répondit-il. Il avait vraiment l'air pitoyable. Pourtant, elle ne pouvait s'empêcher de penser au trou dans la vitre de sa voiture, à la désorientation éprouvée avant de réaliser ce qui s'était produit. Au sang.

Je l'ai déjà croisé, dit Rouge.

Elle ne pouvait vraiment pas s'occuper de ça en ce moment. *C'était un voleur. Comme moi. Il est possible que Salt l'ait employé.*

« Comment se fait-il que tu sois là ? » s'enquit Charlie, la main sur la hanche. Une partie des coiffeurs tournèrent les yeux vers elle. Sa réplique avait peut-être été lancée un peu fort.

« Ma condamnation a été annulée, dit-il, tandis qu'un sourire s'épanouissait lentement sur ses lèvres. Mon frère a déclaré sous serment que je ne savais pas qu'il allait te tirer dessus. Il est même passé au détecteur de mensonges. C'est la vérité. Je te haïssais, mais je ne te voulais pas de mal. »

Il n'y avait pas une once de vérité là-dedans. « Et le type qu'il a assassiné ? » demanda Charlie.

Mark cilla, comme s'il avait oublié que son frère avait aussi visé le passager du véhicule. Un coup d'un soir, pas quelqu'un que Charlie connaissait bien. Un type qui l'avait fait rire dans un bar, et en était mort. « Je croyais l'arme chargée à blanc.

— Et puis quoi encore ? » Elle soutint le regard de Mark, déterminée à lui montrer qu'elle ne s'intéressait pas à lui. « Tire-toi. C'est une fête privée.

— Ça veut dire que l'alcool est gratuit ? demanda-t-il en se parant du sourire qui avait persuadé un tas de gens de commettre un tas d'erreurs.

— *Tire-toi,* répéta Charlie. Avant que j'appelle les flics pour leur dire que tu me harcèles.

— Tu ne feras pas ça, dit-il avec un rictus. Je sais que tu es sur une affaire. Tu es toujours sur une affaire.

— Je me suis rangée, affirma-t-elle.

— Mais oui, bien sûr. » Il sourit, plus sûr de lui à chaque seconde qui passait. « Écoute, on se voit plus tard, d'accord ? On pourra causer davantage. »

Charlie posa les mains à plat sur le comptoir et baissa la voix. « Si je te revois, je t'enterre. »

Le sourire de Mark diminua. Le dur de la famille, c'était son frère, pas lui. Lui n'était qu'un escroc minable. Elle l'espérait assez futé pour disparaître dans les profondeurs du monde comme une goutte d'eau dans l'océan.

Pourtant, ses mains tremblaient toujours quand elle servit une nouvelle ligne de *shots*.

Un vieil homme aux cheveux blancs, en costume gris à fines rayures, sortit du bureau d'Odette, l'air fort mal à l'aise. C'était sûrement le pauvre vieux monsieur dont avait parlé Don, celui que leur patronne avait reçu dans l'arrière-salle. Charlie espéra que les coiffeurs ne se formaliseraient pas de voir une personne de plus s'inviter à leur fête.

Pour sa part, elle était heureuse de la distraction. Elle jeta un coup d'œil à son collègue qui préparait un martini au shaker. Sur l'étagère, près de lui, son téléphone ne cessait de vibrer.

Quand elle passa à proximité, la jeune femme lut le prénom « Erin » sur l'écran illuminé. La copine de Don. La dernière fois qu'elle les avait vus ensemble, c'était chez Barb et Aimée. Elle s'y était rendue pour une fête, tard le soir, et avait surpris leur débat intense, dans la cuisine, pour savoir lequel des deux avait été méchant avec l'autre le premier. Don avait pleuré et tenté de le cacher. Charlie avait eu de la compassion pour lui. Elle-même avait pleuré lors d'un grand nombre de fêtes.

Mais elle restait étourdie par la visite de Mark, et ce téléphone vibrant lui faisait l'effet d'une alarme.

Le vieil homme en costume attendait au bar. Elle l'avait déjà vu, réalisa-t-elle. Ce n'était pas son visage qu'elle reconnaissait, mais sa montre – la Vacheron Constantin que Vince avait repérée à son poignet lorsqu'il s'était glissé dans le bar un mois plus tôt, garé à l'arrière pour éviter de se faire remarquer.

Il s'agissait d'un des clients de longue date d'Odette, une des raisons pour lesquelles elle n'était qu'à moitié retraitée en tant que dominatrice.

« Qu'est-ce que vous avez de cher ? » demanda-t-il.

Charlie haussa les sourcils. Ils vendaient de bons alcools, mais cet homme portait un accessoire qui coûtait le prix d'une voiture neuve : elle ne savait pas trop ce qui pourrait l'impressionner.

« On a un Macallan de vingt-cinq ans d'âge, à deux cents dollars le verre. » Ils avaient aussi quelques scotchs et bourbons aux alentours de cinquante ou soixante dollars le verre, mais rien qui approche le Macallan.

« J'en prendrai un double, dit l'homme en sortant quatre billets de cent dollars et deux de vingt. Elle m'a ordonné de vous dire de le servir pur, dans la gamelle, s'il vous plaît. »

On ne lui avait pas demandé *ça* depuis longtemps. Charlie passa la main sous le placard et rapporta une gamelle pour chien en inox. La femme au serpent parut intriguée.

La jeune femme versa deux doses de scotch généreuses dans l'improbable récipient, qu'elle agita un peu avant de le déposer par terre, devant le bar.

Quelques coiffeurs, remarquant qu'il se passait quelque chose d'intéressant, s'approchèrent.

Le vieil homme se mit lentement à quatre pattes et commença à laper le scotch. Charlie vit des plaques colorées s'épanouir sur ses joues. Il devait se sentir tout à fait humilié, étant donné le malaise qu'il éprouvait déjà avant. Odette était authentiquement maléfique.

La plupart des spectateurs parurent amusés, quelques-uns horrifiés, et au moins une personne très intriguée. Charlie croisa un certain nombre de regards, haussa les épaules et prit des commandes.

« Je peux avoir ma bière comme ça, moi aussi ? s'enquit une des femmes à la coupe mulet.

— Il y a un supplément, l'informa Charlie.

— Il va aboyer comme un chien, après ? demanda un type aux cheveux décolorés en donnant un coup de coude à son ami.

— Si elle le lui ordonne », répondit la jeune femme en désignant de la tête Odette, tout juste sortie de l'arrière-salle, qui se dirigeait vers le bar vêtue d'une robe en néoprène noire et de bottes rouges lacées jusqu'aux genoux.

« Merde, alors, dit le type.

— Ouais, merde alors », acquiesça la femme au serpent.

Charlie servit encore d'autres verres. Quand l'homme aux cheveux décolorés eut terminé, son ami et lui laissèrent un pourboire généreux, comme s'ils espéraient chasser le mauvais œil.

« Alors, comment ça se passe, Marni ? » demanda Odette à la femme au serpent.

Marni devait être la patronne du salon de coiffure.

« C'est une chouette fête, répondit-elle en désignant de la tête l'homme à quatre pattes. Mais pas aussi chouette que la tienne. »

Après avoir terminé le scotch, le vieil homme en costume se remit lentement sur ses pieds, épousseta sa veste avec dignité, salua Odette d'un signe de tête et se dirigea vers la porte.

« Gentil toutou, lui lança-t-elle.

— Je vous prépare un aviation ? » demanda Charlie à sa patronne, tendant déjà la main vers le gin.

Odette lui sourit. « Parfait, ma chérie. »

Sur la scène, le coiffeur au rouge à lèvres noir chantait *Anti-Hero* avec une fausseté remarquable. Charlie déposa la boisson mauve devant Odette dans une coupe réfrigérée.

« Tout le monde est très professionnel, ici, dit Marni. Enfin… à part lui. »

Employeuse et employée suivirent son regard jusqu'à Don, qui avait cessé d'écrire sur son téléphone et, recroquevillé dans un coin du bar, chuchotait à présent furieusement devant son écran.

« Oh ? Odette remua sa boisson du bout d'un doigt.

— C'est sa copine, dit Charlie. Je crois qu'ils s'engueulent.

— Ma foi, si ça leur plaît.

— Ça ne lui ressemble pas tellement, hein ? » La jeune femme se fût attendue à ce que Don, étant donné le peu de patience dont il faisait preuve en général, se contente de rompre quand la situation devenait difficile.

« Oh, je ne sais pas. Il s'engueule aussi beaucoup avec vous. Peut-être qu'il aime ça, dit Odette. J'espère qu'elle aussi. Le grand amour peut être très laid.

— Tu es cynique, lui reprocha Marni, en désignant la porte par laquelle venait de sortir le vieil homme. Tu ne vois peut-être que le côté laid.

— Non. L'amour *doit* être laid. »

Charlie fronça les sourcils, déroutée. Elle ne pouvait s'empêcher de penser à Mark et au tissu cicatriciel, là où la balle l'avait touchée.

Odette acheva son cocktail puis tendit le verre vide en direction de Charlie. « Vous êtes jeune. Vous croyez sans doute encore que les relations amoureuses impliquent de prendre garde à ne pas blesser l'autre. » Elle tourna le verre vers Marni. « Toi, tu n'as aucune excuse.

— Et ce n'est pas ça ? » demanda Charlie. Peut-être, en tant que dominatrice, sa patronne employait-elle des métaphores assez complexes à base de blessures. « Ou, du moins, est-ce que ça ne devrait pas être ça ? »

Odette eut un rire dur. « Et qu'est-ce qui se passe quand on n'y arrive pas ? »

Les pensées de la jeune femme se portèrent sur Vince, sur toutes les précautions qu'elle avait prises en sa présence, tous ses efforts de dissimulation. Et l'efficacité avec laquelle il s'était caché d'elle. Ils avaient peut-être été amoureux l'un de l'autre, mais ne s'étaient jamais vraiment connus. Puis elle songea à Rouge et se sentit dépassée. « Honnêtement, je n'en sais rien. »

Odette soupira. « Vous vous voyez comme des acteurs, avec de la vaseline sur l'objectif pour cacher vos défauts. Mais vous devriez avoir envie de quelqu'un qui embrasse vos cicatrices. Qui attrape votre vomi entre ses mains. Quelqu'un qui vous aime encore autant si vous vous soûlez et pissez au lit – ou si vous avez besoin d'un cathéter et d'une poche à pisse, bordel. Le grand amour doit accepter les remugles avec les fragrances. »

Les battements de cœur de Charlie s'accélérèrent sous l'effet d'une innommable panique. « Les gens ne sont pas comme ça. »

Odette lui lança un regard perplexe. Marni les observait sans intervenir.

« Tout a un prix », clarifia la jeune femme, cherchant à retrouver un terrain ferme. Contre toute raison, les paroles de sa patronne l'affolaient.

Odette haussa les épaules comme si c'était évident, mais pas particulièrement important. « On donne et on reçoit. »

Non, avait envie d'insister Charlie. *Les gens ne vous aiment que si ça vaut le coup pour eux. Personne ne vous aime une fois vos faiblesses exposées. Personne n'aime vos défauts. Personne n'aime ce qui est laid ou brisé en vous. Personne ne vous aime sans attendre en échange davantage que votre amour.* Au lieu de cela, elle balbutia : « Qui commence ? » Dès que les mots quittèrent sa bouche, elle se demanda s'ils avaient un sens. Surtout du fait que cette discussion concernait au départ Don et Erin.

Odette, toutefois, ne parut pas désorientée. « Ah, dit-elle. Ça, c'est le point délicat. »

13

ROSE

Une fois son service terminé, Charlie traversa le parking du *Rapture*. Sa main, dans sa poche, tenait les papiers que lui avait remis Balthazar. Un avantage pour trouver la pièce manquante de Rouge, celle qui pourrait peut-être lui rendre ses souvenirs et le lui ramener…

Vincent. Lui ramener *Vince*. Voilà ce qu'elle voulait dire.

Elle poussa un petit cri de surprise en réalisant que Rouge, à son côté, réglait son pas sur le sien. Sa main vola vers sa poitrine. Elle avait eu trop de surprises, récemment. Ses nerfs étaient en pelote.

« Tu m'as dit que je n'avais pas besoin de disparaître tout le temps, accusa-t-il, les épaules voûtées par la tension.

— C'est vrai, dit-elle. Parfait. »

Il hocha la tête et parut se détendre un peu.

Le moteur de la camionnette émit un ronflement aigu quand il démarra. La voiture de Charlie avait rendu l'âme quelques mois plus tôt, et la réparer aurait coûté plus cher qu'elle ne valait. Restait la camionnette de Vince – un véhicule dont il était propriétaire, mais qu'il n'avait jamais immatriculé ni assuré, puisqu'il n'était pas une personne disposant d'un numéro de sécurité sociale, ni même d'un permis de conduire. Si la camionnette tombait aussi en panne, Charlie ne savait pas trop ce qu'elle pourrait faire.

« Parle-moi de Mark », demanda-t-il.

Elle secoua la tête. Elle n'était pas prête à discuter de cela. « Parlons du type qui a bu dans la gamelle du chien. »

Rouge eut un petit haussement d'épaules. « Quincy Crowninshield.

— Attends. Tu le connais ? » Elle était furieuse. Vince ne le lui avait pas dit. Il avait juste parlé de la montre.

« Crowninshield Construction possède la moitié de l'ouest du Massachusetts, dit l'ombre, ignorant les cachotteries de son ancienne identité. Une relation de Salt – ils n'étaient pas intimes, mais ils se voyaient souvent au country club local.

— Dégueu », soupira-t-elle.

Il croisa son regard. « Tu trouves plus gratifiant de lui avoir servi son scotch dans une gamelle de chien, du coup ? »

Elle sourit. « Ouais, peut-être bien.

— Tu sais que Don s'engueule parfois avec sa copine sur le parking ? »

Charlie cligna des paupières de surprise. « *Quuuoooiii ?* »

Rouge lui adressa son demi-sourire familier, et elle se rappela qu'il adorait les potins. « Balthazar, lui, retrouve à l'occasion Bellamy derrière le *Rapture*. Et ça n'a pas l'air entièrement professionnel. »

Elle éclata de rire et s'engagea sur la grand-route en réalisant qu'il avait réussi à la distraire de Mark. C'était gentil de sa part.

« Je vais passer devant l'église, lui dit-elle.

— Tu crois qu'il y a quelque chose à voir ?

— Je ne sais pas. Sans doute pas. » Charlie fonctionnait à l'instinct. Elle aurait surveillé le bâtiment si elle avait l'intention de le cambrioler, aussi était-ce pour elle un moyen familier d'entamer une enquête.

L'église de l'Alliance de la Grâce se dressait dans un quartier endormi, au bord d'une grande route de Hatfield, Massachusetts, une ville tout droit sortie d'un tableau de Norman Rockwell. De vieilles maisons gracieuses, avec nœuds rouges et couronnes de Noël de bon goût sur leur porte, reposaient à l'ombre de grands arbres.

Charlie se gara au bord du trottoir d'en face. À cette heure de la nuit, aucune autre voiture ne circulait et, dans la plupart des maisons, la lumière était déjà éteinte. Quelques fausses bougies clignotaient aux fenêtres, ainsi que des guirlandes électriques sur les arbustes.

Derrière l'église, un vieux cimetière s'étendait jusqu'à un petit bois. À la place du tueur, y compris s'il s'agissait d'une Furie, c'était par là qu'elle serait repartie.

Une voiture de police qui descendait la rue ralentit en dépassant le van. Charlie recommença à respirer en constatant qu'elle ne s'arrêtait pas. À deux rues de là, toutefois, le véhicule commença à faire demi-tour.

« Il est temps de filer », annonça la jeune femme en espérant qu'aucun flic ne fût en train de taper son immatriculation sur l'ordinateur. Elle reprit la route et se dirigea vers la sortie de la ville. La voiture de police ne la suivit pas.

Quand son téléphone sonna, elle sursauta et le volant s'agita entre ses mains au point que la camionnette fit une embardée.

Elle ne se sentit pas mieux du tout lorsqu'elle vit qui l'appelait.

Vicereine. Ah oui : la cheffe des retailleurs voulait lui parler et, comme ce n'était finalement pas elle qui l'avait traînée hors de chez elle, Charlie ne l'avait jamais rappelée.

Elle cala le téléphone contre son épaule, afin qu'il reste en place tandis qu'elle conduisait. « Désolée, mon téléphone était pété, et...

— J'ai été contactée par un avocat, la coupa Vicereine. Il m'a appris que Remy Carver est sur le point de devenir très riche et qu'il serait dans mon intérêt de rester hors de son chemin. J'ai informé cette personne qu'elle se trompait, car Vincent n'est pas plus Remy Carver qu'Adeline Salt n'est son propre reflet dans le miroir. »

Rouge se raidit sur le siège du passager. Ses yeux s'assombrirent, comme s'ils étaient sur le point de s'embraser. Il s'empara du téléphone et brancha le haut-parleur. « Qu'a encore dit cet avocat ?

— Il voulait savoir si je comptais répéter ça à quelqu'un d'autre, répondit Vicereine, apparemment surprise d'entendre la voix de l'ombre.

— Et c'est le cas ? demanda Charlie en songeant au journaliste qui lui avait téléphoné.

— Pas sans raison, répondit Vicereine, agacée. Mais si on me pose la question, il ne faudra pas s'attendre à ce que je mente. »

Ce qui était une mise en garde, mais aussi une cause de reconnaissance. Charlie détestait devoir se montrer reconnaissante.

« Vous devez vous réjouir de n'avoir pas fait d'Adeline le Hiérophante, dit-elle. Vous imaginez combien de fois son avocat vous aurait appelée, sinon ?

— Si elle croit pouvoir acheter la Cabale, on aura sa peau. Vous devriez le lui rappeler. Lui rappeler à qui vous obéissez.

— C'est Vince qu'elle veut, pas moi », corrigea Charlie.

Vicereine eut un petit rire. « Lui, elle croit déjà l'avoir.

— Et vous non ? »

La cheffe des retailleurs émit un bruit impatient. « Si vous ne vouliez pas qu'il en soit ainsi, vous n'auriez pas dû vous mettre un collier autour du cou et nous donner la laisse, Charlie Hall. »

Puis elle raccrocha.

« Ç'aurait pu être pire », dit Charlie. Mais Rouge regardait par la fenêtre, perdu dans ses pensées.

Quand ils arrivèrent à la maison, elle se tourna vers lui.

« Tu peux dormir avec moi si tu veux, dit-elle, risquant une humiliation, mais déterminée à aller jusqu'au bout. Je promets de ne pas te draguer ni rien. »

Il l'examina, l'expression indéchiffrable. « Tu es très belle. »

Elle-même conservait un visage soigneusement neutre. « Tu n'aimes peut-être pas la beauté. Tout le monde a un type. » Elle se laissa tomber sur le lit et tenta de se débarrasser de ses bottes sans les mains. Elles étaient lacées, mais pas assez serrées pour qu'elle ne puisse y parvenir avec un peu d'acharnement.

Rouge s'empara de son mollet. Un genou à terre devant elle, il défit ses lacets, puis lui ôta ses bottes l'une après l'autre, comme à une enfant. Quand il eut terminé, elle lui retira ses pieds et les glissa sous les couvertures, faisant mine de ne pas sentir la chaleur de ses mains sur sa peau. Faisant mine de n'être en rien affectée.

Il s'allongea tout au bord du matelas.

Encore presque tout habillée, Charlie ferma les yeux et tenta d'ignorer la proximité de son corps, la douceur de sa bouche et la ligne dure de sa mâchoire. Ses cils qui brillaient comme de l'or lorsque le clair de lune les accrochait.

La jeune femme portait encore son soutien-gorge, et son collier d'onyx se plantait dans son torse. Elle ne réussirait jamais à dormir comme ça.

Ses pensées alternaient entre Mark au *Rapture,* avec son faux sourire familier, la balle ayant frappé son pare-brise et Rouge lui parlant dans sa tête. *Je le tuerai. Si tu veux.* Encore et encore, en boucle.

Soudain, du coin de l'œil, elle remarqua une ombre qui remuait près de la fenêtre. Qui glissait sur le sol comme aucune ombre n'aurait dû le pouvoir.

Automatiquement, Charlie ferma les yeux et feignit de dormir. C'était stupide mais elle l'avait fait ; elle pouvait donc aussi bien prendre un moment pour réfléchir. L'arme qui se révélait en général la plus efficace contre les Furies était le feu, et son briquet se trouvait dans son sac à main. En bougeant vite, elle pourrait s'en saisir, mais il ne produisait qu'une toute petite flamme.

« Rouge. » Une voix étrange, grinçante, sortait de l'ombre – une voix féminine qui évoquait du métal contre du métal. Charlie retint son souffle. Une Furie capable de raisonner, de *parler*, était très, très dangereuse.

Peut-être aussi dangereuse que Rouge.

« *Toi.* » Il parlait à voix basse. La jeune femme sentit le matelas bouger quand il se leva.

Il connaissait cette chose ? *Merde, merde et merde.*

« Viens avec moi », grinça la visiteuse.

Il y eut un long silence. Charlie ouvrit les yeux juste à temps pour voir les deux ombres sortir par la fenêtre. L'instant d'après, elle s'assit, la main sur son cœur emballé, comme si elle avait pu le ralentir en appuyant dessus. À tout le moins, Posey n'était pas à la maison. Sa sœur passait de plus en plus de nuits dehors, rentrant juste avant l'aube. Si Charlie jugeait préoccupant qu'elles aient des secrets l'une pour l'autre, elle en était à présent heureuse.

Sortant du lit, elle chaussa de nouveau ses bottes. Elle devait absolument savoir ce qui se passait. Jetant sur ses épaules son manteau déchiré par les griffes de la Furie, elle franchit la porte d'entrée aussi silencieusement que possible et s'enfonça dans la nuit. Si elle se concentrait, elle pouvait suivre la sensation de traction qui naissait quelque part au centre de son corps et l'attirait vers Rouge. Elle ressentait la distance qui les séparait et, pour peu qu'elle baisse les yeux, elle distinguait tout juste au clair de lune l'écheveau obscur qui entourait les deux ombres, fin comme une toile d'araignée.

L'air froid lui mordait les joues, des rafales faisaient voler ses cheveux autour de son visage, mais elle entendait des voix à proximité. Elle se rapprocha et s'accroupit derrière un arbuste pour demeurer cachée. Ses jambes commençaient déjà à s'engourdir.

« Tu me croyais morte ? demandait la visiteuse. Ou bien tu essayais de ne jamais penser à moi ? D'oublier le bon vieux temps ?

— Qu'est-ce que tu veux ? » Le ton de Rouge était aussi brutal que ses paroles.

« Je ne peux pas rester très longtemps, dit-elle de sa voix étrange. Écoute-moi bien.

— Je suppose que je te dois au moins cela, soupira-t-il.

— Tu me dois plus que cela, corrigea la femme d'ombre. Beaucoup plus.

— Maintenant, c'est toi qui perds du temps, lui fit-il remarquer.

— Je désire que tu tues un homme. » La voix de la visiteuse se combinait étrangement avec le bruit du vent.

« J'ai une gardienne, dit Rouge.

— Est-ce qu'on t'a donné à elle comme on m'a donnée à lui ? Tu crois qu'ils t'épargneront si tu joues au monstre loyal ?

— Fais attention, dit Rouge. C'est toi qui es venue me voir, Rose.

— Tu ne m'as pas sauvée autrefois. Sauve-moi maintenant. Comme tu le dis, tu as une dette envers moi. »

Rose. Charlie n'avait jamais entendu parler que d'une seule personne portant ce prénom. Rose Allaband. La fille que Remy était censé avoir tuée. Celle dont le cadavre avait été retrouvé dans la carcasse d'une voiture brûlée à Springfield.

Nul n'avait jamais demandé ce qui était arrivé à son ombre.

« Je pourrais t'aider aussi », dit-elle.

Il eut un éclat de rire, quoique pas du genre amusé. « Plus personne ne peut m'aider.

— Je la tuerai pour toi, si tu veux », dit l'ombre de Rose en désignant la maison. Charlie. Elle parlait d'assassiner Charlie.

« Maintenant ? demanda-t-il, comme si cette offre était la bienvenue.

— En récompense, si tu m'aides, répondit-elle.

— Qu'est-ce qui t'a fait venir ici ? interrogea-t-il.

— Oh, tout le monde parle du nouveau Hiérophante et de son ombre. Quand on t'a appelé Rouge, j'ai compris. » Elle parlait vite. « La seule raison pour laquelle je peux venir te voir ce soir, c'est qu'il est dans un bar du quartier – une réunion avec M. Punch – mais il pourrait ne pas y rester longtemps. Nous nous déplaçons beaucoup. »

M. Punch. Il était logique que toutes les affaires sinistres déferlent sur son rivage. Charlie se demanda pendant combien de temps il avait projeté de renverser Malik pour prendre la tête des marionnettistes.

« Si vous vous déplacez tant que ça, comment suis-je censé trouver ce type ? À moins que tu ne veuilles que je retourne au bar avec toi tout de suite ? Qu'on le tue ensemble ?

— Non, il y a d'autres crépusculiens présents, c'est trop dangereux, dit-elle, une légère panique dans la voix. Je te ferai passer un mot. Il fréquente une boutique de station-service à la sortie de la ville. On y vend sa marque de cigarettes préférée. Cherche un message sur les murs des toilettes : tu sauras où et quand attaquer. Donne-moi deux jours.

— Je chercherai, assura Rouge.

— Emmène-la. » Rose désigna la maison. « Charlie. Elle s'appelle comme ça, hein ? On les assassinera tous les deux et on sera libres. » Elle leva les yeux vers lui, la main sur son bras, du désir dans les yeux. Au clair de lune, elle était translucide – une amoureuse fantôme projetant de passer l'éternité avec son promis.

Ou d'entraîner sa rivale dans la mort.

D'un coup, Charlie réalisa qu'elle devait rentrer avant Rouge. Sans attendre qu'il réponde, elle gagna la porte sur la pointe des pieds, les mains tremblantes, les cuisses engourdies et piquantes de froid.

Elle vit alors son oreiller. Déchiqueté, la taie lacérée, la bourre jaillissant des trous. Si elle n'était pas sortie, si elle s'était vraiment endormie, il aurait pu s'agir de sa gorge. Et puisque Rose se trouvait encore dehors, elle n'avait aucune idée de qui était venu pour elle.

Elle se laissa tomber sur le lit, tremblant si fort qu'elle ne savait comment s'arrêter. Elle s'était reprise avant le retour de Rouge, mais lorsque le matelas se déforma sous son poids, elle dut se mordre la joue pour s'empêcher de hurler.

14

LE PASSÉ

Mark était le pire petit copain que Charlie eût jamais eu. Que sa relation avec lui fût aussi la seule qui ait démarré honnêtement n'était peut-être pas une coïncidence. Il savait exactement ce qu'elle était – un escroc, tout comme lui –, et il assurait qu'elle lui plaisait comme ça. Il admirait ses opérations, embrassait ses doigts de pickpocket et enroulait autour de la sienne sa langue de menteur.

Quand Rand avait pris Charlie sous son aile, il lui avait décrit avec enthousiasme la vie des escrocs – qu'il comparait à des hyènes rieuses rôdant aux abords de la société, cherchant les individus les plus faibles et les plus lents. Avec Mark, ce fut réellement le cas.

Lors de leur première rencontre, ils se faisaient concurrence sur la même affaire. Une crépusculienne, Edith, voulait un livre qu'un vendeur d'ouvrages anciens refusait de céder à ce qu'elle considérait comme un prix raisonnable. À titre personnel, Charlie estimait que les tentatives de marchandage d'Edith faisaient d'elle une suspecte idéale du vol, mais ce n'était pas son problème. Son problème était d'obtenir le livre.

Elle prit rendez-vous chez le libraire, puis couvrit ses tatouages, chaussa des lunettes et enfila une robe noire vintage, se changeant en jolie bibliothécaire. Si sa future victime se souvenait d'elle, elle espérait que ce serait davantage de sa tenue que de son visage.

En arrivant à la librairie, elle remarqua un homme mince, en costume mal coupé, qui partait précipitamment. Tandis qu'elle feuilletait une collection de contes japonais illustrés – le volume qu'elle avait demandé afin de satisfaire la sécurité de la boutique –, elle convainquit le libraire de lui dire ce que cet autre client voulait examiner : le livre qu'elle était venue voler.

L'angoisse lui tordit les entrailles.

Charlie retrouva Mark une heure plus tard, dans un bar de la même rue, en train de siroter une bière. Il avait échangé la veste portée à la librairie contre un blouson de cuir.

« Tu n'es pas très bon à ce jeu-là », lui dit-elle en s'asseyant près de lui.

La bouche du jeune homme esquissa un sourire de gamin malicieux. Il n'était pas vilain mais, sauf pour le bleu ciel étonnant de ses yeux, il avait un visage propre à se fondre au milieu d'une foule. « Et tu es qui, toi ?

— Tu voudrais bien le savoir, hein ? »

Mark l'observa longuement de la tête aux pieds. Il avait un visage pâle qu'elle jugeait attirant, avec de légères poches sombres sous les yeux – comme s'il entretenait quelque douleur cachée. « Je peux t'offrir un verre ? »

Pourquoi pas ? songea Charlie. Elle connaissait d'autres voleurs, mais la plupart n'étaient pas de sa génération. « Whisky, s'il te plaît.

— De la glace pilée ? demanda-t-il en se levant.

— Plutôt un glaçon, s'ils en ont. »

Ils n'en avaient pas, mais ce n'était pas grave. Elle but une gorgée. Du Wild Turkey, reconnut-elle en se demandant ce que ce choix révélait de lui. « Alors, dit-elle, tu veux parier ?

— Que tu pourras t'en emparer la première ? » demanda-t-il.

Elle hocha la tête, faisant tourner l'alcool brun dans son verre pour accélérer la fonte de la glace pilée.

Il sourit, appréciant visiblement cette idée de concours. « Qu'est-ce que ça me rapportera de gagner ?

— Qu'est-ce que tu voudrais ? » Charlie se laissa aller en arrière sur sa chaise. Flirter pendant un boulot était euphorisant – sans doute parce que c'était une très mauvaise idée. Toutes ses meilleures idées étaient mauvaises.

« Toi », dit-il en souriant.

Elle haussa un sourcil. Il était sans conteste audacieux, et au moins à moitié ivre, mais c'était flatteur tout de même. « Et si c'est moi qui gagne ? »

Il se pencha et lui chuchota à l'oreille, comme s'il révélait un secret : « *Tu ne gagneras pas.* »

Elle haussa les épaules, gardant un petit sourire sur les lèvres, puis répondit sur le même ton : « *Quel genre d'escroc prévient sa victime ?*

— Tout le monde me dit toujours trop présomptueux, mais je trouve que le plus marrant, c'est de jouer. » Il prit une autre gorgée de sa bière. « Qu'est-ce que tu veux, toi ?

— Savoir qui t'a engagé, dit-elle, bien qu'elle en eût une vague idée. Et ce qu'on t'a proposé en paiement.

— Marché conclu, dit-il en tendant la main. Tope là ?

— Ou encore, dit Charlie sans faire mine de le toucher, on fait le boulot ensemble et on partage le fric.

— Pourquoi accepterais-je ça alors que..., commença-t-il.

— Alors que tu as déjà volé le livre ? » acheva Charlie pour lui.

Elle eut la satisfaction de voir le choc s'épanouir sur son visage. Puis de le regarder empoigner son sac et de constater son horreur lorsqu'il le trouva vide. « Toi... » Il s'interrompit, lui lançant un regard véritablement méchant. « Tu vas regretter ça. »

Charlie vit se déployer le fanion rouge annonçant le danger – mais elle aimait le danger. « Oh, allez, dit-elle, associons-nous. Je parie qu'elle t'aurait payé davantage que moi.

— Tu travaillais pour Edith ? demanda-t-il, sa colère trouvant une nouvelle cible.

— Il semble qu'on soit déjà associés, commença Charlie. On ne le savait pas, c'est tout.

— Je m'appelle Mark, lui confia-t-il avec un soupir. Trouvons un terrain d'entente. Je peux être un gentleman, quand c'est nécessaire. »

Charlie n'entendit pas l'avertissement que comportaient ces paroles. Elle était devenue tout aussi sûre d'elle que lui, tout aussi persuadée de ne pas pouvoir perdre. Depuis deux ans, elle volait de succès en succès et mettait de l'argent de côté. Et elle avait un projet. Dès qu'elle serait assez riche pour déposer une caution, elle aurait sa propre maison. Ensuite, elle enverrait sa sœur à l'université. Lorsqu'elles seraient ainsi tirées d'affaire, elle investirait dans un coffre-fort de qualité militaire et une identité absolument inviolable qui lui permettrait d'accomplir à l'étranger les boulots les plus délicats. Elle était après tout la Charlatane, merde. Capable de voler les étoiles dans le ciel et de laisser des copies tellement fidèles que nul ne remarquerait seulement leur absence.

Une fois l'accord scellé, Mark et elle allèrent voir Edith ensemble. Gênée de s'être fait prendre à engager deux voleurs en espérant qu'ils se fassent concurrence, elle les paya tous les deux. Avec une partie de cet argent, Charlie et Mark louèrent une chambre d'hôtel et commandèrent au service de chambre des frites et du champagne – dont ils profitèrent au lit. Lorsqu'elle lui demanda ce qu'il comptait faire après cette nuit-là, il se contenta de rire.

Selon Mark, il fallait travailler quand on n'avait pas d'argent, et le dépenser quand on en avait. C'était seulement quand on se retrouvait fauché qu'on reprenait un boulot. Il n'avait aucune envie de se bâtir une réputation. Prendre un emploi standard pour lui servir de couverture ne l'intéressait pas. C'était un escroc de talent, mais dépourvu d'ambition. Et il ne croyait pas aux projets à long terme, point final.

En outre, il jouait dans un groupe.

« Ce type, Rand, disait Mark quand elle lui décrivait certains aspects du métier, ça le gênait d'être voleur, donc il a essayé de camoufler ça, de rendre ça plus joli. Tu es pareille. Quel intérêt d'être un criminel si on doit vivre comme les pigeons ? »

Un temps, en dépit de leurs différences, tout se passa bien. Charlie travaillait à temps partiel au *Top Hat* et se voyait confier un tas de missions clandestines par Balthazar et quelques autres. Même si Mark se montrait parfois difficile, il appréciait qu'elle effectue les travaux préparatoires fatigants, et l'argent qu'ils ramassaient lui convenait.

Il réservait ses week-ends à la musique. Son groupe ne cessait de splitter, puis de se reformer avec de nouveaux membres et un nouveau nom. Il arrivait que les musiciens soient des gens que Charlie avait connus en tant que barmaid ou par des amis travaillant dans des restaurants. Lorsqu'elle regardait Mark sur scène, le visage éclatant de joie, elle l'aimait tellement qu'elle en avait mal.

Tout n'était pas rose, toutefois. Il arrivait au jeune homme de disparaître et de refuser de dire où il allait. Une tournée des grands-ducs ? Un boulot dont il voulait s'occuper seul ? Une autre copine ? Il se fâchait lorsqu'elle l'interrogeait, l'accusant de ne pas lui faire confiance.

Charlie se rappelait avoir vu sa mère fouiller dans les poubelles de ses compagnons et passer en voiture dans les rues où ils étaient censés se trouver afin de voir si leur véhicule y était bien garé : elle capitula, cessa d'interroger. Il y avait de bons moments, quand ils étaient au lit ensemble et qu'il lui chuchotait à l'oreille : *Je t'aime plus que tout au monde.* Elle s'efforçait de se concentrer sur ces moments-là.

Au bout du compte, cependant, rien n'eut d'importance.

« Hé, viens voir », l'appela Mark un après-midi, alors qu'ils se trouvaient chez son frère Brian. Brian, ancien militaire, parlait de devenir flic. Mark estimait qu'il s'agissait d'une excellente idée. Charlie n'en était pas aussi persuadée.

Quand elle entra, elle les trouva en train de regarder une vidéo d'un crépusculien doté d'ailes noires, racontant comment son ombre s'était éveillée après une bagarre dans un bar.

« Qu'est-ce que tu en penses ? demanda Mark.

— J'aime bien ses ailes », répondit-elle. Il lui semblait incroyable que la magie se soit révélée réelle.

« Si on était crépusculiens, on pourrait voler des livres pour nous-mêmes », dit Mark, comme si Charlie n'y avait encore jamais pensé.

Elle se rappelait les jeux de mensonges auxquels elle avait joué en grandissant, et où ils l'avaient menée. Elle songeait à Posey, obsédée par les diverses méthodes permettant de devenir crépusculien – asphyxie, hypothermie, souffrance extrême. Le succès n'était en rien garanti, et tout cela était terriblement dangereux. Charlie avait sans cesse peur pour elle. « Mais nous ne sommes pas crépusculiens, déclara-t-elle. Les gens comme nous ne font pas de magie. »

Ce fut peu après que les Artistes – une bande de retailleurs dirigée par Vicereine avant qu'elle ne devienne respectable – voulurent acquérir un mémoire volé à un type d'Atlanta par un marionnettiste censé habiter Albany, New York. Charlie et Mark reçurent pour mission de voler cet autre voleur.

« Aucun problème », affirma la jeune femme, avant de rentrer chez elle préparer son coup.

Mais, alors qu'elle planifiait et replanifiait l'opération, Mark continuait de répéter que les crépusculiens étaient toujours aux commandes et qu'il s'agissait d'une injustice. Il ne voulait pas accomplir ce travail : il voulait se concentrer sur l'éveil de son ombre.

« Parfait, lui dit-elle. Celui-là, je le ferai toute seule. »

Allongé sur le lit de leur appartement, il jouait à un jeu vidéo sur sa console Switch. « Ils ne te respectent pas, tu sais. »

Elle lui posa la tête sur l'épaule. « Je croyais qu'on n'était pas censés se soucier de l'opinion de quiconque, dès lors qu'on était payés. »

Il lâcha un grognement contrarié.

« C'est stupide, dit-il en posant son jeu pour la regarder. Tu es une voleuse. Les impôts finiront par t'attraper, si quelqu'un que tu as mis dedans ne s'en charge pas avant.

— Personne ne m'attrapera jamais. » Ils pouvaient être tous les deux également déraisonnables.

Mark éclata de rire. « Tu veux devenir une dame de la bonne société. Ta sœur ira à l'université et toi, tu auras une belle barrière blanche autour de ta maison.

— Et toi, tu préfères rester au lit et râler parce que ton ombre est aussi paresseuse que toi. » Toute mention de sa sœur mettait Charlie en colère.

Quand elle prépara sa valise, Mark se mit à faire les cent pas, à l'évidence furieux. Avant qu'elle ne parte, toutefois, il présenta ses excuses.

« Écoute, je suis désolé, je ne sais pas ce que j'ai en ce moment, lui dit-il avant de la serrer contre lui et d'embrasser le sommet de son crâne. Tu vas me manquer. »

Et Charlie, affligée par la malédiction familiale, naïve dès qu'il était question d'amour, en crut le moindre mot.

Dès son retour, il lui vola le livre sous le nez.

Mark s'était mis en tête qu'il pouvait l'échanger contre une ombre éveillée. Charlie ignorait son projet, mais elle refusait de se laisser prendre au tour qu'elle lui avait elle-même joué le jour de leur rencontre. Elle récupéra le livre en toute discrétion.

Que Mark ait demandé un paiement tabou parmi les crépusculiens était déjà grave. Une ombre éveillée ne pouvait être taillée que pour un des leurs : en demander une pour quelqu'un d'autre revenait à leur demander une trahison.

Ce fut sans doute pourquoi, lorsque Vicereine découvrit qu'il ne possédait plus le livre, elle lui trancha tous les doigts de la main droite – et lui conseilla de s'estimer heureux qu'elle ne la lui coupe pas jusqu'au poignet. C'était après tout le châtiment traditionnel des voleurs.

Plus de musique pour Mark. D'un seul coup, il avait perdu la seule chose qu'il aimait vraiment.

Charlie n'avait pas anticipé la réaction de Vicereine. Elle n'avait en rien voulu cela. Toutefois, c'était sans importance. Il s'en moquait. Il la haïssait. Il la haïssait tant que Brian et lui tirèrent sur sa voiture, la blessant de deux balles et tuant son passager, Josh Ford, dont elle ne connaissait pas même le nom de famille avant sa mort.

Mark était son pire petit ami. Loin devant les autres.

Mais, pour autant qu'elle le sût, il n'avait jamais tué qu'une seule personne, par accident, et la seule qu'il eût jamais tenté de supprimer était encore en vie.

Et ce n'était pas un monstre.

Si elle avait ignoré les fanions rouges avec Mark, elle était à présent semblable à un taureau courant droit vers eux.

15

LA CAROTTE ET LE BÂTON

Tandis que Charlie versait l'eau dans la cafetière, elle attendit que Rouge lui parle de la visite de Rose. Elle attendit pendant que les œufs cuisaient, pendant qu'elle s'habillait, puis imaginait Adeline jugeant ses vêtements, et se changeait pour enfiler un jean déchiré ainsi qu'un tee-shirt avec l'inscription UN CAFÉ OU LA MORT sur la poitrine, afin d'être sûre que la fille de Salt les détesterait.

Tout irait bien si Rouge lui donnait simplement sa version des événements de la veille au soir. S'il admettait qu'une ombre était venue lui proposer de la tuer. S'il parlait de Rose.

Mais il ne dit rien du tout, se contentant de fixer par la fenêtre la pelouse gelée. Le soleil qui franchissait les rideaux changeait ses cheveux en or, soulignait son profil et ne filtrait qu'à peine à travers sa peau.

Peut-être lui était-il impossible de ne pas la haïr, lié à elle comme il l'était. Peut-être, compte tenu de ses expériences passées, ne pouvait-il s'empêcher de vouloir sa mort.

Dis-le-moi, songea-t-elle, *avant qu'on ne soit obligés de voir Adeline.*

Comme si elle était tout aussi malheureuse, la cafetière émit un bruit métallique saccadé, puis cessa de fonctionner.

« Oh non », fit Posey en la regardant avec désespoir. Elle portait une grenouillère avec fermeture éclair. « J'avais besoin de ce café. »

Charlie sortit une casserole de sous le comptoir. « Je pense pouvoir en faire à la mode cow-boy. »

Sa sœur la contempla avec le plus grand scepticisme. « Je préférerais à la mode barista.

— Et pourtant, nous y voilà. » Charlie versa le moût dans la casserole qu'elle emplit ensuite d'eau chaude, avant de remuer le tout. « Il faut que je te demande quelque chose. Tu connais des gens dans la communauté locale des quêteurs d'ombre éveillée. As-tu entendu quoi que ce soit concernant les meurtres de l'Alliance de la Grâce ?

— Le truc de la secte ? » Posey prit possession d'une chaise de la cuisine et balaya la pièce du regard. « Tu es prête pour le déménagement de la semaine prochaine ? Tout est en place. »

Charlie avait si peu l'habitude que les choses fonctionnent – encore moins sans son intervention – qu'un instant elle ne saisit pas bien ce que disait sa sœur. « On peut prendre le nouvel appart avant Noël ? On n'aura pas besoin de passer les vacances dans la piaule de maman, serrées contre les piles de cartes de *Magic* de Bob ? »

Posey eut un large sourire. « C'est bien ce que je dis. Alors, qui est ta sœur préférée, hein ?

— Toi ! Toi ! » Charlie l'enlaça et la serra avec force. « C'est carrément génial, putain ! »

Rouge se détourna de la fenêtre, sans doute parce qu'elles parlaient très fort. Au bout d'un moment, il leur adressa à toutes les deux un sourire asymétrique. « Je peux aider, dit-il, la voix douce, comme s'il n'était pas sûr d'être le bienvenu dans cette conversation. À porter les cartons. »

Parfois, il était facile de constater que Vince et lui n'étaient qu'une seule et même personne.

« Et les meubles lourds, lui dit Posey. *Surtout* les meubles lourds. C'est une bonne chose qu'on ait cette camionnette.

— Ça m'ennuie de te demander ça, dit sa sœur en attirant son attention. Mais le fait que tu aies changé de sujet signifie-t-il que tu n'as rien entendu à propos de ces assassinats ?

— Si, j'ai entendu quelque chose : Rooster Argent devait prendre la parole.

— Tu savais ça ? » s'étonna Charlie, inquiète. Plus il y avait de gens au courant, plus vite la rumeur atteindrait les autorités.

« C'est un type important. » Posey leva les yeux au ciel. « Il parle sur TikTok de ce que signifie être retailleur. Il donne des conseils pour éveiller son ombre.

— Alors c'est un escroc ? » Se prétendre capable d'éveiller les ombres était la panacée du moment, destinée à des individus emplis d'un espoir désespéré, tout comme ceux que visait Rand lorsqu'il leur proposait d'entrer en contact avec leurs chers disparus.

« Arrête d'être aussi cynique, reprocha Posey en lui tirant la langue. Tu sais que tu essaies simplement de cacher ta sensibilité de midinette.

— Soit, mais je suis surprise que les cabalistes laissent ce Rooster publier leurs secrets sur les réseaux sociaux. » Le café commençait à bouillir. Avec un peu de retard, Charlie éteignit le gaz sous la casserole.

« C'est un bon outil de recrutement, dit sa sœur.

— Qui est-ce qui est cynique, maintenant ?

— L'important est que je nous aie trouvé un appartement, conclut Posey en se rengorgeant.

— Tu nous as trouvé un appartement ! » l'acclama Charlie tout en filtrant à travers du papier essuie-tout son café à la mode cow-boy. Il s'avéra aussi noir que sa chevelure et à peine parsemé de marc.

Elle en servit trois tasses. En but une gorgée.

C'était du jus de chaussette.

Rouge le but sans paraître remarquer à quel point il était mauvais. Toutefois, il y ajouta beaucoup de crème.

Posey fit la grimace. « Intense. Amer.

— Exactement comme ta sœur, remarqua l'ombre avec un sourire malicieux.

— Tu viens de faire une vanne, là ? » demanda-t-elle, feignant la stupéfaction.

Ha ha, un rigolo qui projette de me tuer, songea Charlie. Elle se sentait effectivement très amère. Il assurait qu'il ne voulait pas sa mort, il riait de ses plaisanteries et paraissait bien l'aimer – mais chaque minute écoulée sans qu'il la prenne à part pour lui expliquer ce qui s'était produit la veille au soir rendait plus difficile de croire qu'il n'avait pas l'intention de lui faire du mal.

Avec un demi-sourire à Posey, Rouge posa sa tasse vide dans l'évier et se dirigea vers la porte. Charlie enfila son manteau, puis alla chercher son sac. Un mélange d'angoisse et de manque de sommeil la rendait écervelée.

Lorsqu'elle arriva dehors, Rouge avait soulevé le capot de la camionnette et en manipulait les entrailles.

Oh, il ne manquait plus que cela.

« La batterie est morte, dit-il en s'essuyant les mains sur un chiffon. Et le truc à batterie, dans le coffre, avec les câbles, est déchargé aussi. »

Ah, oui, le truc à batterie. Celui que Vince branchait de temps en temps, ce qu'elle avait complètement oublié de faire. À dire vrai, quand il s'agissait de déconner, Charlie était une déesse. Elle n'était encore plus douée que pour une seule chose : se le reprocher après coup.

« Si tu l'appelles, Adeline enverra quelqu'un nous chercher. Ou bien on oublie carrément le rendez-vous.

— Appelle-la, toi », répondit-elle sèchement en lui tendant son téléphone.

Il appuya sur l'écran de l'appareil, lequel ne réagit pas plus à son contact qu'à celui d'un objet inanimé. Puis il parut se concentrer sur sa main, et la manœuvre fut couronnée de succès.

Une tonalité sonore retentit dans l'air froid : il avait branché le haut-parleur. Adeline répondit à la deuxième sonnerie.

« Charlie Hall, dit-elle. Pas d'excuses. Je vous attends ici dans moins d'une heure.

— Ce n'est pas Charlie », lui apprit Rouge.

Un long moment, il n'y eut que le silence. Enfin, Adeline déclara d'une voix bien plus douce : « Je ne m'attendais pas à ce que tu appelles.

— Non, sans doute pas. » Une pause, puis : « Envoie-nous une voiture, Addy, d'accord ?

— O... Oui. » Elle paraissait prise au dépourvu. Vulnérable.

Il raccrocha sans expliquer pourquoi il avait besoin d'une voiture, ni même préciser où.

Vingt minutes plus tard, cependant, une limousine noire étincelante apparut devant leur porte. Vingt minutes durant lesquelles Rouge n'avait une fois de plus absolument rien dit à propos de Rose.

Charlie devait admettre avoir eu envie de le faire réagir. Elle avait fait preuve de mauvaise humeur dans l'espoir au moins inconscient qu'il la rassure d'une manière ou d'une autre. Mais c'était stupide. Il n'allait pas lui parler de l'ombre venue le voir ni de sa proposition. Pas lui dire qu'il avait accepté d'assassiner un crépusculien.

Ton ex-copain projette ton assassinat avec un complice, admit-elle en elle-même. *Franchement, tu es la seule personne à qui un truc pareil peut arriver deux fois.*

Elle devait garder ses sentiments pour elle. Sa colère ne devait pas s'exprimer ; c'était une de ces rages qu'on mastiquait et dont on savourait le goût. Une fureur qu'on poussait vers de plus hauts sommets afin de pouvoir l'utiliser pour alimenter ce qui aurait besoin de l'être le moment venu.

Charlie monta dans la limousine. Rouge prit place près d'elle, à l'arrière, l'air pensif, comme s'il méditait en lui-même sur un problème quelconque.

Elle lui sourit, donnant le change. Elle ferait l'idiote et se laisserait guider vers son assassinat. Mark l'avait prise par surprise ; elle ne permettrait pas à Rouge d'en faire autant.

Au lieu de rester assise dans un silence blessé ou de se planter les ongles dans les paumes durant le trajet, comme elle en avait envie, elle lança TikTok sur son téléphone et chercha les vidéos de Rooster Argent.

Les premières, très courtes, consistaient en de simples farces : l'ombre du crépusculien chahutait en public ou faisait sursauter des gens. Les épiceries étaient un de ses décors favoris. Il avait souvent avec lui un copain du nom d'Archie, surtout là pour tenir la caméra, mais participant parfois aux farces. Plus tard, Archie était remplacé par une fille surnommée Rasoir. Les farces devenaient plus méchantes. Enfin, Rasoir disparaissait à son tour, et Rooster tournait davantage de vidéos pour « expliquer ce qu'était la vie d'un crépusculien », notamment des tutoriels sur des sujets tels que « Comment nourrir son ombre sans attraper une infection ? » et « Est-il amusant d'avoir une ombre à laquelle on peut causer ou déprimant de n'être jamais seul dans sa tête ? », une question à laquelle Charlie aurait donné pour l'heure une réponse toute prête.

Quand la limousine franchit le portail en fer forgé de la propriété de Salt, la jeune femme ne put s'empêcher de lever les yeux, cherchant le toit du manoir à travers les arbres. Son cœur cognait avec force. Tandis qu'ils remontaient l'allée, elle se retrouva malade de peur. Les souvenirs de sa visite d'enfance lui revenaient avec force, ponctués par la mort et l'horreur observées la dernière fois qu'elle s'était trouvée là. Quand le manoir arriva en vue, il lui sembla que sa peau était trop serrée, qu'elle devrait peut-être s'en libérer à coups de griffes.

Tel était le château de conte de fées qui avait hanté son enfance : des pierres grises semées de vigne vierge flétrie. Des gargouilles de bronze, couvertes de vert-de-gris, la contemplant en grimaçant depuis les hauteurs. Tout en ce lieu paraissait anormal.

Quand Rand et elle y étaient venus, lors de cette terrible nuit, ç'avait été dans l'intention de convaincre Salt qu'ils étaient occultistes. Ils croyaient pouvoir leur faire payer, à ses amis et à lui, un accès à « l'au-delà ». Rand, avec sa ridicule moustache cirée, ses vestes en tweed et son assurance affectée. Elle se le rappelait dans son rêve, le cigare allumé tenu au-dessus de la main.

La voiture s'arrêta, et le chauffeur se tourna sur son siège.

« Elle vous attend à l'intérieur, monsieur Carver », dit-il, son regard passant sur Charlie comme si l'emmener aussi était forcément une erreur. Les individus qui ressemblaient à la jeune femme – froissés, meurtris, chaussés de bottes sentant vaguement la gnôle – ne venaient en ce genre d'endroit que pour voler, et rarement en plein jour.

Même si, à dire vrai, un ou deux voleurs de la connaissance de Charlie considéraient le jour comme le meilleur moment pour commettre des larcins.

« Merci pour la course », dit-elle en se glissant à l'extérieur.

Rouge monta les marches rapidement, comme dans un lieu familier. Charlie aurait frappé en arrivant devant la porte massive à deux battants, mais lui s'en abstint, bien sûr : il se contenta d'entrer.

Car il était chez lui.

Un frisson traversa la jeune femme quand elle le suivit.

Elle le trouva debout dans le hall, très raide, avec les bras d'Adeline autour de lui. Adeline, qui ne le lâcha que pour se hisser sur sa pointe des pieds et l'embrasser sur les deux joues – à la mode européenne, supposa Charlie.

La fille de Salt avait changé. Ses cheveux étaient plus lustrés, ses mèches colorées d'un caramel plus éclatant. Elle portait un pantalon en laine beige foncé et un pull en cachemire crème. Un sac Birkin rouge sang reposait sur un buffet. Charlie n'en avait encore jamais vu en vrai.

Sans doute était-il très différent d'être millionnaire plutôt que simplement *fille* de millionnaire.

Passant le bras sous celui de Rouge, Adeline lui encercla le poignet de sa main. « Ça me fait tellement plaisir de te voir, dit-elle en levant les yeux vers lui. Il va falloir que tu te détendes, mon chéri. On va s'entraîner, à présent que tu vas tenir le rôle de Remy. Tu crois que tu supporteras de répondre à son nom ?

— Non, dit Rouge, entre ses dents serrées. Je ne suis pas Remy. »

La fille de Lionel Salt eut un long soupir. « Je sais. C'est terrible. Mais nous nous sommes toujours accommodés de situations qui n'étaient pas idéales. Invente un autre nom. Pas Rouge. Trop de nos relations le connaissent. Pas Vincent, bien sûr. Ça ne te va pas du tout – ce qui est sans nul doute la raison pour laquelle tu l'as choisi. »

Il ne répondit pas.

« Carver, reprit enfin Adeline. Ça pourrait aller. C'est comme ça que t'appelaient tes copains à l'école.

— C'est sûrement plus approprié », admit-il.

Charlie se mordit la joue et s'efforça d'être heureuse que Rouge bénéficie de l'argent de Salt. Puisque Adeline pensait à l'évidence qu'elle ne le serait pas, elle n'allait pas lui donner la satisfaction d'avoir raison.

« Alors quoi ? Il signe quelques papiers et vous lui remettez la moitié de la fortune familiale ? » demanda-t-elle.

Adeline eut un petit rire cristallin. « N'est-ce pas ce que j'ai promis quand nous étions à la tour de la Cabale ? J'ai ramené Remy d'entre les morts pour que Rouge puisse vivre sa vie et recevoir son héritage. » Elle s'approcha du Birkin et y fouilla jusqu'à trouver une enveloppe brune qu'elle tendit à Rouge avec un petit sourire de conspiratrice.

Il l'ouvrit, la déchirant sans le vouloir de part en part, si bien que son contenu tomba au sol.

Charlie s'accroupit d'instinct pour rassembler les divers objets. Deux cartes de crédit – une American Express en métal et une Mastercard noire – ainsi que des papiers reliés à l'aide d'une lourde pince en laiton.

« Ça ne vaut pas une Palladium, dit Adeline en désignant les cartes, mais je veux que tu aies celles-ci jusqu'à ce que tout soit réglé. Lis ces papiers. Ensuite on pourra aller au cabinet Grassl, où tu signeras tout devant témoins afin que ça devienne officiel. Le notaire a accepté de nous entendre en privé. Il va honorer le testament originel de Salt, qui te donnait une part égale à la mienne.

— Je suppose que tu l'as payé », fit Rouge sans émotion.

Adeline éclata de rire. « Je les ai *tous* payés. »

Charlie feuilleta les papiers. Des relevés de banque avec des chiffres étourdissants. Et un autre papier. Qu'elle brandit. « Une procuration financière et médicale ? Il est censé vous donner ça ? »

La fille de Salt eut un sourire malicieux. « Pour le protéger. De qui tenterait de le manipuler. Ou voudrait profiter de son argent.

— Il est censé tomber de Charybde en Scylla ? » Charlie appréciait de pouvoir orienter sa colère vers une personne qui la méritait amplement.

« Rien de tout ça n'est nécessaire, dit Rouge. Je signerai ce qui me permettra d'obtenir un permis de conduire, rien d'autre. »

Adeline fronça les sourcils. « Mon chéri, ne sois pas ridicule...

— L'argent t'appartient, l'interrompit-il.

— Mais nous devrions le partager, insista-t-elle. Tu es...

— Je ne suis pas Remy. J'en suis l'écho. »

Elle se para d'une expression triste. « Tu es ce qui reste de lui.

— Non, pas du tout », cracha Charlie. Elle entendait de nouveau Salt le traiter de parasite, un terme que Rouge ne semblait pas trouver insultant. « Tu es une personne. Une personne à part entière. Pas un écho. Pas un reste. »

Une personne à part entière qui voulait sa mort. Elle ne savait vraiment pas pourquoi elle se mettait dans un tel état pour lui.

« Bien sûr, admit Adeline après une seconde de surprise.

— Si tu veux que j'aie une partie de ton héritage, Addy, dit Rouge en regardant tour à tour les deux femmes, tu peux me le *donner*, tout simplement. Mais je n'en ai pas besoin.

— J'ai dit à Peter que je voulais t'en faire cadeau. » Elle agita la main. « Mais il y a des questions d'impôts. Selon lui, il est préférable pour toi de recevoir ta part des biens de Salt par le biais du tribunal. Je suis en train de vendre une partie des entreprises dont j'ai hérité et d'utiliser l'argent pour... Bon, c'est sans importance. On en aura tellement qu'on pourra mener la vie qu'on voudra. Quand tu deviendras Remy, tu pourras échapper à tout ce qui te retient.

— Pas aux cabalistes », intervint Charlie.

Adeline se tourna vers elle. « Parlez-leur. Apprenez ce qui les convaincrait de laisser partir Rouge. Combien il leur faudrait. »

Charlie se rappela sa conversation avec Vicereine. « Vous savez que ça ne marchera pas. Vous avez déjà parlé avec eux. Votre avocat aussi. Si vous continuez à les ennuyer, ils vont se fâcher et répliquer. »

La fille de Salt fit la moue. « Ils ne veulent pas avoir l'air influençables. Mais ça ne signifie pas qu'il n'y a pas quelque chose… »

On disait que l'argent n'achetait pas tout, mais Charlie n'en était pas si sûre. Oh, certes, on n'achetait pas l'amour, mais il était plus facile d'aimer quelqu'un qui n'avait pas de problèmes d'argent, qui pouvait payer la note du restaurant et n'avait pas besoin de deux emplois pour boucler ses fins de mois. On n'achetait pas non plus la santé, mais l'argent aidait énormément à ne pas tomber malade, et à se soigner si jamais ça finissait par arriver. Les cabalistes n'échangeraient pas la liberté de Rouge contre de l'argent *directement*, mais Adeline avait peut-être raison. Le fric fournirait une carotte et, faute de succès, un bâton. Mais les cabalistes disposaient eux-mêmes de bien des bâtons.

« Ils m'ont demandé de vous avertir », l'informa Charlie – qui regrettait d'être venue. Ses nerfs étaient à vif depuis qu'elle avait suivi Rouge la veille au soir. Elle était épuisée, triste et encore meurtrie. Qui plus était, elle détestait ce manoir. Chaque fois qu'elle y pénétrait, elle retrouvait l'impuissance et la terreur éprouvées là lorsqu'elle était plus jeune. Elle n'avait qu'une seule envie : en sortir.

Rouge leva les papiers. « Merci, Addy. Il faut qu'on parte.

— Eh bien ? demanda-t-elle. On va tous au bureau de Peter ? Pour en terminer ? »

Il secoua la tête. « À partir de maintenant, c'est moi qui m'en occupe. »

Les yeux d'Adeline s'agrandirent de surprise, comme si elle n'était pas habituée à ce qu'il lui résiste, même aussi peu. « Il faut qu'on y aille ensemble. Je dois signer la procuration et, pour la banque...

— Je ne veux rien de tout ça », affirma Rouge.

Charlie savait ce qui allait se passer, même si lui ne le voyait pas venir. Adeline ne lui donnerait rien du tout, à moins qu'il ne lui confie sa vie. Pour peu que l'argent ne suffise pas à le motiver, elle disposait d'autres moyens. La carotte et le bâton, exactement comme son père.

« Je ne peux pas te laisser seul, dit-elle en lui posant la main sur le bras. Tu ne comprends pas encore le monde, Rouge. Il faut que tu me permettes de t'aider. »

Elle connaissait son secret. Un mot d'elle et il n'avait plus rien. Pire encore, il *n'était* plus rien. Et, quoiqu'elle pût l'enrober ou tourner encore un peu autour du pot, la menace arrivait : *Tu n'es pas une personne, tu es une Furie.*

Un bruit de pas les interrompit.

Rouge tourna la tête vers la femme qui descendait l'escalier et se figea alors qu'il s'employait à s'écarter d'Adeline.

Le sourire de la fille de Salt exprima sa satisfaction. On aurait dit un chat se prélassant au soleil. « Tu ne peux pas partir encore, Remy chéri. Il y a quelqu'un d'autre qui veut te voir. J'ai promis qu'on prendrait le brunch ensemble. »

La nouvelle venue avait les cheveux gris et une allure des plus patricienne. Quoique âgée, elle était notablement plus jeune que Lionel Salt. Rouge la fixait, atterré.

Comme elle descendait les marches, elle avait aux yeux des larmes brillantes.

Le gentil garçon de Fiona, disait Odette de Remy. Odette qui, naguère, avait connu Salt et sa première épouse. Voilà qui était cette femme : Fiona, la première épouse de Salt.

« Remy, dit Adeline, voici ta grand-mère.

— Je sais qui c'est », rétorqua Rouge, la voix chargée d'horreur.

La vieille femme traversa la pièce et l'entoura de ses bras. Il ne la repoussa pas plus qu'il ne se laissa aller dans son étreinte, restant figé comme une statue. Sa taille et la largeur de ses épaules mettaient en relief la fragilité d'oiseau de celle qui l'enlaçait.

« Je suis vraiment désolée, dit-elle en reculant d'un pas. Je croyais que tu m'en voulais pour ta mère… Oh, ce que je pensais n'a pas d'importance. Je n'aurais jamais dû te laisser venir chez lui. Essaie seulement de comprendre, s'il te plaît, que si j'avais su, si j'avais eu le moindre indice, j'aurais fait tout mon possible pour t'éloigner.

— Je me rappelle avoir vécu chez toi, dit-il lentement, comme s'il cherchait à analyser un rêve. Il y a longtemps. Tu me lisais des contes de fées. »

Elle hocha la tête. « Ta mère a insisté pour que tu partes avec elle – et, quand Lionel a fini par obtenir ta garde, j'ai cru que tu serais plus en sécurité. J'ai été idiote.

— Tu écrivais à R… tu m'écrivais, dit Rouge. Pour mon anniversaire. »

Il se forçait à dire « *m'*écrivais » et « *mon* anniversaire » pour épargner Fiona, mais, en voyant l'angoisse qui marquait son expression, Charlie se demandait s'il avait souhaité que ces lettres soient pour lui, s'il avait parfois fait comme si c'était le cas.

Sa grand-mère lui sourit. « Je suis contente que tu les aies reçues. Je regrette de n'avoir pas fait plus. »

Rouge demeura immobile un long moment. « Charlie et moi devons partir », lâcha-t-il.

Un instant, un silence inconfortable envahit le hall.

« Mais, le brunch nous attend, lui rappela Adeline.

— Je ne peux pas », conclut Rouge avec intensité, comme si les murs se resserraient autour de lui, si bien qu'il manquait d'oxygène.

Fiona recula d'un pas, les yeux baissés sur ses mains parfaitement manucurées, le majeur orné d'une bague si grosse qu'on avait peine à la croire incrustée de véritables diamants et émeraudes. Elle la fit tourner machinalement, nerveusement, sur son doigt. « Je suis désolée, mon chéri. Je n'aurais pas dû te surprendre comme ça. »

Quelques instants plus tôt, Charlie était aussi désireuse que Rouge de s'en aller, mais elle se sentait à présent très mal. Fiona était-elle une mauvaise personne ? Elle n'en donnait pas l'impression. Ses excuses spontanées avaient paru sincères à fendre le cœur. Et Odette l'aimait bien. « R... Remy, tu es sûr ?

— C'est bon. Je reste en ville quelques semaines, dit Fiona, la main sur le bras de celui qu'elle prenait pour son petit-fils. Je voudrais qu'on discute tous les deux de ce qui s'est vraiment passé autrefois. Et je voudrais aussi en savoir plus sur ta vie, maintenant. » Elle tourna les yeux vers Charlie. « Vous devez être Charlotte.

— Charlie Hall », confirma la jeune femme en levant maladroitement la main pour faire coucou.

Fiona la regarda intensément, comme si son apparence avait pu lui apprendre quelque chose à propos de Remy. « Et vous êtes ensemble, tous les deux ? »

Charlie savait que le maquillage couvrant son œil au beurre noir n'était pas très réussi. Qu'elle portait des vêtements bon marché et une odeur de café pour unique parfum. Ce qu'elle avait de plus cher sur elle, c'étaient ses tatouages.

« Ouais, mentit-elle, car cette explication de leurs rapports était meilleure que la vraie. Je vous présente mes excuses pour la brièveté de notre visite. Nous sommes sortis tard la nuit dernière et n'avons pas beaucoup dormi. »

Cela donnait l'impression qu'ils avaient des rapports orageux, voire qu'ils se droguaient. Mais c'était à tout le moins une excuse.

« Eh bien, nous n'allons pas vous retenir, conclut Fiona. Vous voulez bien déjeuner avec moi un de ces jours, Charlie ?

— Moi ? » La jeune femme ne s'attendait pas du tout à cela. Un instant, elle se demanda si elle ne venait pas de rencontrer une personne sachant manipuler les gens bien mieux que Salt ne l'avait jamais su.

« Tous les deux, si vous voulez. Disons demain ?

— C'est bon pour moi », acquiesça-t-elle, car toute autre réponse aurait simplement retardé leur départ du manoir. Si Rouge voulait échapper à ce rendez-vous, il pourrait l'annuler par téléphone, comme tout le monde.

Il se contenta de se diriger vers la porte, négligeant le rituel des adieux. Charlie lança à Fiona un sourire d'excuses avant de le suivre.

Il marcha jusqu'au pavé numérique du garage à trois baies et appuya sur quelques boutons.

« Je peux appeler un taxi..., commença Charlie en cherchant son téléphone. Qu'est-ce que tu fais ? »

La porte du garage de gauche commença à se soulever en s'inclinant.

Chaque baie était assez vaste pour accueillir deux voitures, plus des tondeuses et des coupe-bordures, ainsi qu'un mur de casiers étiquetés, renfermant apparemment des décorations de Noël. La Rolls-Royce Phantom Mansory Conquistador noir mat, objet de l'envie de tous les amateurs de voitures de la Vallée, se trouvait là, exsudant la menace. Rouge l'ignora pour s'approcher d'une Porsche 911 gris métallisé, dont il ouvrit la portière. Il s'empara du trousseau posé sur le tableau de bord.

Charlie ouvrit la bouche pour protester.

« Monte, ordonna-t-il d'une voix sans réplique.

— Qu'est-ce que tu fais ? demanda-t-elle, quoique ce fût assez évident.

— S'il te plaît, dit-il en la regardant dans les yeux. Monte. »

Elle soupira et se glissa côté passager, un siège plus moelleux que son lit, en cuir couleur beurre.

La voiture démarra en ronronnant quand le conducteur toucha les commandes, sans besoin d'une clef. Charlie se tourna vers la maison, s'attendant à voir quelqu'un réagir. Partir ainsi avec la Porsche était si flagrant que cela pouvait à peine être qualifié de vol – en dehors du fait qu'ils prenaient ce qui ne leur appartenait pas.

Nul ne les poursuivit le long de l'allée. Rouge manœuvra un interrupteur clipsé au pare-soleil et, derrière eux, la porte du garage commença à se refermer. Il passa les vitesses l'une après l'autre, le pied lourd sur la pédale. Quelques minutes plus tard, la voiture rejoignait la 91 et fonçait en direction de chez eux. Son accélération était inimaginable.

Rouge fixait la route avec colère. « Avant que tu ne dises quoi que ce soit, comprends bien une chose : Adeline veut que je reprenne la vie de Remy, mais je ne vais pas accepter. »

Charlie observait ses muscles tendus, ses yeux brûlants comme des braises.

« Je sais ce que tu vas répondre, continua-t-il. Que j'ai *déjà* volé sa vie. »

La jeune femme secoua la tête. « Je ne dirais jamais une chose pareille.

— Fiona n'est pas ma grand-mère. Et Adeline ne réfléchit pas clairement. Elle veut seulement retrouver Remy. Tout le monde adorait Remy. »

Il vous faut embrasser l'image d'un homme qui est le bienvenu partout où il va, disait le connard de la radio, mais même une horloge arrêtée a raison deux fois par jour. Rouge ne se sentait le bienvenu nulle part. *Tu n'as pas besoin de disparaître tout le temps,* lui avait-elle dit, mais il s'était préparé à ce qu'elle reprenne cette parole.

Que signifiait vivre dans les marges de la vie ? Avoir l'habitude de n'occuper aucune place dans le monde ? Être attaché à un être qui pouvait vous contrôler, vous faire faire tout ce qu'il voulait, et ignorer vos besoins s'ils le gênaient.

Remy n'aurait jamais pu aimer quelqu'un comme toi.

« Pas moi », dit Charlie.

Il lui jeta un regard étrange.

Elle bâilla. « Je n'ai jamais rencontré Remy Carver et je m'en fous complètement. D'autre part, même si je l'avais connu, je ne l'aurais sans doute pas plus apprécié que, selon toi, il ne m'aurait appréciée. »

La tête de Rouge se tourna vers elle si brutalement qu'elle craignit une sortie de route. Quand il regarda à nouveau devant lui, son expression était sceptique, comme s'il avait envie de discuter cette affirmation, mais ne savait trop comment faire.

Puisqu'il comptait la voir bientôt morte, de toute façon, elle n'avait aucune raison de se retenir. « Pour ce que ça vaut, je sais que tu l'aimais, que tu étais attaché à lui, et tout ça, mais je ne suis pas sûre que tu l'aies apprécié non plus. »

Rouge frissonna comme si quelqu'un marchait sur sa tombe.

16

LE *LUSITANIA* ET LE *TITANIC*

Ce soir-là, elle décida d'accepter l'offre de Balthazar et demanda à Rouge de la conduire à Holyoke. Elle n'avait pas mentionné les papiers donnés lors de leur dernière rencontre par le patron du salon d'ombre, et elle espérait qu'il n'en parlerait pas. Récupérer la pièce manquante de son compagnon lui semblait plus impératif que jamais : s'il retrouvait la mémoire, ils seraient de nouveau dans le même camp.

En attendant, toutefois, elle pouvait au moins apprendre à être une meilleure crépusculienne.

Balthazar Blades occupait à Holyoke une caserne de pompiers reconvertie qui dominait le canal. Il y avait un parking, strictement aucune pelouse, et, pour un œil non averti, les lieux pouvaient paraître abandonnés.

Balthazar semblait s'y trouver bien. Il avait même peint au pochoir sur sa porte : « ALLEZ-VOUS-EN. »

Ignorant cet ordre, Charlie tambourina sur le battant. Comme nul ne répondait, elle se tourna vers Rouge.

« Est-ce que tu peux… ? » demanda-t-elle.

Il tendit la main vers la serrure, ses doigts se changèrent en fumée, puis une ombre tomba sur le panneau de bois. L'instant d'après, il reculait brusquement.

« De l'onyx, annonça-t-il. Il y en a aussi une bande sur le seuil.

— Alors, c'est pour moi », conclut-elle en pêchant ses outils de crochetage au fond de son sac.

Elle avait introduit le premier pic dans la serrure quand Balthazar ouvrit la porte. « *Toi,* accusa-t-il.

— Tu m'as invitée », répliqua Charlie en passant devant lui pour entrer. Il était de toute évidence en train d'écouter de la musique, assis sur son canapé. Une tasse d'épais café cubain reposait sur la table basse.

« Ah oui, c'est vrai. Je peux t'offrir quelque chose ? demanda-t-il.

— Je prendrai comme toi, dit-elle en désignant sa tasse d'un signe de tête.

— Bon choix », admit-il avant de passer dans la cuisine.

Elle balaya la pièce du regard et s'arrêta sur son ombre – si différente de son corps. Elle n'avait pas vu Rouge se dissiper : il avait disparu en un instant.

Charlie avait ainsi l'impression d'être seule, mais elle devait se rappeler qu'elle ne l'était jamais.

Avec un soupir, elle entra dans la cuisine. Balthazar finissait tout juste d'ajouter le lait concentré sucré à son café. Plusieurs années plus tôt, elle travaillait pour lui, volait des livres détaillant d'antiques techniques crépusculiennes, qu'il revendait au plus offrant. À présent, elle ne savait comment caractériser leurs rapports. Ils n'étaient pas tout à fait amis, mais se connaissaient trop pour n'être que des relations.

« Alors, dit-il en poussant la tasse vers elle. Tu veux devenir une vraie crépusculienne ? »

Elle hésita puis chercha des mots susceptibles d'exprimer la vérité tout en omettant ses pires craintes. « Je veux savoir ce que signifie être une vraie crépusculienne pour une personne dont l'ombre ne faisait pas partie d'elle à l'origine. J'ai toujours entendu dire que la bonne méthode, quoique ardue, est de l'employer comme une extension de soi, alors que la mauvaise, plus facile, est de lui donner les moyens d'être indépendante. Si c'est vrai, je suis partie du mauvais pied. Et je ne crois pas que ça *puisse* être vrai, parce que… Parce que je ne crois pas que Ro… » Elle s'interrompit à temps. « Je ne crois pas que Remy ait été mauvais, puisqu'il a aidé Vince à exister. »

Balthazar la contempla un long moment. « Bon. »

Charlie but une gorgée de café qui lui donna l'impression de pouvoir démolir le mur à coups de poing. Cela lui plut.

« Allons nous asseoir. Parlons de ce que tu sais et de ce que tu ne sais pas. » Il passa le premier. « En personnes civilisées, tu vois. »

Elle se laissa aller sur le canapé.

« Tu n'as aucune idée de ce dont il est capable, hein ? » demanda Balthazar.

Qu'elle ne fût pas sûre de ce dont il parlait prouvait à quel point il avait raison. Elle jeta un nouveau coup d'œil à son ombre. « Sans doute pas.

— Il peut posséder les gens.

— Comme M. Punch », commenta Charlie, tentant de ne pas avoir l'air trop nerveuse. À son avis, cela ne signifiait pas que Rouge pût la posséder, elle.

Balthazar s'adossa, son café en main, ravi de la perspective de médire. « Je vois que tu as rencontré le nouveau chef des marionnettistes.

— À dire vrai, pas tout à fait, dit-elle. J'ai rencontré un tas de gens qui parlaient avec sa voix. C'était terriblement glauque.

— Pas étonnant. Bellamy estime avoir rencontré M. Punch, une fois, mais c'était il y a des années et il portait un autre nom. »

Charlie se rappelait que Rouge disait avoir vu Bellamy et Balthazar ensemble à la sortie du *Rapture*.

« Est-ce que Malik est mort ? » Charlie ne savait trop ce qu'il fallait faire pour se hisser au premier rang d'une branche de la Cabale. Sans doute moins que lorsqu'il y avait quatre chefs. Vicereine et Bellamy auraient dû choisir plus tôt un nouveau chef des carapaces.

Balthazar agita la tête avec nonchalance. « Je ne *crois* pas. La rumeur veut qu'il ait quitté la ville. Est-il allé loin, c'est une autre histoire.

— Rooster Argent est mêlé à tout ça ? » interrogea Charlie en s'adossant à son tour. Elle espérait que son interlocuteur aurait quelque chose d'intéressant à dire à ce sujet.

Il lui lança un sourire énigmatique. « Rooster est le visage des crépusculiens, et c'était un bon ami de Malik. L'exact opposé de M. Punch. Ils doivent se détester. J'ai entendu dire que Rooster était censé mener la semaine prochaine une conférence devant de gros richards façon Silicon Valley dans un centre de remise en forme, au nord de l'État. »

Des pics à glace pour les riches, se rappela avoir lu Charlie dans la fenêtre du *chat*.

Il claqua des doigts. « J'ai une idée. Demandons à Vince de te faire une démonstration. »

La jeune femme n'était pas sûre d'apprécier cette idée.

« Vince, reprit Balthazar, plus fort que nécessaire, comme s'il appelait quelqu'un dans la pièce voisine. Montre-toi, montre-toi, où que tu sois. »

Brusquement, Rouge se matérialisa au côté de Charlie.

« Oh, nom de Dieu, ça surprend. OK, Charlie, on va essayer quelques trucs de base. Lève-toi. »

Elle obéit, se sentant un peu bête.

« La première chose à savoir, la plus importante, c'est comment boucher le conduit d'énergie qui existe entre Rouge et toi. Si tu l'ignores, il peut à volonté aspirer toute ta substance vitale, comme un milkshake à travers une paille.

— Qu'est-ce qui l'empêche de le faire maintenant ? » demanda Charlie avec un coup au cœur. C'était contre cela que Posey l'avait mise en garde.

Balthazar haussa les épaules. « Si tu ne sais vraiment pas du tout comment le bloquer, je dirais : les bonnes manières. »

Rouge eut un rictus.

« Et peut-être la crainte d'être mis au premier rang de la liste de recherche de la Cabale, ajouta le maître des lieux. Mais, comme tu le sais très bien, il y a des gens qui ne vivent que pour le danger. »

Charlie détestait cette conversation. « D'accord, alors que dois-je faire ?

— Est-ce que tu sens la connexion entre ton ombre et toi ? demanda-t-il.

— Le lien, acquiesça-t-elle.

— Si tu devais désigner un point d'attache, où le situerais-tu ? »

La jeune femme se posa la main sur le ventre. Elle visualisait le lien, une traction qui émanait du centre de son corps, juste en dessous de ses poumons.

« Excellent ! » Balthazar semblait sincèrement soulagé. « Il y a des gens qui n'ont pas la moindre idée d'où part leur connexion, ou qui ont de multiples points d'attache, et c'est bien plus compliqué. »

Rouge observait Charlie, les yeux aussi brillants que des braises. La prenait-il pour une idiote de ne rien savoir de tout cela ? Craignait-il que, si elle l'apprenait, elle soit plus difficile à tuer ?

« Certaines personnes considèrent le lien comme une laisse, reprit Balthazar, mais je préfère y voir un cordon ombilical. »

Charlie fit la moue. « C'est dégueu.

— Ne sois pas si sensible. Ma métaphore est excellente. Le cordon ombilical transmet des substances nutritives, exactement comme notre lien nous permet de partager puissance et énergie. Si tu pinces le cordon, tu peux interrompre le flux.

— Si je le pince au sens propre ?

— Il n'est pas solide, donc il faut que tu le fasses avec l'esprit. Imagine le pincement. Ou bien une torsion. N'imagine pas que tu le coupes, c'est tout. »

Tandis qu'elle se concentrait sur le mince écheveau d'ombre, Charlie se sentait très bête. Il était là, contre sa peau, aussi fin qu'un fil d'araignée, aussi lourd qu'un nuage. Elle s'imagina en train de le pincer entre deux doigts.

« Eh bien ? dit-elle. Est-ce qu'il s'est passé quelque chose ? »

Balthazar soupira. « Sans doute pas, sachant que ton ombre n'était pas activement en train de drainer ton énergie, même si on peut se dire qu'il doit quand même lui coûter quelque chose de rester présente aussi longtemps physiquement.

— On peut se le dire », acquiesça Rouge avec un sourire de pure menace. Balthazar fit mine de ne rien remarquer.

« Bon, essayons quelque chose de plus impressionnant. Charlie, tu vas entrer *à l'intérieur* de Vince.

— Qu'est-ce que ça veut dire ?

— Enfile-le comme un manteau. Vas-y. Essaie. »

Se sentant une nouvelle fois très bête, elle s'approcha de Rouge. « C'est bon pour toi ? »

Elle s'attendait plus ou moins à ce qu'il soit insulté par cet exercice, mais il se contenta de lui tendre la main. Elle tendit la sienne qui, au lieu de toucher peau et muscle, plongea dans le bras offert. Comme la jeune femme se rapprochait encore, elle en vint à occuper le même espace que l'ombre, où l'air paraissait légèrement plus épais. Elle s'affola un peu, craignant de suffoquer, terrifiée par ses souvenirs d'étouffement.

Tout va bien, lui dit Rouge. *Je ne te ferai pas de mal.*

« D'accord, fit Charlie à haute voix. D'accord.

— Bien, acquiesça Balthazar. Ça, c'est du crépuscule de carapace. Là où tu te tiens, Vince pourrait devenir pour toi une espèce d'armure. Ou bien, il pourrait… »

Charlie sentit une pression au niveau de la ceinture, comme si des bras se refermaient sur elle, puis des ailes d'ombre se déployèrent dans son dos. Sentant un courant d'air sous ses pieds, elle se retrouva soudain à léviter. À bonne distance du sol.

« Ça, conclut Balthazar. Il pourrait faire ça. »

Un son monta comme des bulles dans la gorge de la jeune femme, mi-exalté, mi-terrifié. Observant la pièce d'en haut, elle sentit la traction de la *magie*. De la véritable magie. *Holà,* songea-t-elle. *Holà…*

Elle avait si longtemps fait semblant de croire à la magie, et poussé les gens à y croire également, que désirer en faire pour de bon lui paraissait dangereux. Mais comment empêcher son cœur de ressentir la joie pure et l'exaltation du vol ?

« Allez, dit Balthazar. Ça suffit. Redescendez, tous les deux. On a encore des exercices à faire. »

Rouge reposa Charlie à terre, puis recula de quelques pas, un demi-sourire hésitant aux lèvres. Visiblement, il espérait qu'elle avait apprécié l'expérience, mais craignait tout autant que ce ne soit pas le cas. Peut-être craignait-il de lui avoir fait peur.

Le sourire béat dont elle était parée aurait dû répondre à toutes ses questions.

« Maintenant, il faut que tu voies par ses yeux, dit Balthazar. Vince, choisis un livre sur mes étagères et emporte-le dans ce coin-là. Tu ne triches pas, tu ne lui dis pas quelle phrase tu regardes. Charlie, toi, tu vas là-bas. » Il désigna l'angle opposé.

« Je ne sais pas comment faire ça, protesta-t-elle.

— Tu ne vas pas entrer dans sa tête, dit Balthazar, avec une estimation de ses craintes trop exacte pour ne pas être agaçante. Seulement regarder par ses yeux. »

Charlie, séparée de Rouge par toute la longueur de la pièce, se concentra. Au lieu de lui envoyer un message, les yeux fermés avec force, elle chercha à tendre l'esprit à travers le lien qui les unissait. Tenta de visualiser la page. Autant qu'elle pût essayer, toutefois, elle se sentait incapable de réussir.

Enfin, elle abandonna avec un gémissement et se laissa tomber sur le canapé.

« Entraîne-toi à la maison, lui intima Balthazar en agitant la main comme si ça n'avait pas d'importance. Je commence à en avoir un peu marre de toi, surtout du fait que je n'ai pas encore été payé pour mes services. Mais, en ce qui concerne ta question précédente, posons-la à Vince. Et sa réponse m'intéresse. Charlie est censée me procurer une ombre éveillée, vois-tu.

— J'ai entendu. » Rouge paraissait tout à fait solide quand il marcha jusqu'au canapé et s'assit près de Charlie. Quelques mèches de cheveux blond foncé tombaient devant ses yeux.

« Je n'ai jamais eu attachée à moi une ombre qui ne soit pas la mienne, ou alors dormante. » Il lança à Rouge un regard inquisiteur. « Elle peut te contrôler. Exact ?

— Elle peut, répondit l'intéressé.

— Je ne *veux* pas », dit Charlie.

Balthazar émit une onomatopée frustrée. « Est-ce qu'il faut qu'elle te donne un ordre ? »

Au bout d'un moment, Rouge répondit. « Si elle m'enjoint directement de faire quelque chose, je le ferai, bien sûr. Si elle me lance un ordre par la pensée, je serai obligé de l'exécuter. Ce n'est pas non plus une tâche avec laquelle je peux ruser, comme une créature enchantée dans un conte de fées. Je *voudrai* le faire précisément de la manière qu'elle désire. Parfois, ce sera terminé avant même que je n'aie le temps d'y réfléchir.

— Pendant combien de temps ? demanda Balthazar. Je veux dire : combien de temps l'ordre reste-t-il valable ?

— Je ne sais pas... mais je n'ai jamais essayé de résister, dit Rouge, l'air perplexe. Avec Remy, il m'a fallu longtemps pour nous considérer comme des êtres distincts. Je ne voyais pas ses désirs comme des ordres. C'étaient des extensions de ce que nous voulions.

— Parfait. » Balthazar but une grande gorgée de café. « Et si ma nouvelle ombre veut me faire du mal ?

— Elle ne pourra pas, dit Rouge. Elle ne le fera pas. »

Charlie médita cette question. Qu'une ombre ne *puisse pas* blesser la personne à laquelle elle était attachée, c'était une chose. Mais il sous-entendait qu'elle ne pouvait pas le *vouloir*, ce qui était forcément faux. Rose lui avait demandé de tuer le crépusculien auquel elle était attachée. Il mentait.

« Et le dernier Hiérophante ? demanda-t-elle, puisqu'elle ne pouvait l'interroger sur Rose sans révéler ce qu'elle savait. Comment son ombre le drainait-elle ?

— La kétamine, répondit Rouge.

— *Pardon ?* fit Balthazar en se penchant en avant.

— C'est une...

— Je sais ce qu'est la kétamine, interrompit-il pour hâter les explications.

— Salt s'en servait pour endormir Remy. Dans ces moments-là, je parlais avec sa bouche. Je contrôlais son corps. J'étais seul dans son esprit. Pour conclure son pacte avec Cleophes d'York, Salt lui avait donné des doses de kétamine, si bien qu'il pouvait utiliser son hôte. Mais, même alors, je ne crois pas qu'il souhaitait lui faire du mal : il était seulement trop absorbé par ses propres objectifs pour remarquer qu'il allait trop loin. »

Charlie songea à ses rapports avec Rouge. L'autre jour, il ne s'était pas montré quand elle était en danger, puis il avait mis au point un assassinat avec l'ombre de Rose, ce qui pourrait être à tout le moins dangereux pour elle. S'il était incapable de lui faire du mal, il pouvait en revanche s'arranger pour qu'on lui en fasse. La distinction paraissait importante, quoique peut-être pas de celles qu'il brûlait de partager.

« Salt droguait son petit-fils ? s'étonna Balthazar.

— Il a drogué un tas de gens, répondit Rouge. À Charlie, il a donné du pentobarbital. C'était un de ses produits favoris. »

Le patron du salon d'ombre se tourna vers l'intéressée. « Je ne me souviens pas que tu m'aies parlé de ça.

— Tu devrais peut-être m'inviter plus souvent, répliqua-t-elle. Je connais un tas de bonnes histoires.

— Eh bien, il faudra que tu reviennes au moins une fois, lui rappela-t-il. Avec ma Furie. »

Comme ils s'en allaient et retraversaient le parking afin de rejoindre la Porsche, Charlie arrêta Rouge en lui posant la main sur le bras. « Et en ce qui nous concerne ? demanda-t-elle. Est-ce que tu veux la même chose que moi uniquement parce que nous sommes attachés l'un à l'autre ?

— C'est le problème. » La bouche de l'ombre se tordit avec une évidente frustration. « Comment veux-tu que je le sache ? »

Plus tard, dans son lit, elle s'efforça de rester éveillée, surveillant la fenêtre du coin de l'œil. Attendant qu'une ombre se glisse à travers pour venir chercher Rouge. Attendant qu'il sorte et que le lien qui les unissait s'affine pour devenir un simple fil.

En outre, elle tendait l'oreille, au cas où Posey rentrerait à la maison et serait en danger.

Mais nul n'entra et nul ne partit. Rouge demeura près d'elle toute la nuit, les yeux clos, plongé dans ce qui évoquait des rêves.

L'alarme du téléphone de Charlie sonna à dix heures le lendemain matin, ce qui aurait dû être raisonnable, hormis le fait qu'elle s'était endormie alors que le soleil brillait déjà – peut-être deux heures plus tôt. Elle avait mal à la tête, si bien que l'idée de se retourner et de sombrer de nouveau dans le sommeil était extrêmement tentante. Rouge n'était plus allongé près d'elle.

Jurant entre ses dents, elle se traîna hors du lit et passa dans la salle de bains pour se laver les dents.

Plus tard, au salon, elle trouva la longue silhouette de Rouge étendue sur le canapé, un bras derrière la tête, son séduisant profil exposé de manière troublante. Il portait un jean et un haut Henley noir – assez moulant pour attirer le regard de la jeune femme à son corps défendant. À la télévision, un narrateur affligé d'un accent commentait les images de sa plongée au fond des mers pour trouver des restes d'U-boots. Un livre était ouvert sur un coussin, près de l'ombre matérialisée – qui ne semblait pas lui accorder davantage d'attention qu'aux images.

L'odeur du café emplissait l'air, et Rouge avait une tasse devant lui.

« Tu as réparé la cafetière ? »

Il lui lança son habituel sourire asymétrique. « Trop de marc dans les tuyaux. Je les ai lavés.

— Quand as-tu commencé à acquérir des compétences que Remy ne possédait pas ? » Elle avait toujours supposé que Vince s'employait à nettoyer les gouttières et à vidanger sa voiture afin de soigner sa comédie de petit ami humain. Rouge, en revanche, ne se prétendait pas autre chose que ce qu'il était. Il lui jetait son inhumanité au visage et, la moitié du temps, ne semblait même pas l'apprécier. Ce qui signifiait – idée curieusement déprimante – que nettoyer la cafetière ce matin-là était une vraie gentillesse, si bien que ses attentions de naguère avaient sans doute toujours été sincères également.

Il fronça les sourcils devant la question de Charlie. « Je ne sais pas trop. »

Il n'aimait pas parler de Remy. Et pas du tout admettre quoi que ce soit qui mît ce dernier sous un éclairage défavorable. La question l'avait sans doute piqué – triste récompense d'une bonne action.

C'était le manque de sommeil qui la mettait de mauvaise humeur, se dit la jeune femme. Elle refusait donc de se sentir coupable, car, de ce manque, il était responsable.

Mais elle se posait encore des questions. Remy avait-il jamais été contrarié par l'intelligence de Rouge ou bien l'avait-il acceptée comme son dû, trouvant des tâches utiles à lui confier – rester éveillé en classe, étudier la géométrie, rédiger ses devoirs ? Elle aurait bien aimé savoir si, au bout du compte, il s'était jamais pris pour l'ombre de Rouge. « C'est quoi, la leçon d'histoire ? » demanda-t-elle en désignant l'écran.

Il releva les yeux vers elle, quelques mèches de cheveux blonds tombant devant ses yeux. « Le RMS *Lusitania* a coulé trop vite pour que quiconque s'en échappe, en raison de sa propre vitesse – il s'est rempli d'eau dès qu'il a commencé à sombrer. S'il avait été moins rapide, ses passagers auraient pu survivre à l'attaque des sous-marins.

— C'était le jumeau du *Titanic,* non ? » demanda Charlie.

Il lui lança un sourire étrange. « Non, mais on le croit souvent parce qu'ils ont l'un comme l'autre connu un naufrage célèbre. Les deux font la paire. »

Un instant, elle crut qu'il faisait une remarque à propos d'eux deux, mais c'était bien sûr impossible.

Le laissant à ses batailles navales, elle passa dans la cuisine et se versa une tasse d'un café tout à fait correct, ce qui était irritant.

Là, elle sortit son vieux téléphone, ainsi qu'une nouvelle protection d'écran achetée au drugstore. Ayant essuyé son écran fêlé, elle posa la plaque de verre par-dessus, espérant que cela lui éviterait de se couper les doigts. Malgré son scepticisme, la méthode sembla efficace, et elle eut enfin accès à ses messages.

Un de Vicereine lui demandant de la rappeler. Un de sa mère, plusieurs d'Adeline, et un de Fiona, s'informant de leur rendez-vous pour déjeuner. D'autres encore, d'amis dont elle avait requis l'aide pour emménager à Northampton à la fin de la semaine, et qui voulaient savoir s'il y aurait de la pizza gratuite.

Plus, bien entendu, le rappel de son service du soir.

En bâillant, Charlie effaça le tout. Elle avait besoin de se concentrer sur le travail important : obtenir des réponses pour M. Punch. Donc entrer dans la fameuse église. Hatfield était une petite ville : les habitants accepteraient de parler sans détour à un membre de leur communauté, mais pas à elle.

Elle devait donc devenir une personne avec laquelle ils discuteraient. Ayant chargé la page Facebook de l'église de l'Alliance de la Grâce, elle fit défiler les messages jusqu'à trouver une mention du révérend, Kevin Powers, et d'une assistante à temps partiel, Melissa Svoboda. Charlie copia les informations de contact dans son téléphone, s'informa de plusieurs autres détails, puis appela.

« Bonjour, ici Carli Bradwell de CMIC, à la suite d'une demande de votre part, dit-elle, parlant très vite. Je suis bien au siège de l'église de l'Alliance de la Grâce ?

— Oui, répondit une femme que Charlie espérait être Melissa, et qui paraissait un peu déroutée. Je n'ai pas bien compris qui vous étiez.

— CMIC, répéta Charlie. *Church Mutual Insurance Company*. Vos agents d'assurance. » Du moins c'était sûrement le cas : il s'agissait de la plus grande compagnie assurant des églises sur la côte est.

« Oh, je n'avais pas saisi, dit sa correspondante. Oui, bien sûr.

— Nous avons relu votre police, et il y a un problème avec votre demande. Vous n'êtes couverts pour aucun nettoiement lié à des dangers biologiques. Or, le sang peut malheureusement être considéré comme tel. À cela s'ajoute le problème qu'aucune personne dont le nom figure sur la police n'ait été présente au moment où ces gens faisaient ce qu'ils faisaient, quoi que ce soit.

— Ce n'était pas une secte, dit sèchement Melissa. C'était un groupe de discussion. Il s'agit d'une tragédie, et vous dites sérieusement que vous ne pouvez pas nous aider, alors que nous avons toujours payé nos cotisations à temps ? Votre compagnie assure des églises. Où est la compassion, là-dedans ? »

Charlie supposa qu'assistante administrative d'une église était un poste ingrat. Or, tout le monde avait envie d'être un héros : Charlie allait donner à cette femme l'occasion de devenir une héroïne. « Je crois qu'on pourra faire quelque chose grâce à l'article concernant vandalisme et actes criminels. Pour ça, vous êtes couverts. » Après une pause stratégique, elle reprit : « Mais il faut quand même que je vienne prendre des photos. Je dois estimer la quantité des dégâts et présenter cette information à mon superviseur.

— Et ils couvriront les frais ?

— Je ferais tout ce qui est possible pour que cela se passe comme ça, promis. Est-ce que je peux venir demain ? Ça ne prendra pas beaucoup de temps.

— Je crains que demain, ce ne soit impossible, dit Melissa, l'air un peu affolé. Il n'y aura personne. Nous fermons l'église pour quelques semaines à partir de ce soir, malheureusement. »

Charlie sentit ses espoirs s'effondrer.

« Vous pourriez venir tout de suite, en revanche, reprit l'assistante. Le révérend est déjà parti avec sa famille, mais je peux rester un peu. Ça vous irait ? »

Charlie se laissa aller en arrière sur son siège et ferma les yeux. *Yes !* « Je pense que je peux faire ça, dit-elle, tentant de conserver une voix neutre. Il va falloir que je déplace quelques rendez-vous. »

Melissa la remercia avec effusion.

Une fois qu'elle eut raccroché, Charlie exécuta une petite danse victorieuse dans la cuisine, mais se figea lorsqu'elle constata que Rouge l'observait depuis la porte.

« Tu serais capable de charmer un loup et de le détourner d'un bon steak, remarqua-t-il.

— Et comment », répondit-elle avant de se verser une deuxième tasse de café pour fêter cela.

17

J'AI L'INTENTION DE MOURIR DANS TES BRAS

Rouge conduisait, une main légère sur le volant, l'autre sur le levier de vitesse.

Près de lui, Charlie envoya ses regrets à Fiona, prétextant un mal de gorge – ravie d'avoir une excuse pour éviter de se retrouver face à cette vieille dame intimidante.

Vêtue d'un pantalon noir, d'une chemise blanche et d'un pull vert, Charlie espérait avoir l'air d'une experte en assurances. Elle étala du fond de teint sur son œil au beurre noir, ajouta du mascara et un peu de blush. Elle avait trouvé deux petites boucles d'oreilles en or, mais répugnait à ôter celles en onyx. Au bout du compte, elle les laissa en place : elles étaient assez neutres.

Entre le message à envoyer et les formulaires imprimés à Staples qu'elle dut fixer sur sa planchette à pince (également achetée à Staples), elle ne remarqua pas avant l'arrêt complet du véhicule qu'ils faisaient halte dans une station-service. L'illumination frappa Charlie comme un coup de poing au ventre. C'était là que Rose avait promis de laisser un message à Rouge.

Ce dernier descendit de voiture, s'approcha d'une pompe, puis hésita. Il tenait d'une main son portefeuille, de l'autre la carte noire remise par Adeline. Ses doigts se crispèrent sur la seconde, si fort que Charlie craignit qu'il ne se coupe, tandis qu'un muscle tressaillait dans sa mâchoire.

Penchée par-dessus le siège du conducteur, elle appuya sur le bouton permettant de descendre la vitre. « Tout va bien ?

— Je vais payer à l'intérieur. Tu veux quelque chose ? »

À l'intérieur, où il lui serait facile de se rendre aux toilettes et d'obtenir l'adresse. Pourtant, il ne se comportait pas comme s'il prévoyait de la conduire à la mort. Combien d'assassins réparaient la cafetière de leur victime avant de la tuer ?

Ceux à qui cet assassinat inspirait de la culpabilité, sans doute.

Dès la porte de la boutique refermée, elle essaya l'exercice que Balthazar avait tenté de lui enseigner. Voir par les yeux de Rouge. Imaginer qu'elle était là-bas avec lui, au bout de la ligne d'ombre qui les reliait.

Cela ne fonctionna pas mieux que la première fois.

Plus tôt qu'elle ne s'y attendait, Rouge revint, les mains dans les poches de son manteau. Il avait dû trouver le message aisément. Plusieurs personnes tournèrent les yeux vers lui tandis qu'il traversait le parking. Grand, large d'épaules, séduisant, et au volant d'une Porsche – vraiment rien de déplaisant.

Extrêmement irritée, Charlie descendit de voiture à son tour et se dirigea vers la boutique.

« Faut que j'aille faire pipi », dit-elle en le croisant. Que pouvait-il réellement faire, l'arrêter ?

À l'intérieur, il y avait des toilettes séparées pour les dames et les messieurs. Elle s'introduisit dans les secondes, ce qui fit sursauter un type posté devant un urinoir, coiffé d'une casquette de base-ball à l'envers.

« Hé ! brailla-t-il après avoir pissé sur ses chaussures.

— Désolée ! » lança-t-elle joyeusement en se dirigeant vers l'unique cabinet.

Rose n'avait pas été subtile. Les mots « Pour passer un bon moment, une vraie tuerie », suivis par une adresse de Greenfield, étaient inscrits au marqueur rouge au-dessus des toilettes. Charlie prit le tout en photo avec son téléphone.

« Vous n'êtes pas censée être là, dit l'homme en remontant sa braguette, quand elle ressortit.

— Pardon, je me suis trompée de porte. »

Au cas où il la suivrait pour l'engueuler encore, elle gagna la voiture d'un bon pas. Si Rouge apprenait ce qu'elle avait fait, il devinerait sans conteste pourquoi. À l'évidence, il avait toutefois terminé de faire le plein, car la voiture tournait au ralenti. Dès que Charlie monta, ils s'éloignèrent rapidement.

« Vous disiez que votre nom, c'est Carli ? » demanda la réceptionniste de l'église, vêtue d'un pull prune et d'une jupe bleu marine. Ses cheveux étaient teints en rouge sombre, mais du gris apparaissait aux racines. Charlie ne se rappelait pas l'avoir vue au mariage de sa mère, mais elle était peut-être déjà là.

« Et vous êtes Melissa, c'est ça ? » confirma Charlie, planchette à la main. Elle avait mal à la tête à cause du manque de sommeil, et le cœur lourd que Rouge ne se soit pas confessé pendant le reste du trajet, mais elle était à tout le moins arrivée à l'heure à l'église de l'Alliance de la Grâce. « C'est vous que j'ai eue au téléphone. Il ne me faudra pas longtemps pour étudier les dégâts dans la… euh… dans la crypte. »

Melissa plissa le nez. « Nous ne l'appelons pas comme ça. Chez nous, c'est simplement le sous-sol de l'église, rien de bien extraordinaire. Il y a de la moquette et un faux plafond, nom d'une pipe ! Ça n'a rien d'un tombeau médiéval.

— De la moquette ? répéta Charlie avec une grimace.

— Oui, il faudra la remplacer, dit sèchement Melissa. Mais ce n'est pas le pire. Le sol de ciment qu'elle recouvre est fichu. Il n'était pas laqué, voyez-vous, et le ciment est un matériau très poreux. Nous devrons le remplacer, pas seulement remettre une petite couche par-dessus, et sûrement pas nous contenter de changer la moquette. N'essayez pas de jouer les grippe-sous. C'est un bâtiment *historique*.

— J'effectue mon travail, c'est tout, assura Charlie, la main levée, en espérant jouer son rôle correctement. Parfois, les gens essaient de faire marcher une assurance pour faire payer un tas de travaux d'entretien en retard. »

Melissa soupira. « Je savais comment ça allait se passer. Tout sucre tout miel au téléphone - avec plein de promesses -, et un vrai piranha une fois la porte franchie.

— Mais non, mais non, la rassura Charlie, ne voulant ni paraître trop généreuse ni se faire jeter dehors. Je dis qu'il n'est pas normal que certaines personnes profitent ainsi des assurances, si bien que les gens honnêtes tels que vous ont plus de mal à se faire rembourser comme ils le méritent. Je sais que vous avez besoin de tout ce que vous demandez. Mon travail consiste à trouver les codes à soumettre qui vous permettront de l'obtenir.

— Le plus tôt sera le mieux. Vous n'imaginez pas le nombre de personnes qui veulent entrer pour voir à quoi ça ressemble. » Melissa ôta ses lunettes et les frotta sur son chemisier. « On n'a pas besoin d'une bande de blaireaux inventant des bêtises à propos d'une tragédie. C'est incroyable, tout ce qui peut se dire aux infos, et surtout en ligne. »

Charlie hocha la tête. « J'en suis sûre, et ça m'ennuie d'autant plus, à présent que vous m'avez dit ça, mais il faut que je voie moi aussi la salle en question.

— Je comprends. » L'assistante ramassa des clefs attachées à un grand dinosaure en plastique. Elle sourit en voyant ce dernier attirer l'œil de sa visiteuse. « Le révérend n'arrête pas de perdre ses clefs. On a été obligés de leur ajouter ça pour être sûrs de les retrouver à sa place. C'est un très brave homme, mais une de ces personnes qui se cogneraient cinq fois de suite à la porte de sortie avant de seulement penser à chercher une porte d'entrée. »

Donc, une de ces clefs perdues avait pu être volée sans que nul ne s'en aperçoive. Il était temps pour Charlie d'employer un peu de charme. « Vous devez vous occuper d'un tas de choses, ici.

— Oh, vous n'avez pas idée, soupira Melissa. Vous voulez une tasse de café ?

— Volontiers. » Rand disait toujours que les gens étaient rassurés quand on acceptait leur générosité. En outre, Charlie ne disait jamais non à du café.

« Lait et sucre ?

— Les deux, s'il vous plaît. » Les personnes dignes de confiance aimaient ce qui était léger et sucré. S'il ne s'agissait pas de la préférence habituelle de Charlie, un grand nombre de péchés caféinés pouvaient tout de même être qualifiés ainsi.

La femme lui servit une tasse et ajouta une dose généreuse de crème en poudre. La boisson, sans doute restée trop longtemps dans la cafetière, avait un goût de brûlé, mais Charlie la but avec le sourire. « J'en avais besoin, dit-elle. Merci. »

Lorsque les deux femmes eurent descendu l'escalier, Melissa paraissait de bien meilleure humeur. « Je dois avouer que je n'ai jamais tellement aimé venir ici, et c'est pire maintenant. C'est moi qui les ai trouvés, vous savez ?

— Wahou ! » Charlie n'avait lu ce détail dans aucun article concernant les faits. « Si vous voulez que je me débrouille seule, je peux. »

L'administratrice eut un rire nerveux. « Non, je viens. »

Le sous-sol était humide et il y régnait une odeur d'eau de Javel qui lui rappela celle des vêtements de Vince, à l'époque où il travaillait dans le nettoiement des scènes de crime.

Quelques chaises métalliques étaient pliées contre un mur, en compagnie d'une longue table en plastique. Tandis qu'elle observait les lieux, Charlie réalisa combien il était peu probable d'y trouver encore un indice. Elle ne savait même pas ce qu'elle était censée chercher. Ce n'était pas aussi simple que de deviner où les occupants d'une maison cachaient leurs objets précieux, de déterminer le code d'une porte ou de percer un coffre-fort.

Tu vois quelque chose ? lança-t-elle à l'adresse de Rouge.

Promène-toi, lui chuchota-t-il en réponse.

« Alors, ils se réunissaient ici ? » demanda-t-elle à haute voix, en explorant le sous-sol afin d'offrir une meilleure vue à son compagnon.

Melissa frissonna. « Un tas d'associations se réunissent ici... Se *réunissaient,* en tout cas. C'est comme ça que la plupart des églises collectent des fonds supplémentaires – même si ça rapporte vraiment très peu. Nous avons un cours de yoga. Les Narcotiques Anonymes. Il y avait même un club de Donjons & Dragons, après les heures de classe. Personne ne veut plus venir, à présent, bien sûr. L'hôtel de ville pratique des tarifs prohibitifs, mais tout le monde y va quand même. »

Charlie but une autre gorgée de café. « Depuis combien de temps les gens qui sont décédés venaient-ils ?

— Trois ans. Ils se définissaient comme un groupe de discussion de quêteurs et paraissaient tout à fait normaux. Un professeur d'université à la retraite, un maçon avec trois enfants de moins de dix ans, deux filles encore à la fac, un vendeur du Big Y. Des gens ordinaires. »

Charlie songea aux horribles photos.

« Et leurs ombres étaient intactes ? » demanda-t-elle, espérant que son interlocutrice mentionne la fille dont l'ombre manquait.

Melissa parut surprise. « Je ne sais pas. Je n'ai pas pensé à ça. »

Ce n'était pas une question qu'aurait posée une experte en assurances. « Excusez-moi, dit Charlie. Il est assez difficile de ne pas se montrer curieux. »

L'administratrice plissa les lèvres. « C'était une soirée tout à fait normale. Marv est arrivé en avance, avec des cookies. Je crois que c'est tout ce qui m'a frappée. Ses petits gâteaux. En général, je le laisse fermer – il a ses clefs. C'est une petite ville. Tout le monde connaît tout le monde. Margie n'était pas là. Nate non plus. On a trouvé Margie chez elle, en parfaite santé. Nate n'était pas chez lui, donc la police a enquêté à son sujet, mais il s'est révélé simplement en vacances. Cela dit, il y avait toujours des allées et venues de nouveaux membres, et personne ne faisait l'appel. »

Avait-on apporté des cookies parce qu'un conférencier devait venir ? « Ne répondez pas si vous n'en avez pas envie, bien sûr, mais que croyez-*vous* qui se soit passé ce soir-là ?

— Ça restera entre nous ? demanda Melissa.

— Absolument, mentit éhontément Charlie.

— Ces gens ne faisaient pas partie d'une secte. Ils s'intéressaient à la magie d'ombre, mais aucun ne la pratiquait. J'ai dit à la police qu'ils faisaient parfois venir des conférenciers ou des invités d'autres villes. J'ai dit aussi que c'était sans doute l'un d'eux qui les avait tués. »

Charlie tentait de superposer ce qu'elle voyait et le souvenir des photos découvertes en ligne. La scène du massacre n'en était nullement éclairée. Pourquoi les victimes avaient-elles couru dans les coins et y étaient-elles restées, au lieu de se ruer vers la porte ? Comment un seul être avait-il pu exterminer trois groupes séparés avant que quiconque n'atteigne les marches ? Aucune Furie n'en aurait été capable. Ni même un crépusculien et une ombre agissant de concert. Il aurait fallu au moins trois assassins distincts.

« Je dois prendre quelques clichés », dit-elle en continuant d'évoluer dans la pièce. Sur un mur, elle remarqua de profondes entailles. Laissées par des griffes, aurait-on dit. Charlie sortit son téléphone et prit plusieurs clichés. « Il faudra arranger ça.

— Honnêtement, ce que j'ai dit à la police n'est pas ce que je pense vraiment », reprit Melissa.

Charlie lui jeta un coup d'œil, puis recommença à prendre des photos. L'administratrice n'avait apparemment pas tout dit, et elle faisait peut-être partie de ces gens ayant besoin de remplir les silences.

Au bout de quelques minutes, pour cette raison ou parce que se décharger sur une inconnue ne présentait pas de danger, elle soupira et reprit la parole. « Rien d'humain n'a laissé ces traces. La police dit qu'on s'est sans doute servi d'un outil de jardinage. Une fourche à trois pointes. Mais, moi, je crois que c'étaient de vraies griffes. » Elle se retourna vers l'escalier en frissonnant.

Charlie la suivit au rez-de-chaussée. Lorsqu'elles dépassèrent la nef de l'église et tous ses bancs inoccupés, elle ralentit le pas. Elle se rappelait ce tapis rouge, ces missels glissés dans des poches derrière les sièges. Les souvenirs déferlèrent, l'odeur du vernis à ongles fraîchement posé, celle du parfum de sa mère, les fleurs sauvages poisseuses dans sa main, un air de piano, et les vœux que Travis avait lus sur un morceau de papier plié : *Je promets de t'aimer jusqu'à notre mort et j'ai l'intention de mourir dans tes bras.*

« Je n'aurais pas dû dire ça », dit la femme.

Charlie cligna des paupières, tirée en sursaut de ses pensées.

Dis-lui que tu ne répéteras rien de ce qu'elle t'a confié, conseilla Rouge.

« Je ne trahirai pas votre secret », assura-t-elle. Puis elle mima un frisson exagéré. « Et je vais faire de mon mieux pour ne pas faire de cauchemars. »

Melissa la reconduisit à la porte la plus proche du parking. « Le révérend et tous les autres veulent croire que ce n'était pas un phénomène surnaturel. »

Charlie fronça les sourcils. « Vous voulez dire : une Furie ?

— Je veux dire : un *démon*. Chaque jour, je prie qu'il ne revienne pas, puis je me sens très mal, parce que ça me donne l'impression de souhaiter qu'il attaque quelqu'un d'autre.

— Vous avez vu quelque chose ? » Charlie avait posé sa question d'une voix trop sèche.

Melissa secoua la tête. « Non, mais je sais dans mon cœur que j'ai raison. »

Faute de mieux, Charlie lui fit apposer ses initiales sur le faux formulaire fixé à sa planchette, puis elle s'en alla avec une impression d'échec. Elle n'avait rien trouvé qui puisse la diriger vers un suspect, encore moins lui apprendre quel rôle Rooster Argent avait joué dans l'affaire. Et elle n'avait pas non plus la moindre idée de la manière dont elle allait s'y prendre pour éviter de la mauvaise publicité aux cabalistes.

Dehors, cherchant l'inspiration, elle contourna l'église et traversa le cimetière attenant. L'air froid sur son visage lui faisait du bien.

Est-ce que tu as déjà vu des Furies collaborer ? lança-t-elle à Rouge. Si Rose et lui pouvaient conspirer, il était logique que d'autres le puissent aussi.

Non, répondit-il dans son esprit. *Et c'est une idée très troublante.*

Puisqu'il mentait, elle le savait, cela ne voulait strictement rien dire. Un groupe de Furies – une *meute* de Furies, lui souffla son esprit, ce qui ne la rassura en rien –, avait pu séparer les explorateurs et les acculer dans les angles.

Un jeune garçon faisait du vélo dans le cimetière. Âgé d'une dizaine d'années, il la regardait avec suspicion. Charlie était ravie de ne pas s'être exprimée à haute voix : elle aurait donné l'impression de parler toute seule.

« Elle est pas normale, ton ombre », lui lança le garçon en passant près d'elle à toute vitesse.

Il ne savait pas à quel point.

« Tu habites dans le coin ? demanda-t-elle en réponse.

— Je te le dirai pas », cria-t-il en la frôlant à nouveau.

Logique.

« T'es là à cause des meurtres ? lança-t-il encore.

— Tu n'es pas un peu jeune pour être au courant de ça ? » Elle tourna les talons et partit en direction de la Porsche.

« C'est l'Homme aux Neuf Ombres le coupable, renchérit le garçon.

— Celui de l'histoire ? » demanda Charlie.

L'Homme aux Neuf Ombres était un conte, comme *La Sorcière et le Frère malchanceux*, mais en plus horrible. L'homme en question commençait avec une seule ombre mais, avide, convoitait celles de ses voisins. Il les tuait un par un et la leur dérobait. À chaque nouvelle ombre dont il se dotait, cependant, il entendait la voix du disparu chuchoter à son oreille, affamée, exigeant du sang. Il continuait donc de tuer pour nourrir ses ombres, mais il était trop insatiable pour ne pas en adopter davantage. De plus en plus nombreuses, elles devenaient donc de plus en plus affamées. La fin de l'histoire était : *Si vous entendez l'Homme aux Neuf Ombres frapper à votre porte, sachez qu'il vient chercher sa dixième ombre.*

Une légende urbaine du début du siècle.

« Je l'ai vu », affirma le garçon, un défi dans les yeux. Il avait cessé de pédaler, un pied appuyé sur une pierre tombale, l'air de s'attendre à ce qu'elle l'accuse d'avoir tout inventé.

Encore dix ans plus tôt, nul ne croyait à la magie et les contes de fées n'étaient que des histoires. Le gamin, cependant, n'avait jamais connu ce monde-là. Charlie ignorait quoi, mais il croyait bel et bien avoir observé quelque chose.

« Qu'est-ce que tu as vu, exactement ? lui demanda-t-elle.

— Un homme sur la route avec des ombres tout autour de lui, répondit le garçon. Comme il parlait tout seul, j'ai pris peur et je me suis mis à pédaler à toute vitesse. J'ai appris plus tard qu'il y avait eu des meurtres.

— Je suis contente que tu te sois échappé », assura-t-elle.

Il la regarda comme s'il hésitait à croire en sa sincérité. Puis il lui adressa un petit signe de tête et, d'une détente, s'écarta de la pierre tombale. Son ombre le suivait en une glissade fluide, nullement à la manière dont était censée se comporter une ombre normale.

« Un bébé crépusculien », remarqua Rouge qui apparut alors en plein soleil. Ses yeux avaient le gris pâle des ombres, mais ses cheveux blonds étaient d'or pur.

Charlie regarda le garçon s'éloigner en pédalant, songeant à ce qu'il avait dit. Avait-il vu un homme détenteur de plusieurs ombres ou des ombres multiples rassemblées autour d'un même homme ?

Les pensées de Rouge avaient suivi un cours similaire. « À mon avis, si des Furies travaillaient ensemble, elles attaqueraient d'abord un individu, pas tout un groupe, et pas à l'intérieur d'un bâtiment. »

À moins qu'elles ne soient très malignes ou chanceuses, la disparition d'une victime aurait été annoncée aux actualités. « Ç'a peut-être été pris pour une attaque d'animaux sauvages », dit-elle en se promettant de faire quelques recherches une fois rentrée chez elle. Y avait-il eu des morts attribuées à une attaque d'ours dans l'ouest du Massachusetts ? Il lui semblait que, si tel était le cas, elle en aurait entendu parler.

Et rien de tout cela n'expliquait ce qui était arrivé à Rooster. Pourquoi son cadavre ne se trouvait-il pas avec ceux des autres victimes ?

À l'orée du cimetière, Charlie vit étinceler quelque chose au soleil : une bouteille en verre vide, à moitié emplie de mégots, posée au pied d'un arbre.

La jeune femme l'observa. Les filtres qu'elle contenait étaient blancs, imprimés de courbes dorées et du logo Marlboro. Ils avaient pu être laissés là par n'importe quel fumeur de cigarettes Marlboro Touch – un parent d'un défunt, le révérend, des jeunes s'amusant à traîner parmi les tombes. Il y en avait toutefois assez pour que la personne en question ait passé ici un long moment. Le regard de Charlie accrocha une pochette d'allumettes vide au milieu d'une touffe d'herbe – rose pâle avec des lettres d'or. Très classe. Elle s'approcha d'un pas pour mieux voir. *Solaluna* était-il écrit sur la pochette. Cela lui paraissait familier, mais elle ne savait plus pourquoi.

« Je ne comprends vraiment pas, dit-elle en la fourrant dans sa poche. Si des Furies travaillaient ensemble, pourquoi tuer ces gens-là ? Pourquoi dans cette église-ci ?

— C'était peut-être vraiment l'Homme aux Neuf Ombres, suggéra Rouge.

— Ou bien Rooster Argent, contra-t-elle. S'il n'est pas mort, c'est peut-être lui le tueur. »

18

RAVEN

Alors que Charlie était en route pour prendre son service au *Rapture,* Raven l'appela.

Heureuse que Rouge soit au volant, elle fit glisser son doigt sur l'écran.

« Bonjour.

— J'ai besoin de votre aide en tant que Hiérophante. » La retailleuse chuchotait comme si elle craignait d'être entendue.

Les poils se dressèrent sur les bras de Charlie. « D'accord.

— Vous pouvez venir à mon atelier ? demanda Raven. Tout de suite ?

— Je pars au boulot, là. C'est grave ? » Charlie désigna le bas-côté. Rouge s'y arrêta, laissant le moteur tourner au ralenti, et activa les feux de détresse. Il haussa les sourcils.

« Je ne sais pas. Ça mange… Ça dévore toutes les petites ombres. Euh… Maintenant, ça lèche le sang dans le bol. »

Oui, ça avait l'air grave. « J'arrive.

— Je crois que c'est en train de me regarder », chuchota la retailleuse.

Charlie descendit et contourna la voiture pour rejoindre le côté conducteur. Rouge lui laissa sa place sans hésiter. Quelques instants plus tard, elle s'écartait du trottoir, le volant tenu d'une main, et effectuait un demi-tour parfaitement illégal au milieu de la circulation. « Vous avez de l'onyx ? » Un 4/4 klaxonna, furieux de se voir couper la route.

« J'ai un peu de poudre, dit Raven. Je suis en train de la récupérer.

— Vous devriez peut-être vous en aller. » Les rouages de la Porsche grincèrent lorsque Charlie changea de vitesse avec maladresse, arrachant à Rouge une grimace.

« Je ne veux pas m'enfuir, reprit la retailleuse. Il commence à faire noir. Si je ne suis pas en pleine lumière, je ne saurais pas où c'est. »

Il était terrifiant d'être poursuivi par une Furie invisible, mais attendre d'être retrouvé par elle n'avait rien d'enthousiasmant non plus. « Est-ce que vous pouvez..., commença Charlie.

— Il faut que je raccroche, la coupa Raven à voix basse. Ne tardez pas. »

Pittsfield n'était pas tout près. D'ordinaire, il aurait fallu à la jeune femme une quarantaine de minutes pour arriver à destination. Sur la nationale, elle accéléra bien au-dessus de cent à l'heure, sachant que cela ne suffirait pas. Elle tendit la main droite vers son téléphone.

Rouge s'en empara le premier. « Qui veux-tu appeler ?

— Le boulot », répondit-elle en appuyant sur le bouton pour composer le numéro.

Il planta le téléphone dans un emplacement dédié au sein du tableau de bord de la Porsche, et appuya à son tour sur quelques boutons. La sonnerie jaillit des haut-parleurs qui les entouraient.

« Mains libres, expliqua-t-il. Tous les luxes que peut acheter l'argent du sang. »

Charlie se concentrait sur la route, faute de quoi elle aurait aimé voir sa tête quand il disait cela.

Ce fut Don qui décrocha. « *Rapture Bar & Lounge.* »

La jeune femme grinça des dents. « Ici, Charlie. Est-ce que tu peux assurer pour moi ? Je vais être un peu en retard.

— Genre dix minutes ? » Elle n'aurait su dire s'il était plus suffisant qu'à l'ordinaire.

« Genre une heure, répondit-elle en songeant qu'il s'agissait d'une estimation optimiste.

— Je prends mon travail au sérieux, lui dit Don. On m'a souvent dit qu'il était très difficile de travailler avec toi. Tu prouves que tous ces gens avaient raison.

— Si tu ne peux pas assurer pour moi, contente-toi de le dire et passe-moi Balthazar. » Charlie n'avait aucune envie de demander son aide à Balthazar, mais lui, à tout le moins, comprendrait le problème. Et aurait peut-être un conseil à donner.

« Une seconde », fit Don.

L'instant d'après, ce fut la voix d'Odette qu'elle entendit. « Charlie ? Tout va bien ? »

Son estomac s'affaissa. C'était exactement ce qu'elle voulait éviter. Odette avait vu un peu de magie d'ombre à l'œuvre – peut-être plus qu'un peu – mais elle n'avait sur le sujet que les connaissances les plus élémentaires. Elle ne comprenait ni la Cabale ni le rôle du Hiérophante. Aussi dessalée qu'elle fût, elle faisait sans doute partie de la multitude de gens pour lesquels les Furies étaient des inventions, des légendes urbaines au même titre que les crocodiles blancs chassant dans les égouts de New York.

« Je vais être en retard, déclara-t-elle. Je suis vraiment désolée. Je demandais à Don s'il pensait pouvoir assurer une partie de mon service.

— Oh, pas de souci. Il peut assurer tout votre service, si c'est nécessaire, le cher garçon. » Odette ne semblait pas contrariée, mais si Don n'avait rien voulu dire d'autre à Charlie, il n'aurait pas mêlé leur patronne à l'affaire.

Eh bien, il avait sans doute trouvé un moyen de s'insinuer dans les bonnes grâces de la dominatrice, finalement – aux dépens de sa collègue. « Don n'a pas besoin d'en faire tant.

— Laissez donc. Et finissez ce qui vous retarde, quoi que ce soit. »

C'était généreux. Trop. C'était le genre de générosité qui donnait l'impression de patiner sur une glace très fine et poussait même à se demander si elle n'était pas déjà en train de craquer.

« Je serai là pour mon prochain service – et à l'heure, promis.

— À bientôt, donc, ma chérie », dit Odette avant de raccrocher.

Charlie fixa la route. Elle ne pouvait se laisser distraire par le travail. Elle devait rester concentrée sur Raven et ce qu'elle ferait une fois arrivée chez elle.

Elle avait rangé à l'arrière de la camionnette nombre d'objets utiles pour capturer ou tuer des Furies. Un jeu de trois couteaux d'onyx – dont celui qu'elle avait utilisé dans l'usine désaffectée. Une boîte volée au manoir de Salt, doublée de ce même onyx et tout juste assez vaste pour accueillir une feuille de papier roulée – car elle supposait les ombres capables de se condenser en un tout petit volume. Plus ses outils de crochetage, une perruque et tout un bric-à-brac à l'usage des criminels.

Dans la Porsche, elle ne disposait que du contenu de son sac de travail – un des couteaux et un petit filet avec perles d'onyx qu'elle avait eu la chance de trouver dans les affaires du précédent Hiérophante, car elle n'aurait jamais pu se l'offrir. Un filet, cela méritait d'être noté, qu'elle n'avait encore jamais seulement tenté d'employer.

« Dommage que je n'aie pas une armure d'onyx », se plaignit-elle, quoique sans savoir si une telle chose existait. Dans l'affirmative, elle serait sans doute trop fragile pour être utile et tellement chère qu'une grande partie de l'héritage de Remy serait nécessaire pour l'acheter.

« Tu aurais l'air d'une pièce d'échecs, dit-il en souriant. Par ailleurs, tu m'as, moi. »

Charlie se rappela la leçon chez Balthazar, les ailes d'ombre repliées autour d'elle. « On aurait dû s'entraîner davantage. »

En guise de protection, elle portait ses boucles d'oreilles en onyx et un unique disque taillé dans la même pierre noire, pendu au-dessus de son cœur au bout d'une chaîne en argent. Si elle avait su où l'entraînerait cette soirée, elle ne s'en serait certes pas contentée.

La tension lui nouait les épaules tandis qu'elle se faufilait dans la circulation, craignant d'arriver trop tard. Se demandant si Raven allait la rappeler. Souhaitant pouvoir l'appeler, elle, même si la dernière chose dont avait besoin la retailleuse, tandis qu'elle se cachait d'une Furie affamée, c'était de se faire repérer à cause de la vibration d'un téléphone.

Un instant, ils restèrent silencieux, Charlie regardant la route, puis elle jeta un coup d'œil vers Rouge. « Pourquoi sont-elles comme ça ? »

Il fronça les sourcils. « Qui ça ?

— Les Furies. Elles ne sont pas dépourvues d'intelligence, mais elles ont l'air obsédées par le meurtre.

— Nous sommes pour la plupart composés de terreur et de rage, dit-il, s'incluant dans ce nombre. C'est souvent tout ce qui nous donne la vie. »

La jeune femme souffla. Ce n'était pas le moins du monde sensé, mais elle n'aurait trop su expliquer pourquoi. « Est-ce qu'elles peuvent... évoluer pour s'en sortir ?

— Bien sûr, dit Rouge, cette fois sans s'inclure. Mais elles ont tout de même besoin de manger. »

Quelques instants plus tard, la Porsche s'engagea sur le parking du centre commercial qui abritait l'atelier de Raven, *Eclipse Piercing & Shadow Modifications,* entre un restaurant de poulet et une laverie fermée, avec une haie d'arbres à l'arrière. Quand Charlie se gara entre cette dernière et le bâtiment, elle trouva les lieux étrangement silencieux, les bruits de la rue étant ici étouffés. L'obscurité régnait.

La jeune femme descendit de voiture, se pencha vers le siège arrière et tira de son sac son matériel limité.

Sur le perron en béton, elle remarqua une gamelle pour chien en inox, entièrement récurée à coups de langue. Elle se rappela avoir vu un soir Raven la mettre dehors, emplie d'un sang réchauffé au micro-ondes et destiné aux petites ombres. Elle n'aurait pas cru qu'il pouvait y en avoir autant à proximité. Uniquement des Furies, toutes affamées, mais aucune assez forte pour attaquer, à supposer qu'elles en aient eu envie. Raven en avait utilisé une en guise de fil pour son retaillage.

En dépassant la gamelle vide, Charlie se demanda s'il était possible de créer une Furie plus puissante à partir d'un être aussi minuscule. Laisser du sang dehors avait attiré les petites ombres chez Raven, mais peut-être aussi une créature plus développée. Moins désireuse de boire le sang que de se repaître de ses plus faibles congénères.

L'ombre de Charlie glissa de côté, selon un angle impossible par rapport au soleil couchant.

« Rouge, souffla la jeune femme.

— Je ne voulais pas te faire sursauter, dit-il, l'expression sombre, affamée, impatiente. Mais tu devrais attendre ici. »

Puis il se glissa sous la porte.

Elle fixa le lien qui les reliait. Un long moment, le silence régna, puis monta un hurlement qui évoquait beaucoup la voix de Raven. Quelque chose s'abattit violemment au sol.

Charlie ouvrit la porte en grand.

La retailleuse se tenait dans un cercle de pierre noire pulvérisée, évoquant une sorcière coincée dans son propre pentacle. À la main, elle tenait un marteau d'onyx, sûrement la seule arme qu'elle avait pu trouver rapidement. Elle haletait, et des larmes coulaient sur ses joues déjà humides.

Son regard était fixé sur un Rouge matérialisé, à l'exception des mains d'ombres qui maintenaient une Furie de la taille d'un chien. Laquelle grondait d'ailleurs comme un chien, changeant de forme pour adopter différentes silhouettes d'animaux féroces.

Quand elle vit l'arrivante, ainsi que la ligne d'ombre qui la reliait à son terrifiant sauveur, Raven se laissa choir sur le carrelage et prit plusieurs inspirations qui ressemblaient à des sanglots.

Charlie leva le filet d'onyx.

« C'est bon ? » demanda-t-elle.

Oui, répondit Rouge dans son esprit. *Lance.*

Elle s'exécuta, visant la Furie qui se débattait entre les bras de son compagnon – dont les mains devinrent solides en même temps que l'agressive créature autour de laquelle se resserrèrent les mailles du filet.

« Je l'ai, dit-elle. Mais je ne sais pas si je peux la retenir.

— Est-ce qu'il... » Raven fixait Rouge, les yeux étrécis.

Charlie ne sut que répondre. S'il devait incarner un Remy Vincent Carver avec carte de crédit noire et jet privé, sa véritable nature devait rester un secret. Si Raven le connaissait, elle pourrait s'en servir pour le faire chanter.

« Est-ce que je... ? » répéta-t-il, attirant son attention.

La retailleuse se frotta les yeux. Des tatouages couvraient sa peau brune : des roses, des crânes, plusieurs déesses, et les mots « *EL ARTE ES LARGO Y LA VIDA BREVE* » le long du bras. Ses cheveux couleur de flamme avaient en grande partie échappé à la pince qui les tenait. Toutefois, lorsqu'elle gagna son placard à balais, elle paraissait d'un calme remarquable. « Vous êtes la Furie dont tout le monde parle.

— Je suis lié, remarqua Rouge en désignant le sol. Ce qui signifie que je ne suis pas une Furie. » Entre ses bras, l'ombre emprisonnée par le filet continuait de se tortiller.

Raven éclata de rire pour de bon.

« Vous êtes aussi pédant. Je n'ai aucune idée de ce que cela fait de vous. »

Charlie trouva dans un placard des colliers de serrage en plastique dont elle se servit pour enfermer l'ombre au sein du filet. Sa victime, devenue plus petite et plus dense, avait à présent la taille d'un chat sauvage furieux. « D'où ce truc est-il sorti ?

— Je ne sais pas. Je ne savais même pas qu'il était là avant d'entrer moi-même. J'ai tracé un cercle avec la poussière d'onyx dont je disposais, et puis j'en ai versé un petit tas à côté de moi pour pouvoir la lui lancer. Je comptais aussi le frapper avec mon marteau s'il essayait de franchir la barrière.

— Est-ce qu'il a essayé ? »

Raven, tandis qu'elle ramassait la poudre dans une pelle, eut un geste que Charlie fut incapable d'interpréter. « On aurait dit qu'il en avait envie, parfois. Il se tortillait bizarrement, comme les chats quand ils vont bondir. Mais non.

— Est-ce qu'on pense que c'est une ombre d'animal ? » demanda Charlie en se tournant vers Rouge.

Il secoua la tête. « Elle ne s'en souvient pas, mais elle a été humaine.

— Il arrive que les crépusculiens retaillent leur ombre en forme d'animal, intervint Raven. De tigre, de loup, que sais-je encore ? C'est peut-être une de celles-là. »

Charlie chercha en vain la moindre caractéristique humaine en cette créature qui se contorsionnait. Qui feulait. « Qu'est-ce qu'elle a fait d'autre, alors ? Seulement les cent pas ? »

La retailleuse acquiesça. « Elle a visité toutes les pièces, d'un pas léger, comme si le sang lui donnait davantage de conscience, de substance, ou quelque chose comme ça. Peut-être se sentait-elle plus éveillée, je ne sais pas. » Elle jeta un coup d'œil à Rouge, craignant peut-être de le vexer, car lui, selon toute probabilité, le savait très bien.

Il ne la corrigea pas plus qu'il n'abonda dans son sens.

« Elle semblait curieuse, continua Raven. Je n'arrivais pas à déterminer si elle voulait me dévorer ou pas, mais elle revenait me fixer sans arrêt, parfois reniflant le bord du cercle, parfois le piétinant. Chaque fois que je levais le marteau ou poussais un cri, elle reculait, mais jamais très longtemps. »

Charlie l'imagina assise par terre à attendre que le monstre rassemble son courage. À espérer que quelqu'un arriverait à temps pour l'aider. « Désolée de n'avoir pas pu être là plus tôt.

— Au moins, j'avais une idée de ce que je devais faire pour me protéger, soupira Raven. Et peut-être l'aurais-je emporté en cas de combat. Je suis quand même retailleuse – pas tout à fait sans défense. Mais elle aurait pu entrer chez n'importe qui d'autre. D'ailleurs, elle l'a peut-être fait avant. »

Charlie songea au sous-sol d'église qu'ils venaient de quitter.

« Il y en aura d'autres, reprit Raven sur un ton sinistre. De nos jours, de plus en plus de gens connaissent la magie d'ombre, remarquent que leur ombre s'éveille, savent la nourrir et lui donner du pouvoir. Et beaucoup sont trop paresseux pour faire leur propre magie. Ils aiment l'idée d'avoir une ombre qui opère indépendamment. »

À l'évidence, elle désapprouvait ce comportement.

« Et votre ombre, à vous ? demanda Rouge.

— C'est une extension de moi. Comme un autre bras. Rien de plus. » Elle soutenait son regard, défiante. Charlie ne la croyait cependant pas vraiment en colère contre lui. Sa peur l'avait chargée d'une adrénaline excédentaire dont elle ne pouvait plus rien faire.

« Vous estimez irresponsable de créer une Furie », dit encore Rouge.

Raven cligna des paupières plusieurs fois, puis sembla réaliser à qui elle s'adressait. « Désolée, dit-elle. Je ne parlais pas de vous. Ni de rien qui vous concerne.

— Je vais mettre cette créature dans le coffre de la voiture, dit-il à Charlie, avant de se retourner vers la retailleuse : Si ça peut vous consoler, je reconnais qu'il est irresponsable d'abandonner derrière soi une créature incapable de survivre seule. Un demi-être ou un être très malheureux, fait de violence et de haine. »

Raven alla s'asseoir sur son canapé tandis qu'il descendait le perron pour rejoindre la voiture. Les deux femmes entendirent le coffre claquer. Charlie s'assit près de la maîtresse des lieux, qui lâcha un gémissement et laissa aller la tête en arrière.

« Je ne pensais pas qu'il serait aussi… humain. » Elle tendit le bras vers sa propre ombre, la laissant jouer sur sa main comme s'il s'agissait d'un serpent ou d'un brouillard bas. « C'est le petit-fils de Salt ?

— Vous voulez dire : sa personnalité ? » demanda Charlie.

Raven hocha la tête. « C'est l'énergie de mort de ce type qui l'anime, c'est bien ça ? »

Charlie se rappela sa première visite de cet atelier, en quête de réponses. La retailleuse lui avait appris que la plupart des Furies se créaient sur le lit de mort d'un crépusculien, lequel transférait à son ombre ce qui lui restait d'énergie, avec toute sa douleur et toute sa peur. *Créer une Furie sans cela,* avait dit Raven, *exige sans doute de voler de l'énergie, peut-être par l'intermédiaire du lit de mort et du sang de quelqu'un d'autre.*

Rouge avait été une Furie bien avant la mort de Remy Carver, sans doute créée exactement de cette manière.

« Pas *seulement* l'énergie de Remy », répondit enfin Charlie.

Le regard de Raven se tourna vers le perron, pensif. Puis elle se retourna vers Charlie. « J'apprécie vraiment que vous soyez venue, surtout après ce que je vous ai dit l'autre fois. Un moment, j'ai espéré que vous aviez oublié mais, pour ce que ça vaut, c'était une méchanceté et je vous jure que je n'ai pris aucune part à ce qu'ils vous ont fait. »

Charlie n'avait pas oublié ses paroles, surtout du fait qu'elles se révélaient ironiques. *Si vous essayez de me baiser,* avait-elle menacé, *je m'assurerai que vous deveniez le prochain Hiérophante, avec une ombre très ancienne qui murmurera à votre oreille pendant que vous traquerez les Furies, jusqu'à ce que la dernière vous attrape et vous dévore tout entière.*

Charlie ricana. « Allons, c'est assez amusant, la manière dont les choses ont tourné.

— C'est amusant, admit Raven. Tant qu'on en rit. »

19

UNE SORTIE NOCTURNE

Charlie arriva au *Rapture* avec deux heures et demie de retard sur un service de six heures. Elle entra, le sac à dos sur les épaules, une ombre encore prisonnière du filet d'onyx qui se tortillait à l'intérieur.

Balthazar avait affirmé vouloir une Furie en paiement de son temps. Celle-ci était capturée de frais.

« Ma chérie, s'exclama Odette au moment où Charlie passait la porte. Je vous avais dit que vous pouviez prendre votre soirée.

— Ouais », répondit la jeune femme, en espérant que son sac à dos ne tressaute pas brutalement, donnant à sa patronne une raison de poser des questions. « *Et je vous en remercie*. Mais il fallait que je voie Balthazar. J'ai pensé que j'allais en profiter pour permettre à Don de rentrer.

— Balthazar n'est pas ici ce soir, dit Odette sur un ton désolé.

— Ma chance semble toujours au rendez-vous », fit tristement Charlie.

Odette eut un petit rire. « Bon, puisque vous êtes là, posez vos affaires : on va renvoyer votre collègue chez lui. »

Don lança à Charlie un regard méprisant lorsqu'elle revint de l'arrière-salle, ayant poussé son sac à dos assez loin sous le canapé pour espérer que ses soubresauts n'attirent pas l'attention. Elle n'avait vraiment aucune envie que quelqu'un se fasse agresser par une Furie en croyant sauver un chat abandonné.

« Tu as quand même décidé de te montrer », soupira Don. Puisqu'il s'était déjà porté volontaire pour la remplacer toute la soirée – et avec assez de suffisance –, elle ne comprenait pas son attitude. Il ne pouvait pas s'être attendu à la voir arriver.

« Pourquoi est-ce que tu ne m'aimes pas ? demanda-t-elle. Sans rire. »

Il parut surpris de la question, comme si elle devait être sorcière pour avoir deviné les sentiments qu'il lui portait.

« Ce n'est pas que je ne t'aime pas, toi, personnellement, dit-il. C'est juste que je prends mon travail au sérieux, alors que toi non.

— J'allais être en retard, dit-elle. J'ai appelé.

— L'autre jour...

— J'ai reçu un coup de poing. On ne peut pas vraiment appeler ça de la négligence.

— Si tu avais parlé autrement à ce type, il ne t'aurait peut-être pas frappée. Je sais comment tu es avec les gens. »

Charlie se sentit rougir d'indignation. « Il était furieux parce que *toi*, tu lui avais dit qu'il avait assez bu. Il ne croyait pas pouvoir te convaincre de le servir, donc il est venu me trouver.

— Ce n'est pas ma faute. »

Charlie tendit le doigt vers lui pour ponctuer ses paroles. « Peut-être, mais ça n'en fait pas la mienne non plus. »

Don s'empara de son manteau. « Bon, vu que tu as quand même décidé de faire ton travail, je peux enfin rentrer chez moi.

— Ton absence sera remarquée, j'en suis sûre, dit Charlie. L'établissement va s'effondrer sans tes mâles épaules pour le soutenir. Tu es l'Atlas des bars gothiques. »

Elle dut toucher un nerf, ou alors Don la détestait encore plus qu'elle ne le croyait : le regard qu'il lui lança était réfrigérant.

À l'autre bout du bar, un homme aux cheveux gras, en long manteau de cuir, ricana. Quand elle se tourna vers lui, il leva son verre à whisky vide. « Vu qu'Atlas est parti, vous pourriez peut-être me servir un autre bourbon. »

Durant tout le reste de la soirée, tandis qu'elle préparait des cocktails, Charlie songea à la Furie qui se tortillait dans son sac à dos. Et aussi à Rouge, forcé d'observer le monde par-dessus son épaule, épinglé à ses pieds, ligoté à son destin.

À la moitié de son service, elle envoya un SMS à Malhar : *As-tu déjà entendu parler de Furies se comportant comme des animaux, chassant en meute ?*

Il lui répondit l'instant d'après, comme s'il était à côté de son téléphone. *Non, elles se comportent plutôt comme des fantômes.*

??? renvoya-t-elle.

Il ne répondit pas.

Elle confectionna au shaker un martini extra dirty pour une femme dont le sourire malicieux dévoilait une dent ébréchée, prépara des Manhattan pour deux dames tatouées et un homme aux cheveux gris bouclés, absorbés par une intense conversation sur les derniers potins de l'industrie du comic book, et servit une absinthe à un vieux monsieur qui, sans dire un mot, l'emporta au sous-sol, dans le salon d'ombre de Balthazar.

« Les histoires nous apprennent à espérer ce qui n'existe pas encore, mais qui pourrait exister », dit l'une des dames tatouées à l'autre.

Charlie aurait aimé avoir ce genre d'espoir.

« Les histoires, c'est des balivernes, dit l'homme aux cheveux gris. Mais tout le monde aime les balivernes.

— Alors que plus personne ne dit "balivernes" », termina la troisième.

Rachel, l'assistante d'Odette, vêtue d'une robe bleue rétro très mignonne, avec un liseré de toupies sur l'ourlet, desservait les tables, s'arrêtant de temps à autre pour discuter avec un client.

Quand Charlie consulta de nouveau son téléphone, Malhar avait répondu par un paragraphe entier : *Je ne sais plus si j'en ai fait la remarque durant le premier entretien (si oui, c'était sans doute après la coupure de l'enregistrement), mais on dit que souvent, quoique pas toujours, les fantômes sont bloqués dans un souvenir traumatique. Par exemple, s'ils sont morts sur la route, ils parcourent éternellement le même bas-côté. Ou bien ils se noient encore et encore. Ou alors l'inverse – ils sont morts dans un accident de voiture, mais ils adoraient tellement leur collection de pièces anciennes qu'on les voit toujours penchés au-dessus. La plupart des Furies sont comme ça. Coincées dans une boucle quelconque. Souvent chargées de la douleur et de la peur qu'un mourant a projetées en elles. Elles peuvent donc être agressives. La plupart traînent autour d'un lieu qui leur était familier et absorbent le sang passant à leur portée. Certaines se déplacent un peu plus. Mais une Furie telle que NOTRE AMI est très rare.*

Charlie trouva son explication frustrante. Cela ne l'aidait pas à comprendre ce qui s'était passé dans l'église. Elle écrivit à nouveau : *Alors, les ombres sont des fantômes ?*

L'étudiant répondit immédiatement : *Non, mais c'est la même énergie qui les anime.*

Après avoir préparé une autre commande, Charlie se décida. Elle récrivit à Malhar : *Je viens te voir après le boulot. Tard. Il faut que je te montre quelque chose.*

Le moment n'est pas très bien choisi, répondit-il.

Elle laissa ses doigts courir sur les touches de son téléphone, les sourcils froncés. *Le quelque chose en question est une Furie.*

Oh, renvoya-t-il. *Oh, merde. Viens quand tu peux.*

Elle releva les yeux pour trouver Rachel debout devant le bar. La voyant ouvrir la bouche, elle se prépara à s'entendre reprocher d'être sur son téléphone plutôt que de prendre des commandes. Puis les yeux de l'assistante se fermèrent.

« Avez-vous trouvé notre criminel, Charlie Hall ? » demanda-t-elle d'une voix rauque.

Un instant, Charlie ne comprit pas. Puis l'illumination lui vint. Ce n'était pas Rachel qui parlait mais M. Punch. Il était déjà déplaisant de voir des gens qu'elle ne connaissait pas se faire manipuler, mais ceci était infiniment plus horrible. « Arrêtez ça, gronda-t-elle. Sortez d'elle. »

Aussitôt, l'ombre de M. Punch envahit Charlie, forçant sa bouche à s'ouvrir, franchissant une mâchoire qui tentait de se bloquer et des dents qui mordaient avec force. « Je serai une bonne élève et je ferai ce qu'on m'ordonnera », s'entendit-elle dire avant que Rouge ne chasse de son corps l'être qui la possédait, assez fort pour la faire tituber en arrière.

Elle le sentait autour d'elle, telle une armure. L'ombre s'approcha de nouveau, puis sembla changer d'avis. L'instant d'après, elle s'éloignait en sinuant comme un serpent.

On dirait que je suis meilleur monstre que lui. Ça ne va pas lui plaire. Les paroles de Rouge résonnaient dans sa tête.

Encore à moitié en état de choc, elle balaya la salle du regard, à la recherche de M. Punch. Quelqu'un se dirigeait vers la porte, la silhouette d'un homme. Elle aperçut un éclair de cheveux clairs, cuivrés ou dorés, qui prenaient des reflets rouges sous les illuminations de Noël. C'était sûrement lui.

Tu vois ce type..., commençait-elle quand Rachel se remit à parler.

« Est-ce que je viens de vous demander quelque chose ? » Ses mains se portèrent à ses lèvres. Puis elle aussi parut changer d'avis. « Oubliez ça. »

Charlie haussa les épaules, ce qui permit à l'assistante de couper court. Il n'y avait pas de bonne manière d'expliquer ce qui venait de se passer, du moins sans provoquer une confession dont personne ne voulait.

Rachel secoua la tête. « Je suis sûre que ça me reviendra. »

Quand elle s'éloigna, le cœur de son interlocutrice battait à tout rompre.

À l'heure qu'il était, les commandes se faisaient plus rares, mais Charlie parvint pourtant à faire tomber un verre de vin et à renverser sur sa chemise la moitié d'un daïquiri fraise. Les mains peu sûres, elle ne terminait pas son service de manière très glorieuse.

Aussi mal que tout se fût déroulé ce soir-là, elle ne s'attendait pas à voir entrer Adeline, suivie de trois superbes jeunes gens entre 20 et 30 ans – une femme et deux hommes. Tous se dirigèrent vers le bar avec une expression amusée, tels les visiteurs d'un zoo observant un animal qu'ils voyaient pour la première fois.

« Charlie ! Voici Madison, Topher et Brooks », annonça Adeline, qui paraissait très contente d'elle. Elle portait un pull noir sur une jupe en tartan tout aussi noire, avec une ceinture rouge vif assortie à ses bottes et un sac à main Chanel absurdement minuscule. Ses cheveux étaient lissés en une blonde et soyeuse cascade.

« Tu *travailles* vraiment ici », lança Topher. Ses cheveux bruns tombaient sans cesse devant ses yeux, et il les repoussait en arrière avec l'air d'apprécier le genre que cela lui donnait. Il portait un pantalon en velours côtelé brun, un gilet boutonné sur une chemise bleue bien repassée, et une vareuse bleu marine. Une écharpe écossaise était nouée deux fois autour de sa gorge. « On croyait qu'Adeline plaisantait.

— Ne fais pas attention à Topher », fit Madison avec un petit sourire cruel, vêtue d'une robe noire, d'une veste matelassée blanche et de bottes à talons compensés d'un blanc éclatant. « Il est aussi défoncé qu'un chemin de campagne et, si tu le lui donnais, il s'empresserait d'y faire pousser de l'herbe. »

À leurs tenues, on les devinait partis pour se rendre bien loin d'Easthampton.

« Oh, va te faire foutre, ma chérie, dit Topher.

— Où est Carver ? » interrogea Brooks, parlant pour la première fois. Il avait des cheveux aux boucles très serrées et portait un pull rayé d'où émergeaient les seules pointes de son col de chemise.

Carver. Charlie cligna des paupières. Le nom qu'Adeline voulait que Rouge emploie. Les riches, apparemment, aimaient se désigner par leur nom de famille – Salt plutôt que Lionel, par exemple –, mais Carver allait un peu trop bien à Rouge.

« Il va passer me prendre à la fin de mon service, dit Charlie, conservant les yeux sur eux sans regarder son ombre.

— On va l'attendre, décida Adeline. Ensuite, on pourra sortir, comme prévu. »

Charlie se la rappelait en train de dire que les anciens copains de Remy voulaient le voir – mais elle n'avait pas pensé qu'ils se présenteraient au *Rapture*. « Amusez-vous bien.

— Tu viens aussi, crétine », dit Madison.

Deux heures du matin étaient l'heure de fermeture légale de presque tous les bars du Massachusetts. « Il n'y aura pas grand-chose d'ouvert à cette heure-là. »

Les quatre arrivants se plantèrent sur des tabourets. Adeline consulta sa montre. « Oh, ne t'inquiète pas pour ça. Mais puisqu'on est là, qu'est-ce que tu as à boire ?

— Les trucs de base, dit Charlie, peu encourageante. Gin. Vodka. Whisky.

— Des espresso martini, alors, dit Adeline. Noirs. Sans crème.

— Vous avez un percolateur, hein ? interrogea Brooks en explorant le *Rapture* d'un regard inquiet.

— On se sert de café infusé à froid », lui dit Charlie.

L'expression du jeune homme demeura sceptique. « Ça ira. Je crois. »

Au moins, cela donnait à Charlie une raison d'échapper à leurs regards étrécis. Tandis qu'elle jetait les ingrédients dans le shaker et les secouait avec force, elle envoya des pensées à son ombre. *Rouge, le moment serait bien choisi pour te montrer.*

Oblige-moi. Elle entendit ces mots au fond de son crâne, aussi intimement que si leur auteur les avait chuchotés contre sa gorge. Entendit aussi la raillerie dans sa voix.

« Tu es *vraiment* un monstre », chuchota-t-elle en secouant la tête, tandis qu'elle servait les martinis.

Les quatre gravures de mode burent leurs verres et rirent ensemble, l'ignorant. Charlie fit durer autant qu'elle pensait pouvoir se le permettre toutes ses interactions avec d'autres clients, puis elle prit tout son temps pour fermer.

« On dirait que vous avez des amis ici, lui lança Rachel. Allez-y, partez, je m'occupe du reste.

— Non, je... » Mais Charlie ne voyait pas quelle excuse inventer – admettre qu'elle n'appréciait pas du tout ces gens-là aurait paru assez curieux. « Merci.

— Et désolée d'avoir été bizarre tout à l'heure. » Une ride d'inquiétude s'était creusée entre les sourcils de Rachel, comme si elle avait l'impression d'avoir fait quelque chose de mal.

« Pas de souci », assura Charlie.

Adeline s'approcha d'elle et lui passa le bras autour des épaules. « J'ai entendu qu'on pouvait partir. C'est super. »

Charlie lui adressa un sourire extrêmement peu sincère. « On dirait que R… Remy ne va pas venir. Je vais rentrer à la maison et… »

La porte pivota et il apparut, en chemise et jean noirs, en train de repousser en arrière ses cheveux blonds à peine trop longs. Rouge.

« Carver ! » s'exclama Topher en se levant.

L'expression de l'arrivant – le sourire assez peu plaisant qui étirait ses lèvres, son regard qui cherchait Charlie – le fit hésiter.

Adeline prit la main de la barmaid. « Je ne voudrais pas que tu te mettes bien à l'aise chez toi, dit-elle, soudain familière. Il serait deux fois plus difficile de te forcer à ressortir. »

Charlie songea à la Furie dans son sac. Elle avait promis de l'apporter à Malhar dans l'espoir qu'il puisse tirer quelque chose de ses théories à peine formées. Toutefois, elle craignait à présent de ne pouvoir éviter d'accompagner ces gosses de riches.

« Il faut que je me change…, commença-t-elle en désignant sa chemise tachée de daïquiri.

— Je savais que tu dirais cela ! répondit Adeline. Voilà pourquoi je t'ai apporté une robe. Elle est dans la voiture. Tu veux bien être un amour et aller chercher le sac, Topher ?

— C'est très malin de ta part, Addy, fit Rouge en s'approchant. Mais il est possible que Charlie soit simplement polie. Peut-être est-elle fatiguée.

— Alors, laissons-la rentrer chez elle, conclut Brooks, dérouté par toutes ces histoires.

— Oh non, corrigea sèchement Adeline. On va *tous* sortir ce soir. » Quoique personne d'autre ne fût au courant, elle savait très bien que si Charlie refusait de les accompagner, Rouge ne pourrait pas venir non plus.

Toutefois, aller avec eux impliquerait d'emporter une Furie dans un sac à dos. Cela semblait être une mauvaise idée. Toute cette histoire semblait être une mauvaise idée.

Charlie soupira, se soumettant à l'inévitable. « Fais voir ta robe. Si elle me va, je viens. »

La robe, étincelante de paillettes argentées, était fournie avec une paire d'escarpins. Charlie se changea dans l'arrière-salle, contrainte de se tortiller pour enfiler le vêtement. Quand elle eut terminé, elle se mouilla les mains, lissa ses cheveux en arrière, puis essuya avec une feuille de papier toilette les traces d'eyeliner ou de mascara ayant coulé sous ses yeux.

Lorsqu'elle se regarda dans le miroir, elle ne savait plus trop qui elle voyait. La robe, très courte, faisait paraître ses jambes extrêmement longues. Ce qu'elle ne détestait pas.

Lorsqu'elle sortit, Rachel tendit le poing vers elle, le pouce levé. Ce qu'elle ne détesta pas non plus. Rouge, lui, semblait avoir avalé quelque chose de travers et être sur le point de s'étouffer. C'était moins flatteur.

« Joli », fit Madison, quoique le commentaire fut adressé à Adeline.

Nul ne sembla remarquer le sac à dos sur l'épaule de Charlie ni les mouvements légers qui l'animaient.

« Il semble que nous sortions, finalement », dit Rouge en cherchant de la sienne la main de Charlie. Quand leurs peaux entrèrent en contact, la jeune femme fut de nouveau choquée par sa chaleur. « À moins que tu ne préfères rentrer.

— Je monte avec toi, Carver, lui dit Brooks, ignorant leurs propos.

— C'est bon, soupira Charlie. J'ai mis la robe. »

Elle cala dans le coffre son sac à dos et la Furie qu'il renfermait. Lorsqu'elle se retourna, Brooks s'était installé sur le siège du passager de la Porsche. La voyant debout près de la voiture, il ressortit le temps de soulever le siège et de la laisser s'installer sur la banquette arrière exiguë. Durant tout le trajet, il parla de gens que Remy et lui avaient connus à New York. Charlie tenta de prêter attention à ses propos, mais les histoires se fondaient les unes dans les autres en un brouhaha qui évoquait Wilberforce-Batton-Bankes et Hastings-Abbotts coprésentant un match de cricket au bénéfice d'une œuvre de bienfaisance, où tous les joueurs étaient sous ecstasy.

Elle cessa d'essayer de comprendre et envoya un message à Malhar avec ses excuses. Elle le verrait le lendemain.

Il s'avéra qu'à plusieurs villes de là, vers l'ouest, non loin des monts Berkshire, un établissement appelé *Lion's Share*, la Part du Lion, restait ouvert jusqu'à quatre heures. À l'instar du *Blue Ruin* de Northampton, le bar de nuit d'où Charlie s'était fait virer et où elle ne serait sûrement plus la bienvenue, le *Lion's Share* contournait l'heure de fermeture légale en se proclamant club privé. Leur groupe s'y engagea un peu après deux heures, et Adeline commanda une nouvelle tournée d'espresso martini. Charlie préféra un double bourbon avec un verre d'eau.

Le barman aux cheveux gris arborait une de ces moustaches cirées populaires quinze ans plus tôt dans les milieux branchés, mais il paraissait assez vieux pour avoir en personne inspiré cette mode.

Dans sa robe à paillettes, les cheveux tirés en arrière, avec son seul collant pour lui tenir chaud aux jambes, Charlie avait un peu froid et se sentait mal à l'aise, assise devant une table haute, les talons accrochés à la barre métallique fixée au bas de son tabouret.

Elle ne s'en laissait généralement pas conter – pourtant, ils l'avaient convaincue de les accompagner. Leur argent l'avait-il intimidée ? Ou bien avait-elle le désir masochiste d'en savoir davantage à propos de ce Remy qu'ils avaient tous connu, que Rouge aimait plus que tout et que quiconque ?

Ou encore avait-elle craint qu'il n'eût envie de sortir en leur compagnie, et répugné à le décevoir ?

Topher, depuis qu'ils s'étaient assis, fixait sa poitrine. Elle espéra qu'il regardait ses tatouages – ce qui était peut-être le cas : il ne semblait pas du genre à fréquenter beaucoup de personnes tatouées.

Brooks, lui, la regardait à peine, ce qui était pire.

« Remy, commença Madison en fixant Rouge par-dessus la table, puisque personne ne le dit, je m'en charge : ce que tu as traversé, c'est du délire. Je sais qu'on n'est pas très sérieux, tous, en général, mais tu aurais pu nous en parler. On aurait fait quelque chose.

— Je ne voulais pas que vous vous impliquiez », répondit-il après une pause assez longue pour être inconfortable. Il s'appuya au dossier de sa chaise, les deux boutons du haut de sa chemise ouverts sur le maillot de corps qu'il portait en dessous. Pas de bagues aux doigts. Pas de crasse sous les ongles non plus.

« Salt t'a coupé ton ombre ? demanda Brooks en baissant la voix. Quel effet ça fait, de ne pas en avoir ?

— J'ai perdu une part de moi, je suppose, dit Rouge. Je ne suis pas sûr de savoir laquelle. »

Charlie regretta de n'avoir pas cherché des vidéos de Remy à une réception. Certains de ses amis avaient sûrement enregistré quelque chose. Il devait y avoir quelque part un compte Instagram susceptible de lui dire si Rouge se comportait le moins du monde comme Remy.

Carver.

S'il n'essayait pas de les tromper, elle n'avait aucune idée de ses intentions.

« Je me rappelle avoir croisé Salt une ou deux fois, reprit Brooks. Il ressemblait à un bon grand-père. J'ai peine à croire qu'il ait été aussi dangereux. Et je ne sais vraiment pas comment vous êtes restés aussi normaux, tous les deux, en vivant sous son toit. »

Le regard de Rouge se posa sur Adeline. « Parfois, on ne se rend pas compte que quelque chose est très mauvais avant que ce ne soit terminé. »

Sa jeune tante eut un sourire crispé. « La famille... Eh bien, on essaie de pardonner à la famille.

— Lui pardonner ? fit Brooks. Je sais qu'il est mort et que c'était ton père, mais je ne pourrais pas lui pardonner une chose pareille.

— Nous ne pouvons pas comprendre tout ce qui s'est passé, dit Madison en lui posant la main sur le bras.

— Je comprends surtout que c'est arrivé à Carver, dit Brooks. Pas à toi, Addy. Tu n'as pas été enfermée au sous-sol ni torturée.

— Un toast, interrompit Topher, en s'éclaircissant la voix et en parlant vite pour couper court à la dispute qui couvait. Aux amis auxquels vous n'aurez jamais besoin de pardonner, parce que nous ne vous en donnerons jamais l'occasion. »

Charlie leva son verre et trinqua avec les autres. Topher avait des sentiments pour Adeline, c'était une évidence. Qu'elle en fût consciente et que cela fût réciproque était moins clair.

Si Charlie devait parier, toutefois, elle aurait misé sur le fait qu'Adeline savait. Son soupirant n'était pas très subtil. Ce qui signifiait qu'elle repoussait l'instant où elle serait contrainte de le rejeter.

Tous se lancèrent alors dans une discussion sur le grand monde new-yorkais : un artiste qui exposait dans une galerie ; un héritier qui percevait l'intégralité de son fonds fiduciaire ; une autre personne qui venait d'acheter une maison en Italie – plus ou moins abandonnée, avec une plomberie défectueuse – et pensait pouvoir la restaurer.

« Vous imaginez Zoe en pleine cambrousse, à faire pousser des choux et du romarin ? » À cette question, tous éclatèrent de rire.

« Oh, je crois qu'ils espèrent surtout fonder un empire du cannabis. Ils sautent toujours sur une idée quand le marché est déjà saturé. » Ils rirent à nouveau.

Charlie, n'ayant rien à ajouter, se contentait de boire son bourbon. Lorsqu'il fut terminé, elle en but un autre. Et un autre. Au bout d'un moment, sa langue lui parut s'engourdir et tout devint beaucoup plus amusant.

« Alors, Remy, à l'heure qu'il est, tu restes officiellement mort, c'est ça ? interrogea Topher.

— Non, les avocats ont fait le nécessaire, assura Adeline.

— Revenu de l'au-delà. » Rouge leva son verre, vite imité par Brooks et Madison.

« Et tu vivais avec *elle* depuis tout ce temps ? » Topher tourna les yeux vers Charlie. La condescendance dans sa voix était assez subtile pour que la jeune femme feignît de l'imaginer.

Toutefois, elle avait bu ce qui lui faisait l'effet de trente-sept bourbons. Au lieu de s'emporter, elle lança donc au jeune homme un large sourire lascif. « Il vit *toujours* avec moi.

— Tu es une gentille fille, de t'être occupée de lui comme ça, remarqua Brooks. Il ne devait pas être dans la meilleure forme. »

Charlie posa la main sur le bras de Rouge, sentit les muscles tendus sous la peau. « Il avait un tas de secrets, dit-elle, fière de ne pas avoir la voix grasse malgré l'engourdissement de sa langue. Pour tout le monde, sans doute. Je suis contente que ça ne m'ait pas été réservé. »

Adeline fronça les sourcils.

« J'essaie de moins mentir depuis que je suis un mort-vivant », déclara Rouge, d'un air décontracté.

Cette réplique les fit tous éclater de rire.

Topher, cependant, s'employait encore à tourmenter Charlie. « Quand Remy disposera de sa fortune, il pourra te rembourser tout ce que tu as fait pour lui. »

La jeune femme sentit ses joues s'empourprer sous l'insulte : il insinuait non seulement qu'elle voulait être payée pour ses services, mais aussi qu'elle constituait un problème susceptible d'être réglé avec de l'argent.

« C'est le meilleur investissement que tu aies jamais fait », ajouta Madison en riant comme si elle venait de lancer une excellente plaisanterie.

« Il ne me doit rien. » Au lieu de lui faire perdre le contrôle, l'alcool semblait avoir rendu Charlie d'une alarmante sincérité. Il fallait remédier à cela. Levant la main, elle commanda encore un double bourbon.

Adeline lui lança un regard de pitié.

« Au contraire, dit Rouge. Je te dois énormément. Je te dois peut-être la vie. » Cela ne paraissait pas le réjouir.

« Eh bien, fit Brooks, ça ne me dérangerait pas que tu sois mon débiteur, Carver, c'est tout ce que je dis. Une fois que tu auras ton fric, il faudra que tu viennes en ville. Que tu te trouves un pied-à-terre. On te fera vite oublier les dernières années. En fait, je pars pour Aspen dans une semaine. Tu devrais venir avec nous. Addy peut sûrement t'avancer l'argent.

— Je n'ai pas encore de carte d'identité. La sécurité des aéroports ne laisse pas passer les morts. »

Madison s'esclaffa. « Tu sais, la sécurité sur les vols privés, c'est assez inefficace. J'ai vu de mes propres yeux plusieurs cadavres animés franchir la douane. »

Tous rirent à nouveau.

Salt disposait d'un avion privé. Rouge avait dû l'emprunter très souvent. Charlie n'était pas sûre de savoir pourquoi cela la préoccupait, mais elle était gênée de n'y avoir pas songé plus tôt. De ne pas même l'avoir imaginé. Et il n'en avait jamais parlé non plus.

« Je verrai avec les avocats, dit-il. On va essayer d'accélérer le mouvement. »

Madison le regardait, les yeux plissés. « Je ne sais pas à quoi je m'attendais, mais tu as l'air différent.

— Je *suis* différent, dit Rouge. D'une certaine manière, Remy est vraiment mort. »

Un frisson anima les épaules d'Adeline.

Topher lui posa la main sur le bras. Elle s'écarta, mais pas assez pour rompre le contact.

Brooks lâcha un long soupir et leva de nouveau son verre. « Remy Carver est mort. Vive Remy Carver. »

Ils étaient tous assez éméchés pour lever leur verre à ces mots. « Remy Carver est mort, psalmodièrent-ils. Vive Remy Carver.

— Bientôt, tout redeviendra comme avant, intervint Adeline, les yeux étincelants. Nous tous, de nouveau ensemble.

— Nous tous, de nouveau ensemble, répéta Topher, comme pour porter un toast, mais son attention était entièrement dédiée à la fille de Salt.

— Et moi, fit Charlie. L'intruse. » Puis elle but.

« À toi, Charlie Hall, dit Rouge en levant son verre. Pour nous avoir supportés, moi et mes bagages.

— Je doute qu'elle doive continuer très longtemps, glissa Topher, non sans rire de sa propre plaisanterie.

— Qu'est-ce que tu as dit ? lui demanda Remy sans élever la voix.

— Oh, elle est trop bourrée pour s'en souvenir, de toute façon, le rassura-t-il.

— Tu es assez insignifiant pour être oublié, en effet », dit Charlie sur un ton sec, en souriant, ravie d'avoir une excuse pour montrer les dents. Sa patience avait enfin touché son terme. Elle en avait assez d'être ignorée. Assez d'être méprisée. Plus que tout, elle en avait assez de l'impression que Rouge la voyait par leurs yeux et l'en appréciait moins. « C'est sans doute pour ça qu'Adeline n'est pas amoureuse de toi. »

Madison hoqueta. Brooks eut un petit rire.

« Les gens comme toi finissent toujours par montrer leur mauvaise éducation », renvoya Topher à Charlie.

Peut-être était-elle allée trop loin, brisant son rêve d'avoir une chance avec Adeline, mais il n'allait pas manquer de voir en cette indiscrétion la preuve qu'elle ne faisait pas partie de leur monde. Bien sûr, elle n'avait jamais disposé du moyen de se montrer assez brillante pour s'y inscrire, seulement de multiples manières de prouver qu'elle en était loin.

« Les gens comme toi, répliqua-t-elle avec un sourire élargi, sont tellement habitués au goût des crachats dans la bouffe qu'ils le prennent pour une épice exclusive. *Les gens comme toi* sont tellement habitués à obtenir ce qu'ils veulent que, s'ils se retrouvaient en panne au bord de la route, ils refuseraient de se faire ramasser par une voiture qui n'aurait pas de sièges chauffants.

— Va te faire foutre », lâcha-t-il.

Elle se leva, écarlate de triomphe. Puis son talon accrocha l'anneau du tabouret de bar. Ses réflexes alcoolisés la trahirent. Elle tomba sur le côté, donnant à la table un coup de pied si violent que le verre de Brooks, projeté au sol, se brisa.

Un instant, allongée là, elle se rappela le soir où, derrière le bar du *Rapture*, avec des bouteilles brisées tout autour d'elle, elle était étendue au sol tandis que l'ombre d'un crépusculien l'étouffait.

Puis Madison se mit à rire. L'instant d'après, ils riaient tous en baissant les yeux vers elle. Une nouvelle fois, Charlie s'était spectaculairement ridiculisée. Un de ses talons s'étant brisé, elle ne pouvait même plus rester debout avec dignité. Elle sentit les larmes monter au fond de sa gorge.

« C'est *ça* qui te plaît, Carver ? » s'enquit Topher avec un rictus.

Charlie se remit péniblement sur ses pieds et se débarrassa de ses chaussures. Ensuite, elle lui balança son poing au visage.

Charlie Hall, aimant à catastrophes. Mais qui s'en approchait trop se retrouvait collé aussi.

Topher tituba en arrière, heurtant le bar. Sa main vola vers son visage. Il saignait du nez. « Tu es cinglée, merde.

— Contente que tu t'en aperçoives enfin », dit-elle.

Un barbu costaud s'écarta du mur et se dirigea vers eux. La sécurité. Parfait, elle ne voulait pas rester là, de toute façon. Elle ne voulait rien de tout cela. Pieds nus, elle quitta le bar à grands pas pour retrouver le parking glacial.

Charlie n'avait pas les clefs de la Porsche, elle était de toute façon bien trop ivre pour conduire, et n'avait d'autre part aucune envie de se retrouver face à Rouge. Elle continua donc de marcher, tout le corps échauffé par la honte.

Elle franchit environ un pâté de maisons avant de réaliser qu'il faisait bien trop froid pour son humeur. Et que, si elle s'éloignait encore, elle arriverait au bout du lien qui l'attachait à Rouge.

Au moment où elle faisait demi-tour, des lumières intenses l'illuminèrent. La Porsche s'arrêta près d'elle, Adeline sur le siège du passager.

« Monte, dit Rouge.

— Laisse-moi », ordonna Charlie, aussi inutile que fût cette demande.

Il soupira. « Tu sais que je ne peux pas. »

Eh oui, ils étaient bel et bien coincés l'un avec l'autre. La jeune femme avait mal à la tête, elle se sentait stupide, et elle ne doutait pas de se sentir encore plus mal le lendemain matin.

« Je suis désolée que les choses se soient si mal passées ce soir », déclara Adeline, quoique Charlie ne la crût pas désolée du tout. Mais Charlie, bien sûr, n'était pas dans son état d'esprit le plus généreux.

« Il fait froid, Char, reprit Rouge d'une voix plus douce. Monte, s'il te plaît. »

Char. Vince l'appelait ainsi, autrefois. « Je pourrais te faire ressentir quelque chose, répliqua Charlie, butée, en dépassant Adeline qui s'était levée pour qu'elle puisse monter à l'arrière. Je pourrais vraiment, putain.

— Tu me fais ressentir beaucoup de choses », lui assura-t-il.

Elle s'installa sur la minuscule banquette. Ses pieds la picotèrent quand le ventilateur de la voiture souffla sur eux de l'air chaud, ce qui prouvait à quel point ils étaient froids. Charlie appuya la tête contre la vitre. Sans regarder Rouge. Sans regarder Adeline. Les yeux fixés sur les lumières floues mouvantes des autres véhicules.

20

[BROUILLON] Transcription par IA d'un enregistrement effectué par Madurai Malhar Iyer

Malhar : Parle-moi d'Adeline.

Rouge : Je n'ai pas envie d'en parler.

Malhar : Pourquoi ?

Rouge : Mes pensées sont confuses. Les souvenirs que j'ai d'elle me font l'effet de pièces de puzzle qui ne s'emboîtent pas.

Malhar : S'agit-il des souvenirs de Remy ?

Rouge : Les siens et les miens. Elle m'a fait des choses – elle en a fait avec moi… et Remy n'a pas… Eh bien, peut-être qu'il… Je ne sais pas.

Malhar : [silence]

Rouge : Je ne veux pas parler d'elle. J'ai dit que je ne voulais pas parler d'elle.

Malhar : Et la grand-mère de Remy ?

Rouge : Je ne veux pas parler non plus de Fiona.

Malhar : Peux-tu me dire pourquoi ?

Rouge : Quand Remy ne voulait plus ressentir quelque chose, il le mettait en moi. Une partie, et même beaucoup de ces émotions étaient douloureuses. Il détestait surtout être triste. Quand nous avons quitté le domicile de sa grand-mère, ça lui a manqué. Elle lui a manqué, bien sûr, mais aussi le sentiment de sécurité. Alors, il m'a donné tout ça et ne l'a plus éprouvé.

Malhar : Mais toi si.

Rouge : Ces émotions ne sont pas réelles. Elles ne m'appartiennent pas. Du moins, pas toutes. Ça suffira ?

Malhar : Parle-moi de Charlie, alors.

Rouge : Elle me met en colère.

Malhar : Ah ?

Rouge : Je n'aime pas qu'elle sache des choses à mon sujet.

Malhar : Tu l'as peut-être oublié, mais elle a fait partie de ta vie. Et c'est toi qui as choisi cela.

Rouge : C'était la vie de Vince.

Malhar : Mais c'est toi quand même. C'est *toi* qui te faisais appeler Vince.

Rouge : Pourquoi, à ton avis ? C'est une blague.

Malhar : Une blague ?

Rouge : Il y a une moto qui s'appelle la *Vincent Black Shadow (Ombre Noire)*. Et le deuxième prénom de Remy était Vincent. Ha. Ha.

Malhar : Tu trouves ça drôle ?

Rouge : Bien sûr que oui. C'est ma blague.

Malhar : Je ne vois pas trop en quoi ça concerne Charlie.

Rouge : En rien. Elle est imprévisible.

Malhar : Et ça te met en colère ?

Rouge : Il y a forcément quelque chose qui ne tourne pas rond chez elle si elle a aimé un être comme moi. Maintenant, elle sait la vérité, et elle veut encore…

Malhar : [silence]

Rouge : Je n'aime pas ça. Je ne l'aime pas, elle.

Malhar : Je vois.

21

RIEN DE BON

Charlie s'éveilla, la tête douloureuse et la bouche comme emplie de papier de verre. Ses souvenirs, étranges et décousus, étaient un véritable kaléidoscope. Le goût aigre du vomi lui brûlait la bouche. Elle reposait sur un lit à baldaquin en bois sombre, dans une chambre aux murs chaulés. Le soleil de la fin de matinée filtrait à travers des rideaux en doupion de soie. Par les fenêtres, elle voyait une pelouse à travers laquelle elle avait naguère couru.

C'était le manoir de Salt. Le cœur de Charlie s'emballa. Son pire cauchemar, pendant des années, avait été de se réveiller ici une nouvelle fois avec le goût du vomi dans la bouche, de se retrouver dans les griffes du milliardaire. La panique lui donna le tournis. Elle sortit gauchement du lit pour se découvrir vêtue d'un pyjama d'homme en satin.

Salt est mort, se dit-elle, mais le savoir ne ralentit pas son pouls.

Ouvrant une porte à la volée, elle découvrit un placard muni de cintres inoccupés et où régnait une forte odeur de naphtaline.

Pas de vêtements mais, au fond d'un tiroir, une fiole blanche bouchée étiquetée *Lorazepam Intensol 2mg/ml, concentré, voie orale.* Poussiéreuse et seulement à moitié pleine. Était-ce ce qu'avait employé Salt pour la droguer ? Elle fourra les comprimés dans une poche de son pyjama.

La deuxième porte qu'elle ouvrit lui donna accès à la salle de bains de la suite. Au-dessus du lavabo, elle s'aspergea le visage d'eau froide. Elle avait déjà les cheveux humides, et la peau parfumée par un savon de luxe à la violette et au romarin. Quelqu'un l'avait lavée tout entière – jusqu'aux cheveux.

Lorsqu'elle jeta un coup d'œil à la douche, une image lui revint soudain en mémoire. Rouge debout derrière elle, un bras autour de sa taille, l'autre lui tenant l'épaule et la pressant contre sa poitrine. Elle était entièrement nue, et l'eau brûlante lui piquait la peau. Lui portait toujours ses vêtements – trempés, collés à son corps.

De l'extérieur, une voix de femme : *Il faut la réchauffer. Elle pourrait avoir des engelures.*

Charlie se rinça la bouche puis se brossa les dents d'un doigt. Elle chercha ensuite sa stupide robe argentée – qui avait disparu.

D'autres incidents de la nuit lui revenaient, chaque détail plus gênant que le précédent. Le tout accompagné de la sensation de panique claustrophobique de se trouver dans le manoir de Salt. Un tambour se mit à battre dans sa tête, la poussant à *fuirfuirfuir.* Elle ne pouvait rester un instant de plus dans cette maison. En regardant dehors, elle constata que la neige avait fondu par plaques. Son instinct lui hurlait de partir, mais elle aurait besoin de bottes et d'un manteau pour traverser la pelouse boueuse.

Sur la pointe des pieds, elle passa dans le couloir. Des voix lui parvenaient d'en bas. Dont celle de Rouge. Comment avait-il pu l'amener ici, *surtout* ici ?

Un instant, elle se permit de songer au plan remis par Balthazar, celui qui montrait où le chef des masques gardait le fragment d'ombre de Rouge recelant peut-être ses souvenirs perdus. Le fragment qui le guérirait, qui le changerait de nouveau en une personne incapable de conspirer contre elle avec l'ombre de Rose, de l'exposer aux amis stupides de Remy et Adeline, et surtout de la conduire en un tel lieu.

La colère affermit son pas tandis qu'elle se dirigeait pieds nus en direction des voix.

« Je peux te faire du bien », promettait Adeline.

Charlie s'immobilisa alors que des sonneries d'alarme se déclenchaient sous son crâne. Adeline ronronnait littéralement, et sa proposition n'avait rien d'équivoque. Charlie avait cru que *Remy* et sa tante partageaient une relation incestueuse complexe, à laquelle Rouge ne participait pas.

Mais peut-être la fille de Salt le considérait-elle comme une extension de Remy. Un substitut.

« Je n'ai pas besoin de…, dit-il, la voix tendue.

— Oh, allez. » Il y eut un froufroutement de tissus, comme si elle se rapprochait de lui.

« *Adeline,* fit-il. Ça suffit. »

Encore un froufroutement, puis un son délicat, comme un gémissement. « Oh oui, dit Adeline. Comme ça. »

Charlie s'empourpra d'embarras. Bien, il fallait qu'elle s'en aille. Il fallait qu'elle sorte de cette maison sans tarder, et elle devait partir sans lui.

« Ne fais pas ça », dit-il, un peu d'affolement dans la voix. Un affolement qui figea Charlie sur place.

Adeline, Adeline, ne fais pas ça. Les mots qu'il avait prononcés dans son sommeil. Quand il était encore Vince.

Rouge était bien plus fort qu'Adeline. Il pouvait la repousser.

Non ?

Charlie ouvrit la porte. Peut-être allait-elle se ridiculiser, mais elle pourrait supporter un peu de gêne encore – une goutte dans un seau, sûrement, après la nuit précédente.

Adeline, la jupe relevée, avait enfourché Rouge, dont les mains lui enserraient les bras et maintenaient son torse à distance. Quand il tourna la tête vers Charlie, il paraissait perdu.

« Tu nous interromps, lâcha sa jeune tante sans changer de position.

— Il faut qu'on s'en aille », dit Charlie, quoique donner des ordres à Rouge dans un pareil moment lui parût détestable.

Constatant qu'Adeline la fixait, outragée, elle soutint son regard.

« J'ai rendez-vous avez Malhar, continua-t-elle, comme si elle n'était pas gelée jusqu'aux os par la scène qu'elle venait de découvrir.

— Tu ne peux pas le forcer à rester avec toi éternellement, dit Adeline en prenant appui sur ses pieds pour se remettre debout. Tu n'es personne, Charlie Hall. »

Rouge se leva tel un automate, sans expression. Il dépassa Charlie sans la regarder et sortit dans le couloir. Elle, pour sa part, riva ses yeux sur son visage : quelle qu'ait été la réaction de son corps à ce qui venait d'arriver, elle n'avait nul besoin de la connaître.

Sur le pas de la porte, elle se retourna. « C'est ton cousin, bordel, ou je ne sais quoi, dit-elle. Il est de ta famille.

— Rouge ? s'esclaffa Adeline.

— Tu ne disais pas qu'il était ce qui restait de Remy ?

— Et probablement la meilleure part. » Sa joie lui inspirait un petit sourire suffisant. « Ce n'est pas comme si on risquait de faire des bébés à deux têtes ou quelque chose comme ça. C'est une ombre. »

Titubante, Charlie sortit à son tour dans le couloir – où Rouge ne se trouvait plus – puis descendit les marches.

Quand elle le rejoignit dans le hall d'entrée où il l'attendait, la mâchoire crispée, elle ne put s'empêcher de remarquer sa taille et les muscles qui gonflaient ses bras. C'était un homme vigoureux. Il aurait pu balancer Adeline de l'autre côté de la pièce, et cela ne l'avait pas aidé.

Pieds nus, en pyjama, Charlie se dirigea vers la porte. « Je ne veux pas rester dans cette maison une seconde de plus. »

Rouge prit son manteau dans le placard et le lui tendit. « Ne retourne pas dans le froid sans rien sur le dos. »

Avec un soupir, elle glissa ses bras dans les manches. À cet instant, elle remarqua une paire de bottes sans doute un peu grandes mais utilisables. Elle les chaussa, se moquant d'avoir l'air d'une gamine qui jouait à se déguiser.

Des pas résonnèrent dans l'escalier.

Elle pivota. « Fiche-lui la paix ! lança-t-elle, avant de reconnaître une Fiona aux sourcils haussés.

— Rude nuit ? » demanda la vieille femme.

Une vague de chaleur inonda la gorge de Charlie. Elle offrait un spectacle pitoyable. « Je croyais que vous... bon, c'est sans intérêt. Adeline a eu la gentillesse de nous héberger pour la nuit, mais... »

Fiona fronça les sourcils. « Il est ici *chez lui.* »

Cette affirmation figea Charlie sur place. « Quoi ?

— C'est dans le testament de Salt. Remy hérite du manoir. Lui permettre de dormir chez lui peut difficilement être qualifié de gentillesse. »

Charlie jeta un coup d'œil à Rouge, mais fut incapable de deviner s'il connaissait déjà ou non ce détail. Son visage était dépourvu d'expression au point de commencer à lui faire peur.

« Je pense qu'on peut vous trouver quelque chose de mieux à porter ». Le regard de Fiona explorait le pyjama de Charlie, son manteau assez long pour traîner par terre, et ses bottes trop grandes au point d'en être comiques. « Ensuite, on pourra tous aller prendre un brunch.

— Je devrais... Il faut qu'on s'en aille. » L'envie de sortir d'ici démangeait la jeune femme. Elle avait besoin de parler à Rouge. Elle avait besoin de *partir*.

Le demi-sourire de Fiona ne fléchit pas. « Pas habillée comme ça. Venez, on va vous trouver du café, de quoi manger, et ensuite vous pourrez partir tout droit là où vous vous rendez. » Elle se tourna vers Rouge. « Tu devrais te changer aussi. Ta chemise est froissée. »

Charlie s'apprêta à insister pour s'en aller, puis elle referma la bouche. Depuis qu'elle était devenue le Hiérophante, elle jouait en défense. Contre M. Punch et les cabalistes, contre Adeline. Elle s'efforçait de les retarder ou de les apaiser assez longtemps pour trouver un angle d'attaque.

Rien de tout cela ne faisait appel à ses points forts. Tout ce qu'elle savait faire, c'était mentir, tromper et voler pour obtenir ce qu'elle voulait. Peut-être ne pouvait-elle exercer ici ses talents, pas exactement, mais Fiona Carver était riche, possédait des informations qu'ils ignoraient, et voulait quelque chose à tout prix. Cela faisait d'elle un excellent pigeon.

Un sourire étira lentement les coins de la bouche de Charlie. « Quelle offre généreuse ! J'adorerais emprunter quelques fringues et déjeuner avec vous. »

Rouge se tourna vers elle, un éclair de violence dans les yeux. « Il faut que je parle à Charlie. »

Fiona poussait déjà la jeune femme vers l'escalier. « Vous pourrez discuter sur le chemin du brunch, tous les deux. Je suppose que vous prendrez votre voiture.

— Tout de suite, dit-il sèchement. Il faut que je lui parle *tout de suite*. »

La vieille femme recula d'un pas devant sa véhémence. « Alors je monte sortir quelques vêtements. Ne soyez pas trop longs. »

Rouge se détourna et contempla le mur derrière sa compagne comme s'il envisageait de le percer d'un coup de poing. « Je sais pourquoi tu es furieuse contre moi. Hier soir, c'était entièrement ma faute, mais, s'il te plaît, ne te venge pas sur Fiona. S'il te plaît.

— Ta faute ? » Charlie lui lança une grimace incrédule. « Je ne vois pas comment c'est possible. Ce n'est pas toi qui as bu deux litres de bourbon, qui es tombé de ton tabouret et as mis ton poing dans la gueule d'un jeune et riche héritier. Encore que tu aurais pu être tenté de le faire : il a une tête à claques. »

Le tressaillement au coin de la bouche de Rouge fut presque un aveu, mais il secoua la tête pour le chasser. « J'ai l'habitude d'obéir. Je n'ai pas réalisé que c'était à moi de nous éviter cette soirée avant que… Ma foi, avant que tu ne me chasses de là-haut, tout à l'heure. Mais ça n'en est pas moins ma faute. »

Bien qu'elle ne pût être d'accord, elle était immensément soulagée que la colère de son compagnon ne soit pas dirigée contre elle. Elle s'inquiétait toutefois qu'elle le soit envers lui-même.

« Comment veux-tu que je me dispute avec toi si tu te contentes de rouler sur le dos et de me montrer le ventre ? »

Les épaules de Rouge se détendirent un peu. « Si quelqu'un est capable de trouver un moyen, c'est bien toi.

— Aïe », fit Charlie, jouant le jeu. Puis elle jeta un coup d'œil vers le haut des marches. « Je crois qu'on devrait quand même aller à ce brunch.

— Hein ? Pourquoi ? » Il y avait du désespoir sur le visage de Rouge. « Je ne suis pas celui qu'elle veut que je sois. »

Tu t'en approches assez, avait-elle presque envie de dire, mais tout ne devait pas forcément relever de l'arnaque. L'amour, par exemple, sans doute. « Pourquoi Adeline laisse-t-elle Fiona rester ici ?

— Je ne sais p... » Il s'interrompit. « Oh, parce que c'est chez moi.

— Tu n'en avais aucune idée, hein ? Que sait-elle d'autre que nous ignorons, Fiona ? Écoute, j'ai affreusement mal à la tête, il me faut du café, de l'aspirine et de la graisse de bacon avant d'être ne serait-ce que vaguement capable d'affronter la journée. Une pierre. Deux coups.

— Qu'est-ce que tu prévois ? demanda-t-il.

— Sortir de ce pyjama et me shooter à la caféine. » Charlie haussa les épaules. « Mais si tu ne veux pas passer de temps avec Fiona... »

Il soupira en regardant de nouveau l'escalier. « Bien sûr que j'ai envie d'y aller. Mais je ne devrais pas. Elle ne fait pas partie de ma famille. Rien de bon n'en sortira.

— Rien de bon ? répéta Charlie avec un sourire qu'il parut incapable de ne pas lui rendre. Ça ressemble à un plan pour moi, ça. »

Fiona ouvrit la porte de sa chambre quand Charlie arriva en haut de l'escalier, et la fit entrer.

Un pull crème et un jean noir à revers étaient étalés sur le lit. Ils paraissaient assez grands pour elle : étaient-ils empruntés au personnel ou Fiona aimait-elle les vêtements trop amples ? « Je vous remercie de m'avoir trouvé quelque chose à porter, dit Charlie.

— Oh, ce n'est pas un souci, répondit Fiona. Moi, je suis heureuse que vous me donniez l'occasion de passer un peu de temps avec mon petit-fils.

— Vous êtes vraiment venue ici attendre qu'il se remette et vienne vous voir ? » demanda la jeune femme.

Son interlocutrice fronça les sourcils. « Je suis venue dès que j'ai appris ce qui était vraiment arrivé. Vous n'imaginez pas comme a été terrible l'avant-dernière année. Ma fille est morte.

Une semaine plus tard, Remy mourait aussi, et je ne pouvais même pas le pleurer correctement, parce que tout le monde le décrivait comme un monstre. »

Certes. Parce qu'il avait été trouvé près d'un casino, dans les restes brûlés d'une voiture, en compagnie des restes brûlés d'une femme.

« Pauvre fille », dit Fiona.

Rose Allaband. Charlie se rappela l'ombre passée par sa fenêtre. « Ouais, pauvre fille.

— Quelle pointure ? interrogea d'une voix ferme la grand-mère de Remy, ramenant Charlie au présent.

— Quarante et un.

— Moi trente-neuf », annonça Fiona. Elle leva une paire de bottes Prada basses, à lacets. « Mais j'ai pris ça dans le placard d'Adeline. Elle chausse du quarante-deux. Vous n'aurez qu'à mettre deux paires de chaussettes. »

Une meilleure personne aurait refusé d'utiliser les affaires d'Adeline. Charlie se contenta d'emporter les bottes dans la salle de bains et de les lacer.

Une fois ressortie, elle monta sur le siège passager de la Porsche, tandis que Fiona rejoignait une BMW sportive blanche.

« Suis-moi », lança la vieille femme à Rouge.

Il sortit de l'allée, la bouche crispée en une ligne maussade. Charlie se permit de l'observer : les épaules larges, les cheveux accrochant la lumière dorée de la fin de matinée, les yeux pareils à des brandons rougeoyants. À présent qu'elle avait davantage vu Fiona, il lui semblait discerner entre eux une ressemblance dans l'implantation des sourcils et le tracé de la bouche.

« Je ne te poserai pas de question si tu ne veux pas, déclara Charlie.

— Qu'est-ce que je t'ai dit à propos d'Adeline… avant ? renvoya Rouge.

— Pas *ça,* articula-t-elle.

— Elle me prend pour une version jouet de Remy. Une version avec laquelle elle peut s'amuser. Qu'elle peut manipuler avec la fortune de Salt.

— C'est comme ça qu'elle t'a toujours vu ? Une version jouet de Remy ? demanda la jeune femme.

— Comme un jouet, certainement », gronda-t-il.

Elle se rappela la photo de Remy Carver trouvée en ligne. On l'y voyait apparemment en pleins ébats avec Adeline sur le pont d'un yacht. Elle n'avait su que penser. Une photo pouvait être manipulée, ses sujets mal identifiés, et les jeunes riches étaient des pervers. Elle s'était dit que, même s'ils partageaient quelque chose, ce n'était pas très important.

Toutefois, il ne s'agissait pas de Remy mais de Rouge. Qui n'avait pas le choix. Un frisson traversa Charlie, mais elle resta concentrée sur la vitre.

Lorsqu'elle avait appris qu'il devait être attaché à Adeline, elle lui avait prédit qu'il allait la détester.

Je la déteste déjà, avait-il répondu.

Elle n'avait pas même à moitié compris ce qu'il voulait dire. Peut-être l'aurait-elle dû. Peut-être disposait-elle de tous les éléments et avait-elle simplement refusé de les voir.

« Et Remy ? » s'enquit Charlie.

Rouge haussa les épaules. « Il n'aimait pas y penser.

— Même au début ? » demanda-t-elle, incrédule. Comment aurait-il pu ne pas y penser ? À supposer qu'il se fût arrangé pour ne pas saisir qu'Adeline faisait quelque chose d'*horrible,* il devait sûrement trouver cela au moins *bizarre*.

« J'étais un tueur. Un monstre. Ça n'avait pas d'importance.

— Un soir, tard, Vince et moi avons comparé nos premières fois », dit Charlie. Elle avait décidé de ne pas demander si avoir été contraint de tuer justifiait qu'on soit contraint de faire toutes sortes d'autres choses. « Tu m'as dit que tu avais

14 ans, et que c'était avec une fille que tu connaissais depuis un moment. Que vous faisiez tous les deux une expérience. Est-ce que c'était vrai ?

— Rien de tout ça n'était un mensonge, lui dit-il. Ce qui est arrivé était une expérience. Mais pas *mon* expérience. Il y a eu beaucoup de sang. »

Sur cette note horrifique, il s'engagea à la suite de Fiona sur le parking d'un restaurant appelé le *Federal*.

« Le sang t'a rendu plus présent physiquement », dit Charlie, décodant ce qui s'était sans doute produit. Rouge insistait sur sa monstruosité quand il craignait d'être jugé. Une impulsion familière : noircir le tableau quand on craignait de ne pouvoir l'éclaircir. « Ils n'auraient jamais dû faire ça. Pas à qui que ce soit, et surtout pas à toi. »

Il fit la moue. « Je ne voulais pas que tu saches tout ça.

— C'est elle qui devrait avoir honte, dit la jeune femme, véhémente. Pas toi. »

Il haussa les épaules. Visiblement, il ne la croyait pas.

Fiona descendit de voiture. Elle se tourna vers eux, leur adressa un signe, puis entra dans le restaurant.

Rouge tendit la main vers la poignée de la portière.

« Attends. » Charlie arrêta son geste. « Parle-moi de ta grand-mère.

— C'est une bonne personne, dit-il, oubliant de la corriger. Comme je disais, ne la blesse pas.

— Tu peux me faire confiance », dit Charlie avec un large sourire.

Il lui lança le regard que méritait cette réplique. « Fiona Carver. Tout juste 70 ans. Elle est membre du conseil d'administration de plusieurs œuvres caritatives à New York – c'est comme ça qu'elle a dépensé l'argent de Salt après leur divorce. La fondation Robin des Bois qui se concentre sur la pauvreté ; l'Alliance pour la Régulation des Drogues ; l'Aide aux Enfants, pour n'en citer que quelques-unes. Ça va de la recherche sur la leucémie à la préservation des tigres. Elle a eu une fille, Kiara, et un petit-fils, Remy. Elle ne venait pas d'une famille riche, mais Kiara disait toujours qu'elle s'était adaptée à la richesse comme un poisson dans l'eau. »

Lionel Salt donnait lui-même énormément d'argent à des œuvres diverses. Cela seul ne faisait pas de Fiona une bonne personne. Rouge se portait certes garant d'elle, mais il avait des critères assez bas.

Une fois son entrée à colonnades blanches franchie, le *Federal* s'avéra être un de ces restaurants avec nappes amidonnées et voix étouffées. Les arrivants dépassèrent un petit bar où étaient assemblés plusieurs couples qui, Charlie l'aurait parié, venaient de terminer un golf. Un bracelet tennis en diamant étincelait au poignet d'une des épouses, implorant d'être volé.

Fiona était déjà assise devant un martini dirty. Trois olives fourrées au fromage, deux cornichons et un oignon au vinaigre flottaient dans le gin. Avec sa chemise blanche amidonnée et son pantalon noir, associés à de confortables mules doublées de fausse fourrure, elle parvenait à être élégante sans avoir l'air d'en faire trop. Ses cheveux tirés en arrière étaient fixés à l'aide d'une barrette écaille de tortue, révélant une paire de créoles apparemment fort lourdes. Charlie ne parvint à deviner aucune marque, hormis celle du discret sac Polène gris posé sur une chaise inoccupée. Fiona portait sa richesse avec légèreté.

« Vous savez qu'il y a toute une salade dans votre verre », dit la jeune femme en s'asseyant.

La grand-mère de Remy éclata de rire. « Ah ! Ce restau ! Je n'arrive pas à déterminer s'ils sont géniaux ou complètement cinglés. » Elle poussa un menu vers ses invités. « On peut demander l'ajout d'une queue de homard à n'importe quel plat. *N'importe lequel.* »

Rouge s'assit de l'autre côté de la table, explorant la salle des yeux comme s'il repérait les issues.

« Alors, commença Charlie, vous connaissez Odette, non ? C'est ma patronne. Elle parle de vous, parfois. »

Les sourcils de Fiona se haussèrent. « Elle pourrait vous raconter à mon sujet des histoires qui vous feraient dresser les cheveux sur la tête. Êtes-vous une de ses protégées ?

— Suis-je... Oh ! Non. » Charlie se sentit rougir. « Je tiens le bar, c'est tout.

— Aah ! » La vieille femme but une gorgée de son martini et leva la main à l'attention du serveur. « Voilà pourquoi ma boisson vous choque.

— Ça ne me *choque* pas, répondit Charlie, alors que l'employé fondait sur eux. Je dis juste que, si vous ajoutiez une tomate, vous pourriez peut-être me convaincre que c'est un bloody mary. »

Fiona se tourna vers Rouge. « Qu'est-ce que tu prendras, mon chéri ? »

Il observa le menu en fronçant les sourcils. « Un steak ?

— Le contre-filet, clarifia Fiona pour le serveur. Je prendrai votre soupe à l'oignon et une douzaine d'huîtres Coffin Bay. »

Charlie se décida rapidement pour un plat qui paraissait sûr. « Le burger de dinde.

— Quelqu'un désire une queue de homard en sus ? » s'informa le serveur. La jeune femme se mordit la joue pour éviter d'éclater de rire.

« Bien, reprit Fiona quand il fut parti. Parlez-moi de votre famille, Charlie Hall.

— Ma grand-mère est en prison pour meurtre », dit-elle, choisissant une honnêteté brutale. Si elle voulait gagner la confiance de cette femme, elle avait besoin d'établir entre elles une intimité rapide. C'était un risque, mais elle l'estimait calculé.

Fiona parut peu émue par son aveu. « Mon ex-mari était un monstre donc, si je pense du mal de vous, je serai obligée d'en penser encore plus de moi. Vos parents ont aussi des tendances criminelles ?

— Non. Papa fait de l'agriculture avec sa nouvelle épouse. Maman est installée sur une fortune de cartes *Magic* rares. » Elle ne mentionna pas le fait que c'était *elle* qui avait des tendances criminelles. « Ma sœur peut vous dévoiler votre avenir.

— Je vois.

— Par ailleurs, si c'est une de ces situations où vous comptez me prendre à part et m'offrir de l'argent pour rester à l'écart de votre petit-fils, ne vous donnez pas cette peine. Ça ne marchera pas. »

Fiona ne put s'empêcher de rire. « Oh, je suis censée croire que c'est *vous* qui corrompez Remy Vincent Carver ? Vous lui apprenez à aimer le fromage en tube et le poussez à faire des graffitis sur les murs ? Vous traînez son nom dans la boue ?

— Vous savez toutes les deux que je suis aussi à cette table, hein ? » demanda Rouge que l'allusion à son nom avait dû mettre un peu mal à l'aise.

Charlie leva les yeux au ciel. « D'accord, très bien. Mais les amis d'Adeline en disaient autant hier soir.

— Elle est très possessive à son sujet, admit Fiona, diplomate, avec un regard en direction de Rouge. Elle l'a toujours été. Avant l'arrivée de Remy, elle était toute seule dans cette grande maison. J'ai toujours pensé qu'elle était terrifiée de se retrouver dans la même situation. Et qu'elle craignait ce que lui ferait mon ex-mari s'il ne disposait pas de Remy comme exutoire à sa colère. C'est la seule excuse que je peux trouver à ses choix. »

Parlait-elle des avocats d'Adeline et des ficelles qu'elle tirait pour que Rouge obtienne son héritage ? Était-elle au courant du reste ?

Non, réalisa Charlie. Elle était en colère pour une raison toute différente. Elle pensait qu'il était resté enfermé au sous-sol du manoir pendant un an, alors que tout le monde le croyait mort, et qu'Adeline n'avait jamais appelé la police, jamais cherché à la contacter, jamais rien fait pour l'aider.

« Et vous vous êtes toujours entendus comme larrons en foire, tous les deux, continua Fiona.

— Exactement comme ça, acquiesça Rouge, mais son ton donnait un autre sens à ses paroles.

« Donc, il faut que je te dise une chose. » La vieille femme baissa les yeux sur son verre. « Tu n'as pas besoin de me protéger. Je veux que tu comprennes que, même si je suis vieille, je ne suis pas fragile. J'ai enterré ma fille. Tu es tout ce qui me reste au monde.

— Non, dit-il. Pas du tout. »

Le serveur revint avec leurs assiettes et les disposa devant eux. L'ignorant, Fiona s'empara de la main de Rouge et la pressa.

« Mais si, insista-t-elle.

— Que sais-tu de la magie d'ombre ? » demanda-t-il en reprenant sa main. Le cœur de Charlie manqua un battement. Il n'allait tout de même pas le lui dire. Tout de même pas.

L'attention de Fiona se concentra. « Pas grand-chose, mais pas rien non plus. Je savais que mon ex-mari éprouvait un intérêt malsain pour l'occultisme, et j'étais curieuse de comprendre ce qui le captivait tant. Il y a dans mon entourage des gens qui ont des liens avec la Cabale, d'autres qui ont acheté des ombres lors de ventes organisées pour ce genre de choses.

— Les cabalistes punissent ceux de leurs membres qui sont mêlés à la vente d'ombres », dit Charlie.

Fiona but une autre gorgée de son verre. « Ma foi, c'est affreusement cher, donc j'imagine que les vendeurs prennent des risques. » Elle se tourna vers Rouge. « Je n'aurais jamais dû te laisser partir chez Salt. C'est ce qu'il voulait de toi, hein ? Ton ami, celui dont tu parlais tout le temps ? Celui que je ne croyais pas réel ? »

Charlie trempa une frite dans une mayonnaise aux truffes et la mit dans sa bouche. Le goût n'en était pas précisément *bon,* mais elle avait pourtant envie d'en manger davantage.

Déjà, Fiona continuait : « J'ai réalisé de nombreuses années après ton départ que tu faisais de la magie d'ombre. Je ne sais pas si c'était volontaire. Je ne sais pas non plus de quoi tu es capable, mais je suis désolée de la position dans laquelle cela t'a placé. » Elle plissa le front. « Fais-tu encore partie de ce monde-là ?

— J'en ferai toujours partie, affirma Rouge.

— Quoi que Salt t'ait demandé de faire, quoi que tu aies fait, je veux que tu saches que je serai toujours de ton côté.

— Arrête.

— Même si tu avais tué cette Rose Allaband, j'aurais été de ton côté. Ça ne m'aurait pas plu, mais je t'aurais aidé.

— Arrête », répéta Rouge, plus fermement, avec un accent de panique dans la voix.

Elle tendit la main comme pour reprendre la sienne. « Je sais que tu as toutes les raisons d'être furieux contre moi...

— Je ne suis pas furieux, la coupa-t-il en se levant. Je t'aime. Mais je ne suis pas Remy. »

La bouche de Fiona s'ouvrit et se referma sans bruit. Charlie, elle, crut ne plus pouvoir respirer quand Rouge disparut pour devenir une ombre qui se déploya à partir de sa chaise et plongea toute la salle dans une semi-obscurité inquiétante.

Des hoquets affolés retentirent à travers le restaurant.

La vieille femme tendit le doigt vers Charlie. « Expliquez-moi, exigea-t-elle d'une voix tremblante.

— Il est votre petit-fils, assura la jeune femme en se levant. Autant que Remy l'a jamais été. »

Fiona secoua la tête, horrifiée.

Et Charlie, lâche qu'elle était, se dirigea droit vers la porte.

22

PAS UN ANIMAL DE COMPAGNIE

Elle se traîna jusqu'à la Porsche. Les clefs étaient restées sur le siège avant. Se laissant tomber au volant, Charlie vit son reflet dans le pare-brise : pas de maquillage, telle une comédienne descendue de scène ; autour de l'œil, les restes d'un bleu.

Qu'as-tu fait ? demanda-t-elle à Rouge.

Il était là, n'ayant l'air de rien d'autre que de l'ombre qu'elle aurait dû projeter. Pourtant, il ne répondit pas. Sans doute n'avait-il pas envie de commenter la manière dont révéler son secret avait éloigné la seule personne susceptible de l'aider à éviter les pièges légaux d'Adeline. Charlie posa les mains sur le volant, mais ne put se résoudre à démarrer. Ses émotions gonflaient en elle, ses pensées refusaient de s'apaiser. Elle avait renoncé à l'arnaque après Mark, effrayée de l'avoir complètement détruit et se sentant coupable du décès de l'homme qui avait reçu la balle lui étant destinée. Ensuite, elle y était malgré tout revenue, parce que c'était ce qu'elle faisait le mieux.

Que serait-elle devenue si Rand ne l'avait pas prise sous son aile ? Une personne moins traumatisée ? Plus ennuyeuse ? Rand avait le don de donner aux gens, elle comprise, l'impression qu'ils étaient uniques. Il lui avait fait croire à la noblesse de leur profession.

Pourtant, assise dans la Porsche, avec la gueule de bois, à côté d'un Rouge muet et dissimulé dans les ombres, Charlie sentit se déposer sur elle un désespoir familier. Elle ne savait jamais rien réparer. Elle ne savait pas s'améliorer. Elle ne savait pas non plus comment donner à M. Punch ce qu'il désirait, ni même être un Hiérophante à peu près convenable, en dépit de toutes ses vantardises.

Bon, elle avait promis de laisser Malhar examiner la Furie qui se trouvait dans le coffre. Elle l'avait en outre promise à Balthazar en paiement de services déjà rendus. Elle pouvait au moins faire cela.

Malhar l'accueillit à la porte d'une maison dotée d'une cour broussailleuse, d'une véranda avec canapé et d'une allée accueillant bon nombre de voitures. La maison en colocation typique d'Amherst, à l'usage d'étudiants trop âgés pour les dortoirs, mais trop pauvres pour habiter seuls.

Maigre, vêtu d'un jean déchiré aux genoux et d'un pull marron, ses cheveux sombres en désordre comme s'il ne les avait pas encore brossés, Malhar clignait des paupières comme quelqu'un n'ayant pas réalisé à quel point il était tard. Il paraissait surpris par l'obscurité précoce de ce début d'hiver.

« Combien as-tu de colocs ? » lui demanda Charlie tandis qu'elle entrait, un sac à dos tressautant sur l'épaule.

Malhar haussa les épaules et agita vaguement la main en direction de la cuisine. « Une demi-douzaine, en général, mais il leur arrive d'être en couple ou d'héberger quelqu'un, donc il y a une ou deux personnes de plus. Ou alors ceux qui se mettent en couple déménagent, au contraire. C'est variable. »

Charlie le soupçonnait d'être incapable de donner un chiffre précis.

Le salon abritait deux autres canapés, dont un très près de la télévision. Un jeune homme noir jouait à un jeu vidéo mettant en scène un type en armure qui combattait un monstre à tête de calmar. Il leur sourit au passage.

« Deon passe son MFA d'écriture, dit Malhar, baissant la voix. Ça fait deux semestres qu'il réussit à ne pas terminer son roman.

— Les conclusions se dérobent », lança Deon, sur la défensive.

Deux colocataires de plus occupaient la cuisine : l'un jetait dans un bol en plastique un mélange de pois chiches et de zaatar, l'autre buvait du café dans une énorme tasse. Une grande casserole de lentilles mijotait sur la cuisinière. Au-dessus de l'évier, quelqu'un avait pendu des décorations de Noël ainsi qu'une guirlande de petites ampoules colorées.

Malhar les désigna. « Ibrahim, c'est la chimie. Aron, c'est le cinéma.

— C'est exact. Le cinéma, c'est moi. Je suis gigantesque, je suis inévitable, dit l'un des jeunes gens – Aron, supposa Charlie. Ton invitée veut du café ? Je viens d'en faire du frais.

— Je veux bien, répondit Charlie avant que Malhar ne puisse refuser pour elle.

— On reviendra chercher ça », dit-il en la faisant entrer dans sa chambre. Sur un bureau poussé contre un mur reposaient deux moniteurs qui affichaient en guise de protecteurs d'écran des diaporamas de lieux lointains.

Le lit, contre le mur opposé, était fait avec soin, mais couvert à un bout de ce qui semblait être du linge tout juste lavé, encore à plier. Le sol restait en grande partie libre, sauf pour une bouteille d'eau près du lit et une pile de dossiers sous le bureau. Par la porte du placard entrouverte, on apercevait tout un bric-à-brac qui menaçait de s'en échapper – Charlie crut reconnaître un costume trois-pièces, aussi étrange que cela fût. À l'aune des chambres d'étudiants, celle-ci était d'une propreté impeccable.

« Tu l'as ? » demanda-t-il, un peu hors d'haleine.

Elle hocha la tête et déposa son sac à dos.

« Et Rouge ? » demanda Malhar.

À cette question, son ombre s'allongea, s'épaissit. Rouge, formé à partir de l'obscurité, se dressa à l'autre bout du lien.

« Merde, lâcha l'étudiant. Oh, *merde*.

— Ça fait bizarre de voir ça, hein ? fit Charlie.

— Chaque fois », confirma-t-il.

Rouge, avec un demi-sourire un peu gêné, alla s'asseoir sur la chaise posée devant le bureau.

Charlie ouvrit son sac à dos puis en sortit le filet d'onyx, espérant que le monstre emprisonné à l'intérieur ne fût pas sur le point de la mordre.

« C'est la Furie ? » s'enquit Malhar en s'accroupissant près du lit. La créature n'était pas solide à la manière de Rouge, mais l'onyx la contraignait à le rester assez pour avoir une forme. Encore grosso modo de la taille d'un chat sauvage, elle ouvrait de temps à autre ce qui ressemblait à une bouche pour exposer des crocs d'ombre. « Est-ce qu'elle parle ? »

Rouge secoua la tête.

« J'ai promis une ombre à Balthazar, dit Charlie. Mais, avant cela, je veux savoir si tu peux… je ne sais pas… T'en servir pour apprendre quelque chose ? »

Malhar observait la Furie. À titre d'expérience, il mit les doigts dans le filet, puis les en retira tout aussi vite.

« Elle a essayé de te mordre ? » demanda Charlie.

Il secoua la tête. « Elle a bougé. J'ai paniqué. Je ne suis pas sûr de ses intentions. Tu vas vraiment donner ça à Balthazar ?

— C'est mieux que de la laisser faire du mal à quelqu'un – ou de recevoir l'ordre de la tuer en tant que Hiérophante. Qu'est-ce que tu en ferais, toi ? Un animal de compagnie ? Comme un reptile dans un aquarium en onyx où tu jetterais une sauterelle de temps en temps ?

— Non, dit Malhar, à regret. Encore que, dit comme ça, ça paraisse assez cool. »

Rouge eut un autre de ses sourires à peine esquissés.

« Je crois que ce monstre-là mangeait des ombres. Des petites, reprit Charlie. Pour absorber leurs pouvoirs.

— Intéressant », dit Malhar, fixant toujours la Furie.

La jeune femme, elle aussi concentrée, songeait aux griffures vues au sous-sol de l'église de l'Alliance de la Grâce. « Il y a une chose que je veux savoir. Existe-t-il un moyen de contrôler plus d'une ombre à la fois ? »

Malhar haussa un sourcil. « Tu sais que ce n'est pas mon domaine d'étude, mais je pense qu'il est possible de leur faire une offre à chacune.

— Est-ce qu'une Furie comme celle-ci pourrait seulement me comprendre ? » Charlie désigna la créature emprisonnée.

« On pourrait faire une expérience rapide. À moins que… » L'étudiant regarda Rouge.

Lequel leva les yeux au ciel. « Il n'y a pas de langage secret des ombres. »

Malhar soupira, les bras ballants. « Soit. Pardon. »

Charlie sortit un couteau d'onyx de son sac, puis en appuya la pointe contre son doigt avec une grimace.

« Tu vas la nourrir ? » interrogea Rouge.

Elle se demanda si cette idée le dérangeait : à lui, elle n'avait pas donné de sang depuis plusieurs jours. Le laisser se nourrir lui semblait dangereux, alors même que les cabalistes l'avaient avertie que le véritable danger était de s'en abstenir.

« J'espère que ça ne dérangera pas le type à qui elle est destinée de partager », dit Malhar.

Charlie comprit ce qu'il voulait dire. « Ça ne va pas me lier à elle, hein ? »

Rouge sourit. « J'ai absorbé beaucoup de sang d'un tas de gens, vivants ou morts, et je me fiche complètement de la plupart d'entre eux. »

Malhar s'habituait sans doute à l'effroi qu'il lui inspirait, car il ne parut pas du tout troublé par ce commentaire.

« D'accord, petite Furie, fit Charlie. Désolée de t'avoir gardée toute une journée dans un sac à dos. On va faire un essai. Je te donne un peu de sang si tu... euh... si tu siffles trois fois. »

L'ombre se pressa avec gourmandise contre les mailles du filet, comme si elle s'efforçait de lécher le doigt offert, mais elle ne siffla pas.

« Essayons encore, dit la jeune femme. Je te donne du sang si tu te poses tranquillement. »

Le monstre se contenta de forcer un peu plus contre le filet.

Avec un soupir, Malhar s'empara d'un emballage en plastique parmi les détritus sur son bureau et l'offrit à Charlie. Y étalant son sang, elle le passa entre les mailles du filet. Aussitôt, l'ombre le recouvrit, émettant des bruits humides.

« Je pense qu'on peut éliminer la possibilité qu'elle te comprenne, dit l'étudiant. Encore qu'elle puisse être trop distraite par la faim, ou bien pas entièrement manifestée. »

Rouge considérait la Furie avec une certaine curiosité.

« Mais je pourrais la contrôler si elle était attachée à moi, dit Charlie. Est-ce qu'une personne pourrait se lier à plus d'une ombre ? Un gamin m'a dit avoir vu l'Homme aux Neuf Ombres, le personnage du conte. Est-ce que c'est possible ? »

Malhar soupira. « Il s'agirait d'une expérience tout à fait dépourvue d'éthique, mais si on considère comme mesurable l'énergie que consomment les ombres, je ne vois pas comment un crépusculien pourrait en soutenir deux, encore moins davantage, sans se faire vider.

— Si ce n'est pas éthique, les masques l'ont déjà fait », intervint Rouge.

Poser la question à Bellamy donnerait à Charlie une excuse pour entrer dans sa forteresse, là où, selon le plan, le fragment de Rouge était conservé. Mais elle aurait peine à expliquer pourquoi elle voulait ce renseignement, étant donné que son travail pour M. Punch était clandestin.

Ce qui l'amena de nouveau à se demander *pourquoi* il ne voulait aucun autre chef de la Cabale au fait de cette enquête sur un massacre. En théorie, bien sûr, l'affaire ne la concernait que si des Furies étaient impliquées, mais lui confier un surcroît de travail n'aurait pas dérangé les cabalistes.

Il y a dans mon entourage des gens qui ont des liens avec la Cabale, d'autres qui ont acheté des ombres lors de ventes organisées pour ce genre de choses. Voilà ce qu'avait dit Fiona. Ses paroles s'étaient envolées après les révélations de Rouge, mais il y avait là quelque chose.

M. Punch poussait-il Charlie à enquêter sur un autre membre de la Cabale qui aurait vendu des ombres ? Comptait-il procéder lui aussi à un chantage ?

Tandis que les pensées de la jeune femme en revenaient à Bellamy, à un fragment d'ombre manquant et à des expériences non éthiques, Malhar continuait d'étudier la Furie.

« Un petit parasite, dit Rouge en baissant les yeux sur le doigt ensanglanté de Charlie.

— Nous sommes tous des parasites quand nous ne sommes pas pleinement développés, remarqua l'étudiant.

— Elle est vieille. Ça, au moins, je le vois.

— Comment ? » demanda Charlie.

Il cligna des paupières. « Je... Je ne sais pas.

— Tu es sûr qu'il n'existe pas de langage secret des ombres ? » demanda Malhar.

Rouge lui lança un regard exaspéré. Puis il se tourna vers la Furie. « Siffle, ou bien je te taille en pièces et je dévore le tout », dit-il d'une voix si douce que le contraste entre paroles et ton fit se dresser les poils sur les bras de Charlie.

Un petit sifflement émana de l'ombre qui se recroquevilla au fond du filet.

Malhar haussa les sourcils.

« Qu'est-ce que c'était que ça ? demanda Charlie, un peu perturbée.

— Le langage secret des ombres », lui répondit Rouge avec un petit sourire amusé.

Elle soupira et désigna l'ordinateur de Malhar. « Je peux utiliser ça une seconde ? Pendant que, tous les deux, vous faites ce que vous avez à faire, peu importe ce que c'est, à cette chose qui nous comprend très bien, finalement.

— Bien sûr. » L'étudiant se pencha au-dessus d'elle pour taper son mot de passe.

Charlie s'assit et fit craquer ses articulations. Elle exécutait toutes ses arnaques en personne, mais la préparation de chacune demandait énormément de recherches sur Internet. En général, elle s'en chargeait dans des bibliothèques, quand elle était sûre de pouvoir rester hors du champ des caméras. Si elle craignait vraiment d'être retrouvée, elle les effectuait dans des immeubles de bureaux où elle entrait par effraction.

Cette fois, cependant, elle n'avait pas à s'inquiéter. Elle était l'enquêtrice, pas la criminelle sur laquelle on enquêterait. Le PC de Malhar ferait donc l'affaire.

Charlie prit une capture d'écran d'une vidéo de Rooster Argent et effectua une recherche d'images. Elle fit ensuite défiler une kyrielle de portraits qu'elle n'aurait pu prendre pour le sien qu'en louchant. Frustrée, elle se brancha sur un site offrant une meilleure recherche pour quinze dollars. Les résultats furent plus précis. Rooster à une conférence de youtubeurs. Un paquet de photos issues de son compte Instagram. Et il y en avait une... Cliquer dessus l'amena sur la page MySpace abandonnée d'un gamin de quinze ans, Dave Pugliese.

Bingo.

Pugliese était sorti avec son diplôme du lycée d'Holyoke en 2013 – sa photo figurait dans l'agenda annuel. Arrêté pour violation de domicile en 2015, il avait ensuite semblé disparaître. Six ans plus tard, Rooster Argent arrivait sur le devant de la scène, déjà crépusculien.

C'était toutefois Dave Pugliese qui avait acheté un penthouse dans un vieil immeuble du centre de Northampton.

Charlie se leva. « On devrait y aller. »

Malhar poussa un soupir : il s'employait à bâtir un labyrinthe menant à un mouchoir imprégné de sang. « Laissez-la donc ici ce soir. Je pourrai l'observer un peu. Voir si elle communique plus volontiers quand il y a moins de distraction. »

Rouge secoua la tête.

« Tu ne crois pas que ce soit prudent ? » demanda Malhar.

Cela lui valut un regard éloquent. « Ça ne le serait pas du tout. »

Charlie ne leur prêtait qu'à peine attention. *J'ai absorbé beaucoup de sang d'un tas de gens, vivants ou morts, et je me fiche complètement de la plupart d'entre eux.* Rouge avait dit cela un peu plus tôt. La Furie dans le filet avait été concentrée sur le doigt de la jeune femme. « Peut-être que le mobile est simple. Peut-être que le tueur – par exemple Rooster – voulait seulement une ombre beaucoup plus puissante et avait besoin de tout ce sang. Balthazar n'a pas laissé entendre qu'il était plus ou moins en conflit avec M. Punch ?

— Qu'ils étaient opposés », dit Rouge. Elle fut incapable de deviner s'il s'agissait ou non d'un acquiescement.

En sortant, elle vit Aron assis sur le canapé de la véranda, une énorme pipe à eau posée par terre devant lui. Il s'évertuait avec une pochette d'allumettes.

« Tu veux une taffe ? » demanda-t-il, avant de cligner des paupières en découvrant Rouge. Il devait se demander comment il avait pu manquer l'arrivée d'un type aussi grand.

« C'est bon pour moi », dit Charlie en descendant le perron pour gagner la voiture. À mi-chemin, elle rencontra Posey, qui remontait l'allée.

Et se figea. « Qu'est-ce que tu fiches ici ? »

Charlie l'examina, nota le sac marin jeté en travers de son dos, l'heure de son arrivée, et se rappela combien de nuits elle avait découché récemment. « Tu dors chez Malhar ? C'est là que tu vas ?

— Je… », commença Posey. Sur la véranda, Aron lui adressa un signe de la main. Au bout d'un moment, elle lui rendit vaguement son salut, absolument déconfite.

« Malhar est ton petit copain ? »

Posey commença à secouer la tête, puis parut renoncer à nier. « On a quelque chose. Qui est indéfini et, en plus, ne te regarde pas. »

Les femmes de la famille Hall étaient célèbres pour leurs mauvais choix. Charlie n'avait toutefois remarqué en Malhar aucun signe de danger – en dehors du fait qu'il plaisait à Posey, bien sûr.

« Super, dit-elle sur un ton décidé. Il a un tas de colocs. Nous, on déménage demain. Tu pourrais peut-être convaincre ton quasi petit copain et les autres de venir nous donner un coup de main ?

— D'accord, acquiesça Posey, qui paraissait toujours assez insatisfaite. Maintenant, tu m'expliques pourquoi tu n'es pas venue me voir, moi ?

— À quel sujet ? » Charlie se retrouvait interloquée.

« Ce sur quoi tu voulais interroger Malhar. C'est moi, la crépusculienne. Pose tes questions. Je sais des choses.

— Parfait, renvoya-t-elle. Qui a commis le massacre au sous-sol de l'église de l'Alliance de la Grâce ? »

Posey sursauta, mal à l'aise. « Tu as posé cette question-là à Malhar ?

— Je suis venue à la recherche d'une piste, dit Charlie. Une de mes théories est que des Furies sont impliquées, peut-être contrôlées par un crépusculien. J'ai pensé que Malhar pourrait connaître leurs habitudes, vu que c'est son domaine d'étude. »

Posey parut davantage troublée que rassurée par cette réponse. « Tu devrais laisser ça tranquille.

— Laisser quoi tranquille ?

— Ce qui s'est passé dans l'église est mauvais. Laisse les cabalistes tirer ça au clair eux-mêmes. » Elle n'avait pas tort, mais il y avait dans son expression quelque chose d'étrange que sa sœur n'aimait pas.

« Alors, je suppose que tu n'as aucune théorie à me soumettre ? demanda Charlie.

— Si : c'est l'œuvre d'un malade mental, dit Posey. On se voit à la maison. » Puis elle se dirigea vers chez Malhar comme si ce n'était pas elle qui avait poussé Charlie à lui demander son aide. Tandis qu'elle continuait de remonter l'allée, Charlie remarqua une tache sombre sur le revers de son jean.

Elle songea au massacre de l'église, à la Furie affamée dans son sac à dos, aux publications de Rooster sur TikTok. Il n'avait pas l'air du genre à massacrer tout un groupe de personnes pour leur voler leur sang, mais sans doute n'était-ce jamais le cas des assassins.

Ils se rendirent à Northampton. Charlie demanda à Rouge de faire un saut dans une épicerie, puis de se garer en face de l'immeuble de Rooster. À présent qu'elle connaissait son vrai nom, trouver son domicile n'avait pas été compliqué.

« Oserais-je demander ce qu'on fait là ? » Rouge, amusé, prêt à être impressionné, ne semblait pas seulement envisager qu'elle pût ne pas savoir ce qu'elle faisait. C'était assez flatteur pour faire venir à ses joues une rougeur qu'elle tenta d'attribuer au froid.

« On regarde et on attend », dit-elle, jouissant de l'instant.

Ils demeurèrent assis dans un silence étrangement confortable jusqu'à ce que les événements de la journée rattrapent Charlie, qui se mit à bâiller. « Parle-moi. Je ne veux pas m'endormir. »

Rouge s'adossa à son siège. « Tu es allée à l'université ?

— C'est ce que tu veux savoir ? »

Il haussa les épaules. « Puisque je l'ai demandé.

— C'est juste que ce n'est pas la question que j'attendais d'une Furie monstrueuse, réduite à une misérable servitude. » Il sourit. « Je suis allée au collège communautaire, admit-elle. Et puis je me suis tirée pour me consacrer entièrement à ma carrière criminelle.

— Un tas de criminels ont des diplômes supérieurs », remarqua Rouge.

Charlie gémit. « Ces mécréants ont même leur propre réseau d'anciens élèves. Je déteste ça.

— C'est un bon mot. » Il l'observait avec une expression chaleureuse. « Mécréant. »

La jeune femme, en relevant les yeux, vit quelqu'un se diriger vers l'immeuble. « Il va falloir que tu restes sous forme d'ombre pour la suite », dit-elle en descendant de la Porsche, son sac de courses à la main.

Elle traversa la rue au pas de course et franchit les portes extérieures avant le pigeon qui approchait. Cherchant le nom de Rooster sur les interphones, elle constata que chaque étage était séparé en trois unités – 0A, 0B, 0C, pareil pour les 1 et 2 – sauf le dernier, seulement noté 3.

L'homme qu'elle avait vu dans la rue arriva à l'immeuble, il se servit d'une clef pour ouvrir la porte intérieure et, comme elle l'avait espéré, la lui tint sans poser de question.

Puisqu'il prit l'ascenseur, Charlie se dirigea vers l'escalier, qu'elle monta jusqu'au troisième étage, où elle se retrouva devant une porte coupe-feu métallique. Posant ses courses, elle manœuvra la poignée. Verrouillée. Puisqu'il n'y avait qu'un seul appartement à cet étage, la porte y menait peut-être directement. Crocheter ce genre de serrures n'était pas facile mais, à tout le moins, elle disposait de Rouge.

« Est-ce qu'il y a de l'onyx ? » lui demanda-t-elle.

Il sortit de l'ombre, les jambes encore floues, et se dirigea vers le battant. Ensuite, il se glissa en dessous.

L'instant d'après, la serrure jouait. Rouge se tenait sur le seuil, pas encore tout à fait matériel. « Rooster ne devait pas s'attendre à ce qu'on lui envoie une ombre ici. »

Ou alors, c'était parce qu'il ne voulait pas qu'une ligne noire sur son plancher gâche sa décoration intérieure, se dit Charlie en regardant autour d'elle. Un canapé nuage dominait le living, orienté vers l'énorme téléviseur qui occupait tout un mur. Trois jeux distincts étaient branchés, reliés à une console noire luisante. Sur le mur, des étagères accueillaient une collection de figurines artistiques de Kaws, chacune soigneusement éclairée. Un tapis Supreme x Ikea marqué de la charmante formule TIREZ-VOUS couvrait le sol. Un modeux à l'état pur.

La pièce voisine se révéla être le studio de tournage de Rooster : des projecteurs, des trépieds, beaucoup d'accessoires de caméras très onéreux en désordre, un écran vert, quelques chaises et tabourets... Au fond du couloir, Charlie découvrit la chambre, dominée par un lit immense – à vue de nez, plus de 180 cm de large –, comme si le maître des lieux s'attendait à une orgie impromptue. Une exposition de sneakers de collection couvrait le mur au-dessus de la tête de lit. Un mini-frigo tenait lieu de table de chevet.

« Charlie », appela Rouge.

Elle le rejoignit dans la cuisine. Là, elle découvrit un superbe percolateur massif posé sur un îlot de marbre, près de quelques mugs BAPE camouflage empilés. Lorsqu'elle en détourna les yeux, elle vit Rouge, un ordinateur portable couvert d'autocollants pour skateboards entre les mains.

Elle haussa les sourcils. Il semblait impossible que M. Punch ne soit pas déjà venu explorer les affaires de Rooster avant de la jeter à ses trousses. S'il avait trouvé un ordinateur, il l'aurait inspecté en priorité.

« Sous les lattes du parquet. Le mot de passe était "MOTDEPASSE" » Rouge tourna l'écran vers elle. « Regarde ça. »

Il désigna un dossier sur le bureau de la machine, intitulé MATIÈRE À CHANTAGE.

« Sérieux ? Il a mis ça là comme ça ? » Bien sûr, rien dans cet appartement ne suggérait que Rooster aurait été incapable d'agir ainsi. C'était un type qui prenait MOTDEPASSE comme mot de passe, après tout. D'un autre côté, c'était aussi un type qui avait réussi à cacher son ordinateur portable à tout le monde, hormis une ombre vivante.

« Je crois que c'est censé avoir l'air ironiquement dépourvu d'ironie, dit Rouge. Mais il y a d'authentiques enregistrements là-dedans. Et récents.

— Nom de Dieu », fit Charlie, en se précipitant sur l'avant-dernier fichier, intitulé PUNCH.

L'enregistrement commençait au milieu d'une conversation, avec une voix que Charlie ne reconnut pas. *Notre moissonneur a disparu. J'ai besoin que tu te charges de ce boulot.*

Je n'ai jamais signé pour ça. Elle entendait le souffle nerveux de Rooster.

Tu es l'architecte de ce problème. À toi de le résoudre. Il s'agissait forcément de M. Punch. Du véritable M. Punch. La jeune femme prêta attention au son de sa voix. Elle lui en rappelait une autre, finalement.

Ce n'est pas comme ça que ça fonctionne. C'est moi qui t'ai fait profiter de ça. Si Rooster était marionnettiste, il avait travaillé pour Malik jusqu'à une date très récente. Peut-être avaient-ils eu un arrangement.

Arrête de râler et va chercher ces putains d'ombres, dit M. Punch.

Et s'il va voir Vicereine ? interrogea Rooster.

Son interlocuteur éclata de rire. *Lui ? Il ne peut pas. Et toi non plus.* Ensuite, silence.

Charlie regarda l'horodatage. La conversation avait eu lieu trois jours avant le massacre de l'Alliance de la Grâce.

Un seul autre fichier dans le dossier CHANTAGE était plus récent que celui-là. Elle appuya sur play.

Où es-tu ? demandait Rooster. *Espèce de salaud, va. Ils vont te tuer pour ça.*

S'ensuivit un étrange rire creux. Qui lança un frisson tout le long de la colonne vertébrale de Charlie.

L'enregistrement prit fin alors qu'elle se demandait comment s'emboîtaient ces nouvelles pièces.

Elle gagna le réfrigérateur, essayant de deviner quand Rooster était venu ici pour la dernière fois. Il n'y avait pas grand-chose à l'intérieur : une brique de lait qui se révéla aigre quand elle la porta à ses narines ; une laitue flétrie ; un morceau de gruyère ; un paquet de jambon qui puait ; une bouteille de Moët & Chandon encore fermée, sans doute très bonne.

« Je crois qu'il est mort », dit Charlie en se retournant vers Rouge.

Ce dernier s'était vautré sur une chaise de cuisine trop petite pour lui. Ses longues jambes étaient croisées aux chevilles. « Alors, où est le cadavre ? »

Elle réécouta le dernier enregistrement. Le rire lui rappelait celui de Mark la dernière fois qu'ils avaient parlé, avant qu'il ne conspire avec son frère pour l'assassiner.

Charlie croisa le regard de Rouge. « À mon avis, ce type-là le sait. »

Balthazar ouvrit sa porte d'un geste brusque et lança un regard furieux à Charlie avant de le reporter sur Rouge. La jeune femme le dépassa pour entrer dans l'appartement. Il ne portait pas de chemise et avait les cheveux ébouriffés, comme s'il sortait tout juste du lit.

« J'interromps quelque chose ? » demanda-t-elle.

Le maître des lieux croisa les bras sur son torse nu. « Y a-t-il une raison à ta présence chez moi, Charlie Hall ? Et vais-je la détester ou simplement ne pas l'apprécier ? »

Elle déposa son sac à dos sur la table. « La Furie que tu désirais. » La créature emprisonnée se tortilla en entendant sa voix.

Balthazar cligna des paupières. « Mais je viens de... cette conversation n'a eu lieu qu'il y a quelques jours.

— Je travaille vite. Tu le sais. » Elle tentait de ne pas paraître excessivement suffisante.

« D'accord, dit-il, renvoyant ses cheveux en arrière d'un geste qui révélait un certain affolement. D'accord. Je peux la voir ? »

Pour la deuxième fois de la nuit, Charlie ouvrit son sac à dos et révéla la Furie. Puis elle la fit tomber sur le canapé, toujours dans le filet d'onyx fermé à l'aide de colliers de serrage.

Balthazar étudia la créature d'ombre qui tentait de se libérer par la force. « Énergique, apprécia-t-il.

— Tout bien considéré, elle est assez amicale, lui apprit Charlie. Plus curieuse que meurtrière.

— Au moins cinquante-cinquante, intervint Rouge.

— Alors ? Tu voudrais que je la couse sur toi ? »

Une voix d'homme retentit dans le couloir. « Balthazar, je croyais que tu... »

Une voix familière.

« Est-ce que c'est *Bellamy* ? » s'enquit Charlie à voix basse. Rouge lui avait dit qu'ils se retrouvaient derrière le *Rapture,* elle se le rappelait. Apparemment, ils se retrouvaient aussi ailleurs.

« Vous devriez partir, conseilla Balthazar en baissant lui aussi la voix. Je prends la suite.

— Et s'il s'en aperçoit ? » demanda la jeune femme, en partie parce que c'était une question importante, en partie pour savoir si Bellamy vendait des Furies et si Balthazar était au courant.

« Alors je mentirai sur sa provenance, promit-il en les poussant vers la porte, Rouge et elle.

— Encore une chose, dit Charlie. Tu m'as dit que Rooster Argent devait prendre la parole dans un centre de remise en forme, au nord de l'État ? Tu te rappelles où ?

— Solaluna. Maintenant, au revoir. » Il lui claqua la porte au nez.

Charlie croisa le regard de Rouge.

Solaluna... Comme sur la pochette d'allumettes trouvée près des mégots à Hatfield. Solaluna où Rooster était censé éveiller les ombres des riches et puissants. Solaluna qui était peut-être au cœur de tout.

23

DÉMÉNAGEMENT

Charlie passa une soirée frénétique à boucler ses bagages pour le déménagement prévu le lendemain, emplissant des sacs-poubelle de vêtements et jetant ses affaires de toilette par-dessus. Quand Rouge entra dans sa chambre, tard, elle avait aligné toute une file de sacs contre un mur, comme si elle s'apprêtait à porter sa vie entière à la déchetterie.

Elle leva la tête vers lui. Malgré ses yeux brûlants, affamés, il n'eut pas un mouvement vers elle. Se contenta de la regarder.

« Tu devrais… euh… Je devrais te donner du sang », dit-elle.

Il fit un pas vers elle. « Vraiment ? » demanda-t-il d'une voix grave.

Elle se détourna et se laissa tomber sur le matelas. « Passe-moi un outil tranchant, dit-elle. Ou bien mords-moi. Comme tu préfères.

— Il ne reste pas grand-chose qui ne soit pas emballé », fit-il en explorant ses tiroirs.

Elle sourit. « Alors, ça ne laisse qu'une possibilité. Il va falloir que tu joues les vampires. »

Rouge s'assit au bord du matelas, une lueur étrange dans les yeux. Il paraissait affamé. « Donne-moi ta main. »

Elle songea aux morsures sur les cadavres et frissonna, soudain moins sûre de son invitation. Pourtant, elle tendit la main vers lui, sentit un pouce se presser contre sa paume.

Rouge porta l'index de la jeune femme à sa bouche, le prit entre ses lèvres, le lécha doucement. Puis Charlie sentit une piqûre, comme si le bout de sa langue était muni d'un dard pareil à celui d'une queue de scorpion. Son doigt fut aspiré plus loin dans la bouche de l'ombre.

Elle frissonna à nouveau, pour des raisons très différentes. Ses joues la brûlaient, et une chaleur soudaine s'épanouit entre ses cuisses. Elle se mordit la joue pour éviter d'émettre le moindre son.

Enfin, Rouge embrassa le bout de son doigt et lui rendit sa main.

« Tu avais raison, dit-il.

— Ah ? » Les pensées de Charlie étaient un mélange confus de déception et de honte.

« J'ai envie de toi. J'ai toujours eu envie de toi. » Il se leva. « Et je ne peux pas t'avoir. »

Puis il la laissa étendue dans l'obscurité, à se demander pourquoi il ne le pouvait pas.

Les jours de déménagement sont ceux où l'on compte ses vrais amis. Charlie avait demandé l'aide de Barb, mais Aimée et elle rendaient censément visite à ses parents pour Noël, dans le nord de l'État, et ne pourraient être là. José et Katelynn vinrent, eux, avec le nouveau copain du premier, Paul, qui ressemblait assez à la seconde pour qu'on suppose en lui le cousin qu'elle aurait présenté à son ami.

Il paraît que le mec aux cheveux bleus a bouffé un papillon de nuit quand il était petit. Vince avait croisé ces gens, donc Rouge devait être informé à leur sujet. Était-ce une excuse pour colporter des potins ? Peut-être.

Seulement un ? demanda Rouge en réponse.

C'est important ? Charlie imagina la poussière des ailes de lépidoptères recouvrir sa langue et fit la grimace.

Rouge sourit. *Plusieurs, ça voudrait dire qu'il a aimé ça.*

Elle dut ravaler un rire. Fidèle à sa parole, Posey avait recruté Malhar et trois de ses colocataires qui n'étaient pas rentrés dans leur famille pour les vacances d'hiver – Ibrahim, Deon et Aron.

« On nous a promis le nectar et l'ambroisie, de la bière et de la pizza, annonça Deon en franchissant la porte.

— Et, je vous le dis, cela s'accomplira, plaisanta Charlie en réponse. Mais pas avant qu'on arrive au nouvel appart. »

Rouge avait passé presque toute la matinée à travailler sur la camionnette, laquelle disposait à présent d'une nouvelle batterie et de deux ou trois autres pièces neuves. Plus important, elle roulait à nouveau et pouvait accueillir bien plus de cartons que la Porsche.

Ils en chargèrent autant qu'ils le purent et se dirigèrent vers Northampton afin de passer prendre les clefs et déposer cette première cargaison. Quitter la maison d'Easthampton emplissait Charlie d'une étrange nostalgie, mais peut-être avaient-elles besoin de repartir à zéro. Avec de la chance, leur nouveau domicile ne serait pas trop petit, car aucun appartement en centre-ville ne serait sinon abordable.

En chemin, le téléphone de Posey sonna. La cadette se trouvait sur la banquette avant de la camionnette, pressée contre Charlie, tandis que Rouge conduisait. Cela permettait à Ibrahim – qui assurait savoir manier un levier de vitesse manuel – de prendre la Porsche.

« Salut, maman, dit Posey, avant de jeter un coup d'œil à sa sœur et de coincer le téléphone contre son cou. Elle veut savoir si tu iras chez eux pour Noël. »

Les vacances se rapprochaient rapidement. « Et comment », répondit l'intéressée. Où aurait-elle bien pu aller, sinon ?

« Est-ce que Vince sera avec toi ? » Posey cligna des paupières, toute de fausse innocence.

« Il va falloir que je lui pose la question, fit Charlie en se tournant vers Rouge, au volant.

— Si tu y vas, moi aussi, dit-il, ce qui ressemblait à une réponse sans en être vraiment une.

— Tu es sûr ? demanda-t-elle. Ça ne va pas être…

— Dis que je viens, intima-t-il à Posey. Et remercie-la de son invitation. »

Quand cette question fut réglée, la cadette expliqua à leur mère le sens d'un tirage de tarots qu'elle avait fait pour elle. Elles rirent et s'entretinrent des cadeaux qu'elles allaient acheter. Une nouvelle fois, Charlie eut une conscience aiguë de la relation décontractée qu'elles entretenaient.

Peut-être aurait-elle pu entretenir la même, si elle n'avait craint de la bâtir sur des sables mouvants. Sachant que sa mère ne lui pardonnerait jamais tous ses mensonges, elle continuait simplement à mentir.

L'immeuble était un beau bâtiment ancien, en pierre, dans la rue la plus passante de Northampton, à deux portes de celui de Rooster, si bien qu'on pouvait gagner à pied tous les restaurants, magasins et galeries d'art. Dès qu'elle le vit, Charlie fut convaincue qu'il y avait une erreur. Elles ne pouvaient en aucun cas se permettre de louer pareil logement.

C'était un appartement destiné à quelqu'un qui se rendait en ville chaque mercredi avec un panier pour acheter des confitures artisanales au marché, et qui dînait au restaurant au moins deux fois par semaine. Quelqu'un qui possédait un collier de pierres précieuses énormes et un travail intéressant.

Celui de Charlie était certes intéressant, mais pas pour les bonnes raisons.

« Viens chercher les clefs avec moi, dit Posey. Il faut passer au bureau.

— Je commence à décharger », annonça Rouge à Charlie.

Elle sentit leur lien s'étirer tandis qu'elle suivait sa sœur. Même lorsqu'elle ne s'éloignait qu'un peu, ce léger débobinage d'énergie était perceptible.

Posey frappa à une porte du rez-de-chaussée sur laquelle était vissée une plaque en laiton un peu ternie, gravée du mot BUREAU. L'instant d'après, une femme aux longs cheveux gris sortait, vêtue d'un jean noir délavé et d'un blazer bleu marine avec boutons dorés étincelants.

« Je suis Posey Hall, se présenta la sœur de Charlie. Je viens chercher les clefs du 9A.

— Bienvenue, bienvenue, dit la femme en tendant la main vers la table de travail sur laquelle reposait une enveloppe brune marquée du numéro de l'appartement. Nous organisons un apéro le mercredi soir dans le jardin derrière l'immeuble. J'espère que vous pourrez vous joindre à nous et rencontrer vos voisins. Vous nous avez renvoyé le contrat pour les animaux de compagnie ?

— Je crois bien, dit Posey.

— Et vous n'avez pas de chien, hein ?

— Seulement une chatte démoniaque », la rassura Charlie.

Le sourire de la femme était dépourvu d'amusement, le mouvement de ses lèvres un simple réflexe poli. Elle tendit l'enveloppe à l'aînée des sœurs, qui sentit le poids des clefs à l'intérieur.

Gagnant l'ascenseur, Charlie appuya sur le bouton de laiton du premier étage, une légère angoisse au creux de l'estomac. Un couple avec une poussette arriva de dehors ; les deux adultes avaient une écharpe autour du cou.

« Ah, les vieux immeubles, dit l'homme à Charlie et Posey, comme pour s'excuser, en les voyant attendre. Tout prend un temps fou. »

Ils montèrent ensemble, quoique la famille allât au deuxième étage. Le bébé se faisait les dents sur un collier de perles beiges et molles. La femme se pencha pour mieux l'envelopper de sa couverture.

Quand Charlie et Posey atteignirent le 9A, la clef tourna aisément dans la serrure huilée. À l'intérieur, de grandes fenêtres laissaient amplement le soleil briller sur un authentique parquet. Les hauts plafonds ajoutaient à l'impression de grandeur. Des moulures en plâtre intriquées emplirent Charlie d'une envie sincère. Non seulement de vivre dans un tel endroit, mais d'être le genre de personnes qui pouvait se le permettre. Qui pouvait se relaxer devant un café issu d'une cafetière à piston dans une cuisine inondée de soleil, avec plan de travail en marbre. Qui s'offrait un programme de soins de la peau à plusieurs étapes, au lieu de consacrer ces étapes à recouvrir son œil meurtri.

Elle aurait voulu être comme le beau couple à la poussette, déplorant la lenteur de l'ascenseur.

« Comment peut-on se payer un appart pareil ? demanda-t-elle à Posey.

— Il ne te plaît pas ?

— Tu sais que ce n'est pas le propos, dit Charlie. Ça n'est pas logique financièrement. Le loyer devrait être deux fois plus élevé.

— On a de la chance, dit Posey. On ne peut pas se contenter de s'en réjouir ? »

Charlie en était incapable, mais ce n'était pas le problème de sa sœur. Avec un grognement, elle retourna à l'ascenseur. Il était temps de faire entrer une myriade de cartons dans ce logement à l'impossible magnificence.

Une femme sortit dans le couloir de l'appartement d'en face. « Charlie ? » fit une voix familière – Suzie Lambton.

Merde. C'est vrai que je suis entrée chez toi par effraction, songea l'interpellée. *J'ai dormi dans ton lit, comme cette petite garce de*

Boucle d'or. Et volé une partie de tes fringues. Je suis une vraie pourrie. S'il te plaît, ne devine pas que c'était moi. Mais ce qu'elle dit fut : « Salut.

— Le type que tu as emmené à la fête chez Barb et Aimée, je ne l'ai pas reconnu tout de suite, mais c'était Remy, hein ? Remy Carver ?

— Ouais, admit Charlie, méfiante.

— Sauf que tu l'appelais autrement, non ?

— Il utilise son deuxième prénom. Vince. » Cela, au moins, avait le mérite d'être vrai, et elle était heureuse de tout sujet de conversation qui ne mît pas en jeu une effraction dans un appartement.

« Je… On a même discuté, ce soir-là. Je ne sais pas comment je n'ai rien remarqué. » Suzie plissa le front en contemplant le sol.

« Tu le connaissais ? » s'enquit Charlie.

Son interlocutrice agita une main. « Il est sorti avec une de mes copines de lycée. Il était à Deerfield et moi à Williston, donc il y avait un tas d'échanges, comme ça. On a traîné ensemble une ou deux fois. Je n'arrive pas à croire que je n'ai pas… Oh, tiens, justement, on parlait de toi ! »

Rouge venait de monter l'escalier, un carton marqué LIVRES À DÉTESTER LIRE entre les mains. Il parut surpris.

Bien sûr, Salt avait inscrit Remy à Deerfield, un lycée assez sélect pour un multimillionnaire décidé à devenir milliardaire, et assez local pour qu'il en fasse sortir Rouge de temps à autre afin d'assassiner quelqu'un, sans susciter la moindre question. Charlie s'était informée des études supérieures de Remy, mais elle n'avait pas songé au lycée.

Un tas de gens en ville le connaissaient donc. Pas des gens qu'elle voyait régulièrement, mais la Vallée était petite.

Elle s'appelle Suzie Lambton. Tu as flirté avec elle sous mon nez pendant une fête, et tu l'as peut-être vaguement connue quand tu étais ado.

« Suzie, c'est ça ? dit-il sans hésiter, remis de sa surprise. Tu habites l'immeuble ? »

Le sourire qu'eut Suzie en retour était *très* amical. Et Charlie ne pouvait même pas le lui reprocher : elle souriait déjà ainsi à Vince avant de le savoir sur le point d'hériter plusieurs centaines de millions de dollars. « En visite. Tu sais que tu es sorti avec une de mes copines, à Deerfield ? »

L'expression de Rouge se figea. « Sona », dit-il enfin.

Suzie posa ses mains sur les hanches et le fixa avec une expression de quasi-reproche. « Tu n'as pas été très gentil avec elle, d'ailleurs.

— Je n'étais pas très doué pour être une personne normale, à l'époque », dit-il, le double sens n'étant évident que pour Charlie.

Par chance, l'ascenseur arriva enfin. Rouge y engagea le pied, empêchant les portes de se refermer.

« Demande mon numéro à Charlie, lui dit Suzie. J'adorerais rattraper le temps perdu. »

Le déménagement occupa le reste de l'après-midi. En sueur, couverts de poussière, tous se laissèrent enfin tomber sur les meubles disponibles. Aron, vautré sur un pouf que Posey gardait naguère dans sa chambre, entama une grande discussion avec Katelynn pour savoir si les moulures étaient Second Empire, néo-classiques ou autre chose.

José racontait à Malhar l'histoire de sa rencontre avec Paul. Tous les trois étaient assis sur le canapé. Paul avait les yeux fermés.

On commanda des pizzas. On alla acheter de la bière. De la vodka et de la limonade furent mélangées dans un vase quand on s'avéra incapable de trouver un pichet, et des assiettes furent extirpées d'un carton marqué ASSIEEEEEETTES. Lucifeule, sortie de sa cage, commença à explorer les lieux, la queue dressée comme un drapeau.

Je ne comprends pas ce qu'on fait dans un immeuble pareil, lança Charlie à l'adresse de Rouge.

Plusieurs idées lui étaient venues, et elle n'en aimait aucune. Était-ce une manœuvre d'un parent de son compagnon – offrir ce logement à Posey, puis s'en servir contre Charlie afin de le contrôler, lui ? Allaient-elles se retrouver à la rue en raison de quelque ruse à base de publicité mensongère, ce qui les forcerait à ramper pour obtenir l'aide de Fiona ou d'Adeline ?

Elle n'irait pas, bien sûr. Elle préférerait dormir par terre dans le motel de sa mère qu'accepter la charité d'Adeline. Merde, elle préférerait s'introduire de nouveau dans l'usine abandonnée et dormir là où avait dormi le clochard assassiné.

Tu devrais peut-être demander à ta sœur. Il parlait avec gentillesse, sur le ton dont on annonce une mauvaise nouvelle.

Qu'a pu faire Posey ?

Il ne répondit pas, la laissant combler de ses peurs le silence.

Charlie marcha jusqu'à la chaise qu'occupait sa sœur.

Combien de temps avait-elle elle-même été secrète, assurant que la provenance de l'argent n'avait aucune importance ? Esquivant les questions ? Si Posey avait bel et bien passé un accord douteux, elle ne faisait que montrer son amour de la manière exacte dont son aînée le lui avait appris. Charlie ne s'en sentait pas mieux pour autant ; bien au contraire.

« C'est un super appart, se força-t-elle à déclarer. Je l'adore, vraiment. »

Posey arborait un sourire radieux. « Oui, hein ?

— Et toi, tu es super. »

Un petit pli apparut entre les sourcils de la cadette. « Qu'est-ce qu'il y a ?

— Rien. Je suis contente, c'est tout. » Charlie n'était pas très douée pour faire confiance, mais sa sœur le méritait.

Elle se força à s'éloigner sans poser d'autres questions.

Alors que, debout devant la fenêtre, elle baissait les yeux sur les lumières étincelantes de Northampton, quelqu'un lui toucha le coude. Elle se retourna.

Rouge tenait deux gobelets en plastique de limonade améliorée. Il lui en offrit un.

Elle l'accepta avec reconnaissance et avala une gorgée. La boisson était à la fois amère et sucrée.

« Je me demandais si tu avais un moment pour parler, dit-il. Dehors.

— Bien sûr, lui dit-elle. Quelque chose ne va pas ? »

Il secoua la tête. L'appartement était toutefois noir de monde. Deon avait engagé José pour l'aider à monter le téléviseur sur le mur, et tous les deux s'employaient à une kyrielle de mesures et de marmonnements. Malhar manipulait l'enceinte Bluetooth portable, tentant de s'accorder avec Posey sur une chanson.

Nul ne remarqua que Charlie et Rouge se glissaient hors de l'appartement, descendaient l'escalier et sortaient dans la nuit froide. Les lumières de Northampton étaient vives, mais le vacarme des habitants n'atteignait pas le parking bordé d'arbres.

« Qu'est-ce qui se passe ? demanda la jeune femme.

— Un jour, tu m'as dit que tu me libérerais si c'était ce que je voulais, dit-il, la voix basse. Tu le ferais maintenant ? »

Depuis quelques jours, elle se sentait proche de lui. Il ne l'avait pas engueulée de s'être soûlée et d'avoir fait du tapage. Il lui avait confié ses secrets. Il s'était invité pour Noël. Elle réussissait même à visualiser son arrivée chez sa mère, une bouteille de vin à la main. Du vin cher dans une chambre de motel bon marché.

Elle secoua la tête. « Pourquoi me demandes-tu ça ? » Mais elle le sut dès qu'elle posa la question. Elle avait compté les jours : il allait retrouver Rose.

« Parce que j'en ai besoin. » Il la regardait sans ciller. « Je t'en prie, Charlie. »

Elle devait absolument cesser d'imaginer Noël. Elle devait absolument cesser de songer à l'avenir. « Et je suis censée te faire confiance comme ça ?

— Pour faire quoi ? » demanda-t-il, comme si ce qu'elle disait était *déroutant*. Comme si elle ne comprenait rien à rien. Comme s'il ne savait pas qu'une fois détaché, il serait libre de la blesser.

« Non, dit-elle, furieuse au point d'en avoir le tournis. Je ne vais pas te libérer. »

La bouche de Rouge se tordit. Il ne paraissait pas même surpris. « Au temps pour les promesses.

— Je t'ai vu par la fenêtre avec la fille d'ombre, dit-elle en baissant la voix, aussi doucement que si elle parlait à un amant. Je t'ai suivi. Je l'ai entendue te promettre ma mort en échange de l'assassinat du crépusculien auquel elle est attachée. »

Il cligna des paupières, comme pour briser l'enchantement de sa voix. « Tu m'as vraiment suivi ?

— Oui », confirma Charlie.

Il secoua la tête. « Je m'en serais rendu compte. »

Elle eut un sourire malicieux. « Non. Parce que je suis la meilleure.

— Et tu crois que je veux ta mort ? » Ses yeux étaient des charbons ardents rougeoyants. Sa douce bouche s'incurva. « As-tu vraiment peur de moi, Charlie Hall ?

— J'ai attendu plusieurs jours que tu me dises ce qui s'était passé. Je t'ai écouté me mentir encore et encore. » Charlie pointa le doigt vers lui. « Donc non, je ne te libérerai pas. Sauf si tu me dis la vérité.

— Elle ne te plairait pas. » Ses yeux étaient des braises dans l'obscurité.

Le tournis la frappa à nouveau, la fit tituber. Le goût déplaisant de la limonade remonta dans sa bouche.

« Espèce de fumier, dit-elle d'une voix vaseuse. Tu m'as droguée ? Avec quoi ?

— Le lorazepam que tu as rapporté de chez Salt, répondit-il. Tu n'as pas besoin de me détacher. Je peux m'arranger pour que ta main tienne le couteau.

— Je vais te tuer », dit-elle, d'une voix de plus en plus indistincte. Sa langue lui paraissait trop grosse pour sa bouche.

« Il est possible que tu provoques ma mort, admit-il en ouvrant la portière arrière de la camionnette. Mais pas ce soir. »

24

[BROUILLON] Transcription par IA d'un enregistrement effectué par Madurai Malhar Iyer

Malhar : Que t'inspire le besoin de consommer du sang ?

Rouge : Qu'est-ce que tu veux dire ?

Malhar : Remy mis à part, tu as essentiellement bu celui des victimes de Salt, non ?

Rouge : On pourrait dire *mes* victimes.

Malhar : Combien y en a-t-il eu ?

Rouge : Tout dépend du point de vue. Il m'a fait tuer certaines personnes pour des raisons professionnelles. Ensuite, il y a eu des gens avec une ombre éveillée, ou qu'il croyait pouvoir éveiller. Ceux sur lesquels il expérimentait. Ceux qui ne manqueraient à personne.

Malhar : A-t-il appris quoi que ce soit ?

Rouge : Tu as envie de faire tes propres expériences ?

Malhar : Non, bien sûr que non !

Rouge : Il arrive que la torture soit une fin en soi.

Malhar : Je vois pourquoi tu te méfies des chercheurs.

Rouge : Parce que je suis une expérience ?

Malhar : Raconte-moi une histoire, Rouge. Aide-moi à voir la vie par tes yeux.

Rouge : Qu'est-ce que tu veux dire ?

Malhar : Parle-moi de cette période. Aide-moi à comprendre ce que cela faisait de s'y trouver.

Rouge : Il y a eu une femme, juste avant la fin. Elle s'appelait Rose. Remy et elle étaient ensemble. Elle lui faisait du bien, je crois. Souvent, je me disais que chaque fois qu'il me rendait meilleur, il se rendait lui-même plus mauvais. Elle lui donnait envie de conserver ses émotions. Mais elle avait une ombre puissante et Remy voulait s'échapper, donc quand Salt a voulu Rose, il l'a eue.

Malhar : Remy aurait-il pu la protéger ?

Rouge : Je ne sais pas. Il n'a pas essayé. Moi, je m'en foutais. Je voulais seulement que Remy parte pour de bon, cette fois.

Malhar : Pourquoi cette fois-là aurait-elle été différente ?

Rouge : Sa mère était morte. Et il soupçonnait Salt d'en être en partie responsable.

Malhar : C'était le cas ?

Rouge : Possible. Possible aussi que la réponse soit simplement que les junkies font parfois des overdoses. Un accident, comme de se rompre le cou en tombant dans l'escalier. Quoi qu'il en soit, Remy se sentait coupable de ne pas être avec elle – de ne pas essayer plus fort d'échapper à Salt. Mais une fois sa mère disparue, il a décidé que son grand-père n'avait plus d'emprise sur lui.

Malhar : Et ça te faisait plaisir ?

Rouge : En général, quand il se sentait triste ou coupable, il me donnait l'émotion en question. Cette fois, c'était différent. Il l'a conservée et fait des projets. Et il a continué d'être charmant avec Rose, alors qu'il devinait que cela la perdrait.

Malhar : C'est lui qui l'a kidnappée ?

Rouge : À ce stade, elle était tellement habituée à l'accompagner dans une voiture noire anonyme avec chauffeur, et à mentir à son entourage sur l'endroit où ils allaient, qu'elle s'est pratiquement kidnappée toute seule.

Mais ne crois pas que je la tienne pour responsable, s'il te plaît. Personne ne s'attend à une telle vilenie. Même quand on a connu la cruauté, on n'est pas habitué à rencontrer des gens qui n'ont aucune limite à leurs désirs, voire sont impatients de les assouvir. Salt était pire que quiconque l'imaginait.

Malhar : Même toi ?

Rouge : Surtout moi. Remy a cru payer son évasion avec la vie de Rose. Je n'aurais jamais cru qu'il la paierait de son propre sang.

25

PIÈCES MANQUANTES

Charlie Hall s'éveilla sur le plancher d'une camionnette, enveloppée dans deux sacs de couchage, un coussin de canapé familier sous la tête. Lorsqu'elle s'assit, l'adrénaline envahit son corps alors que son souffle formait un petit nuage dans le froid. Où était-elle ? Elle restait trop étourdie pour s'orienter.

Ah, oui. C'était la camionnette de Vince.

Tout lui revint alors. Le déménagement dans le trop bel appartement. La limonade que lui tendait Rouge. Lequel lui demandait de trancher leur lien. Elle cligna des paupières en contemplant les parois du véhicule. Tout lui paraissait à la fois trop défini et légèrement flou sur les bords. Sa langue était encore un peu engourdie.

Il l'avait droguée.

Merde. *Merde.* Il était allé libérer l'ombre de Rose. Assassiner en son nom.

J'ai envie de toi, avait-il dit la veille au soir. *J'ai toujours eu envie de toi. Et je ne peux pas t'avoir.* Préparait-il déjà ce qu'il avait fait aujourd'hui ? Était-ce pour cela qu'il s'était retenu ?

Eh bien, il avait salement mésestimé la dose nécessaire pour droguer Charlie Hall, laquelle buvait de l'alcool depuis des années et avait la tolérance d'un petit éléphant. Il avait en outre salement mésestimé la mesquinerie que pouvaient lui inspirer les contrariétés. Il allait énormément se repentir de l'avoir fait chier.

Enveloppant un des sacs de couchage autour de ses épaules en guise de manteau, Charlie ouvrit la portière arrière de la camionnette et se glissa à l'extérieur. Elle ne reconnut pas la rue.

Un objet métallique qu'elle n'avait pas remarqué glissa de ses genoux et frappa la chaussée avec un cliquètement sur l'asphalte gelé. Elle se baissa pour ramasser un trousseau familier. Rouge lui avait laissé les clefs de la camionnette ?

Une peur croissante perça un trou dans sa fureur. Il les lui avait à l'évidence laissées au cas où il ne reviendrait pas. Donc, il considérait cela comme une possibilité. Charlie avait toujours envie de lui hurler dessus, de lui cracher au visage, de le faire payer. Mais, avant tout cela, elle devait le trouver et s'assurer qu'il allait bien.

Ce fut alors qu'elle identifia le vide étourdissant qui tournoyait en elle, l'absence d'une chaleur dont elle n'avait jamais remarqué la présence. Le lien avait disparu.

Or, sans lui, elle n'avait aucun trait d'ombre à suivre. Rouge avait dû partir à pied, aussi le soupçonnait-elle de ne pouvoir être loin, mais cela ne l'aidait pas à choisir la direction. Elle l'avait certes suivi dans les toilettes de la station-service et avait vu l'adresse, mais elle s'était contentée de la prendre en photo, supposant qu'elle disposerait toujours de son téléphone. Le nom de la rue commençait par M, se rappelait-elle vaguement, et c'était celui d'un arbre. *Mûrier ? Magnolia ?*

Fouillant dans ses poches, elle fut soulagée de trouver son téléphone où elle l'avait laissé. Encore un indice prouvant que

Rouge souhaitait la voir repartir aisément une fois réveillée. Elle chercha la photo de l'adresse et entra cette dernière dans une appli de cartographie.

Moins d'une minute à pied, l'informa l'appareil.

Charlie échangea le sac de couchage qui la couvrait contre les couteaux d'onyx tirés de son kit d'urgence de chasse aux Furies.

Trois rues plus loin, elle arriva devant une petite maison d'aspect banal. Une pelouse mal entretenue, aucune lumière derrière les rideaux tirés. Des poubelles étaient sorties devant toutes les maisons du quartier, sauf celle-ci.

Charlie passa derrière le bâtiment, l'oreille tendue.

À quelques portes de là, de la musique s'élevait, trop faible à pareille distance pour que la jeune femme perçoive autre chose que la pulsation d'une basse. Un crissement de pneus dans la neige sale lui parvenait de temps en temps de la rue où elle avait laissé la camionnette.

La maison était silencieuse.

Une porte bâillait à l'arrière, quoique la porte-moustiquaire attenante fût fermée, comme si on était sorti à la hâte. Derrière, il n'y avait que l'obscurité. Charlie ouvrit le battant clos. Le grincement des gonds rouillés lui inspira une grimace.

Puis l'odeur la frappa, avec l'impression que l'air s'épaississait au fond de sa gorge. De la viande gâtée, laissée à pourrir plusieurs jours.

Elle ne pouvait aller plus loin sans lumière. Après une hésitation, elle activa la lampe de son téléphone. Puis inspira sèchement.

Le carrelage de la cuisine, inondé de sang frais, donnait l'impression qu'on avait tenté de l'essuyer puis renoncé. Charlie fit un pas de côté et, les manches baissées sur ses doigts afin de ne pas laisser d'empreintes, prit un instant appui sur le plan de travail sale, couvert de déchets de cuisine, pour se stabiliser. Enfin, elle passa au salon.

Deux cadavres gisaient sur le canapé. Un homme et une femme d'âge moyen, à la peau violacée par la putréfaction. Des coupures peu profondes s'ouvraient sur leurs bras et leur torse. Les coussins, sous les corps, étaient noirs de sang et de mouches.

La nausée retourna l'estomac de Charlie.

Elle se força à explorer la pièce du regard. Les éclaboussures sombres qui décoraient les murs la ramenèrent viscéralement plusieurs mois en arrière, lorsqu'elle était rentrée chez elle pour trouver un mort, et son papier peint couvert de sang. Un vertige la frappa avec force, le souvenir de cette terreur-là dépassant celle qu'elle ressentait à présent. En dépit de cela, elle se força à s'approcher des corps. Nombre de morsures laissées par une dentition humaine couraient sur les avant-bras de la femme. Des creux rouges marquaient comme des bracelets les poignets des deux victimes, suggérant qu'elles avaient été entravées.

La jeune femme passa dans la pièce voisine, où le bois d'une table de salle à manger démolie jonchait le sol. Tout était ici couvert d'une fine poudre noire, ce qui suggérait que plus d'une Furie y était morte. Des éclats de bois avaient frappé les murs avec une telle force qu'ils s'y étaient plantés.

En déplaçant le faisceau de sa lampe, Charlie vit sur le sol une ombre que rien ne paraissait projeter. Un couteau d'onyx tenu devant elle, elle s'accroupit et écarta des débris pour mieux la voir.

Rouge, quasi immatériel, semblait presque uniquement composé de fumée.

« Char », chuchota-t-il. Ses paroles évoquaient un bruit lointain apporté par le vent. « Ils te cherchent. Va-t'en ! Va-t'en tout de suite ! »

Elle tourna les yeux vers l'escalier, puis vers le couloir, mais ne vit rien ni personne.

« Pas sans toi, espèce de monstrueux idiot, lui dit-elle.

— Il…, commença Rouge. Eux… » Mais il parut incapable d'en dire plus.

Charlie se pencha et appuya la lame d'onyx sur le côté de sa main. Cela fut plus douloureux qu'avec une lame de rasoir, car elle fut contrainte de taillader sa chair. Elle serra les dents. Du sang perla et commença à couler.

Elle n'avait pas à craindre que son ADN soit découvert sur la scène de crime, cela dit. Pas une seule goutte ne toucha le sol : le sang ruisselait de son poignet à son coude, puis disparaissait dans l'ombre de Rouge.

Ce qui le laissa à peine plus matériel qu'avant.

Elle se rapprocha.

« Non, fit-il d'une voix rauque. Je te viderais de ton sang. »

Elle l'ignora et se planta de nouveau la lame dans la main. À tout le moins, elle pouvait lui donner quelque chose.

L'obscurité se souleva et s'enroula autour de son bras. Charlie sentit la langue de Rouge contre sa blessure, le contact de sa bouche ouverte tandis qu'il buvait. Et, à mesure qu'il lui tirait son sang, elle sentait qu'autre chose lui était arraché, des fragments d'elle-même qu'elle n'était pas sûre de récupérer un jour.

Les gens qui se noyaient tuaient souvent leurs sauveteurs en les entraînant sous l'eau, en s'accrochant à eux pour remonter à la surface. Même détachée de lui comme elle l'était, elle sentait l'immensité de son appétit.

Elle se rappelait les propos adressés par Vince au crépusculien venu la chercher au *Rapture. Tu as laissé ton ombre se nourrir trop longtemps ce soir,* lui avait-il dit juste avant de lui rompre le cou. *Il ne reste pas grand-chose de toi. Tu sens la tension ? Comme si quelque chose se déroulait hors de ton corps.*

« Assez, dit sèchement Charlie en tentant de libérer son bras.

— J'ai besoin de toi, dit-il, resserrant son étreinte. S'il te plaît ! J'ai besoin… »

Elle se dégagea d'une secousse, se remit maladroitement sur ses pieds, puis s'écarta de trois pas. « Tu as de la chance que je t'aide ne serait-ce qu'un peu. »

Malgré sa troublante translucidité, elle distinguait ses traits. Jamais encore il n'avait autant ressemblé à un fantôme.

« Tu peux te lever ?

— Il ne reste pas grand-chose de moi », dit-il.

Un instant, le désespoir empoigna Charlie. « Tout ira bien. » Il n'aurait pas été juste de le perdre avant d'avoir l'occasion de l'engueuler un bon coup et de le faire ramper.

Il ne pouvait pas mourir. L'arnaqueuse en elle cherchait toujours une échappatoire, convaincue que tout le monde, même la mort, pouvait se faire escroquer, aussi réfléchit-elle à un angle d'attaque possible. Avisant la fine poudre noire qui couvrait le sol, elle en mit une poignée dans sa poche.

« Il n'y a plus assez de toi ? demanda-t-elle. Très bien. Alors, je vais en voler davantage.

— Char », fit-il sur un ton de mise en garde.

Elle se pencha pour l'aider, craignant que ses doigts ne passent droit à travers sa peau. Il était néanmoins assez solide pour qu'elle le hisse sur ses pieds. Quand il s'appuya sur elle, elle fut rassurée de sentir son poids, quoique la perte de sang lui donnât le tournis.

« Tu en as besoin de plus, dit-elle tandis qu'ils se dirigeaient vers la porte. Mais pas du mien. »

Charlie tenta de ne pas regarder le tableau macabre que composaient les cadavres assis sur le canapé de leur salon tapissé de sang, tels des jouets abandonnés. Cela lui rappelait M. Punch et les gens dont il s'était servi comme de marionnettes, debout sur les marches, les yeux clos. Pour la première fois, elle remarqua à quel point, le bain de sang mis à part, ce salon était bien tenu, en contraste absolu avec la cuisine où de la vaisselle sale s'entassait dans l'évier, des casseroles couvraient la cuisinière et des ordures débordaient des poubelles, tandis que des mégots emplissaient tasses et assiettes.

Quiconque avait assassiné ces gens était resté ici avec leurs cadavres, et s'était fait à manger. Était allé chercher des plats à emporter. Avait fumé. Pas seulement des Furies, donc.

Charlie guida Rouge à travers la maison. « Tu te rappelles que j'ai promis de ne jamais te forcer à rien faire ? Quand cette histoire sera terminée, je te forcerai à *tout* faire. Je t'obligerai à ramasser les détritus au bord de la route. »

Il titubait comme un ivrogne. « Tout ce que tu veux.

— Je te tiens, dit-elle en poussant d'un coup d'épaule la porte-moustiquaire. Espèce de salopard. » Ses yeux accrochèrent un des mégots : un filtre marqué de lignes dorées.

« Ce n'est pas moi qui les ai tués, dit Rouge.

— Sans blague ? » Ils arrivèrent dans la rue. L'air froid fit frissonner Charlie à présent qu'elle avait moins de sang pour lui tenir chaud.

Une fois franchis les trois pâtés de maisons qui les séparaient de la camionnette, la jeune femme ouvrit la portière arrière et aida son compagnon à monter, l'installa sur les sacs de couchage.

« Je ne voulais pas que quelqu'un te fasse du mal », dit-il, donnant l'impression de parler de très loin.

Elle savait qu'une ombre pouvait se consumer si un crépusculien la forçait à dépasser ses limites, mais elle n'avait jamais observé le phénomène et ne savait pas exactement quelle quantité d'énergie Rouge possédait encore. Elle espérait qu'il tiendrait assez longtemps pour arriver là où ils allaient. Espérait disposer d'encore assez de temps pour le sauver. « Personne sauf toi, c'est ça ? »

Il ne répondit pas.

« J'ai hâte d'entendre ton excuse pour cette nuit. »

Une nouvelle fois, il resta muet.

« Si c'est juste que tu te détestes, vas-y encore un peu plus, s'il te plaît, pour moi. » Puis elle claqua la portière, les mains tremblantes.

Au volant, ne sachant trop quelle quantité de drogue courait encore dans son organisme, Charlie médita les étapes de son plan.

« Je t'emmène chez les masques, lança-t-elle à l'arrière.

— Tu me détestes vraiment », gémit Rouge, ce qui lui assura qu'il était encore en vie.

Elle sourit en tournant la clef de contact. Au cœur de la pénombre, elle vit le reflet de ses dents dans le rétroviseur.

Le premier coup de téléphone de Charlie fut pour Balthazar, à qui elle demanda de faire sortir Bellamy de sa tour.

« Tu as un sacré culot, on ne peut pas te retirer ça ». En fond sonore, elle entendait l'animation du salon d'ombre en dessous du *Rapture*. Balthazar paraissait agacé. « Tu viens de me payer, et tu veux de nouveau être ma débitrice ? »

L'affolement dévorait la patience de Charlie. « Je t'en prie, grinça-t-elle. Fais ça pour moi, et tu pourras me demander n'importe quel service. J'accomplirai le travail que tu voudras. J'échangerai la Furie que je t'ai donnée contre une meilleure, dès que j'en croiserai une.

— Elle perçoit tout ce que tu dis, tu sais, et ce n'est pas très gentil. On s'entend merveilleusement bien, elle et moi.

— Et Bellamy et toi ? demanda Charlie.

— Je ne ferais jamais de mal à ma nouvelle amie pour un mec, Charlie Hall. Mais ça ne veut pas dire que je ferais du mal à mon mec pour quelqu'un dont je ne suis pas du tout sûr qu'il s'agisse d'une amie. » Elle connaissait Balthazar depuis des années, mais leurs rapports avaient toujours été intéressés. Elle n'avait jamais envisagé qu'il pût souhaiter les approfondir.

« Fais ça et tu seras mon *meilleur* ami, dit-elle. Sérieux, je ne te le demanderais pas si ce n'était pas une question de vie ou de mort.

— Est-ce que ça risque de me retomber dessus ? demanda-t-il.

— Non, assura-t-elle. Bellamy n'aura jamais de raison de soupçonner ton implication.

— L'inverse serait regrettable », conclut Balthazar avant de raccrocher.

Le deuxième coup de téléphone de Charlie, à une personne dont elle avait juré de ne jamais demander l'aide, fut encore pire.

C'était dans la vieille tour de garde d'Holyoke que les masques avaient enfermé Vince après la mort de Salt. C'était là qu'il avait été enchaîné, que Charlie avait marchandé sa vie, et qu'il l'avait oubliée. Elle détestait être contrainte de l'y ramener en espérant qu'on le sauverait.

Rouge souffrit à l'évidence durant tout le trajet en voiture. Il émettait de petits bruits douloureux et ne cessait de changer de position, comme s'il ne parvenait pas à en trouver une confortable. La jeune femme se demanda pourquoi il ne revenait pas à sa forme d'ombre et craignit qu'il n'eût pas seulement assez d'énergie pour cela. Malgré tout, même si elle détestait l'entendre souffrir, tant qu'il produisait des sons, il y avait de l'espoir.

Charlie avait prévu de revenir seule à la tour de garde, de s'y introduire et de raconter assez de mensonges pour atteindre la salle au trésor du sous-sol, afin d'y voler le fragment de Rouge détenu en otage – celui qui, elle l'espérait, renfermait ses souvenirs d'elle et de la vie qu'il avait menée en tant que Vince. À présent, si elle voulait qu'il survive, elle devait *absolument* réussir.

Elle revit Rouge, assis près d'elle, la main sur le volant de la Porsche, tandis que la vérité jaillissait de ses lèvres. La douleur dans sa voix quand il avait dit qu'il ne pouvait pas l'avoir, rien de caché dans son visage. Rouge *était* Vince, mais il en était aussi le plus grand secret. Qu'on ouvre l'un, et l'autre avait toujours été à l'intérieur. Elle se rappelait à présent l'avoir parfois aperçu, quoique sans savoir ce qu'elle voyait.

Si Vince retrouvait ses souvenirs, perdrait-elle Rouge ? Cacherait-il de nouveau sa véritable personnalité ? Cette pensée lui donnait mal à l'estomac.

Et la poussait à se demander s'il n'y avait pas aussi une véritable personnalité en elle-même, attendant d'être libérée.

Dès qu'elle gara la camionnette, Charlie bondit à l'extérieur et ouvrit la portière arrière. Rouge paraissait inconscient, au-delà de la douleur, mais toujours présent. Passant les mains sous lui, elle fouilla dans son nécessaire de chasse aux Furies, en tira la boîte d'onyx qu'elle n'avait encore jamais utilisée, et déposa à l'intérieur la poudre noire que contenaient ses poches.

Cela fait, elle voulut secouer son passager pour le réveiller, mais, à deux reprises, sa main le traversa de part en part. La troisième fois, elle enroula son collier d'onyx autour de sa paume, put enfin refermer les doigts sur le coude de Rouge, et le secoua avec force.

Il s'éveilla assez pour qu'elle passe un de ses bras autour de ses propres épaules. Tandis qu'ils clopinaient vers la porte, il se retint d'appuyer sur elle la totalité de son poids.

La fille à la tête rasée et au maquillage épais qui lui avait ouvert la porte lors de sa dernière visite à la tour de garde les considéra avec une expression sceptique. Le piercing de sa joue avait guéri. Il était joli.

« Sally », dit Charlie. Se rappeler le nom des gens était une compétence importante pour un escroc. « Laisse-nous entrer. »

Sally étrécit les yeux, peu impressionnée. « Tu n'es pas un masque. Tu n'as rien à faire ici. »

La visiteuse souffla avec violence, frustrée. « Dis à Bellamy que le Hiérophante est ici pour le voir. C'est une urgence. »

Son interlocutrice la contempla en fronçant les sourcils, puis les fronça plus encore en regardant l'homme appuyé lourdement sur son épaule, et à travers lequel passait la lumière. Enfin, elle s'écarta. « Il n'est pas là, mais tu peux entrer et l'attendre au petit salon. » Tandis que Charlie traînait à demi Rouge à l'intérieur, elle cria : « Milo ! Appelle Bellamy. Tout de suite ! »

Top chrono, donc. Charlie disposait d'un quart d'heure pour accomplir sa tâche. Peut-être de dix minutes seulement.

Au moins cinq furent employées à conduire Rouge dans le salon du premier étage, celui qui était drapé de rideaux écarlates. La jeune femme l'installa sur des coussins de velours.

« Tiens bon, dit-elle fermement, regrettant de ne pouvoir lui parler dans sa tête. Tout ira bien.

— Il n'a pas l'air en forme, remarqua Milo, qui venait d'entrer. J'ai déjà vu une ombre comme ça, une fois, et…

— Il faut que tu me conduises à votre chambre forte », l'interrompit Charlie, avant qu'il ne puisse proférer une horreur. Elle leva la boîte d'onyx et reprit, la voix tremblante à dessein : « J'ai attrapé une Furie. Une terrible. Vraiment mauvaise. J'ai besoin de l'enfermer en sécurité. »

Le type d'escroquerie qu'elle avait appris de Rand, celui dans lequel elle se spécialisait, se déployait lentement. Il fallait du temps pour bâtir la confiance d'un pigeon, pour détourner son attention et le mener en bateau. Mais il en existait une autre forme : l'arnaque de rue. Celle-là brûlait vite, fort, et plaçait les pigeons dans un état hautement vulnérable dans lequel *agir* paraissait important, même si c'était pour commettre une erreur.

« J'ai peur, reprit-elle en tournant vers eux des yeux exorbités par un affolement purement fictif. Il y en avait trois, plus puissantes que tout ce que j'ai jamais vu. Rouge en a tué une, et ça a failli le tuer, lui. La deuxième est là-dedans. La troisième... La troisième est encore en liberté.

— Tu es en sécurité, ici », dit Sally, mais elle glissa un coup d'œil vers la porte.

Charlie avait besoin que ses hôtes soient aussi bouleversés qu'elle. « Je sais que vous avez une chambre forte. » Elle leva la boîte en onyx récupérée dans la camionnette. « Il faut que j'y porte ce monstre afin qu'il ne soit plus jamais en liberté. Il a tué un tas de gens.

— Lesquels ? » Milo paraissait nerveux. Peut-être ces deux personnes étaient-elles seules dans la tour pour le moment.

« Ils ont été abattus comme des animaux ! » cria la jeune femme, assez fort pour les faire sursauter. Quand quelqu'un commençait à craquer, la réaction naturelle était de faire tout son possible pour arranger les choses, et aussi de s'affoler un peu.

« Attends, ralentis, intervint Sally, beaucoup trop raisonnable. Qu'est-ce que tu racontes ? »

Charlie laissa monter dans sa voix toute la colère qu'elle éprouvait contre les cabalistes. « Je dis que je veux enfermer cette chose dans votre chambre forte, dit-elle, parlant très vite. À quoi sert-elle, sinon à mettre une Furie en lieu sûr ? À quoi sert-elle à aucun d'entre vous ?

— Je peux..., commença Milo.

— Emmenez-moi tout de suite ! Charlie pressa la boîte contre sa poitrine, espérant faire comprendre aux deux autres que proposer de la lui retirer, même pour l'emporter là où elle disait le vouloir, ne fonctionnerait pas.

— Je vais la mettre en sûreté, risqua tout de même Sally, quoique sans paraître espérer qu'on accepte son offre.

— Oh, vous ne voulez pas que je sache où elle se trouve, votre chambre forte ? lança Charlie. Je suis une voleuse patentée ! Vous croyez que je ne le sais pas déjà ? » Grâce au plan remis par Balthazar, elle fut capable de décrire le chemin – et en détail, à la consternation croissante de ses hôtes. « Vous voulez que je vous explique comment on y entre, maintenant ?

— D'accord, fit Sally, qui paraissait enfin remuée. Mais une fois cette Furie enfermée, elle appartiendra à Bellamy et aux masques. »

Charlie laissa le moment s'étirer, comme si elle affrontait une rude vérité. Il leur plaisait sans doute de croire qu'ils lui ôtaient quelque chose pour le donner à leur chef. « Vous voulez dire que je ne pourrai pas réclamer la prime ?

— Personne n'aura accès à cette Furie à part nous. Ce sont nos termes, dit encore Sally. À prendre ou à laisser. »

Charlie tourna les yeux vers la porte, laissant paraître sur son visage la panique authentique qu'elle ressentait. Cela faisait au moins neuf minutes que Bellamy avait reçu le message lui enjoignant de rentrer chez lui. « Très bien, d'accord, d'accord. Allons-y. Vite.

— Je reste avec lui, déclara Milo en désignant Rouge. Bellamy ne devrait pas tarder. »

En effet, c'était bien ce qui inquiétait Charlie.

Elle suivit Sally le long de deux escaliers en colimaçon, jusqu'à un sous-sol récemment creusé sous la tour de garde originelle, comme tout droit sorti de la maison des horreurs de H. H. Holmes. Haut de plafond et pavé de pierre noire.

Les deux femmes atteignirent une porte couverte d'une mosaïque de milliers d'éclats d'onyx formant un ouroboros, un dragon mangeant sa propre queue entre une lune et un soleil. Trois trous étaient visibles. Sally y enfonça les doigts et tourna quelque chose à l'intérieur, dans un ordre précis. D'abord le second trou, puis le premier. Enfin, elle plongea la main dans le troisième, et la porte pivota.

« Bonne chance pour recréer ça », fit-elle, sarcastique.

Charlie se mordit la langue. Recréer cela serait inutile : on était en train de l'escorter à l'intérieur. Permettre aux gens de se croire plus intelligents que vous, tout en les convainquant de se remettre entre vos mains, était une des compétences primordiales d'un escroc, étonnamment difficile à cultiver. Manger de la merde et donner l'impression d'aimer cela n'était pas à la portée de n'importe qui.

La jeune femme resta toutefois dans son personnage, concentrée sur l'étape suivante. Sur les minutes qui s'écoulaient.

À l'intérieur de la chambre forte, un parfum de poussière imprégnait l'air, ainsi que celui de vieux placards et étagères chargés de folios, de volumes reliés, de manuscrits et même de ce qui ressemblait à un incunable. Divers objets reposaient à côté – des étuis à parchemins en argent, des fioles en verre, une rangée d'urnes en onyx… Charlie se demanda combien de ces dernières abritaient des ombres.

Puis elle en revint aux affaires en cours, se frottant les yeux assez fort pour les irriter et être capable de pleurer. Il était tentant de cesser de jouer dès que les choses allaient dans le sens désiré. Or, elle devait rester visiblement bouleversée jusqu'à ce qu'elles ressortent.

« Où puis-je la mettre ? » Comme elle tournait lentement sur elle-même, son œil se posa sur ce qu'elle cherchait – exactement là où l'avait indiqué l'informateur de Balthazar. La petite fiole de verre noir, avec bouchon d'onyx, enfermant le fragment de Rouge prélevé par les cabalistes.

S'il avait besoin de davantage de substance pour guérir, cela pourrait le soigner. Mais aussi lui rendre ses souvenirs. Charlie comptait sur ce dernier effet lorsqu'elle préparait ce vol, mais, à présent qu'elle se tenait au bord du précipice, elle s'attrista des changements qui s'opéreraient en Rouge lorsqu'il recouvrerait la mémoire. Un Rouge blessé, furieux, et ne cherchant pas à le cacher. Un Rouge qu'elle n'avait fait qu'apercevoir lorsqu'il était Vince.

« Ici », dit Sally, en lui désignant une étagère diamétralement opposée à l'endroit où elle avait besoin de se trouver.

Charlie déposa la boîte où on le lui demandait, puis se dirigea vers une série de livres rangés contre le mur du fond, non loin de la fiole.

« Qu'est-ce que tu... », commença la crépusculienne.

La visiteuse empoigna le volume le plus proche du trésor qu'elle convoitait. « Je crois que c'est moi qui ai volé ça. »

On le lui prit des mains. « C'est faux. Bellamy l'a acquis lui-même. »

Tandis que le livre retrouvait sa place, elle s'empara de la fiole.

« Allons-y », l'encouragea sèchement sa guide.

Charlie fit glisser sa prise dans sa manche, tout en levant ses mains ouvertes pour montrer qu'elles étaient vides. Son cœur battait à tout rompre tandis qu'elle remontait l'escalier. L'ensemble de l'opération avait demandé plus de quinze minutes. Le fragment d'ombre serait inutile si elle s'avérait incapable de le réunir à Rouge. Au cas où Bellamy l'attendrait dans la pièce aux rideaux écarlates, elle trouverait un moyen de se débarrasser de lui, décida-t-elle, quoi qu'il en coûte.

Quand elle y pénétra, elle fut soulagée de n'y trouver que Rouge et Milo. Mieux encore, Sally fit signe à ce dernier de la suivre dans le couloir, sûrement pour se plaindre d'elle.

« Ne bouge pas, chuchota-t-elle, penchée sur son compagnon. Ça va aller mieux. »

Sortant la fiole de sa manche, elle en ôta le bouchon. Un nuage d'ombre s'en échappa pour couler vers Rouge, attiré par lui comme s'il le reconnaissait. Rouge qui eut un hoquet et dont les yeux s'ouvrirent d'un coup.

« Qu'avons-nous là ? interrogea Bellamy, chef des masques, en entrant.

— Il est blessé », répondit Charlie, tentant de conserver une voix égale. Elle se tourna, dissimulant la Furie en laquelle se calait le fragment d'ombre, tout en faisant disparaître fiole et bouchon. « Je ne savais pas trop où l'emmener ailleurs. »

L'arrivant contourna Rouge, comme s'il s'agissait d'un objet particulièrement fascinant. Selon Charlie, il n'eût pas contemplé ainsi un humain mourant, pour la bonne raison qu'il ne l'aurait pas trouvé intéressant.

En outre, elle espérait très fort que Rouge ne soit plus mourant. « Est-ce que vous pouvez l'aider ?

— Felix sait joliment recoudre les ombres, dit Bellamy. Ça pourrait aider les déchirures à se refermer.

— Faites-le venir. » Tout en parlant, Charlie glissa la fiole dans sa poche.

Le chef des masques se posa un doigt sur la bouche, pensif. « La Furie aura tout de même besoin de plus de sang – plus de vigueur. »

Charlie remonta sa manche.

Il secoua la tête. « Vous en avez déjà donné beaucoup. Je ne suis pas sûr que vous soyez la plus qualifiée pour lui en offrir davantage. Particulièrement du fait que votre lien a été tranché.

— Nous n'y sommes pour rien, mentit Charlie. C'est arrivé pendant le combat. »

Bellamy haussa les épaules. « Vous pourriez le laisser ici. On prendrait bien soin de lui.

— Hors de question.

— Ce n'est pas comme si vous étiez crépusculienne, lui rappela-t-il. Plus de magie, à présent. On trouvera un nouveau Hiérophante.

— Je ne laisse pas Vince, trancha Charlie. Fixez un autre prix. »

Bellamy haussa les sourcils. « Vous n'avez pas trop le choix. Vous êtes venue me demander mon aide. »

Au rez-de-chaussée, elle entendit tambouriner à la porte de la tour de garde. *Ah, putain, quand même !* À présent, la dernière partie de son plan – ressortir – était lancée.

« Aidez-le, c'est tout, souffla-t-elle en laissant s'affaisser ses épaules.

— Alors, vous allez me le laisser ? » Persuadé de l'avoir amenée où il le voulait, il eut un sourire bienveillant. « Vous devez savoir que c'est le moment où la négociation a le plus de chances de pencher en ma faveur, donc n'essayez pas de m'inspirer pitié, Charlie Hall. Je vous respecte trop pour ça. »

Elle croisa les bras. « S'il meurt, tout cela ne vous aura rien rapporté.

— Et à vous encore moins. » Bellamy la fixait posément.

« Un copain a essayé de restaurer ses souvenirs en l'interviewant. Je vous fournirai les enregistrements. » Malhar ne serait pas heureux de ce marché mais, au bout du compte, il serait bon de laisser quelque chose à Bellamy.

« Vous êtes au sein de ma forteresse, dit-il. Qu'est-ce qui m'empêche de simplement vous séparer de lui ? »

Des pas retentirent dans l'escalier.

« Elle. » Charlie allait à présent passer pour une dure ou pour une conne, selon que fussent ou non correctes ses spéculations sur l'identité de la personne à la porte. « Elle et sa collection de livres rares, j'entends. »

Le regard de Bellamy se fit plus acéré. « Je croyais que vous ne vous aimiez pas tant que ça. »

Charlie se tourna pour sourire à Adeline Salt. Adeline, à qui elle avait téléphoné de la camionnette. Adeline qui, à peine entrée, se précipita pour s'agenouiller au côté de Rouge.

« Nous avons un désir en commun, dit Charlie. Que Vince survive.

— J'ai apporté trois volumes de l'*Anatomie de l'Ombre* de Brecht, dit Adeline. Je vous donnerai les suivants lorsqu'il sortira d'ici. »

Il n'existait au monde que trois exemplaires de l'*Anatomie de l'Ombre*. Il y en avait naguère quatre, mais un crépusculien de Los Angeles en avait brûlé un dans un feu de joie, immortalisant l'événement sur son compte TikTok afin d'en faire le *rage-baiting* suprême.

« Parfait, concéda Bellamy au bout d'un long moment, en oubliant la fille de Salt pour se tourner vers Charlie. Mais puisqu'elle l'aime tant que ça, elle n'a qu'à fournir le sang. »

Il sortit de la pièce d'un pas raide.

Adeline s'assit et posa la main sur le front de Rouge, chassant des mèches folles de son visage. « C'est bizarre, dit-elle en relevant les yeux. Il a l'air tellement vivant. »

Charlie prit possession d'un canapé. Elle était affolée, en colère, elle avait envie de hurler *Vire tes sales pattes de lui,* mais aussi besoin de voir rester la jeune tante de Rouge. Le pacte qu'elle avait passé en la faisant venir était authentiquement monstrueux. « Il *est* vivant. »

Adeline se leva quand entra un jeune homme aux cheveux bleus et aux yeux tristes. « C'est Felix, le présenta Bellamy. Il était retailleur avant de se joindre à nous, donc il sait soigner les ombres. »

Felix se porta au côté de Rouge, forçant Adeline à se pousser.

« Tu crois connaître sa véritable nature, souffla-t-elle à Charlie, afin que Bellamy n'entende pas. Mais tu te trompes.

— Je crois qu'il est encore en train d'apprendre ce qu'il est. »

Quand Charlie s'était retrouvé liée à Rouge, elle avait été troublée de le découvrir très différent de Vince, malgré un visage commun. Mais Rouge, récemment détaché de Remy, était à vif, comme avait dû l'être Vince avant d'apprendre à passer pour un humain. En outre, aussi furieuse que fût la jeune femme contre lui parce qu'il l'avait droguée, elle ne pouvait oublier qu'après avoir tranché leur lien, il l'avait enveloppée de couvertures pour la protéger, lui laissant son téléphone et ses clefs. Rouge était bien la personne qu'elle avait connue sous le nom de Vince, mais elle la rencontrait en sens inverse. De l'intérieur plutôt que de l'extérieur.

Adeline éclata de rire. « Il te dit ce qu'il veut que tu saches.

— N'est-ce pas ce que nous faisons tous ? » contra Charlie, mais cette conversation commençait à prendre un tour acerbe. Son interlocutrice cherchait moins à l'asticoter qu'elle ne jouait avec elle.

« Tu veux savoir une chose qu'il ne te dirait jamais ?

— Non », répondit automatiquement Charlie.

Adeline eut un nouveau rire. « Bien sûr que si. »

Charlie ne quittait pas des yeux Felix ni les petits points qu'il cousait sur les bords de Rouge, là où l'ombre était la plus translucide. « À l'évidence, tu vas me le dire. »

La fille de Salt arborait un sourire suffisant. « Il a besoin de sang pour être tel qu'il est. Il était déjà puissant avant la mort de Remy – peut-être pas comme à présent, pas aussi… complet, mais aussi fort que certaines très vieilles Furies. T'es-tu jamais demandé comment il l'est devenu ?

— Salt a tué un tas de gens », dit Charlie, se rappelant les paroles de Rouge. *Il y avait beaucoup de sang.*

« Y compris ton ami… Comment s'appelait-il, déjà ? » Adeline retournait le couteau dans la plaie, visiblement ravie.

« Rand. » Le nom était sorti dans un croassement.

La question suivante fut accompagnée d'un sourire nullement feint. « T'es-tu demandé ce que faisait Rouge ce soir-là ? »

Non, Charlie ne se l'était pas demandé. Il l'avait sauvée, elle, mais il savait qu'il n'était plus temps de sauver Rand – il l'avait dit.

Son estomac bouillonnait tandis qu'elle entendait à nouveau sa voix de jeune garçon. *Ne me regarde pas.* Venait-il de se gorger du sang de Rand ? Avait-il aidé Charlie à s'échapper par culpabilité ? Et Rose... Avait-il bu son sang également ? Était-ce pour cela que l'ombre de la défunte estimait qu'il lui devait quelque chose ?

Toutefois, c'était à Rand qu'elle ne pouvait cesser de penser. L'idée que Rouge avait été sa dernière vision. L'horreur qu'il avait dû éprouver.

Elle sentit un goût de bile au fond de sa gorge. Sentit le coin de ses yeux s'humidifier.

Et Adeline avait été là également. Remy aussi. Une famille de goules.

La main de Charlie glissa dans sa poche, dépassa la fiole et se referma sur son téléphone. Elle baissa la tête, dissimulant ses larmes. « Tu dis ça pour m'ennuyer. Tu n'as aucune idée de ce qui s'est produit ce soir-là.

— Je sais que ton ami est mort, dit Adeline. Je sais que Salt l'a saigné comme un cochon pour Rouge. »

Un frisson traversa Charlie. Une larme coula, tomba sur son jean. « C'est affreux de dire ça, alors que tu n'en as aucune idée. Tu y étais ?

— Salt voulait désespérément trouver une autre ombre éveillée ou en créer une. Je sais comment ça se passait. »

Charlie se rappela le rire des vieux messieurs, ce soir-là. L'odeur de leurs cigares. « Tu savais qu'il tuait des gens ?

— Je savais qu'en général les gens finissaient morts, dit Adeline.

— Mais tu n'étais pas là », insista Charlie. Elle se rappelait son réveil sur le tapis de la bibliothèque, après avoir vomi le jus de betterave absorbé pour leur arnaque, ce qui l'avait empêchée d'ingérer assez de poison pour mourir. Elle se rappelait la voix de Rouge à son oreille tandis qu'elle franchissait une pièce dans laquelle riaient Remy et Adeline. « Tu n'en sais rien du tout. Je me rappelle que tu étais à l'étage, pas au sous-sol.

— Aucun de nous n'avait les mains propres, dit sèchement Adeline.

— Tu essaies de me faire du mal, c'est tout. » Charlie secoua la tête comme si elle avait ainsi pu chasser tout ce qu'elle venait d'entendre. « Tu ne peux pas savoir s'il était présent quand Rand est mort.

— Si. J'ai regardé. J'ai regardé un tas de gens mourir pour que des ombres puissent se nourrir. Il est possible que j'aie moi-même tranché une ou deux gorges. Nous avons *baigné* Rouge de leur sang. Tu es prête à faire ça pour lui ?

— Si tu l'as nourri du sang et de la souffrance de Rand, je te hais encore plus qu'avant », déclara Charlie, la voix tremblante. Imaginer Rouge penché sur le corps de son maître en escroquerie – un gamin léchant la coupure tout juste pratiquée par Salt – la dégoûtait. « Vous êtes tous des monstres. »

Adeline sourit. « Tu commences enfin à comprendre. »

26

SOLALUNA

Quand Charlie rentra à sa nouvelle adresse, elle guida un Rouge à peine conscient dans l'ascenseur, puis au sein de leur bel appartement. Posey n'était pas là, mais les boîtes de pizza et les bouteilles de la veille au soir jonchaient encore le grand îlot de marbre de la cuisine.

Après avoir installé Rouge dans son lit, Charlie dévora un pain entier, toutes les tranches de cheddar, les trois quarts d'un pot de beurre de cacahuète et six pommes. Donner à la Furie une telle quantité de son énergie l'avait laissée avec une faim de loup. Une fois rassasiée, elle emplit un pichet d'eau du robinet, le vida d'un trait, puis le remplit et but à nouveau.

Enfin, elle se sentit assez rassasiée pour s'asseoir et faire le point sur ce qu'elle avait appris.

La personne qui avait failli tuer Rouge était forcément celle qui avait massacré tous ces gens au sous-sol de l'Alliance de la Grâce. En témoignaient les filtres de cigarettes de la même marque que ceux trouvés à l'orée du cimetière de l'église, et le fait que les victimes aient été pareillement mordues, vidées de leur sang. Le tueur se déplaçait, cherchant à obtenir toujours plus de fluide vital – pour nourrir Rose ? Pour nourrir d'autres Furies qu'il aurait charmées, d'autres ombres qu'il aurait volées ?

À tout le moins, Charlie comprenait pourquoi Rose était si pressée de s'éloigner de lui.

Alors, où était Rooster ? Mort, supposait-elle, mais en ce cas où était le cadavre ? Elle envisagea la question sous un autre angle. Si elle avait massacré un tas de gens, mais ne souhaitait cacher qu'un des cadavres – en laissant de côté la question de savoir pourquoi dissimuler la seule mort de Rooster –, comment s'y serait-elle prise ? Le meurtrier ne semblait pas très organisé, et elle doutait qu'il eût recours à des plans compliqués.

À proximité, donc.

Charlie avait naguère traîné au *Moose Lodge* de Chicopee en compagnie d'une bande de racketteurs et d'escrocs à la retraite. Là, tout en buvant du café bouilli, elle s'était fait enseigner la technique pour compter les cartes au blackjack par Willy Lead, dont feu l'épouse, à l'entendre, était la plus grande braqueuse à avoir jamais attaqué un magasin de spiritueux. Elle avait entendu aussi Benny se vanter de séduire de riches veuves et donner des instructions pour préparer un old fashioned parfait. Une histoire racontée par un certain John Fishtail lui revint en mémoire : elle parlait de pilleurs de banques des années 1960. D'après John, il s'agissait de trois frères fuyant la police. L'un, blessé, était inconscient et devait mourir à brève échéance. Les deux autres savaient que, si l'on trouvait le cadavre de l'un d'eux, on comprendrait que toute la fratrie était mêlée à l'affaire. Mais où cacher un cadavre à long terme ?

Lorsqu'elle avait avoué n'en rien savoir, John lui avait donné la réponse comme s'il s'agissait de la chute d'une histoire drôle : ils avaient enterré le mort dans un cimetière, car qui irait chercher là un cadavre ?

Charlie sortit son téléphone, lança l'appli qui masquait son numéro, et appela la ligne de signalements anonymes de la police. Elle utilisa une deuxième appli pour déguiser sa voix. « Il y a un autre cadavre à l'extérieur de l'église, dit-elle. Dans le cimetière. Dans une tombe. »

Puis, avant que Rouge ne s'éveille, elle décida qu'il était temps de rendre visite à M. Punch.

Cette imposante maison victorienne en briques, dans la rue principale ombragée de Northampton, près du Smith College, était peut-être la plus belle dans laquelle Charlie fût jamais entrée par effraction. Elle sauta par-dessus la clôture en fer forgé et remonta l'allée dallée de pierre, mais, quoique tentée par le marteau en laiton évoquant une main qui tenait une pomme, s'abstint de frapper à la porte en bois massif. Au lieu de cela, elle contourna le bâtiment, testant toutes les fenêtres en chemin. La troisième avait une moustiquaire battante. La sixième n'était pas verrouillée. Elle la souleva sans se préoccuper des empreintes digitales. Nul ici n'appellerait les flics.

Après s'être glissée sur l'appui de la fenêtre, elle se retrouva à l'intérieur.

Dans un salon. Les murs sombres étaient couverts de papier peint orné d'un motif de ronces signé William Morris. Deux canapés de style victorien, armature en bois et velours bordeaux, se faisaient face. La jeune femme s'assit pour attendre, l'oreille tendue.

Environ une heure plus tard, une voiture s'arrêta dans l'allée. Des clefs cliquetèrent dans la serrure de la porte de derrière, puis un homme entra. Charlie entendit quelque chose se poser sur le plan de travail. Puis le réfrigérateur s'ouvrir. Quand le micro-ondes démarra, elle se leva et, le ronflement du four couvrant le bruit de ses pas, s'encadra dans la porte.

L'homme sursauta. « Putain de merde ! »

Elle sourit. « M. Punch, je présume. »

Il ouvrit la bouche pour prétendre ne pas savoir qui elle était ni ce qu'elle faisait là, mais il était trop tard. Elle avait vu sur son visage qu'il la reconnaissait, et elle, en tout cas, l'avait déjà vu.

« Vous ne figuriez sur aucune des photos de famille », expliqua-t-elle à l'homme qui était resté assis sur le canapé dans la fameuse maison de Leverett. Celui qu'elle avait d'abord pris pour le propriétaire. « Ils auraient dû les ôter pour leur mise en scène, mais ils ne l'ont pas fait. »

Il la considérait avec colère. Avec sa veste en tweed et son pantalon léger, il ressemblait à un professeur d'université, ce qui n'était guère surprenant, puisque c'était son statut. « Donc, vous saviez à quoi je ressemble, mais comment avez-vous trouvé cette adresse sans autre point de départ ?

— La Vallée n'est pas immense, répondit Charlie. Les crépusculiens se connaissent les uns les autres, même s'ils ignorent leur spécialité ou leur position au sein de la Cabale. J'ai posé quelques questions en donnant votre description, monsieur le professeur Frank. À partir de là, il m'a suffi d'explorer vos archives publiques. Il semble que vous ayez récemment acheté une maison.

— Où est votre ombre, Charlie Hall ? » demanda-t-il, la voix emplie de menace. Elle sentait son ombre à lui postée au bord de son esprit.

« Il se trouve qu'elle ne m'est pas attachée. Ce qui est bien préférable pour approcher un marionnettiste. » Une personne dépourvue d'ombre ne pouvait être possédée, peut-être parce qu'elle était aussi dépourvue d'âme.

« Je pourrais me contenter de vous tuer », dit-il.

Elle eut un petit rire et passa devant lui pour prendre une pomme dans une coupe. « Cette maison est vraiment chouette. » Elle mordit une grosse bouchée et la broya entre ses dents. Le sucre s'épanouit sur sa langue.

Il haussa les sourcils. « Vous n'êtes pas inquiète ?

— Pourquoi le serais-je alors que je suis ici pour vous donner des réponses ? Vous vouliez savoir ce qui est arrivé à Rooster Argent ? Il est mort. » Elle s'adossa au plan de travail.

Le micro-ondes bipa. M. Punch et Charlie se regardaient l'un l'autre.

« Où est le cadavre, en ce cas ? » demanda-t-il.

Charlie fit tourner la pomme entamée dans sa main. « Est-ce que c'est le plus important ? Plus que savoir qui l'a assassiné et qui est responsable du massacre au sous-sol de l'église ?

— Eh bien ? Finissons-en.

— Je ne connais pas son nom, mais je pense que vous si. C'est la personne qui a moissonné pour vous les ombres à vendre aux riches désespérés le week-end prochain, à Solaluna. »

M. Punch secoua la tête, un sourire méprisant aux lèvres. « Pas possible. Il n'est rien. Crépusculien depuis un an, peut-être à peine davantage. » Voyant son expression, il continua. « C'est un lâche qui a racheté sa vie à Salt en échange d'une espèce de servitude. »

Charlie tenta de ne pas réagir à la mention du nom de Salt.

M. Punch ne niait pas qu'il y eût un moissonneur ni qu'il eût prévu de vendre les ombres à Solaluna. La jeune femme tentait d'empêcher ses émotions de se lire sur son visage. Le moissonneur s'était-il allié aux ombres qu'il récoltait ? Aux crépusculiens qu'il comptait déposséder ? Elle revit la maison et le couple mort sur le canapé. « C'est pour ça qu'il avait besoin de tout ce sang. »

M. Punch ne rit pas, cette fois. « Alors où puis-je le trouver ?

— Je sais où il était hier », répondit Charlie avant de révéler l'adresse.

Son interlocuteur hocha la tête, à l'évidence impressionné malgré lui. « Vous avez fait du bon travail. Je ne dis pas ça à la légère. Je suis prêt à vous récompenser. De l'argent, bien sûr, mais aussi d'autres missions.

— Tout ce que je veux, c'est ce que vous m'avez promis, dit-elle. Votre soutien auprès des cabalistes.

— Mais bien sûr », renvoya-t-il avec trop d'empressement, comme s'il ne s'attendait pas à entendre réclamer cette faveur-là. Je suppose que ça ne vous plairait pas de moissonner des ombres ? Vous seriez douée pour ça, je pense. Plus que pour traquer les Furies. Bien sûr, des Furies nous seraient utiles aussi. »

Charlie aurait bel et bien été douée pour cela. Elle aurait pu voler des ombres et nager dans l'opulence. Toutefois, dérober une partie d'une personne n'était pas comme dérober des livres à de riches collectionneurs ou à des institutions. Croyait-il vraiment être le premier à lui suggérer cela ? « Ce n'est pas pour moi.

— Une voleuse comme vous ne peut pas se permettre d'avoir de la morale, lui dit M. Punch. Les ombres ne sont pas exactement un produit qu'on peut obtenir de manière éthique. »

Il paraissait tellement normal, debout dans sa cuisine aux plans de travail en roche calcaire locale et au carrelage fait main derrière l'évier. Il n'avait pas l'air d'un homme capable de pousser quelqu'un à s'aventurer sur la route au milieu de la circulation. « C'était Rooster qui s'en chargeait avant votre arrivée, à l'époque où Malik commandait. Et Malik n'était pas au courant, n'est-ce pas ? »

M. Punch attendit un long moment. « Vous êtes douée, mais on peut parfois être trop doué.

— Je ne volerai pas d'ombres, trancha Charlie. Pour personne.

— Alors, ne vous placez pas sur mon chemin », lui dit-il en ouvrant le placard sous l'évier. Il en sortit ce qui ressemblait à une brique, enveloppée de sacs de supermarché maintenus à l'aide de gros scotch. « Prenez ça et oubliez que nous nous sommes rencontrés. Si j'apprends que vous avez ne serait-ce que donné un indice à quiconque sur mon identité, vous ne vivrez que le temps de perdre d'abord tout ce qui a jamais compté pour vous. Maintenant, sortez. »

Charlie obtempéra, puis elle jeta la pomme entamée sur la pelouse manucurée.

Une fois arrivée à la camionnette, elle arracha l'enveloppe de la brique. À l'intérieur se trouvait une liasse de billets de banque de valeurs variées, tous sales.

D'après son site Internet, Solaluna était centré autour de la santé et du bien-être. L'établissement accueillait une grande variété de stages de yoga de haut niveau, de séminaires exclusifs et de mariages de bon goût mettant en jeu une grande quantité de tissu blanc bouffant. Le centre de remise en forme proposait des massages craniosacrés, de l'aromathérapie et un réalignement des chakras par les cristaux. Si la mère de Charlie gagnait à la loterie, elle y louerait une chambre et n'en sortirait plus jamais.

Ce fut tout ce que la jeune femme parvint à tirer de son téléphone avant de s'endormir sur le canapé, alors qu'un burrito végétarien tournait encore dans le micro-ondes.

Quand elle s'éveilla, un peu vaseuse mais bien moins affamée, elle vérifia que Rouge dormait toujours, puis se brossa les dents et alla voir si elle pouvait emprunter l'ordinateur portable de Posey. Il reposait sur le lit de cette dernière, près d'un vieux livre à la couverture en cuir usée. Sur le dos était écrit : *Des périls de la possession : Un guide des spirites, de l'influence et du commandement à l'usage des gentlemen.* Tout à fait le genre de choses que Charlie aurait pu avoir pour mission de voler.

Tout en se promettant d'interroger sa sœur sur sa provenance, elle s'empara de l'ordinateur et l'emmena dans le grand salon.

Une recherche de « Solaluna » et « crépusculien » rapporta un site web superbement présenté, communiquant les dates – du jeudi au dimanche, le dernier week-end avant Noël – du Congrès d'Élévation de l'Ombre, un « week-end de développement personnel devant permettre à ceux qui ont réussi dans la vie d'exploiter enfin l'extraordinaire pouvoir de leur ombre ». Comme invités d'honneur, Rooster Argent, l'influenceur sur TikTok, ainsi qu'un des chefs de la Cabale, qui demeurerait anonyme, mais s'exprimerait longuement sur « les secrets des crépusculiens ». Pour en savoir davantage, on était encouragé à remplir un formulaire. Charlie alla plus loin et remarqua qu'afin de soumettre ce dernier, il était nécessaire de verser un dépôt non remboursable de cent dollars.

Consulter le *chat* super-secret et auto-effaçable de Posey aurait été une violation d'intimité, mais la jeune femme n'avait en revanche aucun scrupule à utiliser le compte Reddit de sa sœur pour accéder à des forums privés. Depuis longtemps, elle en avait percé le mot de passe : lucifeuleaimelessouris91.

L'icône de la cadette était une version mignonne d'elle-même, façon animée, avec une ombre menaçante dressée au-dessus d'elle. Charlie contint son rire, puis consulta le subreddit r/crépusc, un des plus importants forums privés de discussion sur la magie d'ombre. Elle chercha le mot « élévation » qui ne lui semblait pas être très utilisé.

Comme elle l'espérait, un fil de discussion concernant le congrès apparut. Une grande partie des propos qu'il accueillait était spéculative. Tous ces ultrariches étaient-ils sur le point de se faire arnaquer ou bien d'obtenir le secret de l'éveil des ombres ? Participer au congrès, selon la rumeur, revenait à cinquante-cinq mille dollars par tête, sans compter l'hébergement et les repas. Tous les internautes en étaient furibonds.

Cela pouvait sans conteste être qualifié de prohibitif.

Charlie retourna sur le site de l'Élévation de l'Ombre, afin de lancer une recherche d'informations au nom d'un certain Vincent Carver. Elle paya la surcharge de cent dollars à l'aide d'une carte de crédit prélevée dans le portefeuille de Topher.

La réponse fut instantanée, à l'évidence automatique. Toutes les places étaient réservées, mais pas d'inquiétude : son argent serait mis à son crédit pour le prochain congrès, et elle figurerait parmi les tout premiers inscrits. Bon, tant pis, elle avait essayé.

Pourquoi se donnait-elle toute cette peine, d'ailleurs ? Elle possédait une brique de billets de banque, et un chef de la Cabale avait promis de la soutenir. Mieux encore, elle disposait d'un moyen de pression sur lui, puisqu'elle connaissait son identité et son adresse. Une fois que Bellamy se rendrait compte que la fiole contenant le fragment d'ombre de Rouge n'était plus en sa possession, elle aurait besoin de M. Punch dans son camp.

Toutefois, que le même M. Punch vendît des ombres volées à de riches clients refusait de quitter ses pensées. Des ombres éveillées, arrachées par exemple à la jeune femme qu'elle avait vue en pleurs dans le salon de Balthazar. À des crépusculiens de fraîche date, enthousiastes à l'idée de pratiquer la magie, et désormais accablés, contraints de se passer de cette partie d'eux-mêmes jusqu'à la fin de leurs jours. Un nouveau « moissonneur », qui ne serait pas Charlie, continuerait de voler des ombres afin que les riches puissent les brûler aussi vite qu'ils les achetaient.

À moins que quelqu'un ne fasse exploser toute l'opération. À moins que ces ombres ne soient de nouveau volées avant que les riches ne les obtiennent, si bien qu'ils ne considéreraient plus les cabalistes comme une source fiable.

Pour entreprendre un tel exploit sans en tirer le moindre profit, il aurait fallu être complètement con.

Avec un soupir, Charlie afficha la page de réservation de Solaluna. Aucune chambre n'était libre le week-end où devait se tenir le Congrès d'Élévation de l'Ombre, et le restaurant du site, quoique théoriquement ouvert au public, n'avait aucune table disponible sur les quatre jours.

Peut-être était-ce le signe qu'elle aurait mieux fait de laisser tomber cette histoire.

Elle composa le numéro de téléphone mentionné. Une femme à la voix douce décrocha.

« J'ai vraiment besoin de votre aide, dit Charlie, se permettant d'avoir l'air aussi désorientée qu'elle l'était bel et bien. J'essaie de réserver une chambre. Attendez, je commence par le commencement… Je viens de décrocher mon boulot d'assistante et je vais avoir de gros pépins. Mon patron, c'est M. Carver, sa grand-mère lui a dit que Solaluna serait l'endroit idéal pour qu'il récupère, et c'est devenu pour lui une obsession, il refuse la seule idée d'aller ailleurs. Or, il faut que ce soit ce week-end, et vous êtes *complets.* »

La femme à l'autre bout de la ligne resta muette un instant, puis : « Quelles dates souhaite-t-il ? »

Charlie donna les détails, conservant sans trop de mal une voix un peu aiguë, affolée.

« Je vois, dit la standardiste. Comme s'appelle-t-il, disiez-vous ?

— Carver, répéta Charlie. Remy Carver. »

Il y eut une autre longue pause. « Laissez-moi parler à mon superviseur.

— Merci. » Soit cette dame était très gentille, soit Carver était un très bon nom à glisser dans une conversation.

Au bout de quelques minutes, elle revint. « Il y a un cottage privé dans le parc. La personne qui l'avait loué a annulé, et mon superviseur dit qu'il serait ravi de le réserver à M. Carver. »

Charlie ne voulait pas même songer au prix de la nuit, mais était assez avisée pour ne pas poser la question. « Vous sauvez mon emploi, là.

— Il y a juste un souci. Ce week-end, nous recevons un groupe privé. Nous nous assurerons que M. Carver et ces gens ne partagent aucun des mêmes espaces, et le centre de remise en forme sera ouvert comme d'habitude, mais une partie des locaux seront indisponibles.

— Pas de problème.

— Et il nous faut un numéro de carte de crédit, continua la femme. Comment souhaitez-vous régler ? »

Charlie donna le numéro de la carte de crédit de Topher avant d'avoir le temps de changer d'avis.

« Pour info, reprit la standardiste, nous allons prélever des arrhes de onze mille dollars afin de réserver le cottage, et nous débiterons le solde à l'arrivée de M. Carver. Dites-lui, s'il vous plaît, qu'il disposera sur place d'un majordome pour l'aider à obtenir tout ce qu'il désirera, à n'importe quelle heure du jour ou de la nuit. »

Charlie avait les mains moites. Onze mille dollars pour *trois nuits* ? Une telle quantité d'argent lui donnait le tournis. Et ce n'étaient que les arrhes.

« Mademoiselle ? demanda la femme, devant son silence.

— C'est parfait », répondit Charlie. Topher se rendrait à peine compte de ces prélèvements. Il dépensait sans doute autant tous les week-ends en billets d'avion, en tables VIP dans des boîtes de nuit et en costumes ridicules.

Une des règles premières de l'escroquerie, tellement évidente qu'elle n'avait jamais besoin d'être répétée, tellement claire que la plupart des gens la devinaient d'eux-mêmes, était qu'aucune arnaque ne devait mettre en jeu la vraie vie de l'escroc. On s'insinuait dans l'existence des riches, puis on s'en extirpait sans rien laisser derrière soi.

Charlie venait de violer cette règle. Si Topher réalisait que sa carte avait été volée, il n'aurait qu'à étudier son relevé de banque pour retrouver la voleuse. Et il s'en rendrait forcément compte un jour.

Elle se dit qu'une fois à Solaluna, elle trouverait le moyen d'annuler les prélèvements ou subtiliserait une autre carte dans un autre portefeuille.

« Qu'est-ce que tu fais avec mon ordinateur ? interrogea Posey sur le pas de la porte.

— Tiens, tu es rentrée, salut. » Charlie quitta Reddit alors que sa sœur lui prenait l'ordinateur des mains. Elle n'avait pas eu le temps d'effacer l'historique. « Une seconde ! Il faut que je regarde quelque chose.

— Quoi ? » Posey la fixait avec curiosité.

« Un centre de congrès au nord de l'État, répondit-elle, puisqu'elle n'avait aucune raison de mentir à ce sujet.

— C'est marrant. » Sa cadette s'assit près d'elle sur le canapé. « Je ne vais pas te demander où tu étais hier soir ni pourquoi tu as bouffé tout notre beurre de cacahuète, mais tu devrais regarder les infos.

— Qu'est-ce que tu veux dire ?

— C'est à propos du massacre de Hatfield. Ils ont trouvé un autre cadavre. »

27

MAUVAISES DÉCISIONS

Posey lui passa son téléphone, sur lequel s'affichait une vidéo YouTube en provenance de *Western Massachusetts News*. Une journaliste en pull rouge avait été mise en pause au milieu d'une phrase : *…le médecin légiste a déterminé que le moment de la mort est trop proche de celui du massacre de Hatfield pour que les deux événements ne soient pas liés. Le cadavre du chouchou de TikTok, Dave Pugliese, qui utilisait comme pseudonyme Rooster Argent, dernière victime du sinistre événement ayant changé à jamais une ville bien tranquille, a été découvert enterré dans le cimetière voisin de l'église de l'Alliance de la Grâce. Si vous avez la moindre information à fournir, le shérif de Hatfield a ouvert une ligne téléphonique de contact.* Un carré en surimpression au-dessus de son épaule, qui montrait une église plongée dans l'ombre, se modifia pour afficher l'image d'un homme au crâne dégarni. *De nouvelles accusations dans l'affaire de fraude électorale du gouverneur du Maine…*

Charlie mit la vidéo en pause, espérant que M. Punch, où qu'il se trouve, était impressionné. Rooster Argent était mort, tout comme elle l'avait prédit.

« Tu vois, dit Posey. Je savais qu'il n'était pas coupable. »

Son aînée avait oublié sa supposition selon laquelle Rooster était l'assassin. « Tu avais raison. Je me suis gourée.

— Ça veut dire que tu n'iras pas à cette histoire d'élévation de l'ombre ? Étant donné que tu es sûre qu'il n'y sera pas. »

Charlie esquissa un geste peu compromettant, un demi-haussement d'épaules qui ne voulait pas dire grand-chose. Elle aurait dû se douter que Posey comprendrait aussitôt sur quel établissement du nord de l'État elle enquêtait. « Je n'ai jamais dit que j'irais.

— Aller dans des endroits où tu n'as rien à faire, c'est ta spécialité », remarqua sa cadette.

Le nier aurait été inutile, aussi ne s'en soucia-t-elle pas.

Posey posa sa main sur la hanche. « Je viens avec toi.

— Tu ne peux pas, lâcha Charlie, trop surprise pour choisir ses mots.

— Mon cul, tiens. Je veux savoir ce qui se passe chez les riches apprentis crépusculiens. C'est un des congrès les plus exclusifs de l'histoire et, si tu y vas, je veux y aller aussi. Je sais que tu pourras me faire entrer.

— C'est une mauvaise idée.

— Tu n'arrêtes pas de me traiter comme une gamine. De me cacher des choses. De te conduire comme si tu étais censée me protéger. De décider de mon avenir sans moi. Tu te rappelles tous ces mois où tu sortais à peine du lit ? J'ai mes problèmes, mais toi aussi.

Charlie se leva et entreprit de nettoyer l'îlot de la cuisine, jetant bouteilles et boîtes de conserve dans la poubelle à recyclage. Un travail familier qui lui évitait de montrer son agitation. « Je n'ai jamais dit que je n'étais pas en vrac, mais je ne suis pas la seule à faire des cachotteries.

— Qu'est-ce que ça veut dire, ça ? » interrogea Posey.

Sa sœur se tourna vers elle, frustrée. « Et si tu me disais ce que tu fais comme boulot ? »

Le visage de la cadette s'était soigneusement vidé de toute expression.

« Eh bien ? » Charlie désigna l'appartement d'un grand geste. « Où trouves-tu l'argent pour payer un logement pareil ? Et pourquoi as-tu essayé de me faire croire qu'il était abordable, alors que je sais les loyers de cet immeuble bien supérieurs à ce qu'on peut payer ? »

Posey soutint son regard, l'air sidéré. Elle ne parlait toujours pas.

« Voilà. » Charlie se dirigea vers sa chambre. « Écoute, je me suis mise toute seule dans cette merde, et c'est à moi de m'en sortir.

— Si je faisais tout ce que tu fais pour un mec, je n'aurais pas fini d'en entendre parler », lui lança sa sœur. Des paroles qui firent mal, plus qu'elle ne pouvait l'imaginer.

« Est-ce que c'est encore une plainte à propos de Rouge ? »

L'intuition de Posey sembla lui apprendre qu'elle avait visé juste. « Tu es comme ça depuis des années, tu te jettes dans les bras d'un bon à rien, encore et encore. Tu crois que tu peux te faire aimer d'eux en leur rendant des services que personne d'autre ne pourrait leur rendre.

— Laisse tomber, dit Charlie en guise de mise en garde.

— Et tu parles de la malédiction de la famille Hall comme si elle était réelle. » La cadette avait élevé la voix. « C'est juste une connerie que j'ai balancée un jour.

— Eh bien, c'est toi la diseuse de bonne aventure. Qui serait mieux placé pour faire des prophéties ? » Charlie croisa les bras sur la poitrine.

« Tu vas finir exactement comme maman, dit sèchement Posey.

— Et ça fait combien de temps que tu attends de me dire ça ? demanda son aînée, dont la colère se déroulait comme un serpent aux crocs luisants de venin. Est-ce que je suis censée me sentir insultée, alors que tu vis dans la poche de maman, toi ? Combien de fois par jour l'appelles-tu, ou bien lui envoies-tu des messages, alors qu'a priori tu estimes que comparer quelqu'un à elle est une insulte ?

— Elle nous a présenté ses excuses pour le passé.

— Pas pour ce qu'elle a vraiment fait.

— Comment le pourrait-elle, alors que tu ne lui as jamais dit la vérité sur ce qui s'est passé ? » Les yeux de Posey s'embrasèrent. « Bien sûr, je pourrais toujours le lui dire, moi.

— Tu ne ferais pas ça. »

La cadette sourit, ravie d'avoir trouvé par hasard un moyen de pression. « Alors, emmène-moi au Congrès d'Élévation de l'Ombre. »

De toute évidence, elle estimait que Charlie se montrait déraisonnable, si bien qu'il était justifié de lui forcer la main. Peut-être, au départ, n'avait-elle même pas eu l'intention d'insister. Charlie, toutefois, sentit un rugissement monter à ses oreilles lorsqu'elle entendit la menace de chantage familière, celle devant laquelle elle avait cédé pendant tant d'années.

Elle ramassa son téléphone et appela leur mère.

De toute façon, elle avait passé la journée entière à prendre de mauvaises décisions.

« Charlie ? dit sa mère, décrochant à la troisième sonnerie.

— Qu'est-ce que tu fais ? » lança Posey, quoique l'horreur dans sa voix dît clairement qu'elle en avait une bonne idée.

— Je ne suis pas médium, et je ne l'ai jamais été, déclara Charlie, trop vite pour qu'on l'interrompe. J'ai fait semblant de recevoir les messages du sorcier Alonso Nieto afin de te pousser à quitter ton connard de mari abusif. C'était de la comédie. De la poudre aux yeux. Des mensonges. Et Rand ne m'apprenait pas à cultiver mes dons de voyante. Il m'apprenait à escroquer les gens. C'était un voleur. »

Charlie raccrocha, tremblante de rage.

Posey la regardait avec de grands yeux. « Qu'est-ce qui ne va pas chez toi ? »

Du Charlie Hall typique. Vous croyez pouvoir la foutre dans la merde ? Elle va s'y foutre toute seule avec violence.

Son téléphone sonna. D'un coup de pouce, elle envoya l'appel de sa mère à la messagerie. « Je ne vais pas me laisser extorquer quoi que ce soit, par personne, surtout pas toi ! Cette connerie de médium ? J'ai fait ça pour *toi,* parce que Travis te frappait, *toi.* Et tu m'as détestée pendant des années à cause de l'attention que m'accordait maman. Je parie que tu n'apprécies pas non plus que la seule raison pour laquelle tu as réalisé ton rêve de devenir crépusculienne, c'est que je te l'ai offert. »

La lèvre supérieure de Posey se retroussa comme celle d'un chien en train de grogner. « J'ai eu la meilleure part de toi quand j'ai récupéré ton ombre. Tu n'as plus rien que je veuille. »

Charlie répliqua bille en tête à cette méchanceté : « Parfait. Parce que j'ai dépensé plus d'énergie pour toi que pour n'importe quel mec. Ce sera un vrai soulagement de ne plus avoir à trimballer ton poids mort.

— Bien », s'écria sa sœur en réponse, avant d'empoigner son manteau et de se diriger vers la porte.

Voilà pourquoi Charlie se trouvait assise par terre, les yeux humides comme une gamine, quand Rouge se manifesta. Ses yeux à lui étaient des charbons ardents, il était encore à moitié fait d'ombre, mais il se dressait devant elle et offrait une cible de choix à toute sa douleur et toute sa rage.

« Menteur », dit-elle sèchement.

Il resta silencieux un long moment. Puis il s'assit par terre, près d'elle. La lumière le traversait ; il avait des trous à la place des yeux. « Charlie. »

Elle s'essuya les joues d'un revers de main. Naguère, elle espérait qu'il retrouvât ses souvenirs grâce à la fiole volée au sous-sol de la tour de garde, mais elle n'était plus du tout sûre de le vouloir. « Est-ce que tu…

— Si je pouvais être de nouveau lui pour toi, je le serais. »

Le soulagement la submergea, devançant d'une courte tête la culpabilité.

« Je suis désolé, dit-il. Pour tout.

— Menteur, dit-elle à nouveau, mais cette fois sans colère.

— En partie, oui », dit-il en souriant.

Charlie venait de s'engueuler avec sa sœur et avec sa mère – même si elle n'avait donné à cette dernière aucune chance de lui répondre. Elle n'était pas sûre d'avoir la force de s'engueuler avec lui aussi. « Explique. Qu'est-ce qui s'est passé ? Pourquoi ne pas simplement me le dire ? »

Rouge détourna le regard, comme si avouer tout cela lui était difficile. « L'invitation dans cette maison était un piège.

— À l'évidence, vu comment ça a tourné.

— C'était un piège pour *toi* », compléta-t-il.

Charlie fut aussi surprise que s'il lui avait donné un coup de pied dans les tibias.

« Rose était une de ces personnes qui veulent faire le bien dans le monde, dit-il. Qui était exaltée par son avenir et disposait d'un enthousiasme infini. Et son ombre… Elle parlait à son ombre. Elle n'en avait pas peur. »

Charlie avait envie de poser un tas de questions, mais elle se mordit la langue et attendit.

« Si l'ombre de Rose avait été présente quand Remy a été tué et n'était pas intervenue, je ne le lui aurais jamais pardonné, continua Rouge. Donc, quand elle est venue à la maison pour me demander mon aide, elle a eu raison de dire que j'avais une dette envers elle. Si elle avait voulu que je la libère du crépusculien auquel elle était attachée, je l'aurais fait. Mais il y avait quelque chose de louche. J'ai vu des ombres ramper autour de chez nous. Et elle était tellement discrète sur des choses évidentes, comme le nom de la personne que j'étais censé tuer.

— Et pourquoi tu ne m'as pas dit tout ça ?

— J'ai cru qu'elle voulait ma mort, et pour des raisons compréhensibles. » Il écarta les doigts de sa main posée sur les lattes du parquet. « Je ne pouvais pas avoir de certitude, donc je me sentais obligé d'essayer de l'aider. Sauf qu'ensuite, j'ai commencé à craindre qu'elle n'en ait pas après moi, mais après toi.

— Pourquoi s'en prendre à moi ? demanda Charlie. Je ne suis personne.

— Au début, j'ai cru que c'était par vengeance pour Rose. Mais tu es le Hiérophante, et tu enquêtes sur les meurtres de l'Alliance de la Grâce.

— Et l'ombre de Rose est attachée à celui qui les a commis, je suppose. Même marque de cigarettes. Mêmes morsures sur les victimes. Est-ce que tu l'as vu ?

— Non, personne d'humain, affirma Rouge. Je suis arrivé à la maison par le jardin, en croyant pouvoir m'approcher assez pour déterminer si l'ombre de Rose jouait avec moi. Je n'ai rien vu. Et puis deux autres ombres sont sorties de l'obscurité et m'ont foncé dessus.

» J'en ai tué une et j'ai poursuivi l'autre dans la maison. Nous nous battions quand une troisième m'a attaqué. À ce moment-là, j'étais gravement blessé. Celle de Rose est venue, prête à m'achever. Il semblait possible qu'elle me tue, surtout parce que j'hésitais à lui faire du mal. »

Charlie frissonna. « Qu'as-tu fait, alors ?

— Je lui ai dit que tu avais découvert notre projet et que la Cabale allait arriver. Que je venais l'avertir. Je lui ai dit de s'enfuir.

— Malin, apprécia Charlie en ricanant. Mais tu n'as pas vu le crépusculien ?

— Tout ce que j'ai vu, ensuite, c'est toi.

— Et tu as eu bien de la chance. » Charlie croisa ses yeux brûlants.

« Je me suis trompé à ton sujet. J'aurais dû te voir plus clairement, mais je te vois à présent. J'ai énormément de choses à me faire pardonner. » Il prit une profonde inspiration, quoique Charlie ne fût pas sûre qu'il en eût besoin. « Je ne réfléchis pas toujours comme une personne. »

Si, il réfléchissait comme une personne ayant grandi dans l'entourage d'un riche sociopathe qui possédait et faisait tout ce qu'il désirait, mais elle n'allait pas lui trouver des excuses.

Il surprit son regard. « Je suis vraiment désolé. Je ne te cacherai plus jamais rien. Je ne ferai plus de choix pour toi. Je ne te prendrai plus jamais rien, même s'il s'agit de danger. »

La chaleur montait aux joues de Charlie. Nul ne parlait ainsi, et elle ne voulait pas lui montrer à quel point cela la touchait. « Ce sont de très jolies excuses, dit-elle, tentant de ne pas en paraître affectée. Je songerai à les accepter. »

Il ferma les yeux. « C'est plus de générosité que je n'en mérite. »

Bien, tant qu'il se sentait repentant, elle avait quelque chose à lui dire. « Bon, alors, je… euh… J'ai prévu de faire une connerie, et il n'est pas impossible que je me sois servi pour ça du nom de Remy Carver. Je vais à Solaluna, et j'ai l'intention de reprendre des ombres à M. Punch avant qu'il ne les vende à une bande de riches connards. »

Rouge releva la tête, les sourcils haussés. « Donc tu as besoin d'un autre riche connard pour franchir la porte ? »

Elle haussa les épaules, toujours en colère contre lui et peu soucieuse d'admettre qu'elle avait fait quoi que ce soit de mal. « Si tu ne veux pas m'aider, je trouverai un autre moyen.

— Et je manquerais l'occasion de te voir en action ? » fit-il, avec dans les yeux une lueur disant que cela ne l'ennuyait pas tant que cela qu'elle soit une « charlatane ». Que, peut-être, cela lui plaisait.

« M. Punch t'a promis la liberté, dit Charlie. Si on réussit ce coup-là et qu'il s'en aperçoit, il ne te soutiendra pas auprès des autres cabalistes.

— Ils ne me laisseraient jamais partir, dit Rouge. Même si M. Punch prenait réellement mon parti, et je ne crois pas qu'il le fasse. »

Selon Charlie, il devait y avoir un moyen de contraindre le marionnettiste à tenir parole. « Néanmoins.

— Tu veux sauver des ombres ? demanda Rouge doucement, mais avec grand sérieux. Je vais t'aider. »

La jeune femme sourit. « C'est une bonne chose, vu que la chambre est réservée à ton nom. Mais ne t'en fais pas : je l'ai payée avec la carte de crédit de Topher. »

Il éclata de rire. « Quel âge avais-tu quand tu as commencé à arnaquer les gens ? » Il n'y avait pas de jugement dans sa voix.

« Treize ans, répondit-elle. Peut-être quatorze. Rand avait besoin d'une gamine, je pense.

— C'est à peu près l'âge que j'avais quand je suis venu habiter chez Salt. »

La voix de Charlie se fit murmure, comme si la question, posée doucement, n'était pas aussi cruelle. « Et que tu es devenu son assassin personnel ? »

Il agita ses larges épaules dans un mouvement qui était mi-haussement, mi-acquiescement. « Salt a dit à Remy que sa mère avait besoin d'aide. Il a proposé de la faire entrer dans le meilleur centre de désintoxication de la côte est, pour peu que lui l'aide à résoudre quelques problèmes.

— C'est dégueulasse, dit Charlie. Remy était son petit-fils. Et elle, c'était sa fille. »

Rouge semblait tenter de deviner l'opinion qu'elle avait de lui. « Ç'a d'abord été de petites choses. De l'espionnage. Des vols.

— Oui, ça commence par les petites choses, acquiesça Charlie avec un soupir. C'est la raison pour laquelle tu es ensuite obligé de faire les grosses. Le temps de comprendre, tu es plongé dedans tellement profond que tu t'y noies.

— Rand ? » devina-t-il.

La jeune femme détourna le regard. « Ce n'était pas vraiment un mauvais type.

— Qu'est-ce qu'il avait pour te contraindre ? »

Elle ouvrit la bouche – ne sachant trop si elle s'apprêtait à mentir ou non –, mais sa gorge se serra pour empêcher les mots de sortir. Il serait plus facile de le lui dire, songea-t-elle, si elle ne l'appréciait pas tant. La honte de sa conduite – avoir trompé sa mère de manière aussi enfantine, maladroite, et avec succès – était encore fraîche en elle.

Pourtant, Rouge était peut-être la seule personne au monde qui ne la jugerait pas.

Elle prit une profonde inspiration et fixa le parquet, refusant délibérément de croiser son regard tandis qu'elle lui racontait l'époque où Travis avait emménagé avec elles. Qu'il frappait Posey, que leur mère refusait de le croire, et que Charlie, toujours prête à inventer une histoire, s'était alors prétendue médium, contactée par Alonso Nieto, un sorcier. Qu'elle avait convaincu sa mère. Pour laquelle elle était devenue bien plus intéressante, bien plus aimée en tant qu'Alonso qu'elle ne l'avait jamais été en tant qu'elle-même.

Ensuite, Rand avait découvert son secret.

« Il l'aurait dit à maman, et elle m'aurait détestée, conclut Charlie. Elle m'aurait reproché d'avoir bousillé son mariage avec Travis.

— Et maintenant, elle le sait », dit-il.

Charlie continuait de regarder le parquet. « Elle ne sera peut-être pas aussi furieuse. Je crois qu'elle est heureuse avec Bob.

— Le gars aux cartes *Magic* ? »

Charlie, autrefois, était toujours surprise par l'attention que prêtait Vince aux détails. Aux commentaires badins qu'elle lâchait sur les gens ou sur son passé. Aux potins qui se colportaient autour du *Rapture.* Aucun de ses copains n'avait encore fait cela, et c'était tout aussi inquiétant que gratifiant. Il la *voyait* mais, parfois, elle se sentait plus en sécurité lorsqu'on ne la voyait pas. Or, Rouge faisait preuve du même trait, et cela la mettait de nouveau mal à l'aise. « Ouais, le gars aux cartes *Magic* – qui veut que tu dînes avec nous à Noël, soit dit en passant – mais, même si maman n'est pas furieuse à cause de Travis, elle le sera parce que je l'ai trompée. Et je lui ai volé quelque chose. Elle croyait vraiment parler à un esprit qui l'avait choisie en raison de son importance spirituelle. »

Il médita un long moment cette réponse. « Que croyait-elle que Rand faisait avec toi ? »

L'attention que Rouge prêtait à ses propos n'était pas tout ce qui la troublait en lui. Il était aussi désagréablement doué pour repérer l'élément d'une histoire qui ne collait pas, la note dissonante. Le tromper n'avait jamais été facile. « Il faisait partie de son groupe de spirites, donc elle croyait qu'il me coachait dans mes compétences – en tant que médium, tu vois. »

Son compagnon lui lança un regard incrédule.

Charlie haussa les épaules. Cela n'était qu'une partie du fardeau de non-dits entre elle et sa mère – des choses qui avaient été inévitables, mais qui la dérangeraient toujours. Même alors, il paraissait anormal d'avoir laissé Rand passer autant de temps avec elle. Elle était adolescente, elle fréquentait un type bien plus âgé et, s'il se contentait de lui enseigner les points les plus subtils de l'escroquerie et du vol à la tire, sa mère ne le savait pas. Aussi terrible qu'il fût, il aurait pu être bien pire. La jeune femme ne se faisait pas d'illusions : sa mère n'avait rien voulu voir de mal en ce vieux type qui occupait une de ses filles et la renvoyait à la maison avec argent ou cadeaux. Puisqu'elle n'avait aucune envie d'en parler, elle changea de sujet. « Pourquoi m'as-tu aidée, à l'époque ?

— Je… » Il hésita.

Elle songea de nouveau à lui, au jeune garçon qu'il paraissait être, courbé au-dessus du cadavre de Rand, la bouche maculée de sang. « Remy ne l'a jamais su, hein ? »

Rouge secoua la tête.

« C'était difficile de lui cacher des choses ? demanda Charlie en serrant les bras autour des genoux.

— Non, répondit-il. Il le voulait. C'était à ça que je servais. J'étais comme un coffre où il mettait tout ce qu'il ne souhaitait pas voir. »

La jeune femme n'aimait pas la manière dont il parlait de lui-même. « Alors pourquoi m'avoir fait sortir du manoir, ce soir-là ?

— Parce que je pensais que tu avais une chance, répondit-il. Et puis tu me plaisais. Le jus de betterave, c'était amusant et intelligent. Ç'aurait pu marcher, avant que Salt ne découvre la magie d'ombre. Je ne voulais pas que tu finisses comme les autres. »

Elle songea au nombre de gens qu'il avait vus mourir, assassinés par Salt et ses amis. Songea à ce que disait Adeline de sa propre participation, de ce que Rouge avait été contraint de faire.

« Est-ce que Remy a jamais fait du mal à… », commença Charlie.

Il détourna le regard. « Remy n'a jamais rien fait de sa propre main. »

Il était peut-être doué pour voir les notes dissonantes dans les récits des autres, mais cela ne signifiait pas qu'il les vît dans les siens. Selon elle, Remy lui manquait. Il l'aimait et aurait fait n'importe quoi pour le retrouver. Mais, en dessous de tout cela, se trouvait la fureur d'avoir été si longtemps l'unique réceptacle de leur douleur commune. La rage d'avoir été aimé, mais pas assez bien pour empêcher celui qui l'aimait de l'utiliser cruellement. Or, sa culpabilité de la mort de Remy l'empêchait d'examiner toutes ces autres émotions, si bien qu'elles macéraient en lui.

Charlie connaissait cette sensation. « Il voudrait que tu sois heureux.

— Tu n'en sais rien. » Rouge n'avait pas parlé sèchement, mais elle sentait la tension dans sa voix.

« Il a voulu que tu manges du gâteau d'anniversaire, dit-elle. Et, en mourant, il t'a donné tout ce qui restait de lui. Il savait que tu ne pouvais pas le sauver, mais que tu pouvais te sauver toi-même. »

28

CURIEUSES IDENTITÉS

Solaluna disposait d'un portail d'entrée, avec un interphone sur le côté gauche. Au-delà, on ne voyait que des arbres – aucun bâtiment. Une clôture basse courait des deux côtés du portail mais, si la sécurité était aussi laxiste qu'elle le paraissait, Charlie aurait pu la franchir d'un bond sans que nul ne s'en aperçoive.

« Bienvenue à Solaluna », dit une voix dans l'interphone.

La jeune femme jeta un coup d'œil à Rouge et désigna l'appareil d'un signe de tête.

« Je suis Remy Carver, dit-il, de l'acide dans la voix. J'arrive tout juste. »

Comme le portail se soulevait, il remonta la vitre de la voiture. « Quand je me fais passer pour lui, j'ai l'impression de cracher sur sa tombe. »

Telle était Charlie Hall, utilisant tous ceux qui l'entouraient. Elle pouvait en faire grief à son éducation ou à Rand mais, quelle qu'en fût la raison, il était désormais dans sa nature de chercher les atouts. Et Rouge en regorgeait.

« Mais tu as raison. C'est ce qu'il voulait, continua-t-il. Que je vive. Que j'aie tout ce que je pourrais avoir. Et jeter ce cadeau aux ordures serait la pire insulte à sa mémoire. »

La jeune femme lui lança un regard abasourdi. « Alors, tu vas prendre l'argent ?

— Quand cette histoire sera terminée, dit-il, je prendrai tout. »

La route menait à flanc de colline jusqu'à un grand bâtiment blanc percé de nombreuses fenêtres. Charlie, au volant, vit un homme en veste bleu marine et casquette de base-ball rose, où était écrit SOLALUNA en lettres blanches, qui lui faisait signe.

Près d'elle, Rouge avait chaussé des lunettes de soleil, ce qui lui donnait l'air d'avoir une gueule de bois de bon aloi et présenterait l'avantage supplémentaire de dissimuler ses yeux si jamais ils se mettaient à fumer sans prévenir.

« Nous pouvons garer votre véhicule pour vous », déclara l'homme quand Charlie baissa sa vitre.

Elle descendit dudit véhicule, heureuse qu'il s'agisse de la Porsche, si bien qu'elle ne confiait pas à l'employé une camionnette blanche déglinguée.

Charlie avait employé de son mieux le peu de temps dont elle avait disposé pour se préparer à cette aventure – une petite robe noire, les cheveux tirés en arrière, un maquillage naturel, des collants, et les bottes Prada d'Adeline aux pieds. Puisqu'elle ne possédait pas de manteau approprié, elle n'en avait pas apporté.

Ses tatouages apparaissaient dans son décolleté. *Mauvais pour les affaires,* lui avait dit Rand quand ils avaient croisé un autre criminel qui en avait. *Trop mémorables.*

Mais telle était exactement la raison pour laquelle elle se les était fait faire. Charlie s'était métamorphosée si souvent qu'elle ne savait plus qui elle était. Elle avait besoin de quelque chose pour la maintenir en place. Pour l'ancrer. Quelque chose qui disait : ceci est la jambe de Charlie Hall, semée d'étoiles ; ceci est la gorge de Charlie Hall, où grouillent des scarabées.

L'employé sortit leur unique petite valise du coffre de la Porsche. Ils le suivirent à l'intérieur.

Rouge portait un pantalon foncé, des chaussures noires et un beau pull en cachemire. Un caban en laine par-dessus. Il semblait ici à sa place, et pas seulement à cause des vêtements.

Des parfums de romarin et d'eucalyptus emplissaient le hall comme dans un centre de remise en forme haut de gamme. Une immense lampe en quartz rose éclairait une petite salle d'attente avec des chaises crème à l'aspect grumeleux.

Une femme installée derrière un comptoir en bois clair leur sourit. « Remy Carver ? » Il avait les épaules larges et énormément d'argent. Qui ne lui aurait pas souri ? « Il me faudra juste une pièce d'identité quelconque et... souhaitez-vous utiliser la carte de crédit que nous avons dans nos fichiers ? »

Charlie ouvrit la bouche pour inventer une histoire.

Avant qu'elle ne puisse parler, Rouge demanda : « Puis-je voir votre téléphone ?

— M. Carver ? demanda la réceptionniste, visiblement déroutée.

— S'il vous plaît », dit-il, la main tendue.

Elle le sortit de sa poche, le déverrouilla et le lui donna.

Il chercha un article disant qu'il avait été trouvé dans le sous-sol de son père alors que tout le monde le croyait mort, puis il lui rendit l'appareil. « Je n'ai pas de permis de conduire en ce moment, mais il y a une photo de moi dans cet article. »

Oh, très malin, ça.

La femme derrière le bureau rougit. « Je pense que nous n'aurons pas besoin de plus. »

De son portefeuille, il sortit la carte de crédit donnée par Adeline et la déposa sur le comptoir.

Charlie faillit s'étrangler : il venait d'éliminer le besoin de corriger le tir avec celle de Topher.

« Voilà votre clef, M. Carver, dit la réceptionniste. Il y a un majordome privé qui s'occupe du cottage. Je suis sûre que vous aurez tout ce dont vous avez besoin, mais, si ce n'est pas le cas, vous pouvez m'appeler.

— J'aurais dû recopier votre numéro privé », dit-il sur un ton aussi charmeur et sûr de lui que Charlie aurait pu le souhaiter.

Il était doué pour cela. Pour improviser. Pour avoir l'air détendu, comme s'il venait ici passer un week-end reposant, reconstituant, et non voler des ombres aux cabalistes.

La femme derrière le comptoir jeta un coup d'œil en direction de Charlie, l'expression coupable. Cela ne signifiait pas qu'elle ne fût pas tentée, cela dit : Remy Carver était sans doute un petit ami catastrophique, mais il pourrait se révéler intéressant en tant que coup d'un soir.

Peut-être Rouge paraissait-il très à l'aise dans son rôle de riche homme du monde parce qu'il en était un.

S'il prenait tout ce qu'on lui offrait, comme il s'y disait décidé, ce ne serait plus un rôle. À supposer qu'il échappe à la Cabale, bien sûr.

« Nous allons faire porter vos bagages au cottage, reprit la réceptionniste. En attendant, vous pouvez visiter le bâtiment principal et le parc. Si vous désirez que quelqu'un…

— Nous trouverons nous-mêmes », assura Rouge, peut-être un peu trop ferme. Il adoucit ses paroles en passant le bras autour des épaules de Charlie et en l'entraînant vers la bibliothèque. « Viens, chérie. Allons faire un tour. »

La jeune femme sentit sa gorge s'empourprer de ce qui évoquait pour elle un plaisir interdit. Elle n'avait pas travaillé ainsi avec quiconque depuis… ma foi, ça ne lui était jamais arrivé. De Rand, elle n'était pas l'égale, et il ne lui laissait aucune initiative. Avec Mark, elle était trop en compétition pour qu'ils collaborent en toute confiance. Même avec Vince, tous deux avaient entretenu trop de secrets pour se voir clairement l'un l'autre avant la toute fin.

Charlie et Rouge pénétrèrent dans une salle à manger déserte, sauf pour un vieux couple qui partageait en silence une grande théière et trois couches de sandwichs. Ni l'homme ni la femme n'étaient habillés avec élégance, et leurs vêtements ne portaient aucune griffe évidente, mais ils exsudaient le lustre de l'argent.

Charlie se demanda à quel point sa propre tenue manquait de classe. Sa coiffure était ratée, estima-t-elle. Mais, bien sûr, elle n'avait pas besoin de passer pour une copine riche. Seulement pour la copine d'un riche.

« Il faut qu'on trouve où ils gardent les ombres. Si je pouvais consulter le registre de la réception, je reconnaîtrais peut-être un nom. » En chemin, elle avait raconté sa visite à M. Punch. « Sinon, il va falloir qu'on fouille les chambres.

— Il serait peut-être plus facile de trouver la liste des réservations pour le congrès », dit Rouge.

Charlie estimait peu probable que les membres de la Cabale soient inscrits avec les autres participants, mais ne pas le vérifier aurait été stupide. « Allons faire ami-ami avec quelqu'un qui pourra nous y donner accès. »

Il lui rendit son sourire, d'un loup à un autre.

La bibliothèque lambrissée accueillait contre le mur du fond un long bar en étain étincelant. Des causeuses en cuir crème étaient disposées autour de tables basses en quartz rose. Des bougies vacillaient dans des récipients en verre tout aussi roses.

Charlie crut entendre le mot « pénombre » monter d'une table d'hommes d'âge moyen. C'était prometteur.

En s'appliquant, elle pourrait repérer d'autres participants au congrès. Elle avait besoin de savoir s'ils disposaient de badges ou de quoi que ce soit d'autre, aisé à contrefaire.

Une femme en chemise blanche et cravate s'approcha de leur table et leur remit une carte des consommations bordée d'or. Charlie commanda un verre de rosé qu'elle n'avait aucune intention de boire, Rouge un martini.

Elle haussa les sourcils à son intention quand la serveuse s'en alla.

« Laisse-moi deviner – ce n'est pas ce que je bois d'habitude, dit-il. Mais je ne suis pas moi-même, aujourd'hui.

— J'aime bien toutes tes identités », dit Charlie.

Rouge sourit. « Certaines plus que d'autres.

— Je t'aime bien, toi. »

Il détourna le regard, comme s'il ne parvenait pas tout à fait à la croire. Ou peut-être ne voulait-il simplement pas l'entendre de sa bouche.

Charlie changea de sujet sur un ton léger. « Ne regarde pas, mais j'ai l'impression que ces messieurs, là-bas, sont là pour le congrès. »

Rouge ne se détourna pas.

Elle ouvrait la bouche pour ajouter quelque chose quand un homme s'arrêta près de leur table. Il portait un polo blanc et une casquette Solaluna.

« Bonjour, monsieur Carver ? Madame...

— Lena Hall », dit Rouge en désignant Charlie.

Laquelle lança ce qu'elle espérait être le sourire d'une femme sur le point de passer un week-end de luxe avec son petit copain.

L'homme sourit à son tour. « Je suis Michael, votre majordome. Si vous en avez terminé ici, je peux vous escorter au cottage. Vos bagages y sont déjà.

— Dès l'instant que nous pouvons emporter nos verres, répondit Rouge sur un ton aussi prétentieux que paresseux.

— Bien sûr. » Michael accrocha l'œil du barman qui préparait le martini au shaker, et désigna la sortie d'un coup de menton.

« Est-ce qu'il faut qu'on règle..., demanda Charlie en prenant son sac.

— Pas la peine, dit Michael. On aime que tout soit simple, ici. »

Charlie se mordit la joue, furieuse contre elle-même. Lena-la-copine n'aurait pas dû se soucier de payer les notes.

Tous les deux portèrent leurs verres jusqu'à une voiturette de golf. Afin de l'empêcher de déborder, Charlie but la moitié du vin qu'elle s'était promis de ne pas toucher tandis qu'ils cahotaient sur un chemin de terre, jusqu'à un cottage de conte de fées avec moulures en pain d'épices et volets français bleu pâle.

Michael gara la voiturette dans l'allée, puis donna les clefs à Rouge. « Si vous n'avez pas envie de conduire vous-même, vous pouvez appeler la réception pour demander qu'on passe vous prendre. »

Le faux Remy Carver accepta les clefs sans commentaire.

Michael ouvrit la porte et les conduisit jusqu'à un salon. Deux canapés crème luisants reposaient devant une cheminée électrique avec manteau Arts and Crafts. Une machine à café occupait un long bar latéral en pierre, près d'un panier de bienvenue débordant de fruits, de chocolats, de gâteaux secs et de vin.

Rouge s'avança jusqu'à la chambre en écoutant Michael lui décrire les services disponibles. Quand tous deux revinrent au salon, il se vautra sur le canapé comme s'il en était propriétaire.

Tandis qu'il s'efforçait d'arranger une visite au centre de remise en forme le samedi, et que le majordome, lui, cherchait à le convaincre de choisir plutôt des massages en chambre, sans dire explicitement qu'on souhaitait les éloigner du

Congrès d'Élévation de l'Ombre, Charlie passa la tête dans la chambre.

Un immense lit à baldaquin dominait la pièce. Chocolats et sachets de lavande décoraient les oreillers. Toutes les fenêtres étaient en outre bordées d'onyx, ce qui était intéressant. La jeune femme envisagea de se cacher dans la salle de bains jusqu'au départ de Michael.

Charlie, auprès de Rouge, avait peine à feindre de posséder richesse et privilèges. C'était comme exposer de la moissanite à côté d'un véritable diamant.

La salle de bains abritait une baignoire encaissée et ce qui devait être une douche à vapeur. La première paraissait assez profonde pour qu'on y disparaisse.

Charlie entendit Rouge, dans la pièce principale, arranger un dîner à huit heures du soir.

Elle rentra dans la chambre, dépassant un arrangement de bon goût d'aquarelles représentant des morilles. Sa main effleura la blancheur absolue des draps et elle prit une profonde inspiration.

L'idée lui vint que, si leur projet échouait, elle pourrait tout de même passer un week-end romantique de luxe avec Rouge. Il avait donné sa carte de crédit, aussi n'aurait-elle pas à se demander comment payer tout cela. Quel effet cela lui ferait-il de cesser de se demander si elle détonnait, de cesser de jouer un rôle, parce qu'elle serait invitée pour de bon et n'aurait pas de question à se poser ? Ils pourraient prendre le temps de déterminer ce qu'il y avait entre eux.

Elle se contraignit à rentrer dans le salon assez tôt pour voir Michael prendre congé et sortir.

Rouge releva les yeux vers elle. « Ça m'ennuie de te le demander, mais j'ai besoin de sang. »

Charlie cligna des yeux de surprise, à moitié à cause de ces mots, à moitié parce qu'il était complètement sorti du rôle de Remy.

« D'accord », dit-elle en s'asseyant sur le canapé avant de lever la main. Elle avait près de l'ongle d'un pouce une petite peau qu'elle arracha avec les dents, ce qui fit perler le sang. Pas beaucoup, mais la quantité était suffisante.

Elle aurait dû deviner qu'il en avait besoin. Lorsqu'ils étaient seuls, il devenait flou sur les bords, à moitié ombre : il avait été gravement blessé récemment.

Rouge se pencha sur la main de Charlie. Elle frissonna quand une langue de fumée se pressa contre sa peau, puis elle sentit qu'il prenait son pouce dans la bouche, qu'il léchait le sang. Un autre frisson la parcourut. Sa peau lui parut soudain trop serrée, l'air qu'elle respirait trop chaud et renfermé. Le désir se déploya dans son ventre. Son regard tomba sur le rose des lèvres de Rouge, la ligne élancée de son dos, la longueur de ses cuisses.

Au bout d'un moment, il se pencha en arrière. Quand il ôta ses lunettes de soleil, ses yeux flamboyaient.

Le cœur de Charlie manqua un battement. Lui fit peut-être un peu mal. Elle se demanda si c'était là ce qu'elle ressentirait juste avant qu'il ne s'arrête.

« Tu es très doué pour jouer les gros pleins de fric », dit-elle, s'efforçant de ne pas montrer son embarras.

Rouge se tourna vers la fenêtre obscure. « Il fait peut-être davantage partie de moi que je ne le crois. Même si je déteste ça. On a vécu ensemble tellement longtemps ! Il était sans doute inévitable qu'une partie de lui déteigne sur moi.

— Remy ? » parvint-elle à articuler. La pression dans sa poitrine s'apaisa.

Le regard de Rouge était toujours tourné au loin. « Non. Salt. »

Bien qu'elle eût préféré s'allonger sur le canapé avec une bouteille de San Pellegrino du réfrigérateur et tous les raisins, tous les petits gâteaux du panier de bienvenue, Charlie se força à se préparer pour le dîner. Elle enfila une robe moulante noire à fines bretelles, bien qu'elle lui écrase un peu les seins, car c'était une des rares fringues élégantes qu'elle possédait. Ensuite, elle se mit de l'eyeliner liquide et tenta de couvrir les dernières traces de son œil au beurre noir à l'aide d'un peu de fond de teint et de beaucoup de poudre. Enfin, elle ajouta un rouge à lèvres assez luisant pour attirer l'œil, de l'huile parfumée et des créoles en or.

La copine d'un riche n'était pas forcée d'avoir l'air de rouler sur l'or, aussi était-il idéal que ses escarpins ne soient pas faits sur mesure. Avec de la chance, elle pourrait aussi se permettre de porter la petite pochette métallique vintage qu'elle avait trouvée sur un marché aux puces et n'avait pas encore eu l'occasion d'utiliser. Nul ne remarquerait que l'or de ses boucles d'oreilles n'était pas réel, elle en était sûre.

Elle put croire cela jusqu'à ce qu'elle voie Rouge. Rouge vêtu d'un costume gris qui moulait ses larges épaules et mettait en valeur ses muscles avec une aisance troublante. Rouge, avec le col ouvert mais amidonné de sa chemise sur mesure, avec des chaussures qui luisaient comme des carapaces de scarabée.

Il cligna des paupières et, un instant, elle eut envie de lui présenter des excuses. *Je sais que je ne suis pas aussi élégante que je le devrais.*

« Je suis sorti jeter un coup d'œil, dit-il. J'ai vu deux autres cottages qu'on peut atteindre à pied. Je ne sais pas s'ils sont loués ou s'ils servent à autre chose – les suites des propriétaires, les couchettes du personnel de nuit. On pourra les visiter ensemble plus tard.

— Après dîner », compléta-t-elle.

Il lui tendit son bras et, un instant, elle se crut dans un film. Comme elle posait la main sur sa manche, il l'escorta jusqu'à la voiturette de golf.

« Quand as-tu appris à conduire ? » demanda Charlie.

Il lui lança un regard de côté.

« Quand Remy n'en avait pas envie ? » risqua-t-elle.

Il haussa les épaules sans répondre. De toute évidence, s'il ne voulait pas trop médire de Remy, c'était qu'il y avait matière à le faire. Elle supposa qu'il arrivait à Remy Carver de comater sur la banquette arrière tandis que Rouge prenait le volant.

Il était assez sinistre d'imaginer que l'ombre d'une personne pouvait rester éveillée alors que la personne elle-même dormait. Bien sûr, que Rouge eût été contraint de dormir en même temps que Remy l'aurait été encore davantage.

Dans le bâtiment principal de Solaluna, le maître d'hôtel les conduisit à une table, près d'une fenêtre qui dominait le parc enneigé.

Charlie s'assit et songea à la dernière fois qu'elle s'était installée à une table pareille, en compagnie de Lionel Salt. Alors qu'elle était terrifiée – et, en toute franchise, qu'elle souffrait d'une gueule de bois carabinée –, le milliardaire l'avait mise en garde contre Rouge. *Une Furie capable de passer pour humaine, avec une faim toujours inassouvie.*

« Tu as froid ? demanda son compagnon.

— J'aurais dû apporter un pull », admit-elle.

Il quitta sa veste d'un mouvement d'épaules.

« Je n'essayais pas de te forcer à... »

Il la lui tendit, l'expression inchangée.

« Tu n'es pas obligé, je veux dire », acheva-t-elle, n'ayant pas trouvé de quelle manière terminer sa phrase.

Elle prit la veste, empreinte d'une chaleur qui venait peut-être de son propre sang, et la drapa sur ses épaules. À la lueur de la bougie posée au centre de la table, les yeux de Rouge étaient écarlates comme des rubis.

Leur serveur arriva et déposa devant chacun une petite assiette blanche garnie d'une minuscule pâtisserie feuilletée, d'un champignon farci et d'une petite flaque de sauce verte. « Avec les compliments du chef. »

Charlie commença à jouer de la fourchette, tandis que le serveur versait dans son verre ce qu'il affirma être un Veltliner. La pâtisserie avait un goût de fromage et de sauge. La jeune femme la fit couler avec une grande gorgée d'un vin un peu vert, astringent sur la langue.

« J'admire la manière dont tu joues ton rôle, dit-elle. Mais te voir ici me donne l'impression de découvrir une portion de toi que je ne connaissais pas. »

Rouge laissa un sourire s'épanouir sur ses lèvres. « Ça t'ennuie ? »

Elle sentit la chaleur lui monter aux joues : c'était bien le cas. Cela lui donnait l'impression que les séparait un gouffre plus profond que celui inhérent au fait qu'il était son ombre.

« Tu en savais trop sur les montres de luxe, dit-elle. J'aurais dû comprendre, mais, au lieu de ça, je me suis demandé si tu n'étais pas cambrioleur. »

Il eut un rire non dépourvu de tristesse. « J'imagine que j'en suis un, d'une certaine manière. J'ai volé des vies pour le compte de Salt. Et, quoi qu'ait désiré Remy, je reste fait de fragments de sa personne. »

Elle soutint son regard. « Tu sais, quand on coupe un ver en deux, les deux moitiés repoussent. Est-ce que vous ne pouviez pas tous les deux vivre sa vie ?

— Ce n'est pas vrai, lui dit-il. C'est un mythe.

— Quoi ?

— Le truc des vers, dit-il. Ils meurent, c'est tout. »

Charlie n'avait pas envie de le croire. Non seulement c'était moins magique, mais cela signifiait qu'elle avait commis des horreurs, enfant, les jours de pluie, lorsqu'elle jouait au savant fou. « Faisons *comme si* c'était vrai, dit-elle. Pour la métaphore.

— Est-ce que ton ombre est la moitié de toi ? lui demanda-t-il.

— Je crois que je la considère plutôt comme une sœur, répondit Charlie, les sourcils haussés. Puisque c'est ma sœur qui la porte. »

Rouge jeta un coup d'œil dans la salle, cherchant peut-être à changer de sujet. « Quelqu'un qui vaut le coup qu'on fasse ami-ami avec ?

— Il nous sera plus facile de nous insinuer dans un groupe qu'auprès d'un couple, déclara-t-elle, étudiant les possibilités. Ou des gens qui sont venus seuls. »

Sept tables étaient occupées. À l'une d'elles, six femmes en robe de soirée buvaient des cocktails plutôt que le vin associé à l'amuse-bouche. À une autre, deux hommes mangeaient leur dessert en sirotant de petites tasses d'expresso, et discutaient à voix basse. Un homme et une femme âgés dînaient à une troisième, sans sourire ni discuter – le couple aperçu un peu plus tôt. Un solitaire prenait des notes dans un carnet tandis que son amuse-bouche refroidissait à son côté.

Charlie tourna les yeux vers la cheminée. Et se figea.

Un autre couple était installé devant le feu. Quoique l'homme lui tournât le dos, si bien qu'elle ne voyait que ses épaules et ses cheveux en bataille, Charlie le reconnut.

Mark, son ex-copain, qu'elle avait vu pour la dernière fois au *Rapture,* lorsqu'il était venu s'excuser de lui avoir tiré dessus. Et qu'elle avait bien espéré ne plus jamais revoir. S'il se trouvait dans un endroit pareil, c'était qu'il préparait une arnaque. Pour peu qu'il la repère, il ferait la même déduction à son sujet et aurait tout autant raison.

Le serveur revint poser devant eux le premier plat – une coquille Saint-Jacques avec salade de pamplemousse, façon ceviche. On leur servit un autre vin blanc. Un Riesling, cette fois.

Charlie sentit battre son cœur en accrochant le regard de Rouge. « Tu vois le mec assis près de la cheminée ? »

Il jeta un coup d'œil vers le feu, plissant les paupières.

« C'est Mark, continua-t-elle. Qu'est-ce qu'il branle ici ? »

Son compagnon haussa les sourcils. « Mon offre tient toujours.

— Elle est tentante », avoua Charlie en buvant la moitié de son verre d'un coup.

Si Mark était ici, on pouvait raisonnablement penser que c'était en rapport avec le congrès. M. Punch lui avait-il confié le boulot qu'elle avait décliné ? Mark pouvait-il être le nouveau moissonneur chargé de voler des ombres aux crépusculiens ? Si tel était le cas, le suivre la mènerait peut-être à l'endroit où elles étaient entreposées.

Le deuxième plat se composait de médaillons de porc au genièvre piquant. Tout en mangeant, Charlie se demanda si bousculer le carnet de notes de l'homme seul lui fournirait un bon prétexte pour faire sa connaissance. Bien qu'elle ne pût s'empêcher de lui jeter un coup d'œil de côté de temps à autre, elle s'efforçait de ne pas regarder Mark.

Elle avait bu la moitié du verre de vin orangé associé au porc quand Rouge prit la parole.

« Je n'ai pas été très juste avec toi, dit-il.

— Tu m'as un peu soufflé le chaud et le froid, admit-elle. Genre, tu me détestes, mais je suis quand même plutôt sexy ? »

Il se pencha en arrière, les paupières mi-closes, les lèvres tressaillant d'un demi-sourire. « Je ne t'ai jamais détestée.

— Ah ? » Le regard de Charlie ne frémit pas.

Rouge but une gorgée de vin. Ses yeux étaient sombres. « Tu m'inspirais des émotions que je n'avais pas envie de ressentir. Que je n'avais encore jamais ressenties. Des émotions affreuses, égoïstes. Désespérées.

— Je ne sais pas quoi en penser, dit-elle. Ça n'a pas l'air bon.

— Ça me faisait peur, continua-t-il. Tu connais l'histoire du garçon qui ne connaît pas la peur ? Elle est assez bizarre. Un jeune homme qui n'a jamais eu peur de rien quitte son logis pour chercher fortune, et on le met au défi de passer la nuit dans une maison hantée. Un tas de fantômes sans tête et autres monstres essaient de l'effrayer à mort, comme tous les visiteurs qui l'ont précédé, mais il n'a pas peur, parce que... eh bien, parce qu'il n'a pas peur. Il obtient donc sa récompense et finit par épouser une princesse. Lors de leur nuit de noces, son épouse apprend cette absence de peur. Pour la lui enseigner, elle verse sur lui un seau empli d'anguilles dans le lit conjugal. Les contorsions des poissons sont tellement étranges qu'il se met à frissonner, à trembler, et croit avoir enfin ressenti de la peur.

» Fiona l'a lu à Remy quand nous étions enfants. C'était l'histoire la plus étrange que j'avais jamais entendue. Très longtemps, j'ai cru que les anguilles avaient un rapport avec le mariage. »

Charlie haussa les sourcils. « Qu'est-ce que ça veut dire, alors ?

— Ça reste plutôt bizarre. Mais je crois que ça veut dire que le désir est terrifiant. Que l'amour est terrifiant. » Il secoua la tête. « Pour quelqu'un qui a essayé très longtemps de ne rien ressentir, c'est une menace. Ça fait l'effet d'une agression.

— Donc tu m'aimes bien, mais tu le regrettes, c'est ça ? » demanda-t-elle, tentant de comprendre ce qu'il voulait dire.

Rouge se prit la tête à deux mains. « Je suis nul à ce jeu-là. »

Mais il essayait. Il essayait de lui dire une chose difficile à exprimer mais vraie. « Non, dit-elle. Continue.

— Chez Salt, quand deux personnes s'appréciaient, il tentait de s'en servir contre elles, les poussait à se trahir l'une l'autre. » Il secoua la tête. « J'ai cru que tu ne pouvais pas avoir sacrifié tout ce que tu as sacrifié en sachant ce que j'étais. Tu ne pouvais pas être aussi brave et téméraire que tu en avais l'air. Ensuite, quand j'ai réalisé que si, j'avais déjà foutu un vrai bordel. Je t'aime *vraiment beaucoup,* Charlie. »

Peu habituée à ce qu'on lui dise des choses pareilles, elle ne put que répondre : « Mon degré de témérité est franchement incroyable.

— Et si je ne retrouve jamais mes souvenirs ? continua Rouge, comme s'il ne pouvait s'arrêter de parler à présent qu'il avait commencé. Je sais que tu espérais que je redevienne Vince si je récupérais la portion de moi volée par les cabalistes. Je sais que, parfois, quand tu me regardes, c'est lui que tu vois. Mais je ne suis pas lui. Et je ne veux pas l'être. J'ai peur de perdre le peu d'identité que je possède. J'ai peur que tout ce que tu aimes en moi ne soit pas moi du tout. »

Bien sûr, un être à qui on avait imposé des souvenirs n'en désirait pas davantage. Bien sûr aussi, ne pas se rappeler une chose était aussi effrayant qu'être forcé de se la rappeler. Dans l'esprit de Rouge, l'identité de Vince se mélangeait à celle de Remy, et Charlie pouvait difficilement lui en vouloir, puisqu'il était forcé de répondre aux deux noms.

Qu'il craignît que ceux qui éprouvaient de l'affection pour lui en éprouvent en fait pour quelqu'un d'autre était assez logique.

« Je suis heureuse que tu sois ici avec moi. » Elle se pencha en avant pour lui prendre la main. « Toi et personne d'autre. »

Il lui sourit. La courbe de sa bouche et la lumière rougeoyante de ses yeux étaient emplies de promesses.

La jeune femme se demanda ce qui arriverait lorsqu'ils rentreraient au cottage. Puis elle releva la tête et constata que Mark n'était plus à sa table.

« Il est parti, lâcha-t-elle. J'étais censée le suivre. »

Elle se débarrassa de la veste de Rouge et sortit à pas rapides de la salle à manger pour rejoindre l'espace voisin – bar et salon. Mark ne s'y trouvait pas. Charlie eut beau explorer les alentours d'un regard inquisiteur, rien n'indiquait qu'il fût seulement entré là.

Elle sentit l'embarras lui serrer la gorge : elle s'était tellement laissé distraire qu'elle n'avait même pas remarqué son départ. Faute d'une meilleure explication à ses errances, elle tenta d'avoir l'air de s'être perdue en cherchant les toilettes.

En chemin, elle entendit deux serveurs qui chuchotaient. « Tu es au courant ? Le type assis tout seul, là-bas. Son père l'a torturé. Une vraie horreur, cette histoire. »

Charlie se figea.

« C'est sans doute pour ça qu'il la garde, chuchota l'autre. La fille sans ombre. Ça me foutrait carrément les glandes d'avoir ça près de moi. »

Leur jetant à tous les deux un regard meurtrier, elle entra dans les toilettes. Là, elle retoucha son rouge à lèvres et se contempla dans le miroir. Avec la robe moulante qui exposait largement ses tatouages et ses rondeurs.

On disait qu'une personne sans ombre était sans âme. Charlie ne l'avait jamais cru, mais les superstitions populaires étaient plus faciles à ignorer lorsqu'elles ne la concernaient pas. À présent, elle ne pouvait s'empêcher de se demander s'il n'y avait pas vraiment quelque chose d'anormal en elle, s'il ne lui manquait pas une portion d'elle essentielle.

Il y avait quelque chose d'anormal en toi bien avant que tu n'aies plus d'ombre, se dit-elle.

Quand elle sortit des toilettes, un serveur la remarqua. « Mademoiselle, l'appela-t-il. On est en train de vous servir le dessert. »

Serrant les dents, elle carra les épaules et regagna sa table, assez distraite pour percuter un homme au crâne chauve qui entrait dans la salle à manger.

« Excusez-moi, dit-il sèchement.

— Pardon », répondit-elle avant de se jeter sur sa chaise, en face de Rouge.

En voyant son expression, ce dernier parut inquiet. « On peut partir. On le trouvera.

— Changement de programme. » Charlie ouvrit la main pour montrer brièvement la clef de chambre subtilisée au chauve qu'elle avait bousculé. « On trouve le paquet de bienvenue qu'ont reçu tous les participants au congrès, et on part de là. Mais on n'a pas beaucoup de temps.

— Mes yeux ne me trompent pas ? lança alors une voix tonitruante à l'autre bout de la salle. Remy Vincent Carver ! Revenu d'entre les morts, comme Lazare. »

Un homme imposant, doté d'une barbe rousse, entra et se tourna aussitôt vers Rouge, les bras ouverts pour une accolade. L'interpellé se leva et se fit un devoir de serrer contre lui cet inconnu, en lui assenant de grandes claques dans le dos avec un enthousiasme feint. Les dîneurs se tournèrent vers cette agitation soudaine, mais l'arrivant ne sembla pas s'en soucier. Il portait le même jean noir, le même pull en cachemire brun et la même paire de Allbirds que les hommes les plus décontractés de l'assistance, mais ces habits paraissaient sur lui froissés, un peu négligés.

Bien qu'il lui fût familier, Charlie ne parvenait pas à l'identifier.

« Ça fait quoi ? Dix ans… Non, pas tout à fait, mais pas loin, disait-il.

— Archie », fit Rouge, un peu raide. C'était la première fois depuis leur arrivée à Solaluna qu'elle le voyait hésiter à entrer dans son rôle.

L'autre ne sembla rien remarquer. « Je n'arrive pas à croire que c'est toi ! dit-il. Après tout ce temps. Et avec tout ce que tu as vécu. Enfin… J'ai lu les journaux. »

Brusquement, Charlie réalisa qu'elle l'avait déjà vu sur TikTok, dans les vidéos qu'il avait tournées avec Rooster.

Elle se rapprocha de Rouge, et Archie parut la remarquer pour la première fois.

« Lena, dit-elle avant qu'il ne puisse poser la question.

— Vous venez dîner ? » s'informa Archie, avant de remarquer une espèce de panna cotta dans leurs assiettes et un vin doux dans leurs verres. « Oh, vous avez presque fini. » Il eut un grand rire. « Vous n'avez sûrement pas envie que je m'insère entre vous deux, mais vous êtes forcément là pour le congrès. Au moins, permettez-moi de vous présenter l'invité d'honneur. »

L'invité d'honneur ? N'était-ce pas censé être Rooster ?

Elle se rappela la clef dans sa poche, mais rien de ce qu'ils trouveraient dans la chambre d'un participant choisi au hasard ne pourrait se comparer à ce qu'Archie serait susceptible de leur apprendre. S'ils jouaient leurs cartes habilement, il était la clef de toutes les informations dont ils avaient besoin.

« Je croyais que Rooster était..., commença Charlie.

— Oui, c'est une tragédie, ce qui lui est arrivé, confirma Archie. Mais on a du pot : le type qui mène les marionnettistes a accepté de venir à sa place. C'est une sacrée réussite de l'avoir ici, parce qu'il est très réservé, voire parano.

— Le chef des marionnettistes, répéta lentement la jeune femme.

— Et voilà M. Punch ! » conclut son interlocuteur en désignant le jeune homme qui venait d'entrer dans la salle à manger. « Avec de la chance, disposé à nous offrir tous les secrets des cabalistes. »

Madurai Malhar Iyer s'arrêta net, Posey Hall à son bras. Il portait le costume que Charlie avait vu pendu dans son placard. Posey, elle, avait revêtu une ample robe blanche que sa sœur ne lui connaissait pas.

Après une brève pause, ils se dirigèrent vers la table.

Un sifflement emplit les oreilles de Charlie lorsqu'elle réalisa que Posey avait trouvé un moyen de s'introduire à Solaluna, en définitive – et un moyen qui les mettait tous en plus grand danger qu'auparavant.

« Ravi de vous connaître », dit Malhar d'une voix qui ne tremblait qu'à peine.

Posey souriait tel un chat devant un bol de crème fraîche. « Oui, c'est tellement agréable de se faire de nouveaux amis. »

29

L'AIR FROID DE LA NUIT

Il s'avéra qu'Archie était la force vive derrière le Congrès d'Élévation de l'Ombre. Organisateur et agent coordinateur, tant avec les cabalistes qu'avec les riches quêteurs, il était bien parti pour gagner une fortune grâce à de telles manifestations, et se faisait un plaisir de raconter tout cela à son vieux pote Remy Carver. Ayant approché des chaises, il avait insisté pour que ce dernier et sa compagne restent boire un digestif tandis que Malhar, Posey et lui dînaient.

« On te trouvera une nouvelle ombre, affirma-t-il à Rouge, avant de se tourner vers Malhar avec un large sourire. Vous autres, de la Cabale, vous avez des ressources à revendre, non ? »

Cette référence à la décontraction troublante disait clairement qu'Archie pourrait mener Charlie aux ombres volées. Il venait de confirmer que les distribuer aux riches était le véritable but de cet événement, et qu'il s'attendait à ce que son nouvel ami cabaliste les fournisse.

Malhar eut un sourire ambigu. Il n'avait visiblement aucune idée de ce que suggérait Archie.

La situation allait vraiment mal tourner.

Charlie contempla sa sœur, de l'autre côté de la table, les yeux étrécis.

Elle aurait dû mettre un terme à cette comédie. Révéler qui étaient Posey et Malhar et les faire expulser, même si elle se retrouvait éjectée avec eux. Bien sûr, les chances pour que M. Punch découvre l'usurpation de son identité croîtraient alors de manière exponentielle. En supposant qu'il ne fût pas déjà là, auquel cas il le saurait de toute façon.

Archie s'éclaircit la voix. « Donc, j'ai une question à vous poser, M. Punch. Les cabalistes ont commencé par de petites activités et dans le plus grand secret, hein ? Dans le mystère. Mais plus la Cabale grandit, plus elle a besoin de protection. Et nous savons tous que ce ne sont pas les électeurs qui déterminent la politique de notre pays ni les politiciens qui contrôlent le gouvernement. Ce sont les gens qui disposent d'assez d'argent pour influencer les électeurs et financer les campagnes. » Plus il buvait, plus le colosse à la barbe rousse, naturellement volubile, avait la langue bien pendue et parlait fort. Charlie eut à tout le moins la satisfaction de voir plusieurs autres participants scruter leur table avec tristesse, ayant à l'évidence envie de les rejoindre, mais réalisant que, sans y être invités, ils ne seraient certainement pas les bienvenus. « Alors, à quoi ressemble l'avenir ? Comment allez-vous embarquer ces gens-là sans céder le contrôle ?

— Ils ont plus besoin de lui que lui n'a besoin d'eux », répliqua sèchement Posey. En temps normal, elle n'avait guère de bien à dire des cabalistes, aussi était-il étrange de l'entendre les défendre.

Toutefois, Malhar aurait dû s'exprimer. Il lui fallait paraître intimidant plutôt qu'intimidé. Son silence prolongé allait le trahir.

« Nous sommes honorés de vous recevoir », ajouta Archie, visiblement détendu et appréciant d'aborder à loisir ce qui, Charlie n'en doutait pas, était un de ses sujets favoris. Tourné vers l'étudiant, il leva son verre. « Vraiment très honorés. Mais il n'est un secret pour personne que des lois sont en cours de discussion dans les chambres sanctifiées de la justice.

— Si le gouvernement s'en prend à la Cabale, intervint Rouge, elle pourrait se retrouver plus puissante, pas moins. »

Archie eut une moue incrédule. « Dès l'instant qu'elle est dirigée par des gens comme notre illustre M. Punch, je suis ravi qu'elle dispose de tout le pouvoir qu'elle pourra amasser. » Il leva sa lourde main pour la poser sur l'épaule de Malhar.

« Ravi de l'entendre, dit ce dernier avec un sourire crispé.

— Moi, j'ai hâte d'entendre votre discours de demain, lui lança Charlie. J'ai cru comprendre que Rooster devait parler de l'éveil des ombres. »

Posey jeta à sa sœur un regard noir qu'elle lui rendit. Si Malhar était incapable de jouer son rôle durant une conversation badine autour d'une table, il n'aurait aucune chance de survivre au week-end.

Au bout d'un moment, il prit la parole. « Il ne suffit pas d'appuyer sur un bouton. C'est ce qu'aimeraient les gens, bien sûr – ils s'attendent à ce que ce soit dramatique et douloureux, mais simple. Ce n'est pas le cas. En revanche, je suis persuadé que n'importe qui peut réussir un éveil. »

La surprise d'Archie était évidente. En dépit des ateliers promis dans la description de son congrès, il n'avait pas dû beaucoup réfléchir à d'autres techniques que celle consistant à se coudre une nouvelle ombre.

« Vous pouvez m'expliquer le processus ? » demanda Charlie à Malhar.

Il tourna vers elle une expression vaguement implorante. « Nous sommes en train de dîner. Je détesterais vous ennuyer en discutant de l'esprit bicaméral.

— Laissez-le donc manger, fit Archie, estimant sans doute que M. Punch éviterait de discuter de sujets importants devant Rouge et Charlie.

« Je suis sûr que nous serions tous passionnés, dit Rouge. Mais nous saurons tout cela bientôt. Nous sommes seulement enthousiasmés d'en avoir la possibilité.

— Oh que oui ! tonna Archie avec une authentique sincérité. Nous avons forcé sur la sécurité, bien sûr. Trois crépusculiens taillés pour ça, tous munis d'onyx – et de véritables armes, mais ne le dites pas à Solaluna.

— Des amis à vous, je suppose », dit Charlie à Malhar. Ce seraient très probablement eux qui apporteraient les ombres, et ils sauraient sans conteste avoir affaire à un imposteur : même si le professeur Frank, alias M. Punch, cachait son identité au monde, il ne pouvait pas la dissimuler aux marionnettistes qu'il commandait.

« Combien des participants sont-ils eux-mêmes crépusculiens, à votre avis ? » interrogea Posey. À l'évidence, elle ne saisissait pas la nature des rapports entre M. Punch et Archie. Charlie devait absolument la faire sortir avant qu'elle ne torpille sa propre couverture.

« Très peu, répondit l'organisateur en haussant les épaules. Quoique Solaluna prétende en avoir au moins un dans son personnel. »

Comme il poursuivait, Charlie rédigea mine de rien un message sous la table. *Quand je vais aux toilettes, tu viens avec moi ou je te dénonce. Compris ?*

Le message fut envoyé. La jeune femme vit sa cadette baisser les yeux. Trois points signalant qu'elle répondait se mirent à clignoter sur l'écran, mais aucun mot n'apparut. Posey devait composer des messages et les effacer à mesure.

OK, envoya-t-elle enfin.

« Le truc, dit Malhar à Archie, en posant son verre de vin, c'est que devenir crépusculien ne devrait être ni un danger ni une chose que les gens espèrent toute leur vie sans jamais l'obtenir. La magie devrait être disponible pour tous. » Charlie sentait la sincérité de ces paroles. Cela ne faisait pas partie de l'arnaque de Posey.

« Tous ceux qui peuvent se l'offrir », corrigea-t-elle.

Archie aboya de rire et jeta un coup d'œil à Rouge. « Où l'as-tu dénichée, celle-là ?

— Elle est délicieuse. En dehors de ses tentatives répétées pour redistribuer ma fortune. »

Le regard qu'Archie portait sur Charlie se fit plus évaluateur. « Intéressant. »

Le moment était bien choisi pour se lever. « Excusez-moi un instant, dit-elle. Il faut que j'aille aux toilettes. » À ce stade, elle connaissait le chemin.

Derrière elle, elle entendit Posey présenter ses excuses.

Il y avait trois cabinets individuels avec verrou. Charlie poussa violemment sa sœur dans le premier.

« Tu es cinglée ou quoi ? » demanda-t-elle une fois la porte refermée.

Posey lui lança un regard très content de soi. « Surprise ?

— Que tu nous mettes en danger, Malhar, Rouge, toi et moi ? Bien sûr que oui, parce que c'est complètement idiot. Et, de nous deux, c'est moi qui suis censée être l'idiote. »

La cadette fit la moue. « Je suis désolée de ce que je t'ai dit, mais tu continues de faire comme si tu avais besoin de me protéger, parce que c'était le cas quand on était gamines. J'en sais plus que toi sur les crépusculiens. C'est moi qui peux te protéger, désormais. »

Charlie se reprochait leur dispute, mais ne voulait pas non plus laisser sa sœur s'en sortir aussi facilement. « Tu te terrais chez nous pendant des mois, tu refusais même d'aller faire les courses. Tu craignais de sortir sur la pelouse et tu me laissais l'essentiel des factures. Maintenant tu n'as pas peur, alors que tu le devrais, et tu agis derrière mon dos. D'accord, je suis peut-être trop protectrice, mais c'est toi qui m'as rendu comme ça. »

Posey recula d'un pas. Ses yeux paraissaient humides.

« Tu veux que je te dise la vérité, que je m'ouvre à toi, reprit Charlie. Tu comprends peut-être, à présent, pourquoi la plupart des gens préfèrent les mensonges.

— Ce n'est pas juste.

— Tu vas faire tuer Malhar et tu parles de justice ? grinça Charlie. Te mettre en danger est une chose – je suppose que c'est ton droit. Mais le faire participer, c'est cruel. »

Posey agita la main, comme si Charlie faisait du théâtre. « Il a un milliard de théories sur la magie d'ombre. Il en sait tellement qu'il passera sans problème pour un chef de la Cabale.

— Pas si le véritable chef des marionnettistes est là.

— Mais ce n'est pas le cas, dit la cadette, bien qu'elle en parût moins certaine que l'instant d'avant.

— Qu'est-ce que tu en sais ? Tu ne sais absolument pas à quoi il ressemble. Ça pourrait être *Archie* et tu n'en aurais aucune idée. »

Posey parut brièvement étourdie, puis furieuse. « Pourquoi essaies-tu de me faire peur ? »

Un instant, Charlie comprit qu'on puisse avoir envie de droguer quelqu'un. Si elle avait pu assommer sa sœur et la réveiller une semaine plus tard, elle aurait été terriblement tentée.

« Parce que tu ne comprends pas ce qui se passe ici. Les riches ne paient pas Archie des sommes exorbitantes pour goûter de la grande cuisine, visiter le centre de remise en forme ou suivre des conférences de crépusculiens évasifs. Ils achètent des ombres éveillées fournies par Rooster Argent. Or, Rooster étant mort, Archie s'attend à recevoir les ombres de M. Punch. Ce sont elles que je suis venue chercher.

— Hein ? » Posey écarquilla les yeux de panique. « Pourquoi ne me l'as-tu pas dit ?

— Tu étais vexée que je ne te demande pas ton aide. Et ce n'était pas une tâche pour laquelle je la voulais.

— Bon, eh bien, je suis là, maintenant. Je peux aussi bien faire mon possible, non ? »

Charlie appuya la tête contre le mur. « Sans doute. Mais sois prudente. Le vrai M. Punch peut se montrer n'importe quand pendant le week-end. Même s'il ne vient pas, les trois gardes sauront que Malhar est un imposteur.

— J'ai accès à certaines informations. Et j'en sais plus que tu ne crois sur les cabalistes. » Posey acheva sa phrase avec des accents manipulateurs, comme si elle avait autre chose à révéler et n'attendait qu'une question.

Aucune possibilité n'était bonne. « Qu'est-ce que tu veux dire ?

— Je me suis inscrite chez les retailleurs, dit la cadette, le menton levé, comme si elle s'attendait à de nouveaux reproches de son aînée. Je travaille avec eux. Voilà pourquoi je sors tout le temps. Voilà comment j'ai pu louer l'appartement.

— Celui dont tu m'as assuré qu'il était bon marché ? » Les pensées de Charlie tourbillonnaient.

Posey lui lança un sourire coupable. « Il ne te plaît pas ?

— C'est ce que tu veux, travailler pour eux ? Je croyais que tu détestais les cabalistes. »

Elle mordilla sa lèvre inférieure. « C'est ce que je veux pour l'instant. »

S'en sortir ne serait pas facile si elle changeait d'avis, mais le dire aurait été inutile, Charlie ayant passé le même genre de marchés de dupes. Il lui vint à l'idée que sa sœur était sérieuse en parlant de la protéger, et elle espérait très fort que telle n'était pas sa principale raison d'avoir rejoint les retailleurs. « Alors très bien, je suis contente pour toi. »

Posey parut sidérée de cette réaction. « Donc, je peux aider ? »

Son aînée capitula devant l'inévitable. « Si quelqu'un peut déterminer où sont gardées les ombres, c'est bien Malhar en ce moment. Je ne me mettrai plus en travers du chemin. Écrivez-moi à propos de ce que vous trouverez.

— D'accord, promis. »

Quand Charlie retourna à table, elle ne s'assit pas. Au lieu de cela, elle se posta près de la chaise de Rouge, sur l'épaule duquel elle posa la main. Il leva la tête et lui lança un sourire qui lui tordit l'estomac.

« Il faut qu'on s'en aille, dit-il à Archie, comme s'il ne supportait pas d'être loin d'elle un instant de plus.

— On aura toute la liberté de rattraper le temps perdu demain, renvoya l'organisateur, avant de se tourner vers Charlie. Et j'aurai celle d'apprendre à connaître la femme qui a dérobé le cœur de Remy.

— J'espère », dit l'intéressée. Puis elle s'adressa à Malhar. « C'était vraiment intéressant de discuter avec vous. »

L'étudiant croisa son regard, paré d'une expression qui tenait des excuses et de l'imploration. Archie donna une claque dans le dos de Rouge. Posey adressa à sa sœur un petit signe de tête.

La nuit s'était rafraîchie, une fine couche de givre recouvrait tout. Des cristaux de sel craquaient sous les bottes de Charlie là où le personnel les avait semés.

« Ça a l'air tellement paisible », dit-elle, frissonnant malgré la veste de Rouge. L'église endormie de Hatfield avait dû présenter un aspect similaire avant le massacre. Un endroit où rien de mauvais ne pourrait jamais arriver.

« Tu veux arrêter de chercher les ombres pour pouvoir sortir ta sœur et Malhar de là ? » demanda son compagnon.

Elle lui lança un long regard, songeant à certaines choses qu'il avait dites lors des dernières semaines. « Tu avais deviné qu'elle s'était jointe à une branche de la Cabale ? »

Il baissa les yeux sur le sol gelé. « J'avais compris qu'elle travaillait pour quelqu'un. Et qu'elle avait énergisé son ombre.

— Tu veux dire qu'elle lui a donné un autre sang que le sien ? » fit-elle, incrédule, quoique le contexte rendît la chose très claire.

— Je ne crois pas qu'elle fasse de mal à qui que ce soit. » Il marqua une brève pause, puis haussa les épaules. « Pas beaucoup, en tout cas.

— Elle se dit capable de déterminer où sont entreposées les ombres, lui apprit Charlie. Écoute, je sais que M. Punch va être furieux quand elles disparaîtront. Mais il sera furieux de toute manière. Il a envoyé ici trois crépusculiens qui lui apprendront que quelqu'un a pris sa place.

— Il faut veiller à ce que ce ne soit pas le cas, dit Rouge, la voix emplie de menace.

— Mark est forcément mêlé à ça d'une manière ou d'une autre, continua la jeune femme. Je t'ai dit que M. Punch a essayé de me recruter pour dérober des ombres. Il a peut-être trouvé un autre voleur.

— Il aurait fallu qu'il s'y prenne très récemment, lui rappela-t-il. Tu viens tout juste de l'envoyer sur les roses.

— Que pourrait bien faire Mark ici, à part ça ? » demanda-t-elle.

Rouge fronça les sourcils. « Il est crépusculien ? »

Elle secoua la tête. « Il ne l'était pas quand je le connaissais. Et il est loin d'être assez riche pour participer au congrès.

— Si on le trouve, je le persuaderai de parler », dit Rouge, sombre.

Charlie n'en doutait pas. « En attendant, on devrait essayer de savoir où est logé M. Punch. C'est forcément près de là où réside la sécurité de la Cabale. » Sortant son téléphone de sa poche, elle écrivit à Posey : *Dans quelle chambre es-tu ?*

Sa sœur lui renvoya aussitôt : *Woodgrove 3.*

Il devait s'agir d'un des cottages. Charlie leva son téléphone afin que Rouge voie le message. Il hocha la tête et se dirigea vers leur voiturette de golf.

Ayant suivi le chemin de terre, il se gara au bord d'un lac gelé. « Je crois que c'est par là-haut. »

Il descendit de la voiturette et marcha sur la pointe des pieds vers le cottage. Charlie le suivit. Un panneau, au bord de l'allée qui menait à la porte, désignait ce logement comme Woodgrove 3. Dans Woodgrove 1, qui se dressait de l'autre côté du chemin, la lumière était allumée. « Attends ici », intima Rouge. Sous forme d'ombre, il se glissa aisément entre les arbres.

Charlie frissonna, la veste de son compagnon sur les épaules. Elle glissa les bras dans les manches.

Lorsqu'il revint, quelques instants plus tard, il ne se soucia pas de redevenir matériel. Contre la neige éclairée par le clair de lune, elle le vit lui faire signe de le suivre.

« Les types sont à l'intérieur de Woodgrove 1, à jouer aux cartes. Tant qu'on ne leur donnera pas une raison d'en sortir, ils y resteront. » Les mots étaient un chuchotement autour d'elle, comme si le vent les apportait.

Espérant qu'il eût raison, elle le suivit jusqu'à Woodgrove 3. Ce cottage était plus grand que le leur et équipé d'un jacuzzi en tek. Rouge se coula sous la porte de derrière, puis l'ouvrit pour Charlie. Un feu de cheminée brûlait dans le salon, un autre dans la chambre, et le lit était ouvert. Des fleurs fraîches ornaient les deux tables de chevet.

La valise de Posey, béante, reposait sur une tablette. Des vêtements avaient été pendus dans le placard, des trousses de toilette placées dans la salle de bains.

Rouge descendit de l'étage. « *Deux autres chambres,* dit-il de la même voix chuchotante comme le vent. *Personne dedans.* »

Pas d'ombres ici, donc. Pas grand-chose d'autre non plus. Charlie se tournait pour partir lorsqu'elle remarqua la lumière clignotante émanant d'un téléphone fixe posé sur un long bureau, près d'une assiette débordant de bonbons offerts par la maison. Elle suivit les indications imprimées sur un autocollant pour avoir accès aux messages.

Le premier, laissé par la majordome attachée au cottage, expliquait comment la contacter et détaillait les services qu'elle pouvait rendre, notamment apporter un repas à n'importe quelle heure et prendre des rendez-vous pour le centre de remise en forme ou des activités telles que le tir à l'arc et le *yoga* aérien.

Le second était d'une autre femme. *Veuillez apporter le reste du stock à la chambre 210,* disait-il avec une sèche efficacité.

Le stock ? Autrement dit, les ombres ? Sortant son téléphone, Charlie écrivit à sa sœur : *Votre cottage est nickel. Aucun monstre sous le lit. Peux-tu apprendre qui occupe la chambre 210 ?*

Si Posey en était incapable, Charlie allait devoir rendre une nouvelle visite rapide à la réception.

Sortie du cottage par la porte de derrière, elle trouva Rouge soudain à son côté, de nouveau matériel. Il poussa quelque chose sur le chemin d'un coup de pied. Deux mégots.

« Il y a des gens qui fument dans un centre de remise en forme ? » Charlie haussa les sourcils.

« Tout le monde a ses habitudes secrètes », répondit Rouge, même s'ils savaient tous les deux qu'il ne s'agissait sûrement de rien d'aussi inoffensif.

La jeune femme se pencha et ramassa un filtre qui s'avéra marqué des lignes dorées caractéristiques. « Ce type a vraiment de mauvaises habitudes. » Si l'ancien moissonneur était là, que cherchait-il ? Immédiatement, Charlie se demanda si sa présence avait un rapport avec Rouge ou elle. Puisque ces cigarettes avaient été trouvées devant le cottage attribué à M. Punch, il semblait toutefois probable que le fumeur cherchât ce dernier.

Or, compte tenu de ce qu'il avait fait à Rooster, elle ne voulait pas imaginer ce qu'il ferait à sa sœur.

« S'il voit Malhar, il croira M. Punch logé ailleurs », dit Rouge en repartant vers la voiturette de golf.

Charlie espérait qu'il eût raison. « À supposer qu'il connaisse sa véritable identité, oui. » Mais elle estimait cela presque sûr. Si M. Punch avait tenté de la recruter, elle, c'était qu'il cachait ses activités au reste de son organisation.

« Tu devrais rapporter la voiturette, reprit son compagnon. Le froid ne me dérange pas. Laisse-moi ici et je monterai la garde au cas où il reviendrait. À tout le moins, je peux m'assurer que Posey et Malhar rentrent sains et saufs.

— Je vais rester un moment avec toi. »

Il lui lança un regard de reproche. « Tu vas geler.

— Distrais-moi. Parle-moi d'Archie. » Elle se rapprocha de lui sur le siège de la voiturette. « Il a l'air de considérer la Cabale comme une secte, mais je crois qu'il a plus ou moins envie de s'y joindre.

— Moi, je crois qu'il préférerait la diriger. »

Charlie eut un petit rire. « On n'a qu'à lancer une secte, nous aussi. Forcer tout le monde à s'habiller en blanc et à t'offrir du sang. »

Rouge lui adressa un demi-sourire. « Et à danser nu sous la pleine lune ?

— En été », acquiesça-t-elle. Elle resserra discrètement la veste autour d'elle, tout en regardant son souffle former un petit nuage dans l'air.

« Tu as froid, dit-il. On devrait...

— C'est toi qui as froid », accusa-t-elle.

Rouge éclata de rire, puis secoua la tête - se moquant d'elle ou de lui-même. « Tu as toujours été comme ça ?

— J'ai déjà été pire.

— Et ça me plaisait ? » Mais ses sarcasmes étaient mouchetés, l'invitaient à jouer le jeu.

« Tu adorais ça », lui assura-t-elle.

Surprenant son regard, il se pencha et la prit dans ses bras. La stupéfaction figea les gestes de Charlie tandis qu'il l'embrassait. Il avait la bouche douce mais, au contact de ses lèvres, un choc électrique traversa la jeune femme tout entière. Une fourchette dans une prise électrique.

Elle ne s'était pas attendue à ce qu'il la touche. Elle n'avait pas été sûre qu'il *voulût* la toucher.

Les doigts rudes de Rouge glissèrent dans ses cheveux pour prendre sa nuque en coupe. Il lui embrassa la joue. Les sourcils. La naissance des cheveux. Charlie frissonna. Sa peau lui paraissait affamée. Elle avait envie de sentir ses mains partout à la fois.

« Tu devrais retourner là-bas. » La voix de son compagnon était aussi rauque que s'il avait longuement hurlé.

« Ah, je ne vais sûrement pas faire ça *maintenant*. »

Cette fois, quand il l'embrassa, ce fut un baiser dur, violent, qu'elle accueillit avec joie et auquel elle répondit, pressant sa bouche contre la sienne avec un feulement. À genoux sur le siège pour se coller davantage à lui, elle plongea la main sous la ceinture de son pantalon. Quand il passa les siennes sous sa veste, elle en sentit le froid contre la soie de son vêtement et sa peau surchauffée.

Puis il lui remonta sa robe, posa les doigts sur ses cuisses brûlantes.

Elle frissonna.

Des phares apparurent au détour du virage. Rouge s'écarta abruptement, considérant Charlie comme s'il venait d'échapper à un enchantement. Comme si elle était la méchante magicienne lui ayant jeté un sort.

La voiture passa rapidement, une Mercedes, roulant plus vite qu'elle ne l'aurait dû sur un tel chemin. Un autre crépusculien venait d'arriver. Bientôt, le centre en serait empli.

« On devrait arrêter », dit Rouge, fermant les yeux pour ne plus la voir : échevelée, les lèvres gonflées par les baisers.

Charlie prit une profonde inspiration frémissante. « On devrait vraiment, oui. »

En les rouvrant, les yeux de son compagnon étaient des charbons ardents qui rougeoyaient dans la nuit. Il se pencha à nouveau vers elle, pressa sa bouche contre la sienne, lui lécha les lèvres, puis les écarta. La jeune femme sentit une langue chaude pénétrer dans sa bouche.

Elle changea de position, l'enfourcha, et se retrouva à cheval sur ses cuisses. Lorsqu'elle le sentit dur, pressé contre son ventre, elle ondula en une pantomime de l'acte qu'elle désirait, une promesse.

Rouge émit un gémissement douloureux, tout en couvrant de baisers la gorge de Charlie et en la mordillant.

Il posait sur elle un regard brûlant, affamé, tandis que ses mains remontaient un peu plus la robe. La jeune femme eut un hoquet quand l'air froid frappa sa peau nue. L'étincelle de désir qui l'animait était aiguë au point de devenir douloureuse.

« Tu n'as peur de rien, chuchota-t-il. Pas même des monstres. Et si je t'horrifiais ? »

Charlie vit les traits durs de Rouge au clair de lune et sentit ses nerfs se tendre, son corps frissonner au contact de deux mains fermes. Elle ralentit ses mouvements, quoique la pulsation de son désir lui fît l'effet d'un second battement de cœur. « Ce ne sera pas le cas.

— Il y a des choses que je pourrais te montrer. » Il changea légèrement, devint flou sur les bords. Les yeux pareils à des braises étincelantes, le corps redevenu ombre à moitié.

Un brouillard chaud et épais glissa sur la peau de la jeune femme, dont les yeux s'écarquillèrent. Elle eut une inspiration sèche lorsqu'il effleura son ventre et le nœud de tissu cicatriciel où la balle l'avait frappée, au-dessus de la courbe de ses seins. C'était une sensation chaude, étrange et absolument terrifiante. Charlie avait l'impression qu'une sorte de dieu de la nuit était tombé sur terre.

« Dis-moi d'arrêter et je le ferai. » La voix dans l'air autour d'elle la faisait frissonner, mais nullement de froid.

« Je..., commença-t-elle. Est-ce que tu peux y prendre du plaisir ?

— *Je veux ton désir,* dit-il, et jamais sa différence n'avait été aussi évidente. *Pour moi. Tel que je suis.*

— Je veux ton désir aussi », dit-elle en fermant les yeux, car, bien qu'il la dît sans peur, elle était d'une certaine manière extrêmement effrayée.

Effrayée de sentir des doigts d'ombre caresser ses mamelons, des vrilles d'ombre remonter le long de ses cuisses et la toucher simultanément en plus d'endroits que cela n'aurait dû être possible. Effrayée, mais aussi émerveillée, comme si le ciel nocturne en personne descendait pour l'enlacer de toute sa splendeur étoilée.

Elle eut soudain besoin de le voir et ouvrit les yeux afin de découvrir son regard brûlant.

« Je n'ai jamais désiré quiconque plus que toi », déclara-t-il avant de l'embrasser encore. Elle tenta de se concentrer sur cette

bouche, de s'accrocher à quelque chose de solide au milieu d'un chaos d'excitation.

Charlie frémit contre les lèvres de Rouge tandis que l'ombre la touchait partout, caressait la cambrure de ses reins, se concentrait au creux de sa gorge, écartait ses cuisses, écartait sa moiteur. Il lui semblait être touchée par un millier de langues, un millier de flammes ardentes. Tout son corps palpitait.

Puis il s'étendit sur elle, en elle, tout autour d'elle… Il était le gouffre et le firmament. Il était l'air qu'elle respirait.

Charlie devint une chandelle qui n'avait nul besoin de mèche, car sa cire même flambait. Elle oublia de bouger. Oublia le froid. Oublia de ne pas crier quand s'abattit sur elle un plaisir inhumain qui annihila ses pensées au profit de la seule sensation.

30

PYRITE ET OR VÉRITABLE

Charlie rentra à son cottage sur des jambes flageolantes, le rouge aux joues malgré le froid, et seule.

Après avoir déverrouillé la porte, elle se rendit compte qu'un membre du personnel avait ouvert le lit, allumé un feu, et déposé une bouteille de vin rouge en compagnie de deux verres, avec les compliments de la direction.

Frissonnante, la jeune femme alla s'asseoir près des flammes, ôta la capsule de la bouteille et but une gorgée au goulot. Elle se sentait merveilleusement bien, mais aussi au bord de la panique, beaucoup trop vulnérable, toutes ses émotions trop proches de la surface pour qu'elle se sente à l'aise.

Empoignant une couverture sur le canapé, elle s'en enveloppa et sortit son téléphone. Elle avait manqué quatre messages de sa sœur.

Posey : *c'est la piaule d'Archie*
Posey : *pourquoi*
Posey : *houhou*
Posey : *Charlie !!!!!?????*

Avec un soupir, elle commença à taper une réponse.

Charlie : *ça va*
Charlie : *t'es déjà au cottage ?*

La réponse lui parvint instantanément.

Posey : *on quitte le bar*
Posey : *bu un verre avec un mec qui achète une ombre, complètement ouvert sur le sujet & qui dit que son pote l'a fait l'année dernière & que son rdv est pour demain soir*
Posey : *merde alors*

Charlie espérait que Malhar ne se soit pas présenté comme M. Punch durant cet entretien, mais cela ne ferait sans doute que retarder l'inévitable. Il devait prononcer une conférence le lendemain.

Charlie : *Je crois que quelqu'un a traîné autour de votre cottage, peut-être l'assassin de Rooster.*
Charlie : *et les crépusculiens engagés comme gardes par Archie sont dans le cottage en face du vôtre*
Charlie : *venez dormir chez nous*

Il y eut un délai, cette fois. Charlie fixa les trois points tandis que sa sœur tapait et retapait.

Posey : *chez nous*

Posey : *c'est incroyable !!!!!!!*

Posey : *Malhar a emprunté de l'onyx à l'université, donc on en a plein. on peut bloquer portes & fenêtres, t'en fais pas pour nous*

Posey : *Malhar t'envoie un mail, d'après lui des infos dont tu auras besoin demain*

Charlie soupira et but une autre gorgée de la bouteille de vin. Elle ne pouvait pas prendre les décisions de sa sœur pour elle.

Charlie : *ok, appelle-moi si quoi que ce soit vous effraie*

Elle savait que, selon Posey, n'étant pas crépusculienne, elle ne pouvait pas la protéger. À moins que les choses ne tournent vraiment très mal, sa cadette n'appellerait pas.

Charlie ouvrit le mail de Malhar, accompagné de trois captures d'écran d'un document Google. Le texte rédigé par l'étudiant disait :

> Archie a fait allusion aux ombres. Je ne savais pas de quoi il parlait au juste, mais il n'a pas caché qu'il attendait de moi que je lui apporte davantage de quelque chose.
> Il a une assistante, Vera, descendue dans un hôtel plus économique, plus près de la ville, donc absente pour le moment. Elle apportera demain matin les sacs cadeaux, les tours de cou et les badges.
> Il y aura des tours de cou verts en rab, il serait facile de s'en procurer, mais ça ne serait pas particulièrement utile. Archie m'a dit que « ces gens-là » ont besoin de tout un personnel pour se torcher le cul – je cite – et ne pensent jamais à inscrire leurs employés. Ces derniers ne sont pas admis dans les locaux du congrès. Ils reçoivent les tours de cou verts,

alors que les participants payant en reçoivent des violets. Archie, moi-même et les autres intervenants en aurons des rouges.

Et Vera ? tapa Charlie en réponse. Et la sécurité ?
Un autre mail arriva quelques minutes plus tard.
Jaune pour Vera. Mais je crois que c'est la *seule* avec un badge jaune. Archie ne voulait pas la vexer en lui en donnant un vert, mais il ne voulait pas non plus que quiconque, à part nous, en ait un rouge. La sécurité est en vert aussi. Même principe.

La porte s'ouvrit, et Rouge entra dans le cottage, flou sur les bords, un peu de fumée surgissant des yeux. La jeune femme sentit tout son corps s'échauffer d'un mélange de désir et de honte.

Elle lui tendit son téléphone et demanda d'une voix à peine tremblante : « Pourquoi Archie critique-t-il les riches ? Il ne l'est pas, lui ? »

Rouge vint s'asseoir auprès d'elle. « Pas assez, dit-il après avoir fini de lire. Ses parents ont du fric, mais pas de quoi acheter un avion privé, une résidence secondaire dans les Hamptons et une troisième baraque sur la Riviera. Lui, il a le sens des affaires et une ombre éveillée. »

Intéressant. Quand Archie parlait des crépusculiens, il ne disait pas en être un. Cela signifiait qu'il profitait peut-être lui-même des ombres volées.

« Où l'as-tu connu ? » s'enquit-elle, car il était important de cerner le profil de cet homme pour l'utiliser comme pigeon. Si cela permettait en outre à la jeune femme d'oublier un peu ce qui s'était passé entre elle et Rouge, c'était encore mieux.

Non que ce fût compliqué. Ils avaient eu envie l'un de l'autre. Ils avaient fait l'amour de manière insolite. Tout allait bien.

« On l'a croisé à Mykonos pendant les vacances, après notre première année d'université, dit son compagnon. Il a remarqué que Remy était aussi crépusculien. Ensuite, il a gardé le contact. Il était doué pour les relations sociales. Il trouvait Remy un peu froid – le prenait pour un snob – sans savoir que s'il entrait dans le cercle de son petit-fils, Salt le remarquerait et ce serait un désastre. »

Remy avait dû se sentir très seul, contraint d'éviter les gens qu'il aimait bien pour les protéger. Il avait certes été injuste avec son ombre mais, de toute évidence, il ne pouvait s'appuyer sur personne d'autre.

« Il avait l'air de t'apprécier, ce soir, dit-elle.

— C'est vrai », dit Rouge, la laissant tirer de cette réponse la conclusion de son choix.

Charlie ouvrit les captures d'écran envoyées par Malhar et étudia le programme :

7 h 30 – Ouverture des portes

9 h – Petit-déjeuner et accueil

10 h 30 – Méditation matinale dirigée par Paula Essex

11 h – Conférence d'un important chef de la Cabale, suivie d'une séance de questions/réponses

13 h – Déjeuner

14 h – La Furie et l'Ombre : Légende urbaine et croyances

15 h 30 – Démonstration d'ombre pratique

17 h – Le Business de la magie

21 h – Cocktail

Charlie n'avait aucun moyen de savoir à quelle heure avaient été pris les rendez-vous pour la distribution des ombres, mais, au dîner, Archie avait semblé plus détendu que si l'attendait toute une nuit de retaillage. Les transactions commenceraient sans doute le premier jour du congrès.

La femme ayant laissé un message à M. Punch était sûrement Vera, mais elle ignorait peut-être ce qu'elle demandait. Quoi qu'il en fût, cela suggérait que les ombres étaient conservées chez Archie.

La tâche de Charlie serait de s'introduire dans la chambre 210 une fois l'organisateur parti pour le congrès, de récupérer les ombres, puis de s'en aller comme si de rien n'était. Partir en avance serait alors tentant, mais ils devraient s'attarder un peu s'ils ne voulaient pas que leur qualité de voleurs devienne d'une rare évidence.

En outre, disposer de quelqu'un d'autre sur qui jeter les soupçons ne nuirait pas.

Oh, certes, il serait satisfaisant de tout attribuer à Mark, lequel était toutefois un électron libre : mieux vaudrait désigner à Archie un des crépusculiens marionnettistes – les discréditer à tout prix jusqu'à ce que Malhar ait quitté les lieux. Si cela s'avérait impossible, on pourrait peut-être leur faire croire que l'étudiant était manipulé par M. Punch afin de dissimuler un peu plus son identité. Cela ne fonctionnerait pas à long terme, mais permettrait de gagner du temps. Enfin, quand ils seraient sortis de Solaluna, il conviendrait de discréditer aussi Archie auprès de M. Punch.

Toutefois, ce dernier point se révélerait peut-être impraticable si le chef des marionnettistes apprenait qu'on s'était fait passer pour lui. Et Charlie n'avait aucune idée pour y remédier.

Son premier souci serait de voler des badges à Vera. *Je serai à votre cottage à 6 h 30,* écrivit-elle à sa sœur. *Commande du café.*

Elle entendit le carillon annonçant la réponse, puis posa son téléphone. Se dit qu'elle devait être courageuse. But une ultime gorgée de vin et se tourna vers Rouge.

Il plongea dans les siens ses yeux creux et fumants. Malgré tout, elle sentit une pointe de crainte animale se planter dans son cœur.

Puis elle se pencha pour l'embrasser. Il lui rendit son baiser avec une intensité qui évoquait un peu du soulagement. Peut-être était-il nerveux, lui aussi. L'idée la rendit audacieuse. Refermant les doigts sur ses cheveux, elle les tira brièvement.

Il émit un son contre sa bouche.

« Ça te plaît, ça ? » Elle avait vécu avec lui toute une année et ne le savait pas.

Il recula un peu, la considérant avec une intensité sauvage. « Je... oui. » Il ravala le reste de ce qu'il s'apprêtait à dire.

« Je vais passer la fin de la nuit à déterminer tout ce que tu aimes », dit-elle avant de laisser glisser ses mains sur sa peau, le griffant légèrement de ses ongles.

Le congrès n'était pas censé débuter avant neuf heures mais, d'après le programme, l'accueil commençait une heure et demie plus tôt. Ce fut l'horaire auquel arriva Charlie, Malhar et Posey sur ses talons. Rouge resta en arrière, attendant son heure.

« Fais comme si c'était toi qui commandais », rappela-t-elle à Malhar juste avant qu'il n'ouvre la porte. Il portait la veste de son costume de la veille, sur un tee-shirt et un jean, comme s'il arrivait tout droit de Silicon Valley.

En jean et pull noir, un couteau d'onyx caché dans ses bottes Prada d'emprunt, Charlie se demanda si elle n'était pas trop habillée. Elle devait donner l'impression d'appartenir au personnel de M. Punch.

Dans la salle, une femme aux courts cheveux gris, en tailleur-pantalon bleu foncé, déposait des sacs-cadeaux sur une table déjà trop chargée. Vera, l'assistante surmenée. Près d'une pile de tours de cou, une petite imprimante crachait des badges. Tout n'était pas encore assemblé. Parfait.

Le jeu était simple. Charlie avait besoin que Vera s'éloigne de l'ordinateur assez longtemps pour les inscrire officiellement,

Rouge et elle, dans le registre des participants. Simple, mais pas facile. Toutefois, elle avait un atout : nul ne soupçonnerait le mystérieux invité d'honneur d'une telle interférence mesquine.

« Bonjour, dit Malhar.

— M. Punch ! » Vera parut catastrophée de le voir. « Il y a un problème ? Vous n'avez pas eu ce que vous attendiez ? On était censé envoyer ça à votre chambre ce matin, et vous auriez dû recevoir un mail…

— Ce n'est pas ça, la rassura l'étudiant. Un des employés de l'hôtel avait des questions concernant le menu du petit-déjeuner, mais je n'ai pas pu trouver Archie.

— Oh. » Elle observa ses diverses piles. « Eh bien, vous pouvez lui dire qu'Archie ne sera pas long.

— Je crains de lui avoir promis que *vous* iriez lui parler, puisqu'on m'a dit que vous étiez chargée de la logistique. Mes excuses. » C'était ce qu'ils avaient répété, et Malhar jouait son rôle avec talent.

« Non, c'est très bien. » Elle prit une inspiration sèche. « Je vais aller discuter avec l'hôtel. Il faut juste que je ferme cette salle – et que je trouve le moyen de poser une pancarte sur la porte, au cas où quelqu'un viendrait chercher son badge.

— On peut vous aider, dit Charlie. Il suffit de déplacer les sacs vers cette table et d'accrocher les badges aux tours de cou ? Ce ne sera pas un problème.

— Je ne peux pas vous laisser faire ça. » Le sourire de Vera se crispa.

« Ça ne nous dérange pas du tout. » La jeune femme se dirigea vers les sacs. « Si quelqu'un arrive, on dira que vous revenez tout de suite.

— Ce n'est pas le fait de nous laisser ici qui vous inquiète, n'est-ce pas ? » Malhar venait de prononcer sa réplique la plus importante. Archie avait sûrement enjoint à son assistante de ne pas contrarier le chef de la Cabale.

« J'ai mon organisation, c'est tout », se récria Vera.

Charlie sourit, tentant de jouer l'innocence inconsciente. « On garde la salle jusqu'à votre retour et on promet de ne toucher à rien, d'accord ? Si quelqu'un arrive, on dira qu'il faut attendre. »

Vera s'interrogeait visiblement. Elle souhaitait à l'évidence verrouiller la salle, mais cela impliquerait de jeter ces gens dehors, et elle aurait un tas d'ennuis si M. Punch se vexait.

« Ce serait idéal, capitula-t-elle enfin.

— Il a dit qu'il serait au bureau central, lui apprit Malhar, comme s'il venait de se le rappeler.

— Vous avez retenu son nom ? demanda Vera.

— Je crains que non. » L'étudiant fit la moue.

Vera partait à la chasse au dahu, mais cela l'empêcherait de se rendre tout droit à la réception et de revenir immédiatement. Le trajet jusqu'au bureau central, la frustration de le trouver fermé, puis le retour fourniraient à Charlie une fenêtre certes réduite, mais avec laquelle elle pourrait travailler.

« Vous ne toucherez vraiment à rien ? interrogea Vera avec l'air de craindre qu'ils appuient sur un gros bouton rouge et fassent s'effondrer l'établissement sur leurs têtes.

— Promis, dit Posey, parlant pour la première fois.

— Absolument », confirma Malhar, les mains levées en signe de reddition.

L'assistante devait se sentir coupable, car elle cessa de grimacer. « Je sais que vous essayez seulement de m'aider. J'apprécie.

— Nous ne nous mêlerons en rien de votre organisation », assura Charlie.

Ensuite, malgré ses réserves évidentes, Vera quitta les lieux pour aller chercher un employé d'hôtel imaginaire dans un bureau qui n'ouvrirait pas avant trois quarts d'heure.

Charlie s'approcha aussitôt de l'ordinateur portable posé sur la table. Le fichier qu'imprimait Vera était ouvert, donc il lui fut aisé d'ajouter « Lena Hall » et un « R. V. Caver » délibérément mal orthographié à la liste des participants. Il était possible que, la veille au soir, Archie ait vérifié la présence de Remy sur la liste. Avec de la chance, le patronyme erroné expliquerait pourquoi une recherche n'avait rien rapporté.

Cela fait, Charlie consulta le calendrier en ligne de Vera. Une suite de rendez-vous s'afficha sur l'écran. Pour le premier, à huit heures, il n'était plus temps d'intervenir : une ombre éveillée était partie. Le deuxième était prévu pour onze heures et demie. Telle était la fenêtre dont ils disposaient pour leur arnaque. Charlie s'était déjà accommodée de moins.

Quand Vera revint, plus déroutée que jamais, elle les remercia d'avoir attendu et imprima leurs badges.

Rouge arriva quelques minutes plus tard, sortant des ombres bien pratiques accumulées devant la porte. Il lui fallut un peu plus longtemps pour obtenir son badge, car Vera dut d'abord trouver son nom dans la liste, moment où il lui expliqua tout ce qui concernait ses papiers d'identité et où elle appela Archie pour confirmation. Quand Charlie et le faux Remy Carver s'en allèrent, d'autres personnes arrivaient déjà. Ils allèrent prendre le petit-déjeuner.

« Bonjour », dit Rouge dans un souffle.

Cela suffit à susciter un picotement de chaleur sur la peau de Charlie. C'était ridicule. Elle devait se concentrer.

Dans le hall, causant avec quelqu'un qu'elle ne reconnut pas, elle vit le marionnettiste roux qui l'avait tirée de chez elle pour l'emmener voir M. Punch. Elle tourna la tête, espérant qu'il ne l'avait pas vue.

« On s'en va ce soir, dit Charlie. Après le cocktail. »

Posey paraissait butée. « Il ne s'est rien passé la nuit dernière.

— L'assassin de Rooster est ici, quelque part, lui rappela Charlie. On ne sait pas qui il recherche. »

Rouge posa la main sur l'épaule de Malhar. « Il est fort possible que ce soit M. Punch.

— Tu crois que le malade qui a assassiné tous ces gens à Hatfield veut me tuer, *moi* ? s'exclama l'étudiant.

— Ce n'est pas vraiment toi, lui rappela inutilement Rouge.

— Il faut que j'aille préparer ma conférence, annonça Malhar. Et, apparemment, ma perte. »

Il devait vraiment tenir à Posey pour s'être laissé convaincre de venir.

« Si tu as l'impression qu'on te suit, appelle, lui recommanda Charlie. Et toi, Posey, continue de surveiller les ombres. »

Sa sœur hocha la tête, puis s'éloigna en compagnie de Malhar.

Le petit-déjeuner consistait en un buffet. Charlie et Rouge parcoururent ensemble la file. La jeune femme emplit son assiette de fruits et d'un mets étiqueté TOAST FRANÇAIS FOURRÉ À LA MYRTILLE & AU MASCARPONE. Son compagnon prit un bol de *congee*, du bacon et trois œufs à la coque. Ils s'assirent ensuite à une table occupée par deux inconnus qui se présentèrent aussitôt et leur donnèrent une poignée de main ferme.

« Je m'appelle Lars », dit le premier, en écartant de son visage des cheveux d'un blond plus lumineux que celui de Rouge. Il portait un pantalon écossais, un polo bleu foncé et des chaussettes bleu électrique. « J'arrive de Suède. Il y a tellement de congrès qui promettent tellement de choses. J'espère que celui-ci soutient honnêtement ce qu'il avance.

— Lena, dit Charlie. Et voici…

— *Hej*[3], dit Rouge. Appelez-moi Carver. »

Lars éclata de rire. « *Hej !* Excellent.

— Moi, c'est Shawn », interrompit l'autre type. Il portait une casquette de base-ball sur ses cheveux bruns semés de gris. En

3. « Salut » en suédois.

jean et baskets, il paraissait décontracté, mais les étiquettes disaient clairement que sa tenue n'était pas bon marché. « De Los Angeles. Je veux des vérités sans fard. Par exemple, savez-vous que la Cabale a commencé parce qu'un type a volé un paquet de livres dans une bibliothèque ? Ses potes et lui les ont lus, puis ils les ont brûlés. Ç'a été le début. Mais personne n'en parle. »

Charlie ignorait si cette histoire était vraie ou non, mais elle penchait fortement pour le non.

« Au lieu de vouloir la connaissance pour tous, ils ont décidé qu'elle reviendrait seulement à leur petite clique anti-élite. Ils ont donc trouvé l'idée des cabalistes. »

Ça, c'était absolument faux. Personne ne se donnait le nom de « cabaliste » – ce n'était pas une description particulièrement élégante. Ce mot ne désignerait les membres de la Cabale que tant qu'il resterait à la mode.

Shawn était lancé, visiblement enchanté d'avoir un public. « Ensuite, ces cabalistes se sont répandus dans le monde entier. Ils ont réussi à rassembler toutes les ressources, du simple fait qu'ils ont été les premiers. Mais ils n'ont aucun sens des affaires. J'en ai rencontré, et permettez-moi de vous dire qu'ils sont pareils à n'importe quel réseau de marketing à paliers multiples – déjà tellement investis qu'ils doivent exploiter les autres pour justifier ce qu'ils ont déjà fait. »

Charlie lâcha un petit rire surpris. À cet égard, il n'avait pas tout à fait tort.

Lars, toutefois, refusait de l'admettre. « Les cabalistes se sont élevés parce que c'est la manière traditionnelle dont tout fonctionne – une autorité au sommet. Un apprentissage pour les nouveaux crépusculiens. Mais j'admets qu'ils risquent de s'avérer un peu trop démodés. Ils ne démordent pas de l'idée que la solution à tous leurs problèmes figure dans de vieux volumes poussiéreux. Et ils peuvent être ridiculement hiérarchisés. Ils adorent se montrer énigmatiques. Toutefois, ils sont tout ce que nous avons et j'ai hâte d'entendre ce qu'ils voudront bien nous enseigner.

— En plus, ils font passer des bizutages comme dans une fraternité, merde », intervint Shawn.

Charlie regretta que Posey ne soit pas là pour entendre cela. Plus encore, elle regretta de ne pouvoir s'adresser à Rouge mentalement. Elle aurait adoré l'entendre commenter les propos échangés.

La jeune femme but une gorgée de café et s'attaqua sans conviction à son petit-déjeuner. Elle n'était pas sûre que leurs compagnons de table soient vraiment en désaccord, mais ils voulaient à l'évidence tous les deux avoir le dernier mot.

Shawn recommença à se plaindre. « Ils te font faire un tas de choses pour eux et ne te donnent en échange qu'un minuscule fragment de savoir. Ils veulent contrôler l'accès à la magie d'ombre. Vous vous rappelez ce bouquin qui a provoqué tant de morts, il y a quelques années ? Je crois que c'était un complot des cabalistes pour que les crépusculiens indépendants sachent qu'ils avaient intérêt à se joindre à la Cabale.

— Alors pourquoi désirez-vous écouter un de leurs chefs ? demanda Charlie.

— S'il a des secrets à révéler, je veux les connaître et... » À cet instant, Lars s'interrompit, car Archie, à l'entrée de la salle, était en train de s'éclaircir la voix, Malhar à son côté.

« Bienvenue, tout le monde. Je suppose que nous avons tous avalé un bon petit-déjeuner et assez de caféine pour affronter ce qui nous attend, commença Archie de sa voix tonitruante. D'abord, je vous remercie d'être ceux que vous êtes – toujours curieux en dépit de vos grands succès personnels. »

Charlie ne put s'empêcher de songer à la librairie *Curiosity Books* et à son slogan : *L'univers appartient aux curieux*. Le propriétaire était mort d'avoir suivi son propre conseil.

« Nous sommes ici pour consacrer notre temps, notre énergie et, oui, notre argent à la construction d'un monde meilleur. Un monde dans lequel les profondeurs de la conscience et du pouvoir humains sont mises à contribution. Je sais qu'il y a parmi vous des sceptiques persuadés que rien de neuf ne sera révélé. J'ai douté, moi aussi. Votre scepticisme vous honore. Nul n'arrive là où vous vous trouvez tous sans être capable de faire la différence entre la pyrite et l'or véritable.

» Afin de nous mettre dans l'état d'esprit adéquat, nous allons entamer la journée par une méditation guidée qui nous détendra. Quand vous aurez fini de manger, dirigez-vous vers la salle de conférence, s'il vous plaît, et nous commencerons. »

Charlie se leva. Elle gagnait la sortie lorsqu'elle remarqua Mark au fond de la salle. En manteau de cuir, jean noir et chemise blanche au col taché de transpiration.

Elle ne pouvait toujours pas le voir sans que lui revienne en tête une des pires périodes de sa vie. La balle de revolver. Le bruit qu'elle avait fait en traversant le pare-brise. Le passager renvoyé en arrière par la force de l'impact. Elle avait hurlé, hurlé, hurlé, tandis que sa voiture percutait une Jeep garée le long du trottoir.

Mais elle avait aussi des souvenirs de lui avant cela. Quand ils étaient au lit ensemble. *Je t'aime plus que tout au monde,* lui chuchotait-il à l'oreille.

Charlie se dirigea vers lui. Comme elle s'approchait, le visage fermé, il fila en direction de la salle de conférence.

Elle se lança à sa poursuite, à deux doigts de courir, mais il atteignit son but avant qu'elle ne puisse le rattraper.

Lorsqu'elle franchit le seuil de la salle, elle constata que trop de gens la regardaient pour qu'elle puisse le traîner dehors sans que quelqu'un ne l'arrête – ou, à tout le moins, ne pose énormément de questions. Elle pouvait toutefois s'asseoir près de lui.

« Je sais ce que tu fais ici, dit-elle à voix basse, gratifiée de voir les yeux de Mark s'écarquiller. Et tu devrais t'en aller.

— Charlie Hall, grinça-t-il au bout d'un moment. Tu crois toujours tout savoir, et tu as toujours tort. »

La prison ne lui avait pas réussi. Hagard, émacié, les ongles jaunes, il était engoncé dans son manteau, comme gelé. Si elle avait besoin d'une preuve supplémentaire de son implication dans cette affaire d'une manière ou d'une autre, c'était qu'aucune personne aussi peu soignée ne serait entrée à Solaluna sans une tenue bien plus élégante ou beaucoup d'argent. Son seul effort semblait avoir été de s'inonder d'eau de Cologne.

« Si j'ai tellement tort, dis-moi en quoi je me trompe. »

Il eut un petit rire. « Plus tard. »

Une jeune femme en ample robe violette, aux tresses semées de nombreux fils d'or, entra dans la pièce. Le programme était sur le point de commencer.

« Fais-moi confiance, cette fois-ci, dit Charlie, exaspérée. Ou bien refuse et affronte les conséquences.

— Tu ne les affrontes jamais, toi », renvoya Mark.

Charlie se leva alors que la femme guidait le public dans une méditation rituelle. Au temps pour ses excuses. Qu'il en soit revenu, d'une manière ou d'une autre, à lui reprocher la situation dans laquelle il se trouvait était assez logique.

Si sa chance tenait, elle aurait plus tard le temps d'essayer de lui soutirer des informations. Pour l'heure, il lui fallait visiter la chambre d'Archie.

Dans le hall, Charlie prit la main de Rouge et l'entraîna vers l'escalier. « Tant pis pour Mark. Je n'aurais pas dû m'en occuper. Finissons-en. » Elle n'eut aucun mal à lui lancer un regard amoureux : si on les voyait, la question de savoir pourquoi ils s'éclipsaient ne se poserait donc pas.

« J'aime bien te regarder travailler », lui avoua-t-il tandis qu'ils arrivaient au deuxième étage.

La chambre 210 se trouvait au bout d'un couloir, à l'écart des autres. Sans doute une suite. Luxueuse, mais pas autant qu'un cottage. Même s'il vendait des ombres, Archie ne s'estimait pas plein aux as.

Charlie surveilla le couloir tandis que Rouge se fondait dans l'obscurité. Il ne passa toutefois pas sous la porte. L'instant d'après, il se reforma près d'elle. « De l'onyx, lui apprit-il. Je ne peux pas entrer.

— On dirait que je suis encore utile », répondit-elle.

Malgré les tarifs pratiqués par l'établissement, les serrures étaient vieilles et pas particulièrement sûres. Les gens acceptant de payer des prix aussi exorbitants n'avaient sans doute pas besoin de se subtiliser des babioles les uns aux autres. Sortant la carte de crédit de Topher, Charlie la glissa entre porte et encadrement.

« Surveille le couloir sans donner l'impression de surveiller le couloir », intima-t-elle en poussant la carte plus fort. Elle mit un genou en terre.

« Je ne sais pas comment faire ça », soupira Rouge.

En ce cas, elle avait intérêt à faire vite. L'agitant pour la faire descendre, elle sentit le moment où la carte frappa la gâche. Elle la poussa alors avec force vers le bas, tout en lui imprimant un mouvement d'avant en arrière, tentant d'accrocher le bord du loquet.

Avec un cliquetis, la carte se mit en place. Charlie tourna la poignée et la porte s'ouvrit.

« Tu es rapide, commenta Rouge en se glissant devant elle pour entrer dans la chambre d'Archie.

— Tout le monde le dit », répondit-elle en le suivant.

C'était bien une suite. Le salon, cependant, communiquait avec la chambre, ce qui fournissait un grand espace mais peu d'intimité.

Des valises gisaient sur la moquette, ouvertes, entourées de vêtements éparpillés. Une trousse de toilette posée sur le lit débordait de tubes de comprimés. La planche à repasser avait été laissée ouverte et, quand Charlie regarda dans la salle de bains, elle découvrit l'évier couvert de mousse à raser étalée, semée de cheveux.

La bonne nouvelle était que, quoi qu'ils pussent déplacer, la jeune femme doutait que quiconque s'en aperçoive. La mauvaise était qu'il serait difficile de trouver là quoi que ce soit, surtout des ombres.

« Il ne peut pas avoir l'intention d'emmener des gens ici, hein ? demanda Charlie. C'est un vrai foutoir. »

Rouge, occupé à ouvrir et refermer des tiroirs, ne répondit pas.

Charlie entra dans la salle de bains et regarda sous l'évier. Du papier toilette supplémentaire, mais rien d'autre. La grande baignoire sur pieds était drapée d'une serviette humide, la douche munie d'une bouteille de shampooing pivotante, tout autour de laquelle une substance opalescente gluante formait une flaque.

Archie avait de toute évidence été pressé. Et stressé. Mais comptait-il revenir ici ? Était-ce réellement là qu'il conservait un groupe d'ombres à la valeur inestimable ?

« Oh, je sais », fit-elle en sortant de la salle de bains, avant d'ouvrir d'un coup sec le placard situé au-dessus du buffet qui comportait le mini réfrigérateur et la machine à café.

Rouge releva les yeux. « Quoi ?

— Le coffre de l'hôtel. » Inscrit dans le mur, c'était un modèle de base, mais flambant neuf, avec un pavé numérique étincelant. Charlie tourna le levier. Verrouillé. Donc utilisé. Si l'occupant de la suite ne l'avait pas programmé, il aurait été entrouvert. « Il a mis quelque chose là-dedans.

— Tu peux l'ouvrir ? demanda Rouge.

— On va voir ça. »

Avec des coffres comme celui-ci – particulièrement dans un tel établissement, où nul ne s'attendait à un cambriolage –, la première chose à apprendre était si Solaluna avait réinitialisé le mot de passe administrateur du fabricant. Quand elle appuya deux fois sur le bouton de la serrure, le mot « SUPER » apparut sur l'écran digital. Ensuite, elle tapa le mot de passe par défaut, 99999, et retint son souffle.

Elle entendit jouer des rouages caractéristiques à l'intérieur du mur et se tourna pour sourire à Rouge, lequel haussa les sourcils, interrogateur.

Derrière la porte de la chambre, elle entendit des pas dans le couloir.

La voix familière d'Archie retentit : « Tu te fous de ma gueule, ou quoi ?

— M'approche pas, connard », lança une autre voix que Charlie reconnut – puisqu'elle l'avait une nuit tirée du sommeil. Le marionnettiste roux l'ayant conduite à M. Punch.

La jeune femme referma le coffre. Tout ce qu'elle eut le temps de faire ensuite fut de se jeter au sol et de rouler sous le lit. L'instant d'après, Rouge apparaissait près d'elle. Elle tenta de maîtriser son souffle tandis que la porte s'ouvrait et que deux hommes entraient.

La voix d'Archie était plus basse et plus calme lorsqu'il reprit la parole. « Pardon, Sean, mais qu'est-ce que je suis censé faire ? Tu me livres *trois* ombres de plus. Ça en fait *treize,* et ton patron sait très bien que j'ai *vingt-cinq* rendez-vous. Je ne peux pas rembourser ces gens-là. Ils s'en fichent – tout ce qui les intéresse, c'est ce que je leur ai promis. Si je ne leur fournis pas une ombre, il n'y aura pas de congrès l'année prochaine.

— C'est ton problème, dit le rouquin – Sean. Pas le mien. Ni celui de M. Punch. Trouve la solution toi-même.

— Je vais aller lui parler en personne », prévint Archie. Charlie l'entendit taper le code devant le coffre.

Elle jeta un coup d'œil à Rouge dans la faible luminosité, tentant de voir s'il pensait la même chose qu'elle. Archie comptait s'adresser à Malhar.

« Vas-y, je t'en prie », fit Sean sur un ton suffisant.

Il y eut un cliquètement de verre sur verre. Quelque chose venait d'être déposé dans le coffre.

« Allons lui parler ensemble, proposa Archie. Il est au rez-de-chaussée, après tout. »

Charlie entendit la serrure de sécurité se refermer, puis le silence.

« Qu'est-ce que tu racontes ? M. Punch n'est pas ici. » Voilà qui répondait à une question. Au moins, le chef des marionnettistes ne participait pas au congrès.

« Ne sois pas ridicule, je lui ai parlé ce matin, s'esclaffa Archie, ce qui témoignait de sa naïveté ou du pouvoir de persuasion de Malhar et Posey.

— Ah ouais ? fit Sean sur un ton soupçonneux. J'ai très envie de le voir, du coup. »

Charlie éprouvait une telle panique qu'elle avait peine à rester en place. Elle brûlait de sortir avertir Posey. D'ici un instant, toutefois, Archie et Sean s'en iraient et elle pourrait agir.

Rouge haussa les sourcils, interrogateur. Bien qu'elle n'en fût pas tout à faire sûre, elle craignait qu'il ne lui demande s'il devait empêcher les deux hommes de quitter la chambre. Elle secoua imperceptiblement la tête. Les chances d'échec étaient trop grandes, et le succès… Elle n'aimait pas l'aspect du succès.

Au bout d'un moment, la porte s'ouvrit et se referma. Charlie compta jusqu'à dix, puis sortit de sous le lit. Elle s'approcha aussitôt du coffre et en tapa le mot de passe.

Rouge fronça les sourcils. « Tu n'es pas obligée de le forcer ?

— J'ai entendu les chiffres, dit-elle. Chacun possède un son distinct. »

Elle ne put s'empêcher d'être gratifiée qu'il paraisse très impressionné.

Le coffre s'ouvrit. À l'intérieur, de longues fioles en verre étaient rangées debout, bouchées aux deux extrémités par de l'onyx. Elle en souleva une qui lui parut à la fois lourde et fragile entre ses mains. Comme elle l'inclinait, une forme sombre se tortilla à l'intérieur.

Charlie s'accroupit, préleva une chemise dans la valise ouverte d'Archie et en enveloppa les fioles afin de les protéger des chocs. Manquant de place pour ranger la dernière, elle la glissa sous sa propre chemise, et même sous son soutien-gorge. Puis elle fourra le ballot dans un sac du congrès qu'elle confia à Rouge, avant de refermer le coffre et d'effacer ses empreintes.

« Fichons le camp », dit-elle.

Il hissa le sac sur son épaule, et tous les deux sortirent, non sans que Charlie prît soin d'essuyer toutes les autres surfaces qu'elle avait touchées.

« Malhar est censé prendre la parole d'une minute à l'autre », déclara Rouge tandis qu'ils descendaient l'escalier d'un pas trop rapide pour paraître naturel. Archie et Sean ayant de l'avance, Charlie n'osait pas ralentir.

Le couloir menant à la salle de conférence était désert. Aucun cri, aucune confrontation ne troublait la paisible atmosphère. La jeune femme fila vers la porte derrière laquelle avaient lieu les discussions.

Elle entra. Pas d'Archie. Pas de Sean.

Malhar se trouvait déjà sur l'estrade. Il sourit à Charlie et Rouge lorsqu'il les vit entrer. Avant que la jeune femme ne puisse lui faire signe de s'en aller, il s'avança et s'éclaircit la voix.

« Bonjour », commença-t-il en saluant son public d'un signe de la main. Il souriait trop, et un peu de transpiration brillait sur son front. « L'heure est donc venue de divulguer tous mes secrets. »

Les gens rirent. C'était un bon début. Toutefois, une partie des spectateurs exploraient la salle des yeux, comme s'ils se demandaient pourquoi Archie n'était pas là pour présenter son invité d'honneur. Charlie entrouvrit la porte et jeta un coup d'œil à l'extérieur : le couloir était encore désert.

Peut-être l'organisateur, déjà préoccupé par les participants à son congrès, attendait-il la fin de la conférence pour affronter Malhar. Si tel était le cas, Sean était sans doute allé chercher les deux autres marionnettistes au cottage. La fiole en verre glissée sous l'armature de son soutien-gorge appuyait fortement sur la poitrine de Charlie.

Elle sortit son téléphone et envoya un message à Posey : *Archie est au courant.*

Malhar poursuivait sa conférence. « J'ai demandé à plusieurs personnes quel serait le meilleur sujet à aborder devant vous. Toutes ont eu la même réponse : l'éveil des ombres. » À cette phrase, la salle devint bien plus attentive. L'orateur continua, trouvant son rythme. « Nombre d'idées conventionnelles circulent à ce propos, mais je vais vous dévoiler une théorie sous-jacente. Et d'abord, vous raconter une histoire. Quand j'étais à l'université, j'habitais avec un ou deux colocataires. L'un d'eux avait une copine au département de psychologie. Un soir, tard, nous discutions tous ensemble – après avoir pris des champignons, certes – et j'en suis arrivé à évoquer l'esprit bicaméral et la conscience bifurquée. »

Çà et là, dans la salle, des gens fronçaient les sourcils. La plupart des quêteurs avaient entendu parler de la conscience bifurquée, pas de l'esprit bicaméral.

Posey n'avait pas seulement baissé les yeux sur son téléphone.

« Bon, alors, quelqu'un sait-il ce qu'est l'esprit bicaméral ? »

La salle resta silencieuse. Au bout d'un long moment de malaise, Rouge se racla la gorge. Malhar lui accorda son attention avec reconnaissance.

« Les Grecs anciens – et d'autres gens, je crois – croyaient que leurs pensées venaient des dieux qui leur parlaient en esprit », dit Rouge. L'instant d'après, il parut réaliser que Malhar et Charlie le fixaient avec surprise. « C'était dans un cours sur l'origine du théâtre quand Re... Quand j'étais à l'université de New York. »

Malhar acquiesça avec enthousiasme. « Oui, exactement ! On estime que l'esprit bicaméral précède notre idée moderne de la conscience. D'une certaine manière, les ombres sont réellement dans cet état, non ? » Son regard fila vers Rouge puis le quitta. « Elles agissent sur l'ordre de la personne qui les contrôle. La voix qu'elles entendent n'est pas la leur. » Il leva la main. « Je vois que vous avez tous envie de disputer cela. Je ne veux certes pas dire qu'une ombre *ne peut pas* disposer d'une conscience individuelle : ce que j'essaie de retracer, c'est le chemin qu'elle prend pour en arriver là.

— Je pense donc je suis », dit Rouge.

Malhar sourit, comme si ces mots avaient pour lui un sens différent. « Oui-Oui chauffeur de taxi. »

La conférence cessait de donner l'impression d'un spectacle pour ressembler à autre chose, de plus dangereux. *Une véritable théorie.*

« Où est-ce qu'on va, là ? interrompit un type dans le public. Vous avez pris des champignons et vous avez eu des discussions profondes, comme quiconque a jamais pris des champignons. Et alors ? »

Charlie tenta de croiser le regard de Posey pour lui faire signe de consulter son téléphone. Elle n'y parvint pas.

Malhar, qui semblait bien moins nerveux que la veille au soir, répondit à la question. « Quand j'ai expliqué la conscience bifurquée que cultivent les crépusculiens, cette fille a affirmé qu'en fait, ils ne font que provoquer une maladie mentale. Ça m'a carrément foutu en l'air.

— Faut dire que vous planiez déjà, tous les deux », lança quelqu'un dans l'assistance, déclenchant encore quelques rires.

Malhar rit aussi, en apparence peu décontenancé. « Elle a dit que l'esprit bicaméral rappelait la schizophrénie, et que la conscience bifurquée n'était qu'une simple dissociation. La discussion a continué. Ç'a été une nuit mouvementée, mais c'est ce mot-là qui m'est resté en tête. Dissociation. »

Toute la salle était aussi silencieuse qu'un souffle.

Charlie jeta un nouveau coup d'œil dans le couloir : vide. S'ils sortaient étroitement mêlés à tous ces gens riches, Archie hésiterait peut-être à les arrêter. Puisqu'il ne venait pas mettre fin à la conférence, il répugnerait sans doute à désavouer publiquement son orateur.

Malhar marchait à présent de long en large. « Comment, d'après ce que vous avez entendu raconter, les gens tentent-ils de déclencher l'éveil de leur ombre ?

— En nageant avec des requins », dit Lars.

Malhar hocha la tête. « Astucieux. Dans une cage, ça fait peur, mais ce n'est pas vraiment dangereux. La méthode a plus de chances de fonctionner sur quelqu'un ayant une phobie. Mais qu'est-ce que ça signifie ? Pourquoi est-ce que ça fonctionne *parfois*, sur *certaines* personnes ? »

Un autre spectateur prit la parole. « Moi, j'ai fait ce truc où on t'étrangle avec une ceinture pendant un rapport sexuel. Je le recommande chaudement, mais ça n'a pas marché. »

Cela arracha quelques murmures et gloussements au public.

« C'est comme regarder la mort en face », continua le type.

Un de ses voisins s'exprima à son tour. « J'ai mis le feu à mon bras avec de l'alcool dénaturé, et puis je me suis dépêché de l'éteindre. Oh, et je me suis fait donner un coup de poing dans la gueule. »

Rouge eut un rire sec.

Charlie lui assena une bourrade sur l'épaule.

« Et si vous nous faisiez une démonstration », lança quelqu'un, de l'autre côté de la salle.

Une ou deux personnes s'esclaffèrent.

Malhar devait être un excellent professeur. Devant cette « classe », il s'animait. Même à Charlie, il aurait fait croire qu'il enseignait une matière secrète.

« Ce qu'on peut faire d'autre... c'est prendre des drogues. »

D'autres rires.

« Ouais, mec, ouais », lança quelqu'un.

Sean entra dans la salle, seul.

Comme on contemple un accident de voiture au ralenti, Charlie vit Malhar relever les yeux et son regard effleurer le marionnettiste sans le moindre signe de reconnaissance, avant de revenir à la foule. Le faible espoir qu'elle avait entretenu de faire passer l'étudiant pour un pantin manipulé par le véritable M. Punch venait de partir en fumée.

« Les champignons ont fonctionné pour certaines personnes. L'acide. Le Benadryl. Des quantités massives de haschich, reprit Malhar. Mais le pourcentage est faible. Rappelez-vous ma propre expérience avec les champignons : elle a conduit à une théorie, mais aucunement à l'éveil d'une ombre.

» Nous savons tous plus ou moins qu'un traumatisme est susceptible d'éveiller les ombres – quoique seulement celles de certaines personnes –, et nous savons tous aussi ce qu'est la conscience bifurquée, mais on l'estime souhaitable une fois l'ombre éveillée, pas nécessaire à l'éveil, donc le rapport entre ces deux facteurs n'est pas évident au premier abord. Pour être franc, je crois l'avoir trouvé par un coup de chance. Le traumatisme pousse *certaines* personnes à la dissociation. Et c'est cette dissociation qui éveille l'ombre. »

Charlie cligna des paupières. Il régnait un silence si profond qu'elle en était consciente tout en y participant. L'espoir brillait dans les yeux de certains quêteurs, la désorientation dans ceux des autres. Même Sean paraissait un peu perdu.

Il ne s'agissait ni d'un argument de vente ni d'une arnaque. Que le petit copain de sa sœur ait trouvé la clef de l'irruption de la magie dans le monde semblait impossible, mais la jeune femme n'avait jamais non plus entendu l'éveil expliqué de cette manière-là.

« Vous êtes en train d'assimiler cela, constata Malhar. Mais l'étape suivante – et je vois à leur expression que certains en sont déjà arrivés à cette question – est : comment *choisit-on* la dissociation ? »

Il y eut des murmures autour de Charlie, laquelle s'avérait tout aussi passionnée que les autres.

« Bonne nouvelle. Nous en faisons tous. Il vous est sûrement arrivé de rouler sur une route familière, puis de vous retrouver chez vous sans vous rappeler par où vous étiez passé ? C'est de la dissociation. Pas assez profonde pour déclencher l'éveil de l'ombre, malheureusement, mais c'est un bon début. Votre objectif est d'arriver à vous sentir hors de vous-même. Que vous provoquiez cette tension, ou que vous en fassiez organiquement l'expérience lorsqu'elle se produit, le but est de vous donner l'impression que le phénomène concerne quelqu'un d'autre. Un “vous” différent. »

Charlie se rappela le soir où son ombre s'était éveillée, la sensation de se voir elle-même à distance.

« J'ai réfléchi à plusieurs sources de tension relativement inoffensives, et… »

Un hurlement de femme retentit juste derrière la porte.

Avant même d'avoir réfléchi, Charlie la franchit pour se retrouver dans le couloir.

Vera gisait sur le sol, éventrée. Penchée sur elle, une forme féminine indistincte, aux mains d'ombre acérées et couvertes de sang, léchait ses entrailles.

L'assistante était encore en vie mais, Dieu merci, la lumière désertait rapidement ses yeux.

Alors, Mark franchit le coin du couloir, la chemise tachée de rouge, traînant par le bras le corps inerte d'Archie. Quand il vit Charlie, il éclata de rire, lâcha l'organisateur et écarta largement les bras.

Des ombres se déroulèrent sur ses deux côtés, telle une feuille de papier qu'on découpe en forme d'ange et qu'on déplie ensuite pour en révéler toute une guirlande.

L'Homme aux Neuf Ombres du conte.

Un instant, étourdie, Charlie ne put que le regarder fixement, le cœur au bord des lèvres. Des hurlements retentissaient autour d'elle. Des gens la bousculaient. Quelqu'un la percuta assez fort pour la faire tituber.

Tu crois toujours tout savoir et tu as toujours tort.

L'instant d'après, deux des ombres filèrent vers Sean. Trois vers Rouge.

« Je vais tuer jusqu'au dernier tous ceux qui m'ont fait du mal, déclara Mark en se dirigeant droit vers Charlie. Et toi, je te tuerai deux fois. »

Les mains tremblantes, la jeune femme tira de sa botte le couteau d'onyx et le tendit entre eux, regrettant encore une fois de ne pas savoir le manier – sinon pour essayer de planter le bout pointu dans son adversaire du moment. Mark s'arrêta, les yeux emplis de colère.

D'une chose, elle était sûre : s'il s'approchait assez, elle n'hésiterait pas à le poignarder.

Sur le côté, Rouge affrontait une ombre à la silhouette très nettement féminine qui lui avait refermé les mains autour du cou. Une autre, sur son dos, le mordait et le griffait. Les yeux du faux Remy Carver étaient des braises flamboyantes brûlant de rage. « Sors d'ici », grinça-t-il lorsqu'il croisa le regard de Charlie.

Elle recula automatiquement d'un pas.

Sean s'était effondré, hurlant, du sang ruisselant sur le bras. Son ombre était en lambeaux. Les marionnettistes se battaient rarement directement, et une peur terrifiante déformait son visage.

Derrière lui, l'ombre de Posey, opposée à un troisième assaillant, avait grandi et acquis de longues griffes, image féroce et distordue de Charlie – dont le regard s'accrocha à cette vision.

Distraite, la jeune femme n'avait pas surpris l'approche d'une dernière ombre, dont elle ne réalisa la présence derrière elle qu'en sentant une main empoigner son collier d'onyx et tirer si fort qu'il se rompit. Elle virevolta et frappa de bas en haut avec son couteau, alors qu'une brume d'ombre épaisse l'enveloppait et envahissait sa gorge. Elle en sentait le goût sur sa langue. Cela l'étouffait.

Ses poumons la brûlaient, elle était incapable de respirer. Peu à peu, l'obscurité envahit son champ de vision.

Puis éclipsa toute clarté.

31

UN POULAILLER EMPLI DE RENARDS

Charlie s'éveilla sur un tapis qui puait le tabac froid et la viande avariée, les yeux levés vers un plafond marqué de taches d'humidité. Prudemment, elle tenta de séparer ses poignets, puis ses chevilles. Les uns et les autres étaient immobilisés par ce qui devait être des colliers de serrage.

La tête de la jeune femme palpitait, et un élancement sourd torturait ses poumons à chaque inspiration. Une pression douloureuse sur sa poitrine aggravait le problème.

Elle roula sur le côté.

Une femme était assise près d'elle, aussi translucide qu'un fantôme. « Il t'a cherchée. »

Charlie ravala un cri.

Rose Allaband avait été très belle, les yeux et les cheveux noirs. Son ombre ne l'était pas moins. Lorsqu'elle inclinait la tête, sa chevelure bougeait, comme agitée par un vent invisible.

La jeune femme constata qu'elles se trouvaient dans une pièce en désordre, jonchée de vieux journaux et d'emballages de plats à emporter, la moitié transformés en cendriers. « Pourquoi suis-je toujours en vie ? »

L'ombre de Rose haussa les épaules. « Il ne sait pas encore comment il va te tuer.

— Es-tu la seule qui... parle ?

— Pas exactement. » Elle fit un geste. Plusieurs silhouettes sombres se rassemblèrent autour d'elle.

La terreur déferla sur Charlie, annihilant sa capacité à faire autre chose que trembler. Toutes ces ombres avaient un aspect affreusement anormal ; leurs mouvements n'étaient pas naturels.

La main de la fille reposait sur le dos d'un être mi-homme mi-loup. « Voici Archer. » Puis elle présenta ses autres compagnons – JonJon, Gueule et le Croquemitaine. Cinq ombres peut-être manquaient encore à l'appel. Dans le couloir de Solaluna, Charlie n'avait pas vraiment compté et n'était pas sûre du nombre total.

Depuis son réveil, elle s'efforçait de ne pas penser aux amis laissés derrière elle. Rouge, Posey et Malhar. Étaient-ils blessés ? Étaient-ils seulement vivants ? S'imaginer en train de les pleurer la propulsa dans une spirale de désespoir assez profonde pour tempérer sa peur.

« Où sommes-nous ? parvint-elle à demander.

— Dans notre nouvelle maison », dit le Croquemitaine. Sa voix était inquiétante de platitude. « Nous en avons eu beaucoup.

— C'est lui la deuxième ombre qui parle, dit celle qui avait fait les présentations. Mais il arrive à Archer de hurler, et Gueule murmure parfois des choses qui, je crois, ne sont pas des mots.

— Dois-je t'appeler Rose ? s'enquit Charlie.

— Rosalva, répondit-elle. Je viens de Rose, mais je ne suis pas Rose.

— Une aube rosée », dit le Croquemitaine.

« Notre nouvelle maison » n'était guère explicite. Mark pouvait camper près de Solaluna ou à des dizaines de kilomètres, en un tout autre lieu. Charlie en saurait davantage si elle déterminait combien de temps elle était restée inconsciente, mais elle soupçonnait la notion du temps de ses ravisseurs d'être aussi fantaisiste que leur notion de l'espace.

Elle essaya un autre angle d'attaque. « Vous pourriez me détacher les poignets ? »

Les ombres s'écartèrent en poussant des sifflements. Le cœur de la jeune femme battit plus vite.

« On ne peut pas, répondit Rosalva avec un rictus. Il nous a dit qu'on ne pouvait pas. »

Charlie se força à continuer, en dépit de sa peur. « Est-ce qu'il vous a dit que vous ne pouviez pas m'apporter une paire de ciseaux ?

— Rien qui fassc couler le sang. Seulement de l'eau. Et à manger, dit le Croquemitaine.

— Les ciseaux ne font pas couler le sang, insista Charlie.

— *Rien qui fasse couler le sang,* cria-t-il, lui donnant l'impression qu'une rafale la repoussait en arrière. On ne peut pas goûter ton sang délicat. Pas encore. Pas encore. Mais pas jamais. Il a promis que ce ne serait pas jamais.

— OK, chuchota-t-elle, la voix tremblante. OK. »

Il y eut un craquement de lattes de parquet dans le couloir, et les ombres s'éparpillèrent telles des souris à l'arrivée d'un chat. Mark entra, les yeux encaissés dans leurs orbites, les cheveux noirs et gras pendus devant le visage. Il sourit en découvrant Charlie.

« J'adore te voir attachée sur mon parquet », dit-il.

Elle se rappelait le regard haineux qu'il lui avait lancé depuis le box des accusés, pendant son procès, et qui lui avait laissé la gorge sèche. Ce n'était rien comparé à ce qu'elle ressentait à présent. Autant qu'il pût la terrifier, cependant, il la mettait aussi en colère. Même garrotée et allongée par terre, elle ne pouvait s'empêcher d'imaginer sa vengeance.

« J'ai complètement déconné avec toi », avoua-t-elle, laissant sa voix se briser un peu.

Le sourire de Mark s'élargit. « Ça, c'est sûr.

— Je me suis crue très maligne, continua Charlie, tentant d'avoir l'air sincère, quoique cela lui laissât un mauvais goût dans la bouche. Tu m'avais joué un sale tour, donc je me suis dit que j'allais t'en jouer un en retour. Je n'ai jamais pensé à ce qu'ils pourraient te faire.

— Tes excuses arrivent un peu tard. »

Elle ne devait à aucun prix montrer son jeu. Si elle n'était pas au moins un peu susceptible, il ne croirait rien de ce qu'elle dirait. « Sachant que je me suis fait tirer dessus, ce ne sont pas des excuses. »

Mark chassa les journaux qui encombraient une chaise et s'assit. « Attends de voir ce que je vais te faire maintenant. C'est ta faute si je suis comme ça, tu sais ? J'ai envie de te tailler en pièces.

— Qu'est-ce qui t'en empêche ? » rétorqua-t-elle, parce qu'elle était en colère et se sentait sans défense. Et parce que, face au danger, elle faisait de mauvais choix.

Le sourire de Mark exprimait une haine pure et simple. « Ça, je ne pourrais le faire qu'une seule fois. »

Elle était vraiment dans le pétrin. Si elle voulait le tromper – quoique ne sachant trop comment s'y prendre –, elle devait ravaler sa rage. Il voudrait l'entendre reconnaître son intelligence, sa supériorité.

Il n'avait jamais vu en elle un véritable escroc comme lui. Elle était femme et, si une femme amenait un pigeon à la désirer, voire à l'aimer, c'était bien un truc de femme, non ? Cela ne la rendait pas brillante comme un beau brigand débarquant en ville pour voler les cœurs.

Les femmes étaient censées être des caméléons dépourvus de forme jusqu'à ce que le monde leur en impose une. Il n'était donc pas impressionné lorsqu'elle jouait un rôle. Peut-être considérait-il toutes les femmes comme des escrocs.

« Comment es-tu... devenu ce que tu es maintenant ? demanda-t-elle avant de se forcer à paraître captivée par la réponse.

— Vicereine n'était pas la seule à pouvoir m'offrir une ombre éveillée, dit-il. Je suis allé voir quelqu'un d'autre.

— Salt. » La voix de Charlie se brisa sous le coup de la surprise. C'était bien ce qu'avait dit M. Punch du moissonneur, qu'il était plus ou moins le serf de Lionel Salt.

Mark parut ravi de l'avoir choquée. « Tu ne croyais pas que j'avais le cran de faire ça, hein ?

— Tu n'as pas acheté ton ombre. Salt n'avait pas besoin de ton argent.

— Il avait un boulot à me confier. Deux cadavres à emporter en ville et à brûler sans que personne ne le sache. Pour que ça ressemble à un meurtre-suicide. »

Charlie le fixa, se sentant gelée de la tête aux pieds. « C'était son petit-fils. Tu as brûlé le corps de son petit-fils. »

Il haussa les épaules, contrarié par son jugement. « Rien de ce que j'ai fait cette nuit-là n'approche de ce que j'ai fait depuis. »

La jeune femme avait envie de le frapper. « Tu n'es jamais allé en prison, hein ?

— Si, mais des mecs de la Cabale m'ont fait sortir au bout de quelques jours. Ils ont laissé un pigeon quelconque, persuadé d'être moi, purger ma peine. » Il sourit, clairement ravi de se vanter. « Salt a dû informer certaines personnes que je pouvais être utile. Rooster disait que, si je travaillais pour lui, il m'éviterait de retourner en prison.

— Tu en as de la chance », dit Charlie.

L'amusement quitta le visage de Mark. « Travailler pour Rooster et Archie était pire qu'être en taule. Ils ont fait de moi leur moissonneur. Tu sais ce que ça veut dire ?

— Tu volais des ombres », répondit-elle.

Ce fut à lui d'être surpris. « Eh bien, ouais. Et ils voulaient que je continue éternellement. Chaque fois que j'essayais de me défiler, ils disaient pouvoir me renvoyer en prison. Et aussi que, si j'y retournais, il y aurait à l'intérieur des gens pour s'assurer que je n'en ressorte jamais. »

Charlie imaginait aisément ce qu'il avait ressenti. Il avait dû croire très bien s'en tirer, jusqu'à être profondément plongé dans l'affaire. Ensuite étaient venus la frustration, le désespoir, la haine croissante. Le désir désespéré d'une porte de sortie.

« Au début, je voulais seulement une nouvelle ombre. Ce n'est pas commode d'en avoir une qui a l'air d'une fille - sans te vexer. Mais je craignais que la nouvelle ne soit pas très puissante, donc je me suis dit que je pourrais peut-être porter les deux un moment. » La jeune femme voyait la folie s'épanouir au fond de ses yeux. « Et puis j'ai réalisé tout ce que je pouvais faire avec deux ombres. J'ai su qu'il m'en fallait davantage.

— Et tu devais les nourrir, devina Charlie. Tuer Rooster Argent était une chose, mais tous ces gens à l'église…

— Il y a des raisons aux mystères. Aux annonciations. » Il lécha ses lèvres sèches. « Des raisons pour que la magie ait un prix - et payable en sang. Je dispose d'un pouvoir immense, Charlie. Je suis comme un dieu à présent. »

Il avait toujours été théâtral. Voilà ce qui l'avait séduite en lui, ça et ses pommettes. C'était un mec émacié en blouson de cuir, avec les cheveux longs dans les yeux et une tristesse qu'elle était sûre de pouvoir soigner.

Elle songea au conte de l'Homme aux Neuf Ombres, à la manière dont cupidité et jalousie consumaient le protagoniste jusqu'à ce que ne lui reste plus que la tâche herculéenne d'obtenir assez de sang pour des ombres dont il n'avait nul besoin. Mark pouvait bien croire qu'il approchait du divin grâce aux siennes, mais elles étaient à l'évidence en train de le tuer.

Trop maigre, les yeux cernés de noir, il avait l'air épuisé. La jeune femme ne put s'empêcher de songer au Hiérophante qui l'avait précédée, à l'aspect qu'il présentait juste avant sa mort.

« Il y a une chance pour que tu me détaches les mains ? demanda-t-elle. J'ai mal aux poignets.

— Très drôle, Charlie », dit-il.

La tentation d'implorer était très forte. « Ne fais pas ça, s'il te plaît.

— T'avoir ici est encore plus amusant que je ne l'aurais cru, dit-il avec empressement. Tiens, j'ai une idée : et si tu nourrissais mes ombres. »

Charlie soutint son regard. « Une fois morte, je ne t'amuserai plus.

— Ne t'en fais pas, je sais pratiquer de petites incisions superficielles. »

Charlie comprit qu'il ne la laisserait en aucun cas repartir indemne, mais qu'il la préférerait blessée et humiliée, et qu'il ne la tuerait pas. Du moins pas encore. Après tout, tant qu'elle guérirait, il pourrait faire durer le plaisir.

Je vais te tuer deux fois.

« J'ai peur », confessa-t-elle.

Il sourit comme si cela lui plaisait beaucoup. « Tu as raison. »

La jeune femme prit une inspiration. « Tu peux m'asseoir sur un siège ? »

Il se pencha et la souleva du sol. Ensemble, ils titubèrent jusqu'au canapé. Mark en écarta quelques tasses emplies de mégots, puis laissa tomber Charlie sur les coussins. Il fouilla alors dans les détritus qui encombraient la table basse pour trouver des lames de rasoir, un paquet de cigarettes et un briquet.

Il alluma une cigarette entre ses mains en coupe.

« Nouvelle habitude ? » demanda-t-elle, songeant aux mégots entassés dans des assiettes là où Rouge avait failli mourir. À ceux qui étaient restés à l'orée du cimetière de Hatfield. Elle se rappela l'eau de Cologne amplement utilisée à Solaluna pour masquer l'odeur aigre de la nicotine.

« Ça soulage quand on a la trouille, expliqua-t-il. Et ça coupe la faim. J'ai toujours tellement faim, Charlie. J'ai essayé de manger comme elles, mais ça ne m'a pas aidé. »

Charlie revit les morsures sur les cadavres et sentit la nausée la saisir.

Mark lui tendit le paquet. « Tu fumes ?

— Le seul vice que je n'ai pas, dit-elle. Et pour ça, il faudrait que tu me libères les mains.

— Je pourrais porter la cigarette à ta bouche. »

Elle secoua la tête. L'odeur de la fumée lui rappelait son enfance, ses visites à sa tante paternelle, avant le divorce - des séjours auxquels elle n'avait pas repensé depuis des années. Cela lui rappelait aussi les moments où elle accompagnait derrière les restaurants où elle travaillait les plongeurs et les cuisiniers qui fumaient entre les services. L'odeur était déplaisante, pas les souvenirs qu'elle évoquait.

Elle tenta de s'y accrocher tandis que Mark chauffait une lame de rasoir à la flamme.

Elle ferma les yeux.

« Tu sais ce qui m'a toujours plu chez toi ? demanda-t-il, avant de poursuivre sans besoin d'encouragements. Tu ne faisais pas de manières. J'en ai ma claque des hurlements. Je m'y suis habitué, je crois, mais c'est tellement théâtral. »

Charlie sentit la main de Mark sur son bras, puis la morsure de la lame de rasoir - affûtée, il fallait le reconnaître, aussi la douleur ne fut-elle pas aussi importante qu'elle l'aurait pu. La jeune femme tenta de se concentrer sur tout ce qui n'était pas l'humidité sur sa peau.

Continue de le faire parler, se dit-elle. « Je ne savais pas qu'on pouvait avoir plusieurs ombres. Comment as-tu réussi à diviser ta conscience en plus de deux parties ? »

Il lui empoigna la cheville. Elle tenta de ne pas se crisper, mais ne put s'en empêcher – et sentit de nouveau la morsure du rasoir.

« Je parie que peu de gens en seraient capables, dit-il. Je suis peut-être même le seul à y arriver. Après avoir récupéré ma troisième ou quatrième ombre, je me suis entraîné jusqu'à trouver un moyen. Il faut se déplacer entre elles, glisser de l'une à l'autre de ces consciences distinctes, et il faut faire vite. Il m'arrive de me perdre. »

Elle frissonna en entendant la folie vibrer dans sa voix.

« Ne bouge pas, dit-il. Je veux te blesser, pas te tuer. Pas encore. »

Des ombres s'étaient rassemblées dans les coins de la pièce, comme si elles attendaient son signal. Plus il répandait de sang, plus elles se trémoussaient d'impatience.

« Et si on faisait un marché ? » proposa-t-elle. Les assauts du rasoir constituaient une horrible distraction et elle n'avait pas beaucoup de cartes à jouer au départ. Si la nécessité était mère de l'invention, elle avait donc intérêt à inventer. « Je pourrais te donner M. Punch. »

Sentant une pause dans les mouvements de Mark, elle rouvrit les yeux. Il la considérait avec méfiance. Les ombres se tenaient tout autour de lui, s'étant précipitées, affamées, lorsqu'il avait fait couler le sang. Toutefois, à la manière dont les yeux de Mark plongeaient dans les siens, elle comprit qu'elle était sur la bonne voie.

« Comment ? interrogea-t-il.

— Tu as sans doute appris qu'il était au congrès. Il va te chercher. Et je suis le Hiérophante. Il me fait confiance. »

Mark éclata de rire. « C'est vraiment confier le poulailler au renard.

— Exactement. Et je peux te l'amener », insista Charlie, tandis qu'un plan se formait dans sa tête.

Il étrécit les yeux. « Pourquoi est-ce que je te ferais confiance, moi ?

— Je suis terrifiée, répondit-elle. J'ai envie de survivre. Et je sais que, selon toi, tout a un prix. Quel est celui de ma liberté ? » Cela, ils y croyaient tous les deux. Tout avait un prix. Rien n'était gratuit. Sûrement pas la loyauté. En aucun cas l'amour. Au bout du compte, on était toujours seul.

Si elle devait sortir de cette situation, toutefois, elle ne voyait aucun moyen qui ne mît pas en jeu l'amour et la loyauté.

« Tu n'as pas peur que je te tue quand même, quoi que je dise ? » demanda Mark. Comme pour ponctuer la question, il traça une autre ligne de feu le long du bras de Charlie avec la lame de rasoir. « Tu ne devrais peut-être pas me faire confiance, toi. »

Il la tuerait tout de même, c'était sûr à mille pour cent. « J'ai le choix ? »

Il sourit, comme si cette réponse lui plaisait.

« D'accord, dit-il, en sortant un téléphone prépayé. Appelle-le. »

Elle secoua la tête. « Si je me sers de ça, il va deviner que tu m'y obliges. Il faut que j'utilise le mien. »

Il sembla peser ces mots. « Qu'est-ce que tu vas lui dire ?

— Que je t'ai échappé, et qu'il doit passer me prendre. Je lui promettrai que, s'il fait ça, je le conduirai à toi.

— Et comment vas-tu le faire venir seul ? » Mark traça une autre ligne, cette fois sur sa jambe. Celle-ci la fit souffrir davantage, comme s'il avait appuyé plus fort.

« Je réfléchis ! dit-elle. Ouais, c'est bon, je vais lui dire que s'il n'est pas là dans le quart d'heure, mon appel suivant sera pour Vicereine, à laquelle je parlerai de son opération de revente d'ombres.

— Il ne viendra pas, dit Mark. C'est un lâche.

— Tu sais à quel point je peux être convaincante. » Charlie espérait le convaincre, lui.

Il hocha la tête, la bouche tordue de souvenirs. « D'accord, dit-il. Je te délie les mains et tu appelles. Ne fais pas de bêtise. »

Charlie soupira. « Tu as fini de me saigner pour tes ombres ? Je vais attendre qu'elles se soient nourries, je crois.

— Tu ne me fais pas confiance, finalement ? demanda-t-il, sans paraître mécontent pour autant.

— Si, je te fais confiance », affirma-t-elle.

Toute escroquerie est fondée sur le désir. D'argent, oui, mais aussi d'autres choses - sexe, pouvoir, statut social, valorisation. La haine que lui portait Mark le persuadait qu'il ne se laisserait pas prendre à ses trucs.

Il opéra une dernière coupure à l'aide de la lame, puis fit un geste. Les ombres s'approchèrent.

Des langues de brume, sèches, à peine présentes, léchèrent la peau de Charlie, laissant une suggestion de matérialité sans être le moins du monde matérielles. La jeune femme savait qu'elles ne lui tiraient pas simplement du sang : chaque coup de langue lui prenait quelque chose de plus.

Sa concentration se fit diffuse ; un poids tira ses membres vers le bas.

« Voilà pourquoi je voulais que tu appelles avant », marmonna Mark en assenant un coup de pied à une ombre. Archer. Il s'agissait d'Archer. « Maintenant, tu ne vas plus être bonne à rien. »

Les yeux de Charlie avaient cillé puis s'étaient fermés. Rien de ce que disait son ancien petit ami ne semblait assez important pour les lui faire ouvrir à nouveau. Rien ne semblait assez important pour qu'elle fasse l'effort de discuter.

« Laissez-la ! cria Mark. Fichez le camp. »

Elle entendit les tristes gémissements et les sifflements contrariés des ombres. Malgré l'horreur que lui inspiraient ces sons, son épuisement était trop grand pour l'empêcher de glisser dans l'inconscience.

Quand elle se réveilla, elle avait les mains libres et reposait en chien de fusil sur le canapé, la tête soutenue par un oreiller. Elle se sentait toujours vaseuse. Une odeur de tabac et de ramen bouilli emplissait l'air.

L'ombre de Rose la regardait. L'ombre du chien, Archer, était assise près d'elle.

« Il nous laisse partir, parfois, s'il en trouve une meilleure, dit Rosalva. Il m'aurait laissée partir si je lui avais apporté Rouge.

— Tu lui as bel et bien apporté Rouge, lui rappela Charlie, encore dans les vapes.

— Mais si Rouge l'avait tué, je n'aurais pas été triste. Donc, tu ne devrais pas non plus te reprocher d'avoir échangé la vie de quelqu'un d'autre contre la tienne. »

Charlie hocha la tête, quoique n'étant pas sûre de suivre ce raisonnement. « J'essaierai.

— Il a dit qu'une fois éveillée, tu devrais téléphoner. Et que je devrai te faire très mal si tu avertis M. Punch. » Rosalva tendit son téléphone à Charlie.

« Bien noté. » Elle alluma l'appareil. Message après message se chargèrent avec un carillon, clignotant tour à tour sur l'écran. Sa sœur avait écrit et appelé. Malhar avait écrit et appelé.

Son cerveau lui paraissait engourdi, or elle devrait avoir les idées claires pour passer cet appel.

Rosalva haussa les épaules. « Mark change souvent d'avis. »

Bien sûr, puisqu'il contrôlait tant d'ombres distinctes. Charlie songea au conte, au véritable Homme aux Neuf Ombres, hurlant à celles qu'il maîtrisait d'arrêter de chuchoter toutes à la fois, car cela ne laissait aucune place à ses propres pensées.

« À quel sujet change-t-il d'avis en ce qui te concerne ? » demanda-t-elle.

Rosalva étant entièrement faite d'ombre, il était difficile de déchiffrer son expression. « Me libérer, dit-elle après une hésitation. Maintenant, appelle M. Punch.

— Il va falloir que je lui dise où me retrouver. Un bon endroit pour une embuscade. Je vais consulter un plan sur mon téléphone, d'accord ? »

Rosalva hocha la tête.

Charlie joignit le geste à la parole, transpirant durant le temps qu'il fallut au plan pour se charger. Il s'avéra qu'ils se trouvaient à proximité de Solaluna – peut-être quinze kilomètres –, dans un immeuble résidentiel.

Elle déroula la liste de ses contacts, se répéta un numéro plusieurs fois jusqu'à être sûre de l'avoir mémorisé, puis l'effaça.

« Qu'est-ce que tu fais ? interrogea l'ombre, soupçonneuse.

— Je cherche le numéro de M. Punch », lui dit Charlie. Puis elle secoua la tête. « Avant d'appeler, il faut que j'aille aux toilettes.

— Pourquoi ? » Près de Rosalva, Archer se leva, fit quelques pas dans la pièce, puis se posa à nouveau.

Charlie fit la moue. « À ton avis ?

— Bien. Laisse le téléphone ici. »

C'était regrettable, mais raisonnable. « Tu veux bien me libérer les pieds ? »

Rosalva changea en couteau le bout d'un de ses doigts et trancha le collier de serrage, griffant la peau. Une faim caractéristique se fit jour en elle lorsque quelques gouttes de sang se formèrent sur la peau de Charlie.

La jeune femme avait été attachée plusieurs heures, aussi des épingles et des aiguilles commencèrent-elles à lui picoter les mollets dès la disparition de son entrave. Quand elle se leva, la raideur la prit par surprise et elle faillit tomber. Appuyée au mur, elle tenta de chasser cette sensation en marchant.

Peu de pièces donnaient sur celle où elle se trouvait, mais toute erreur lui fournirait une information sur ce logement, aussi ne demanda-t-elle pas d'indications. La première porte qu'elle ouvrit menait à une chambre aux couvertures imprégnées de sang séché. Quelque part dans l'appartement, le cadavre de l'ancien occupant, vidé de son fluide vital, commençait sans aucun doute à se putréfier.

Charlie referma cette porte et passa à la suivante. Une salle de bains, avec un rasoir électrique sur sa base de chargement. Un vaporisateur d'eau de Cologne. Des traces de dentifrice dans le lavabo. Un rideau de douche Star Wars à l'effigie de Boba Fett entourait la baignoire.

Le désespoir la frappa au cœur. La personne qui avait vécu et était morte ici n'avait rien fait pour amener l'Homme aux Neuf Ombres à sa porte. Mark était naguère un petit copain merdique et un sale type, mais il ne commettait pas un assassinat chaque jour de la semaine et deux le dimanche.

À présent, c'était le cas. Si nul ne l'arrêtait, il y aurait d'autres meurtres dans des sous-sols d'églises. D'autres innocents tués et vidés de leur sang dans des appartements bien commodes. D'autres ombres enchaînées à sa folie.

Et comment aurait-elle pu l'arrêter ? Elle n'était pas crépusculienne.

Charlie regarda par la petite fenêtre. Peut-être parviendrait-elle à s'y glisser, mais le logement semblait situé au deuxième étage, ce qui faisait une sacrée marche.

« Si tu ne ressors pas, je fais entrer Archer avec toi, prévint Rosalva.

— Je suis en train de pisser », renvoya Charlie, avant d'utiliser les toilettes pour de bon. Quand elle eut terminé, elle se lava les mains et les emplit cinq fois de suite au robinet pour boire. Enfin, perchée au bord de la baignoire, elle souleva sa chemise.

Là, sous l'armature de son soutien-gorge, bien protégée entre ses seins, reposait la fiole en verre où se trouvait enfermée une ombre.

Cette dernière avait-elle la force d'être une Furie ? Charlie l'ignorait, mais Mark la lierait à lui s'il la trouvait, et elle ne pouvait prendre ce risque. La fiole était bouchée aux deux extrémités, scellée à la cire. À l'aide d'un cure-dents issu de l'armoire à pharmacie, elle s'attaqua à un des sceaux, faisant sauter assez de cire pour ôter le bouchon.

Ses mains étaient trop moites et sans doute mal assurées. Peut-être ne fit-elle tout simplement pas assez attention. Quoi qu'il en fût, la fiole échappa à ses doigts et se fracassa sur le carrelage.

« C'était quoi, ça ? interrogea Rosalva.

— Désolée, renvoya Charlie. J'ai renversé un verre. »

Une nouvelle ombre venait d'apparaître, une silhouette noire sur le carrelage.

« Salut, lui souffla Charlie.

— Tu as terminé, oui ? » lança Rosalva.

La jeune femme ramassa un éclat de verre et pratiqua une coupure au creux de sa main, ce qui lui fit bien plus mal que le rasoir, puis elle tendit le bras vers celle qu'elle venait de libérer. « En direction des montagnes, il y a un endroit appelé Solaluna. Quand tu y seras, cherche une ombre du nom de Rouge. Elle t'aidera à retrouver ta personne, si c'est ce que tu souhaites. Sinon, elle pourra t'apprendre à survivre dans cet état. »

L'ombre s'éloigna. Charlie n'aurait su dire si elle avait compris ses propos.

« Sois prudente, lui lança-t-elle à mi-voix.

— Charlie », lança la voix chantonnante du Croquemitaine à l'extérieur, derrière la fenêtre sur laquelle s'étendait une autre ombre. La jeune femme sursauta, surprise, et fut soudain très heureuse de n'avoir pas même essayé de s'enfuir par là.

Prenant une profonde inspiration, elle ouvrit la porte de la salle de bains et se trouva face à Archer et Rosalva. Elle passa à travers cette dernière pour regagner le canapé, où elle ramassa son téléphone.

« Ce n'était pas sympa, dit Rosalva.

— Oh, il faut être sympa, maintenant ? » renvoya Charlie sans réfléchir. Pourtant, dans la mesure du possible, elle avait besoin de l'ombre de Rose Allaband dans son camp. « Désolée, se reprit-elle. J'ai ouvert la porte de la chambre en cherchant la salle de bains. Tout ce sang m'a bouleversée. Et ensuite, j'ai cassé le verre et je me suis coupée.

— On est très nombreuses, répondit Rosalva, sur la défensive. On a toujours faim. »

La jeune femme secoua la tête. « Ce n'est pas à vous que j'en veux. » Ce n'était pas entièrement vrai, mais toutes les ombres attachées à Mark avaient été volées. Quoi qu'elles aient pu être auparavant, elles ne méritaient pas d'être nourries de terreur.

Charlie ne pouvait s'empêcher de penser à Rouge, gavé par la force des vies d'autres personnes. Il n'était pas ce qu'on lui avait fait accomplir. Ces ombres-là non plus, peut-être.

Elle espérait seulement que Posey et lui allaient bien.

« Apparemment, il y a une ruelle à quelques rues d'ici, dit-elle en examinant un plan sur son téléphone. Je vais suggérer à M. Punch de m'y retrouver. »

Rosalva jeta un coup d'œil à l'écran. Avant qu'elle ne puisse répondre, toutefois, Mark entra. Il tenait un sac en papier empli de plats à emporter, dont un coin était taché de graisse.

« Tu n'as pas encore appelé ? » demanda-t-il.

Charlie secoua la tête en tapant le numéro.

« Mets le haut-parleur », ordonna Mark.

Elle prit une profonde inspiration et obtempéra. À présent qu'elle avait effacé le contact, le téléphone n'affichait aucun nom au moment de la connexion.

« Charlie ? demanda Malhar, avec un soulagement évident dans la voix. Qu'est-ce qui s'est passé ? Est-ce que ça va ? »

En fond sonore, elle entendait des discussions.

« Je vais bien, Fred. Passe-moi M. Punch, s'il te plaît », dit-elle, aussi clairement qu'elle le put sans avoir l'air de jouer la comédie.

Il y eut un silence. *Je t'en prie,* songea-t-elle. *Je t'en prie, comprends ce que j'essaie de te dire.*

« Ne quitte pas », dit Malhar.

Quelques instants plus tard, la voix de Rouge retentit dans l'appareil. « Allô ? »

Charlie se mordit la joue pour retenir un sanglot soulagé. Il était en vie.

Un coup d'œil à Mark le révéla tendu, mais pas encore soupçonneux. M. Punch, très secret, s'était servi de Rooster comme intermédiaire. Les chances que son moissonneur ne se rappelle pas exactement le son de sa voix étaient donc élevées, quoique pas nulles.

« Il faut que vous m'aidiez, commença Charlie. Je n'ai pas beaucoup de temps. J'ai réussi à sortir de la maison, mais je vois ses ombres qui bougent dans le noir.

— Tout le monde était très inquiet, dit Rouge. Tout le monde sauf moi. Je suis furieux, Charlie. Je n'ai pas besoin d'un Hiérophante incapable de se débrouiller. » La froideur de sa voix était une vraie gifle.

« Il faut que je sorte d'ici. Je vous en prie. » Laisser la panique pointer dans sa voix n'était pas bien difficile. « Il m'a fait mal.

— Où êtes-vous ? » Elle lui avait dit plus tôt qu'il était doué pour jouer un rôle. À présent, elle constatait qu'il pouvait en jouer plusieurs, car il n'y avait pas une once de chaleur dans sa voix.

« Je vois un panneau marqué Maple Lane, dit Charlie. Il faut que vous promettiez de venir tout de suite. Sinon, je passe un autre coup de fil et je raconte tout à Vicereine. On tombera ensemble.

— Inutile de me menacer, je monte en voiture, répliqua-t-il, glacial. Restez en ligne.

— Je ne veux pas risquer qu'on me repère à cause de mon téléphone. Faites des appels de phares quand vous arriverez, et je saurai que c'est vous. »

Il y eut un long silence à l'autre bout de la ligne. « Soyez prudente, Charlie, dit Rouge.

— Il y a tellement d'ombres. Je vous en prie, ne tardez pas. » Elle appuya sur le bouton pour interrompre l'appel.

Mark la dévisagea un moment, puis tendit la main. Elle y déposa le téléphone.

« Je t'avais dit que je pouvais le faire venir ici », dit-elle, la voix tremblante. À présent, elle devait le convaincre de la laisser en vie. « Et je peux aussi le faire descendre de voiture. Tu as encore besoin de moi.

— Alors, mange un morceau, dit Mark en déposant son sac entre eux, sur la table. On a un quart d'heure avant d'y aller. »

Il avait acheté du *fish and chips*. Charlie trempa quelques frites dans la sauce tartare. Elle avait peine à avaler quoi que ce soit.

Tu es foutue, Charlie Hall. Et tu viens d'entraîner Rouge dans ta merde.

Elle tenta de se dire que ce n'était qu'une nouvelle arnaque. Il lui fallait détourner l'attention de Mark. Le maintenir en position de déséquilibre. Puis s'écarter de lui à toute vitesse quand Rouge arriverait. Ce n'était pas comme si elle n'avait encore jamais arnaqué un fou homicide. Salt entrait sans conteste dans la catégorie.

À l'époque, toutefois, elle avait eu le temps de réfléchir. Elle était prête. Peut-être Charlie Hall allait-elle enfin recevoir ce qu'elle méritait. La balle dans la tête qu'elle avait esquivée et à laquelle il avait fallu un an pour revenir tel un boomerang.

« Mange un peu », insista Mark.

Elle prit une autre frite, mais resta incapable d'avaler une bouchée. « Alors, qu'est-ce qui se passera quand tu auras tué M. Punch ? »

Il lui lança un regard scrutateur. « Ce sera le tour de Vicereine. Pour m'avoir coupé les doigts.

— Après, il faudra que tu quittes la ville. » Elle croisa les bras sous ses seins, afin de les faire saillir. « Si tu me pardonnais, je pourrais venir avec toi. »

Comme elle l'avait espéré, il baissa les yeux. Son cœur battait à tout rompre. Un Mark persuadé qu'elle essayait de le faire marcher n'hésiterait pas à la tuer – or, elle essayait bel et bien. Si elle voulait s'échapper, elle devait rester libre de ses mouvements.

« Tu n'es pas sincère, dit-il.

— J'admire l'ambition, répondit-elle, espérant le convaincre. Et l'obsession.

— Il n'y a pas grand-chose qui t'effraie, admit-il. Il serait agréable d'avoir quelqu'un comme ça avec qui voyager. Pour les nourrir. Je pourrai toujours te tuer plus tard.

— Où comptes-tu aller ? » Elle posait sur lui des yeux qu'elle s'efforçait de garder emplis d'admiration.

Il sourit. « Peut-être hors des États-Unis. Là où les riches et puissants viendront m'acheter des ombres. On pourrait aller à Dubaï. Aux Maldives. En Égypte.

— C'est un bon endroit pour un dieu », reconnut-elle, le cœur battant.

À ces mots, le sourire de Mark s'élargit. Il devait être seul depuis très longtemps, à récolter des ombres pour Rooster ;

plus il les accumulait, plus il avait dû lutter pour en conserver la cohésion. Sans doute mettait-il mal à l'aise tous les gens qu'il rencontrait : s'il ne l'avait pas encore tuée, c'était sûrement en partie qu'il appréciait d'avoir quelqu'un avec qui parler. « Tu as un passeport ? »

Comme il allumait une autre cigarette et essuyait d'un revers de manche sa bouche couverte de graisse de poisson frit, l'idée déprimante vint à Charlie qu'elle avait plus de points communs avec lui qu'avec Remy Vincent Carver. « Non, mais je connais un mec qui peut avoir des passeports des Îles Salomon, dit-elle.

— Ça pourrait le faire. »

Elle se pencha pour prendre une des cigarettes de Mark et l'alluma d'une main tremblante. Elle détestait le goût du tabac, mais avait fumé assez d'herbe pour ne pas tousser.

La cigarette toujours tenue d'une main, elle empalma le briquet de Mark. Puis elle se rendit à la salle de bains, se lava les mains, et rafla en sortant le vaporisateur de désodorisant qu'elle glissa sous sa chemise, entre ses seins, là où s'était trouvée la fiole.

« Quand M. Punch arrivera, je t'appellerai de la ruelle. Tu pourras te charger de lui dès qu'il descendra de voiture, hein ? »

Les yeux de Mark s'étrécirent. C'était une mauvaise réplique, le faux pas qui risquait de la perdre. « Tu n'aimes pas la vue du sang ? demanda-t-il.

— Je ne suis pas crépusculienne, dit-elle. C'est tout. »

Il lui lança un regard noir. « Il ne faut pas que je te rattache, hein ? »

Charlie secoua la tête.

Il acquiesça, et la colère quitta son visage aussi vite qu'elle y était apparue. La jeune femme devinait toutefois qu'elle ne tarderait pas à revenir. Toute personne qui voyageait avec lui – encore plus s'il avait une raison de la détester – finirait par dire ou faire quelque chose qui déclencherait sa paranoïa et sa rage. Il la tuerait, même s'il devait le regretter un jour. Et si jamais il se retenait, elle mourrait d'une autre manière. Ses ombres auraient trop faim, ou il la couperait trop profond. « Parfait. Viens. »

Il la précéda au bas de deux volées de marches pour rejoindre sa voiture, une Dodge Dart blanche. Ses ombres ondulaient autour de lui tels des ballons emportés par le vent.

Le véhicule à la carrosserie maculée de sel et de boue était encore plus sale à l'intérieur. Des boîtes de plats à emporter, des bouteilles de soda grand modèle et des emballages de barres chocolatées s'entassaient sur la banquette arrière.

Mark avait évoqué sa faim permanente, et la preuve résidait tout autour d'eux. Il avait besoin de manger constamment ou presque pour garder un peu d'avance sur la ponction. Comme un explorateur de l'Arctique dévorant des plaquettes de beurre.

Elle se glissa sur le siège du passager.

« Tu l'as averti, hein ? lança Mark avec une grimace, tourné vers elle.

— Quoi ? demanda Charlie, surprise.

— Quand tu l'avais au téléphone. Tu t'es débrouillée pour l'avertir. Elles le savent. Elles n'arrêtent pas de chuchoter à ce propos. »

Les doigts de Charlie gelèrent. Tout son sang lui sembla se précipiter vers son cœur. « Je n'aurais pas fait ça. Je n'ai pas envie de mourir.

— Tu joues à trop de jeux, accusa-t-il d'une voix dure.

— Si je l'avais averti, il ne viendrait pas, rappela-t-elle. Et tu me tuerais. Je ne suis pas une héroïne, tu le sais très bien. »

Il semblait un peu apaisé lorsqu'il appuya sur le bouton de démarrage. Le moteur ne réagit pas plus que ne s'illumina le tableau de bord.

Mark abattit les mains sur le volant. « C'est toi qui as fait ça ? »

Typique de Charlie Hall : dans le pétrin parce que son ex avait une bagnole de merde.

« Ça doit être la batterie », dit-elle doucement, se rappelant la camionnette de Vince. Autour d'elle, les ombres de Mark remuaient à l'instar d'une lumière stroboscopique lente. De panique, son cœur manqua un battement. Si elle n'arrivait pas au point de rendez-vous, même si elle s'échappait, elle n'aurait nulle part où aller.

Elle tendit la main vers la poignée de la portière.

Avant qu'elle ne puisse descendre, toutefois, Mark appuya sur le bouton de verrouillage des portes. « Tu attends ici », ordonna-t-il.

Il lui lança un regard sévère en quittant le véhicule, ses ombres dans son sillage, comme la traîne d'une mariée. Tout en allant ouvrir le capot, il manipula les clefs et les portières se verrouillèrent à nouveau.

Regardant autour d'elle, Charlie chercha tout ce qui serait susceptible de lui servir d'arme. Il y avait près de ses pieds une bouteille en verre qu'elle pourrait briser. Dans la boîte à gants, elle découvrit un tournevis qu'elle glissa dans sa poche.

La carte grise se trouvait là également. La propriétaire de la voiture s'appelait Marie.

Le temps passait à la fois trop vite et trop lentement. Charlie se sentait malade. Si elle ne réussissait pas à s'enfuir, elle devrait voyager avec Mark jusqu'à ce que se présente l'occasion de filer à l'anglaise – ou de le tuer dans son sommeil, supposa-t-elle, mais elle devrait alors surmonter ses scrupules.

Elle imagina ce que serait la vie sur la route avec lui, la paranoïa et la violence quotidienne. S'introduire par effraction dans une maison et regarder les ombres saigner des innocents.

Se comporter comme si elle ne le détestait pas. Sourire s'il la touchait.

Elle avait réussi à voler Rouge sous le nez de la Cabale. Peut-être serait-elle même capable d'arnaquer le ciel pour lui voler ses étoiles. Mais elle ne pourrait pas faire ce qu'il faudrait pour demeurer au côté de Mark, même afin de rester en vie. Nul ne viendrait la sauver. Et peut-être ne réussirait-elle pas non plus à se sauver elle-même, cette fois.

Mark jura et donna un violent coup de pied dans un pneu. Ses ombres paraissaient agitées. Archer se manifestait en grinçant des dents. Le Croquemitaine dérivait vers les fenêtres éclairées d'un appartement voisin.

Prenant une profonde inspiration, Charlie se glissa derrière le volant, déverrouilla la portière et sortit. Après avoir refermé discrètement, elle s'accroupit derrière la voiture, extirpa la bombe de déodorant de son soutien-gorge et en retira le capuchon.

Mark claqua le capot, visiblement furieux. Puis il remarqua le siège du passager vide et eut un horrible sourire.

« Chaaaarrrrlie, appela-t-il. Est-ce que tu te caches ? »

Elle se mordit encore la joue. Qu'elle dût passer ses derniers instants agenouillée sur l'asphalte gelé d'un parking n'avait rien de bien étonnant.

Les ombres de Mark flottaient autour de lui, s'éloignaient lentement dans toutes les directions. Il ne leur faudrait pas bien longtemps pour la dénicher. « On va bien s'amuser, à ce jeu. Et je vais gagner le droit de te découper en lanières. »

Charlie se jeta en avant. Elle alluma le briquet et envoya un jet de désodorisant enflammé vers le sol, là où une fine ligne d'ombre reliait Mark à Rosalva.

Le moissonneur pivota vers elle. Son visage n'était plus qu'un masque de faim et de rage. « Je savais que tu me trahirais.

— Ou plutôt, tu aurais dû le savoir. »

Rosalva s'écarta, mais les autres ombres se rapprochèrent. Le Croquemitaine attrapa Charlie à la gorge.

Elle manœuvra le briquet. La main noire s'écarta, mi-solide mi-brume épaisse. « Restez au large », ordonna-t-elle en pivotant lentement. Archer et JonJon hésitaient, prêts à bondir, mais se méfiant apparemment de la flamme qu'elle continuait de faire jaillir devant elle.

« Pitoyable », commenta Mark. Il l'empoigna par le bras qui tenait le briquet, avant de la jeter à terre. Quand sa tête heurta l'asphalte, Charlie eut brièvement la sensation que le temps lui échappait. Puis son agresseur lui referma les mains autour de la gorge et serra, amenant le visage à deux doigts du sien. Des points noirs jaillirent dans son champ de vision et commencèrent à se répandre, comme se gâte une vieille pellicule lorsqu'on l'expose au soleil. « Personne ne se souciera de ta disparition. Tu es née ordure, Charlie, et c'est comme une ordure que tu vas mourir. »

Elle voulut lui cracher au visage, mais ne put rassembler assez de souffle.

Rouge sortit de l'obscurité derrière Mark.

Un instant, Charlie crut avoir une hallucination juste avant de perdre connaissance. Puis elle vit l'ombre de Remy Carver empoigner le moissonneur par les cheveux et lui tirer la tête en arrière, avant de lui assener un coup de poing sur le flanc. Mark lâcha un cri de douleur aigu très satisfaisant.

Charlie se redressa, peinant à respirer.

Rouge appuya l'avant-bras contre la gorge de sa victime. Derrière lui, une Rosalva au lien tranché maintenait Archer et lui parlait à voix basse.

Le Croquemitaine et JonJon lévitaient non loin de là. Charlie roulait sur le côté, la main tendue vers son briquet, lorsqu'elle comprit pourquoi ni l'un ni l'autre ne se rapprochait.

Les alentours regorgeaient d'ombres formant un large demi-cercle autour de Rouge, éclipsant la lumière. Toutes des Furies. Il avait assemblé la meute sur l'existence de laquelle ils avaient tant spéculé, et l'avait menée ici pour sauver Charlie.

Mark voulut parler, mais l'avant-bras qui lui comprimait la gorge l'en empêcha.

« Les ombres, fit la jeune femme, la voix changée par l'étranglement qu'elle venait de subir. Sorties des fioles de verre.

— Oui, dit Rouge. Quand celle que tu as libérée m'a trouvé et proposé de m'emmener ici, je me suis dit qu'elles pourraient nous aider. Posey, Malhar et moi étions déjà à mi-chemin quand on a eu ton appel. Tu peux te vanter de nous avoir fait peur, Charlie Hall.

— Tu as déconnecté la batterie de sa voiture, devina-t-elle en se remettant péniblement sur ses pieds.

— L'ombre ne se rappelait pas dans quel appartement vous étiez au juste. Je voulais m'assurer que tu ne puisses t'en aller avant que je n'aie tout exploré. » Il l'examina. « Je suis furieux, Charlie. Ça me rend malade. Ce qu'il t'a fait… Si tu ne veux pas qu'il meure, tu as intérêt à le dire tout de suite. »

Elle observa les liens qui attachaient à Mark ses derniers captifs – JonJon, le Croquemitaine, Archer… Les mains du Croquemitaine étaient munies de longues griffes pareilles à des couteaux, sa tête évoquait une lame de faux. JonJon, quant à lui, semblait manier une hache d'ombre. Détachés, ils seraient libres de commettre toutes les monstruosités qu'ils désireraient.

Archer cessa de lutter entre les bras de Rosalva. Quand elle le lâcha, il se mit à renifler le sol alentour.

« Tu acceptes d'être responsable d'eux ? De les tenir à l'écart des ennuis ? interrogea Charlie, d'une voix qui tremblait à peine.

— Oui », répondit l'ombre de Rose.

La jeune femme se tourna vers Rouge. « On devrait le laisser partir. On devrait tous les laisser partir. »

Il haussa les sourcils, quoique ne prenant pas sa suggestion pour de la gentillesse. « Tu es sûre ? »

Elle revit l'horreur dans l'appartement, deux étages plus haut. Le massacre de Hatfield et la maison où son compagnon avait failli mourir. Elle songea aux ombres récoltées là, séparées des êtres auxquels elles appartenaient, peut-être forcées d'en boire le sang. « Je suis sûre. »

Alors même que l'avant-bras de Rouge lui comprimait encore la gorge, Mark arborait une expression suffisante.

Charlie, quoique détestant le contact du jean crasseux et la proximité de la peau de son ravisseur, récupéra le téléphone qu'il lui avait pris. Puis elle se pencha et brûla un à un tous les liens, transformant les ombres en Furies.

« Si tu restes le Hiérophante, c'est toi qui devras les traquer, lui rappela Rouge.

— Peut-être, dit Charlie. Mais pas aujourd'hui.

— Comme tu veux. »

Mark, lâché brusquement, tomba au sol. Il se releva en s'époussetant, un rictus sur son visage maigre. « Tu n'as pas eu le cran de le faire, hein ? Et toi, Furie ? Rose m'a parlé de toi. Il paraît que tu es très puissant. Pourquoi t'attacher à elle ? Elle n'est *rien du tout*. »

Rouge posa sa veste sur les épaules de Charlie. « Pourtant, elle t'a eu.

— Tu crois que c'est terminé ? » ricana Mark.

L'instant d'après, il sembla remarquer toutes les ombres qui voletaient autour de lui. Des ombres qu'il avait volées, entravées, et qui se rapprochaient avec un bruit évoquant les ailes d'une douzaine de corneilles.

Il recula d'un pas.

« Oh oui, c'est terminé », chuchota Charlie tandis que Rouge l'escortait vers la camionnette dont le moteur tournait, Posey au volant.

Derrière eux, Mark commença à hurler.

Quoi qu'elle pût entendre d'autre, Charlie ne se retourna pas.

32
LE VAGABOND

« Charlie Hall, aidez-moi à comprendre pourquoi, étant le Hiérophante, vous avez libéré sept Furies dans le monde. »

Vicereine se tenait dans une grande pièce au sein de la forteresse des retailleurs, une église luxueusement reconvertie, non loin de la retraite où Emily Dickinson avait naguère écrit de la poésie et renoncé au monde. La taille du bâtiment, les meubles et le grand portail en fer forgé disaient clairement que les retailleurs engrangeaient plus d'argent que toutes les autres branches de la Cabale réunies.

La lumière filtrait à travers les fenêtres. Des canapés bas, couverts de velours vert bouteille, invitaient à la relaxation. Les chefs de la Cabale se tenaient à l'écart les uns des autres. Vicereine, appuyée à un manteau de cheminée orné de carreaux Arts and Crafts – avec une phrase gravée au-dessus du foyer : L'ART N'EST PAS UNE CHOSE ; C'EST UNE VOIE –, représentait les retailleurs ; Bellamy les masques. À la place de M. Punch se tenait un homme mince en veste de tweed, au crâne dégarni et aux allures de professeur.

Aucun des trois ne proposa à Charlie de s'asseoir.

Elle prit une profonde inspiration. « *Sept,* non. Peut-être quatre. »

Après avoir laissé Mark à son sort, Charlie, Posey, Malhar et Rouge étaient retournés à Solaluna. La première avait pris une douche, employant tous les produits de luxe pour le corps que contenaient de minuscules bouteilles. Son compagnon avait obtenu bandages et liniment antiseptique de leur majordome personnel, lequel n'avait posé aucune question. Quelques-unes des ombres étaient revenues, certaines dans l'espoir qu'on les aide à retrouver leurs personnes, d'autres incapables de subsister encore sans sang.

Charlie avait très peu dormi avant que Vicereine n'ordonne cette réunion avec les chefs de la Cabale.

Venez tout de suite, disait son message. *Et emmenez Vince, si vous savez ce qui est bon pour vous.*

Charlie ne savait presque jamais ce qui était bon pour elle, et le faisait encore moins. Elle était venue seule.

« Où est la dangereuse Furie que nous vous avons confiée ? » demanda Vicereine.

En compagnie de Malhar et de Posey, occupée à réunir ombres et crépusculiens, inconsciente du plan de la jeune femme d'affronter seule les cabalistes. « Pas très loin.

— Savez-vous seulement à quel endroit se trouve l'ombre de Remy Carver ? interrogea Bellamy.

— Pas à cette seconde précise », admit-elle.

Vicereine secoua la tête. « Vous étiez censée...

— On a été séparés en essayant d'accomplir un travail, la coupa Charlie.

— Votre position de Hiérophante est une punition, lui rappela la cheffe des retailleurs, qui n'appréciait visiblement pas l'interruption. Mais vous ne l'avez jamais prise au sérieux. Si vous cherchez à être punie autrement, cela pourrait arriver. Peut-être Rouge serait-il bien mieux attaché à un autre crépusculien.

— Rouge est très bien tout seul, affirma son interlocutrice en croisant les bras sur la poitrine. Le Hiérophante est une position à la con, inventée de toutes pièces et baptisée comme une carte de tarot. C'est une punition parce qu'on suppose tous les membres de la communauté magique susceptibles de passer leur temps à acquérir du pouvoir en négligeant le reste. Mais il n'y en a pas beaucoup de vraiment doués pour ça, hein ? Et encore moins qui soient particulièrement dévoués à la cause. »

Vicereine hésita juste assez pour lui faire comprendre qu'elle avait raison.

« J'ai débusqué l'assassin de Rooster Argent, reprit Charlie. La *personne* responsable du massacre de Hatfield.

— Cette fois, dit la retailleuse. Cette fois, ce n'était pas une Furie.

— C'était lui qui volait leur ombre aux crépusculiens », continua la jeune femme. Un coup d'œil à la marionnette de M. Punch lui apprit qu'elle avait les yeux fermés, les traits vides. Il était forcément plus facile de mentir si on n'avait pas à se préoccuper de son expression.

« Mark Lord, intervint Bellamy. Un de vos anciens associés.

— Oh, je vous en prie, ricana Charlie. On est dans la Vallée. Tout le monde est un ancien associé de tout le monde.

— Et si on oubliait cette discussion pour parler de ce que vous nous avez volé ? proposa-t-il. De ce que vous *m'*avez volé ?

— Si vous voulez. » Elle pivota pour lui faire face. « Vous aviez prélevé une portion de Vince afin d'émousser son pouvoir. Il en avait besoin pour survivre à cette nuit-là. Ce fragment n'aurait jamais dû être en votre possession. Je l'ai repris et je ne m'en repens pas le moins du monde.

— Personne ne voulait qu'il meure. » Bellamy paraissait exaspéré.

Non, vous vouliez simplement l'utiliser comme sujet d'expérience. Mais il n'y aurait aucun profit à dire cela. « Alors, nous sommes d'accord.

— Qui êtes-vous pour nous parler ainsi ? lança sèchement M. Punch par la bouche du professeur inconscient. Vous n'êtes pas crépusculienne. Vous n'êtes même pas dotée d'une ombre dormante. Vous n'avez pas d'ombre du tout.

— Vous faites partie des superstitieux persuadés que ça signifie que je n'ai pas d'âme ?

— J'ai toujours pensé qu'il vous manquait quelque chose, répondit-il d'une voix plate. C'est seulement maintenant que les autres s'en rendent compte. »

Charlie sentit en elle une étincelle de rage brûlante, de celles qui pouvaient lui faire dire ou faire une bêtise. Elle la ravala. M. Punch avait de bonnes raisons de se comporter comme s'il ne l'appréciait pas. Il avait d'ailleurs de bonnes raisons de ne pas l'apprécier, point. Cela ne devait pas la désarçonner, tant qu'il respectait ses engagements et la soutenait face aux autres chefs de la Cabale.

« Écoutez, dit-elle, j'accepte de me soumettre à tout châtiment que vous souhaiterez m'infliger, mais Vince en a fini d'être attaché.

— Il en aura fini quand nous dirons qu'il en a fini », l'informa Vicereine.

Comment Salt avait-il appelé Charlie, déjà ? Un petit morceau de cartilage coincé entre ses dents ? Elle pouvait s'en accommoder. « Laissez-le découvrir ce que cela signifie d'être une Furie au milieu des humains. Bellamy en est sûrement curieux. Laissez-le travailler volontairement pour la Cabale au lieu de l'y obliger. »

Vicereine et Bellamy échangèrent un regard.

« Nous devrions discuter de votre avenir, déclara M. Punch. Sans que vous restiez ici à nous adresser d'autres demandes ridicules. »

Vicereine fit signe à une retailleuse debout dans un angle, en jupe écossaise et chemisier blanc, avec une cravate d'homme. Charlie, un instant, imagina Posey à la place de cette fille. Un autre jour, ce serait le cas.

« Je vais vous emmener à la cuisine », dit la retailleuse.

Charlie se laissa escorter dans les profondeurs de la maison. L'ombre de sa guide glissait derrière elles.

La cuisine, vaste et ouverte, accueillait du matériel industriel, comme si on y préparait souvent des banquets. La jeune femme se servit un verre d'eau du robinet tout en regardant par la fenêtre. Deux personnes promenaient un chien. Un homme ratissait le jardin d'une maison voisine. Dans la rue, une femme attendait le bus.

La retailleuse quitta la pièce.

Quelques minutes plus tard, des pas retentirent sur le carrelage. « Charlie », appela une voix derrière elle. Le véritable M. Punch, à l'évidence furieux. « Qu'avez-vous fait ? »

Charlie pesa lequel de la vérité et du mensonge sonnait le mieux. Elle se décida pour le mensonge. « Je vous ai sauvé la vie. C'est vous qu'il venait traquer à Solaluna. Vous et Archie.

— Et vous, Charlie.

— Je l'ignorais, affirma-t-elle. Si vous m'aviez dit qui il était – si vous m'aviez donné le nom de Mark –, les choses auraient été bien plus simples.

— Vous ne m'avez jamais dit que vous alliez à Solaluna, lui rappela-t-il, sinon je l'aurais peut-être fait. »

Elle ne lui avait rien dit, en effet, puisqu'elle s'y rendait pour l'empêcher de vendre des ombres aux riches. Archie mort, plus personne ne pourrait toutefois le révéler. « Nous avons eu un défaut de communication. Désolée.

— Vous avez aidé quelqu'un à se faire passer pour moi, accusa M. Punch.

— On a réussi à débusquer Mark, non ? » Elle but une gorgée d'eau. « Et on a brouillé un peu plus votre identité.

— Vous vous glorifiez d'être une farceuse, dit M. Punch, mais les farceurs ne gagnent jamais à la fin. Ils sont très malins, bien sûr. Dans un tas d'histoires, ils volent la viande sur la table, et nous nous esclaffons avec eux parce que nous aimons voir les puissants abaissés. Mais ils sont au bout du compte les dindons de la farce : ils se font prendre et l'ordre est restauré. On rit bien plus facilement de leurs facéties une fois qu'ils ne sont plus là.

— D'accord, professeur », admit-elle.

Il fronça les sourcils. « Aujourd'hui, je vous aide, Charlie Hall. Mais après cela, vous me servirez, c'est bien compris ? »

Elle hocha la tête.

« Et cela signifie notamment récolter des ombres. »

Charlie se lécha les lèvres. « Des Furies ? »

Il secoua tristement la tête, comme déçu par son manque d'imagination. « Pas seulement. Nous avons besoin d'un quota d'ombres éveillées, et c'est cela que vous me fournirez. »

Le but de Charlie avait été d'écarter Rouge de la négociation, mais, une fois qu'il serait atteint, plus rien ne les lierait. Elle faisait là un plus grand pari sur la loyauté et l'amour que lorsqu'elle lui avait demandé de venir la sauver. « Arrangez-vous pour que Rouge soit libre, et je vous obéirai.

— Il n'est pas bon de m'avoir pour ennemi », la prévint-il.

C'était exact, mais M. Punch restait un excellent levier à manœuvrer. Excellent au point qu'il devenait facile de repousser l'avenir à un autre jour. Si elle ne tenait pas sa promesse, il la traquerait. Il y serait contraint : il ne pouvait lui permettre de partager ses secrets que si elle se compromettait aussi. Que s'ils étaient pareillement coupables.

« Maintenant, je dois me concentrer », dit-il. Il se dirigea vers la porte de derrière, puis traversa la pelouse en chassant les feuilles mortes à coups de pied.

Charlie dut encore attendre vingt minutes avant d'être rappelée dans la salle. Quand ce fut le cas, elle ne sut que penser, car nul ne paraissait satisfait.

« Nous avons une réponse, lui apprit Vicereine. Rouge peut rester une Furie, mais *vous,* vous conserverez votre rôle de Hiérophante. Continuez à travailler correctement ou je ferai de vous un exemple. Vous savez que les retailleurs peuvent éliminer le désir ou la douleur ? Décevez-nous, Charlie Hall, et je vous prendrai tout. Je vous changerai en une coquille vide. »

La jeune femme hocha la tête. Ils lui donnaient ce qu'elle voulait. Cela ne pouvait venir qu'assorti d'une menace.

« Certains d'entre nous ne croient pas qu'on puisse être le Hiérophante sans être aussi crépusculien, continua Vicereine. Personne ne l'a jamais été.

— Moi, je peux, dit Charlie.

— Réussir ce qui paraît impossible est votre caractéristique la plus irritante », concéda Bellamy.

L'ivresse de la victoire aurait été assez puissante pour lui faire venir un large sourire aux lèvres, mais elle ne pouvait se le permettre. Pas encore. « À ce propos, dit-elle. Il y a une chose que je dois vous dire. Ça concerne un des vôtres. Il vous a trahis. » Elle se tourna vers M. Punch.

Le professeur qui servait de marionnette bondit sur des jambes flageolantes, mais avec une telle force que l'homme s'éveilla en sursaut et cligna des paupières, avant que son regard ne se vide à nouveau. « Vous vous oubliez.

— Pas du tout », affirma-t-elle. Puis elle détailla le complot. « Tout a commencé avec Rooster et Archie mais, d'une manière ou d'une autre, M. Punch a eu connaissance de leur accord et il s'est imposé. Je ne sais pas s'il a découvert ce qu'ils faisaient après avoir renversé Malik ou s'il le savait auparavant et si cela l'a aidé à se porter au sommet, mais...

— Allez-vous la laisser mentir ainsi ? À propos de l'un d'entre nous ? » La marionnette de M. Punch se porta en direction de Vicereine en désignant Charlie.

Bellamy s'inséra entre eux. Ses yeux se tournèrent vers la jeune femme. « Continuez.

— Je sais qu'il travaillait avec Mark, que Rooster avait fait évader afin qu'il récolte des ombres pour son compte. Des ombres volées à de nouveaux crépusculiens qui seraient sans doute devenus membres de la Cabale. Qui, certainement, seraient encore vivants.

— En tant que menteuse notoire, vous racontez des histoires palpitantes, dit M. Punch par la bouche de son pantin. Mais avez-vous la moindre preuve ?

— Bien sûr, répliqua Charlie. Je vous ai fait chanter pour que vous me souteniez auprès de Vicereine et Bellamy. Pourquoi auriez-vous fait ça, sinon ? J'ai promis de ne rien révéler si vous acceptiez, mais, comme vous dites, je suis une menteuse. »

Bellamy eut un rire surpris mais ravi.

« Espèce de cinglée, cracha la marionnette de M. Punch. Espèce de sale garce !

— Vous m'auriez baisée à la première occasion, lui dit Charlie en s'autorisant un petit sourire. Vous êtes furieux que je vous aie devancé, c'est tout.

— Il n'y a que vous, déclara Bellamy. Que vous pour avoir le culot d'utiliser une chose pareille en guise de preuve.

— Mais vous me croyez, fit Charlie.

— Nous vous croyons, confirma Vicereine. Maintenant, fichez le camp. »

Les jambes tremblantes, la jeune femme quitta la forteresse des retailleurs et regagna la Porsche. L'adrénaline chantait dans ses veines tandis qu'elle inspirait de grandes goulées d'air froid.

Et elle souriait au ciel noir, aux étoiles qui brillaient au-dessus de sa tête. Elle ne pouvait s'empêcher de sourire.

Elle venait de s'engager sur la route 9 quand une voiture de police commença à la suivre. Juste avant le pont, le gyrophare entra en action.

Charlie s'arrêta sur le bas-côté, maudissant sa malchance. Bien sûr, elle ne pouvait même pas jouir pendant une heure de son triomphe sur le monde avant que le monde ne la projette de nouveau au tapis. Bien sûr, aussi, Adeline ne laisserait pas Rouge s'en aller avec une voiture s'il ne lui obéissait pas.

Charlie prit une profonde inspiration et se prépara à parler très vite pour se tirer de là.

Volée, monsieur l'agent ? Je tombe des nues. Mon copain m'a dit qu'elle était à lui. Remy Carver ? C'est ça. Il y a un problème ?

Deux autres voitures de police, sirène en action, s'arrêtèrent devant la Porsche au bord de la route, lui bloquant le passage. Eh bien, sans doute s'agissait-il d'une voiture de grande valeur, et ne se passait-il pas grand-chose alentour, en dehors des étudiants ivres qui s'introduisaient par erreur dans les salons dont ils trouvaient les portes ouvertes, et s'endormaient par terre.

« Descendez du véhicule et gardez les mains bien en vue. » La voix amplifiée jaillissait de la voiture arrêtée derrière elle. « Descendez immédiatement du véhicule. »

Charlie obtempéra.

« Les mains sur la tête. »

Elle s'exécuta, ses doigts plongeant dans ses cheveux courts tandis qu'elle s'efforçait de se rappeler s'il y avait quoi que ce soit de compromettant à trouver dans la voiture. Sur elle.

Du sang, surtout.

De nombreux policiers descendaient de leurs véhicules, criant des ordres. Elle sentit qu'on lui ramenait les bras dans le dos, qu'on refermait des menottes froides autour de ses poignets.

« Êtes-vous Charlotte Hall ? cria un des flics.

— Je n'ai pas volé la voiture ! » affirma-t-elle.

Il fronça les sourcils, perplexe. « Quelle voiture ?

— Celle-ci, dit Charlie, tout aussi déroutée. Je ne l'ai pas volée.

— Vous avez de plus gros problèmes que ça, madame, dit-il. Les inspecteurs veulent vous interroger à propos d'un meurtre. »

On fit attendre Charlie dans une pièce pendant presque une heure, durant laquelle elle contempla la table en aggloméré, à laquelle manquaient des morceaux, et regarda une araignée tisser une toile dans un coin du plafond.

Enfin, la porte s'ouvrit. Entra une femme d'âge moyen, deux chemises brunes sous le bras. Un collègue plus jeune, aux cheveux courts et frisés, la suivait.

« Charlotte Hall ? » demanda la femme, bien qu'elle connût à l'évidence la réponse.

L'intéressée hocha la tête. « Je préfère Charlie.

— Je suis l'inspectrice Vitolo, et voici l'inspecteur Rudden. Nous avons quelques questions à vous poser. »

Comme tout criminel de carrière, Charlie savait qu'elle ne devait pas accepter de parler tout de go. « Est-ce que je peux m'en aller ?

— Techniquement, nous pouvons vous retenir vingt-quatre heures avant de vous mettre en examen, dit l'inspectrice Vitolo. Donc non.

— En examen pour quoi ? »

Vitolo ouvrit un de ses dossiers et en sortit trois photos. La première montrait Charlie entrant dans l'usine abandonnée. La deuxième Charlie au drugstore, avec du sang dans les cheveux. La troisième le cadavre du vagabond.

« Vous voulez bien nous dire ce qui s'est passé, là ? » demanda l'inspecteur Rudden.

La jeune femme en avait le souffle coupé. Ce triptyque racontait une histoire qu'elle ne savait comment nier.

« J'ai vu le cadavre, admit-elle. Mais il était déjà mort.

— Pourquoi n'avez-vous pas appelé la police ? » demanda Rudden.

Là, elle se retrouvait en terrain plus ferme. « Je ne voulais pas atterrir ici.

— Parlez-moi de Solaluna, dit l'inspectrice Vitolo.

— Il s'y est tenu récemment un congrès de riches quêteurs.

— Quatre participants sont morts. »

Charlie secoua la tête. « Vous savez que je n'y suis pour rien. Vous avez forcément des témoignages de première main, issus de gens que les flics écoutent pour de bon. »

Vitolo fronça les sourcils.

« Une partie de ces témoignages vous associent au tueur. » L'inspecteur Rudden feuilleta quelques papiers, comme s'il cherchait les témoignages en question.

Charlie se laissa retomber mollement au fond de sa chaise. « C'est des conneries. »

L'inspectrice haussa les sourcils, perplexe. « Il y a eu une attaque sur votre lieu de travail il y a quelques mois. Un meurtre dans la maison que vous habitiez. Apparemment, vous avez une chance monumentale de vous être trouvée à tous ces endroits sans jamais être blessée.

— J'ai une chance de merde, oui, corrigea la jeune femme. Sinon, je n'aurais pas été là.

— Nous avons assez d'éléments pour vous accuser de la mort du vagabond », lui apprit Rudden.

Elle ne doutait pas qu'il s'agît d'une invitation, mais n'était pas sûre de ce qu'on l'invitait à faire. « Vous savez que je ne l'ai pas tué.

— Vraiment ? » L'inspecteur se pencha en avant. « Alors, dites-moi qui l'a fait.

— Il y avait une Furie... », commença-t-elle.

Les sourcils de Vitolo se haussèrent à nouveau. Rudden eut un sourire moqueur. L'existence des Furies était contestée par beaucoup de gens en dehors de la communauté crépusculienne. Elles passaient pour des légendes, au même titre que la fille qui avait dans la joue une bosse d'où sortaient des araignées. « OK, mettons que je vous croie, dit l'inspectrice. Où est-elle passée, cette Furie ? »

Je l'ai tuée, faillit répondre Charlie. Mais cela semblait facile à déformer en aveux. « Je ne sais pas, dit-elle. Elle m'a attaquée. C'est pour ça que je saignais au drugstore.

— Et qui est le tueur de Solaluna ? interrogea Rudden.

— Mark Lord, répondit Charlie. Vous devez le savoir. On vous l'a forcément dit. »

L'inspecteur feuilleta encore quelques papiers. « D'après nos registres, il est en prison.

— Il devrait y être, admit-elle. Ça, c'est vous que ça regarde, pas moi.

— D'après certains rapports, vous avez quitté Solaluna avec lui.

— Je ne m'en souviens pas : j'étais inconsciente. »

L'inspectrice Vitolo secoua la tête. « Et vous vous êtes échappée. Tout comme vous avez échappé à la Furie ? »

La jeune femme se sentait comprimée sous le poids du désespoir. Les flics ne savaient peut-être pas ce qu'elle avait fait, mais ils étaient sûrs qu'elle avait fait *quelque chose*. « Pas de la même manière. Mais il est vrai que j'ai échappé aux deux. »

L'inspecteur Rudden déplaça sa chaise. « Et si je vous disais qu'on a trouvé votre ADN sur une autre scène de crime ? »

L'appartement où l'avait amenée Mark, près de Solaluna. Son ADN devait y être. Sur les frites qu'elle avait trempées dans la sauce tartare. Dans la salle de bains, où elle avait touché le lavabo en se regardant dans le miroir. Sur les colliers de serrage qui lui avaient entravé chevilles et poignets.

« D'où croyez-vous que je me sois échappée ? renvoya-t-elle.

— Et, une nouvelle fois, vous n'avez pas contacté la police, dit Vitolo.

— Non, admit Charlie. Je suis allée trouver les cabalistes. Après tout, vous ne croyez même pas aux Furies, vous. »

Rudden ricana. « Vous les prenez pour des amis ?

— Quoi ? demanda Charlie sur un ton de défi.

— Qui nous a dit où vous trouver, à votre avis ? L'un d'eux. »

Ah, le fumier.

M. Punch avait réussi à se venger, finalement.

« Je suppose que j'aurais dû venir vous voir, admit-elle. Et maintenant, je me retrouve ici. »

Les policiers et elle continuèrent un moment de tourner ainsi autour du pot.

On ne prit pas ses empreintes. On ne l'accusa de rien. Enfin, on la conduisit dans une cellule où se trouvaient une demi-douzaine de femmes à l'air las, un banc et une cuvette de toilettes bouchée par du papier.

Charlie, assise sur le sol glacé, médita le fait qu'avec tout ce dont elle s'était rendue coupable, il était sans doute logique que le crime pour lequel elle se faisait arrêter soit celui qu'elle n'avait pas commis. Elle songea aux images de surveillance de son entrée au drugstore, au sang qui coulait sur son front tandis qu'elle prélevait dans les rayons pansements et sucreries.

Si on la mettait en examen, nul ne croirait à son innocence.

De l'autre côté de la cellule, non loin de la cuvette ouverte, une femme installée par terre, vêtue d'un lourd manteau, marmonnait en sourdine. Une jeune fille à la queue de cheval luisante et au sweat-shirt UMass pleurait, assise sur une couchette.

Une troisième femme, d'âge moyen, avec un œil enflé et un pyjama court, chuchota à Charlie. « Il fait toujours un froid de canard, ici. »

La nouvelle venue fit passer son pull par-dessus sa tête et le lui offrit. « Tenez. » Cela ne lui laissait que son tee-shirt, mais c'était sans importance : là où elle allait, on lui offrirait toute une garde-robe neuve, de couleur orange.

La femme, reconnaissante, se couvrit d'une couche supplémentaire. « Je m'appelle Molly, dit-elle. C'est sympa de ta part. C'est ta première fois ?

— Ouais. » Charlie avait connu un grand succès en tant que criminelle, mais elle avait tout de même fini par se retrouver ici.

« Ne te laisse pas impressionner, conseilla Molly. Réfléchis juste à qui tu vas appeler. Que ce soit quelqu'un qui t'aime vraiment bien. Quelqu'un qui a du fric. »

La jeune femme resta en cellule toute la nuit, alors que ses compagnes, souvent, allaient et venaient. Certaines furent libérées sous caution. D'autres les remplacèrent. D'après ce qu'elle entendit, la plupart avaient été embarquées pour trafic de drogue, racolage ou ivresse sur la voie publique. L'une était en sang à la suite d'une bagarre.

Au bout d'un moment, Charlie commença à somnoler, mais jamais très longtemps. Les bancs froids étaient inconfortables, et ses pensées ne cessaient de tourner dans sa tête. Y avait-il un moyen de se sortir de là ? Un marché à passer ? Une raison pour laquelle les inspecteurs auraient moins envie de l'envoyer au tribunal ?

Un agent finit par l'appeler. « Charlotte Hall, sortez de là. »

Elle se leva sur des jambes vacillantes, raide et douloureuse, espérant que le système, sûr de réussir à la coincer une prochaine fois, la rejette comme le trop petit poisson qu'elle était. De nouveau menottée, elle fut reconduite à la salle d'interrogatoire. L'inspectrice Vitolo s'y trouvait déjà. Le flic qui escortait Charlie attacha ses menottes à la table.

« Vous savez que je n'ai tué personne, dit-elle.

— Je ne sais rien du tout, répliqua Vitolo. Comme on vous l'a déjà dit, nous avons assez d'éléments pour vous mettre en examen. Tout sera plus facile si vous avouez avoir tué le vagabond. Le bureau du procureur vous offrira un arrangement. Si vous maintenez votre innocence, au contraire, on cherchera à obtenir la sentence la plus lourde possible.

— Je ne l'ai pas tué. »

L'inspectrice haussa les épaules. « Vous pouvez continuer de nier, mais vous dites à la fois n'être pas coupable et ne pas savoir qui l'est ? Alors même que vous étiez la seule personne dans l'usine au moment du meurtre ? Est-ce vraiment probable ? Et ne me ressortez pas votre histoire de Furie. Autant dire que le coupable est un fantôme. »

Charlie ne pouvait rien répondre à cela, aussi resta-t-elle muette.

« Vous ne savez pas non plus où se trouve Mark Lord ? » interrogea Vitolo.

La jeune femme grinça des dents. « Je vous ai dit que je lui avais échappé. Ensuite, je ne sais pas où il est allé. Comment le saurais-je ? Je fuyais pour sauver ma vie.

— Quels étaient vos rapports avec lui ? » demanda encore Vitolo.

Oh, ça, c'était mauvais, et l'hésitation de Charlie encore pire. « Vous avez forcément ça dans votre ordinateur. Il a été condamné pour tentative de meurtre contre moi.

— Pourtant, vous êtes encore en vie, dit Vitolo.

— Il n'y a pas que vous que ça dérange », rétorqua-t-elle, épuisée. Elle songea à fournir des informations sur Mark et le massacre de l'église. Cela pourrait certainement lui valoir quelque chose, mais, étant donné la manière dont tournait la conversation, la policière trouverait un moyen de l'impliquer.

« Et si je vous disais que Mark Lord est mort ? » demanda Vitolo.

Ils ont trouvé son corps, songea Charlie. « Eh bien, je dirais que me trouver dans un poste de police est un assez bon alibi.

— Nous attendons l'heure et la cause de la mort. Je crois qu'on ferait mieux de prendre vos empreintes. »

Ils le firent, puis ils lui tirèrent le portrait et l'accusèrent de violation de domicile. Cela suffirait pour la garder enfermée jusqu'à ce que le procureur décide de l'angle sous lequel il exploiterait les accusations plus graves. Finalement, on la conduisit dans une autre cellule. Celle-là était équipée d'une télévision, et deux femmes s'y trouvaient – l'une assise sur un banc, l'autre étendue, la tête sur les genoux de la première. Charlie s'allongea sur le banc d'en face et ferma les yeux, laissant glisser sur elle le son d'un jeu télévisé.

Ce fut la voix de Rouge qui la réveilla. Rêvant encore à demi, elle se crut dans son ancienne maison, avant de sentir la dureté du banc et la puanteur de l'air. Quand les souvenirs lui revinrent, elle se redressa d'un bond, croyant qu'il était venu la chercher.

Mais non, elle était seule dans la cellule : la voix de Rouge provenait du téléviseur mural. Il se tenait sur les marches du tribunal, vêtu d'un costume gris avec une cravate gris acier sous un manteau en cachemire. Ses yeux pâles fixaient sans ciller l'objectif de la caméra.

« Je remercie la ville de Springfield de m'avoir rendu la liberté et ma réputation. Avec mon héritage, je compte créer une fondation pour que tous ceux qui m'ont aidé lorsque j'en avais grand besoin obtiennent de l'aide quand ce sera leur tour. »

En bas de l'écran défilait le texte : *Remy Carver, que l'on croyait mort, hérite la moitié de la fortune Salt.*

Près de lui se tenait Adeline, tout de blanc hivernal vêtue. Un sac crème en bandoulière, elle exhibait un sourire répété devant un miroir afin d'être parfait pour les caméras. Des avocats les flanquaient, ainsi que Fiona, en manteau bordé de fourrure.

Il avait certes dit à Charlie qu'il accepterait tout ce que lui avait donné Remy, mais cette image évoquait davantage une capitulation. Adeline, sinon, n'aurait pas été aussi ravie, pas lissé de ses doigts avec une telle possessivité le revers du manteau de Rouge. Pas plus que lui ne se serait tenu aussi raide, un muscle tressaillant dans sa joue, comme s'il se forçait à ne pas flancher.

« Hall ? » Un agent se tenait devant la cellule. « C'est l'heure de votre coup de téléphone. »

Charlie se leva, le dos douloureux d'avoir dormi sur le banc. Elle suivit le policier dans le couloir, puis dans une pièce où se trouvaient en tout et pour tout un téléphone sur une table et une chaise.

« Vous avez un quart d'heure. Et rappelez-vous que la communication est écoutée. »

Prenant possession de la chaise métallique froide, Charlie contempla l'appareil. Elle envisagea d'appeler un membre de sa famille puis y renonça : à quoi bon pousser ses proches à payer une caution qui serait ridiculement prohibitive ? Il était d'autre part inutile de chercher à joindre un Rouge trop occupé. Odette, en revanche, connaissait sûrement un bon avocat, et c'était ce dont elle avait besoin. Elle ne devait demander son aide à personne d'autre.

Puis elle décrocha et prit sa décision.

« Charlie Hall, dit Balthazar. Est-ce que tu m'appelles d'un établissement correctionnel ?

— Ouais. Est-ce que tu peux demander quelque chose très vite à Odette ? »

Il soupira mais accepta, et aussi de contacter l'avocat pour elle.

Après le coup de téléphone, l'agent la ramena en cellule. Elle retourna à son banc et regarda une série de l'après-midi dans laquelle un bébé naissait sans ombre.

Plusieurs heures s'écoulèrent.

Quand la porte de la cellule se rouvrit. Charlie s'attendit à revoir l'agent qui l'avait emmenée là, mais l'arrivant, les cheveux grisonnants, était en civil et assez vieux pour être gradé. Il semblait avoir dans la bouche un goût amer dont il aurait voulu se débarrasser. « Le chef de la police nous a appelés, mais j'ai cru qu'il y avait une erreur, M. Carver. »

Derrière lui, Rouge entra dans la cellule. *M. Carver.*

« Il y a bien eu une erreur, dit-il. C'est ce que j'essaie de vous expliquer. »

Durant un instant déroutant, il sembla à Charlie qu'il ne s'agissait pas du tout de Rouge, mais du véritable Remy Carver, sorti du tombeau. Elle l'avait vu assez souvent en photo pour reconnaître son expression ironique et la chevelure tombant sur son front. Une montre en or étincelait à son poignet. Sa chemise blanche repassée était ouverte au col. Même son pantalon paraissait cher. À le voir, on avait l'impression de contempler un labrador, massif et amical.

Mais Remy Carver était mort, son cadavre brûlé.

Charlie se sentit prise de vertige.

Qui empira lorsqu'on ouvrit ses menottes.

« Oui, je suis absolument sûr, disait Rouge. Mes avocats vous l'ont expliqué, non ?

— Charlotte Hall, vous êtes libre, dit le policier en civil. Provisoirement. Ne quittez pas la ville. Nous pourrions avoir d'autres questions.

— Compris », dit Charlie.

Son impression d'irréalité s'intensifia lorsqu'elle sortit dans le couloir. Elle s'attendait à moitié à ce que Rouge la regarde comme s'il ne la connaissait pas.

Remy n'aurait jamais pu aimer quelqu'un comme toi.

Gênée, elle chassa ses cheveux de son visage.

« Comment es-tu arrivé ici ? » demanda-t-elle, question qui semblait importante. Balthazar n'avait pas pu l'appeler : Rouge n'avait même pas de téléphone.

« J'ai dit à Adeline que je voulais voir ta libération de mes yeux. » Malgré ces paroles, il ne la regardait pas en face.

« Me voir une dernière fois ? » demanda-t-elle, imaginant la réaction de la fille de Salt à une telle requête.

Il lui jeta un coup d'œil de côté, et un coin de sa bouche se souleva. « Quelque chose comme ça.

— Rassure-moi : tu n'as pas accepté ses termes à cause de moi ? dit-elle en se tournant vers lui. Parce que j'ai été arrêtée ? »

Rouge l'entraîna. « On pourra parler plus tard. »

Dans la grande salle, on rendit à Charlie son sac, son manteau et son téléphone. On l'autorisa à utiliser des toilettes publiques, ce qu'elle fit avec reconnaissance, avant de se laver trois fois les mains au savon antibactérien, jusqu'à se sentir propre.

Son reflet dans le miroir lui paraissait halluciné. Ne projeter aucune ombre la dérangeait plus qu'elle ne l'aurait cru.

Dehors, adossé à un mur, les mains dans les poches, Rouge s'entretenait avec un couple en civil et un agent en uniforme. La femme, en tailleur gris à rayures et talons plats, portait un porte-documents de marque ; son compagnon, vêtu de noir, avait plusieurs dossiers sous le bras ; quant à l'agent, il semblait là pour les escorter. Rouge fut seul à se tourner à l'approche de la jeune femme.

« Prête à partir ? » demanda-t-il. Même à Solaluna, il ne lui avait pas paru aussi distant. Ici, il jouait son rôle à la perfection, au point que cela ne paraissait pas être un rôle.

« Bien sûr », répondit Charlie, bien qu'elle n'eût aucune idée de l'endroit où ils allaient.

Dehors, la neige avait couvert le sol d'un tapis blanc. La Porsche gris métallisé était garée à l'emplacement réservé pour le chef de la police.

Il était difficile de seulement comprendre l'arrogance et les privilèges que conférait une richesse délirante.

« Remy Carver, je présume », dit-elle.

Il fit la moue, ce qui était un soulagement.

« C'était le seul moyen, lui dit-il.

— Ils viennent de relâcher une prisonnière pour les beaux yeux d'un garçon riche d'à peine plus de 20 ans ?

— Pour les gens comme moi, il n'existe pas beaucoup de règles, mais non, ça n'a pas été tout à fait aussi simple, répondit-il en secouant la tête. L'État craignait que je ne l'attaque en justice pour m'avoir accusé de meurtre et déclaré décédé, aussi ai-je signé une lettre assurant que je ne faisais aucun reproche à personne. En échange, je t'ai eue, toi. »

Rouge méritait sa fortune, tout autant que Remy et Adeline, mais il n'aurait jamais choisi cette manière de l'obtenir. Jamais il n'aurait échangé sa liberté contre de l'argent. Non, il avait renoncé à la vie pour lui rendre la sienne.

« Tu ne peux pas faire tout ça pour moi », lui dit-elle.

Il la laissa pour aller se mettre au volant. « C'est fait. »

Charlie monta en voiture et une vague de fatigue déferla sur elle. Dans le porte-tasse côté passager, reposait un café de chez Dunkin'. Son arôme emplissait la voiture, chassant l'odeur du cuir hors de prix.

« Tu m'as acheté un café, dit-elle.

— Oui, répondit-il. Je ne retrouverai peut-être jamais mes souvenirs, mais je sais comment tu prends ton café. »

Elle but une gorgée, se réchauffant les mains autour du gobelet. « Qu'est-ce qui va se passer, maintenant ?

— Je te ramène chez toi, dit-il. Au nouvel appartement.

— Et toi ? demanda Charlie, bien qu'elle connût déjà la réponse.

— Je rentre chez moi aussi. Au manoir. »

Elle hocha la tête. Sa vie était entre les mains d'Adeline. Non seulement elle connaissait son secret, mais elle pouvait à présent le contrôler légalement. Les avocats de Rouge étaient en fait ceux de sa jeune tante.

Il avait retrouvé son ancienne vie. Sa vie monstrueuse, où il était traité comme un monstre.

Elle le revit venant à elle dans les bois, tel un dieu descendu du ciel, avec tout autour d'eux la nuit silencieuse et glaciale. Elle le revit l'observer avec une douloureuse confusion, l'entendit à nouveau lui dire que ses sentiments pour elle étaient différents de tout ce qu'il avait jamais ressenti.

« Je peux te sortir de là », lui dit Charlie. Elle l'avait arraché deux fois aux cabalistes. Elle trouverait un moyen.

« Arrête d'essayer de me sauver, répliqua-t-il. C'est mon tour de te sauver. »

Il ne restait rien qu'elle pût lui donner, donc elle n'avait aucun moyen de le garder. Lorsqu'il la déposa à son appartement bien trop luxueux, lorsqu'elle se pencha pour embrasser sa douce bouche, cela lui fit l'effet d'un adieu.

Noël arriva. Charlie se rendit dans sa famille sans donner la moindre explication de l'absence de Vince, et nul ne parla de lui. Sa mère tenta bien de la prendre à part pour discuter de sa confession, mais elle resta collée au canapé et au plateau de biscuits apéritifs, allant jusqu'à pousser Bob à lui enseigner les règles de *Magic : L'Assemblée* pour ne pas se laisser emporter dans cette conversation.

« Il faut qu'on parle, ma chérie, insista sa mère lorsqu'elle s'apprêta à partir.

— En aucun cas », répondit-elle. Debout sur le pas de la porte, elle comprit qu'elle ne voulait plus se faire pardonner. Que sous sa peur résidait une flamme ardente de fureur. Que peut-être elle avait moins peur de ce qu'on pourrait lui dire que de ce qu'elle-même pourrait dire. « Ce qu'il y a de mieux, dans le fait de ne plus être un enfant, c'est que personne ne peut t'obliger à faire ce que tu n'as pas envie de faire. »

Au travail, Charlie se montrait aussi mécanique et méthodique que Don pouvait le désirer. Il continuait pourtant à parler des services qu'elle avait manqués, à la harceler à propos de divers sujets sur lesquels il avait des idées tatillonnes – les garnitures, quels cocktails devaient être préparés au shaker, l'amaro était-il seulement buvable. Il continuait aussi de se disputer avec Erin lors de ses pauses, murmurant sur un ton intense dans son téléphone.

Un soir, Odette était assise au bar tandis que Charlie mélangeait angostura et sirop pour préparer un old fashioned. Balthazar, à l'autre bout, buvait un amaretto sour.

Don fronça les sourcils. « Tu es censée utiliser un morceau de sucre. »

Charlie leva les yeux au ciel. « Je ne suis pas une puriste, et personne n'aime avoir du sable dans son verre.

— Si tu mélanges correctement, ça n'est pas sablonneux.

— Non seulement je n'utiliserai pas un morceau de sucre, mais je vais ajouter une cerise comme garniture, lui dit-elle. Et si tu continues, je mets aussi une tranche d'orange.

— Si tu veux bousiller…

— Je ne peux plus voir ça, soupira Odette, exaspérée. Quelqu'un devrait donner à ce garçon ce qu'il veut.

— Une gifle ? » devina Charlie en haussant les sourcils.

Odette répondit en haussant les siens.

« Très drôle », fit Don.

La jeune femme posa le cocktail terminé – avec une cerise, sans tranche d'orange – devant sa patronne.

Après en avoir bu une longue gorgée, la dominatrice se laissa glisser à bas de son tabouret. Ce soir-là, elle portait une robe imprimée léopard à large ceinture. Passant derrière le bar, où se trouvait Don, elle posa ses mains sur les hanches et leva les yeux vers lui. « Alors ? Prêt à nous le dire ? »

Il parut nerveux.

Odette poussa un long soupir agacé. « Le bénévolat n'est pas vraiment mon truc, chéri, mais nécessité fait loi. Maintenant, écoutez-moi bien. Si vous voulez que j'arrête, tout ce que vous avez à faire, c'est me le dire. Aucun risque pour votre emploi. Aucun risque pour votre sensibilité. » Puis elle leva la main et la lui referma autour du cou.

Don se figea, ce qui était logique, puisque sa patronne, dominatrice en semi-retraite, avait la main sur sa gorge. Mais l'expression de son visage laissait transparaître un désir étrange. « Je... Je ne...

— Vraiment, chéri ? » Odette lui sourit. « Dites-moi d'arrêter, en ce cas. »

Don ne dit absolument rien.

« Bien, reprit-elle. Alors, aimeriez-vous que Charlie vous donne une petite gifle ? »

Il ne parlait toujours pas.

« Oh, mon Dieu. » Balthazar se pencha sur son tabouret, fasciné. « Vous auriez dû faire ça sur scène. »

Odette secoua la tête comme si elle était très déçue, tant par lui que par Don. « Si vous ne pouvez pas le dire, vous ne l'aurez pas.

— Oui, d'accord », cracha le barman.

Charlie inspira sèchement, incrédule. Sa patronne avait-elle raison ? Provoquait-il son entourage en espérant recevoir une forme très précise d'attention malveillante ?

« Oui, *quoi* ? » La voix d'Odette était sévère.

« J'aimerais qu'elle me gifle. » Don baissa les yeux.

« Vous aimeriez qu'elle vous gifle... » Odette resserra sa prise, même si, de toute évidence, Don pouvait se dégager quand il le voulait : elle était petite et avait les doigts fins.

« S'il vous plaît », acheva-t-il.

Balthazar s'esclaffa. « Oh, putain de merde. »

La dominatrice se tourna vers Charlie. « Aimeriez-vous faire les honneurs ? Vous n'êtes pas obligée, bien sûr. Le consentement enthousiaste est ma règle, pour tout le monde. »

Oh, après tout ce que Don lui avait dit, Charlie avait très envie de le gifler, bien qu'elle fût sûre que cela n'était pas tout à fait dans l'esprit du jeu. Elle s'approcha de lui, sourit, puis lui abattit sa paume ouverte sur la joue. Ce fut très satisfaisant pour eux deux, quoique visiblement pas de la même manière.

La joue meurtrie du barman rosit, tandis que sa gorge rougissait d'embarras.

« Vous devriez rentrer chez vous, ma chérie, dit Odette à Charlie. Balthazar, vous pouvez redescendre. Don et moi avons des choses à nous dire. »

À la fin de la semaine, le *Rapture* organisa sa propre fête de Noël, et Odette offrit des cadeaux à ses employés. Charlie eut une cafetière à piston en cuivre, Rachel un oranger d'appartement en pot. Les deux assistants chargés de garnir le bar reçurent des bouteilles de champagne français ; Don un bâillon muselière en cuir avec boule en acier. Quand Balthazar se montra pour recevoir son propre cadeau, Odette lui apprit que ce dernier consistait en l'effacement des consommations de son ardoise.

Le lendemain matin, assise à la lumière vive que laissaient entrer les fenêtres de son bel appartement tout neuf, Charlie buvait du café issu de sa nouvelle cafetière. Un petit sourire errait sur ses lèvres sans qu'elle en soit entièrement consciente.

Posey entra avec le courrier et tendit à sa sœur une enveloppe noire scellée à la cire. Son épais papier de lin était déjà assez pénible, mais l'invitation qu'elle renfermait s'avéra rédigée en lettres d'or :

Remy Vincent Carver requiert cordialement l'honneur de votre compagnie lors d'un gala pour la Saint-Sylvestre en tenue de soirée.

Écrits en dessous, de la main de Rouge, se trouvaient ces mots : *Viens, s'il te plaît.*

33

JAMAIS OUBLIÉ

Deux jours après avoir reçu l'invitation, Charlie se rendit dans une friperie vintage au centre de Northampton. Elle y acheta une robe en satin crème qui exposait énormément de chair, mais d'une manière surannée, pleine de classe.

Devant le miroir, elle se sentit idiote. Qui croyait-elle tromper ? Rouge savait exactement ce qu'elle était et n'était pas.

Pourtant, elle ne pouvait s'empêcher d'espérer que, s'il la voyait, il aurait envie d'elle.

Le soir de la fête, Malhar passa les prendre, Posey et elle, dans sa Subaru Forester à peine griffée. Il était très élégant, vêtu du même costume qu'à Solaluna. Quant à Posey, avec ses paillettes vertes et ses cheveux relevés dont quelques mèches échappées tombaient sur ses épaules, on aurait dit une star.

Charlie avait peine à considérer le manoir de Salt comme la propriété de Rouge, mais, quand Malhar arrêta sa voiture dans la longue allée, prétendre le contraire aurait été vain. C'était une Saint-Sylvestre d'héritier impatient de s'inscrire dans l'élite de la *jet set* : bien qu'invités au dernier moment, les ultra-riches de Manhattan, du Connecticut et des monts Berkshire étaient venus. Des étoiles d'argent ornaient les arbres bordant l'allée, au-dessus de laquelle de longues guirlandes d'ampoules blanches avaient été tressées pour former une canopée impressionnante, promesse de bien d'autres délices.

La maison était décorée d'énormes boules dorées ou argentées, toutes plus grandes que Charlie. Comme les arrivants arrêtaient leur voiture, un valet en costume noir s'avança.

« Les livraisons, c'est derrière, dit-il, l'air offusqué à titre personnel par la Subaru de Malhar.

— C'est bon à savoir », fit Charlie sur la banquette arrière, avant de descendre en prenant soin de ne pas laisser l'ourlet de sa robe en satin toucher le sol.

Le valet parut sceptique plutôt que contrit, mais il accepta les clefs que lui tendait le conducteur.

« Cette bagnole est un classique, lui assura Malhar. Vintage.

— Je vais enfin voir l'intérieur, dit Posey, émerveillée par l'édifice. Et les livres. »

Charlie sentit ses entrailles se nouer quand elle se revit avec sa sœur sur la pelouse du manoir, au cours d'une autre fête. Elle éprouvait trop d'émotions pour les analyser toutes.

« Rouge m'a parlé de cette baraque, dit Malhar, en jetant un vieux sac de cuir sur son épaule. Les murs à travers lesquels il flottait. Sa famille. La salle de torture au sous-sol.

— Oh, c'est vrai, fit Posey en jetant un rapide regard à son aînée. Ce n'est pas bizarre qu'il vive ici ?

— C'est la maison de son enfance », dit Charlie, esquivant la question.

Posey et Malhar échangèrent un regard.

Comme ils approchaient de la porte, un homme en smoking la leur ouvrit avant qu'ils ne puissent seulement frapper. L'entrée haute de plafond était emplie de ballons de baudruche dorés aux nuances diverses, certains nacrés, d'autres aussi réfléchissants qu'une pièce de monnaie polie, chacun assorti d'un ruban d'or en guise de traîne. Un serveur s'avança pour présenter aux arrivants un plateau chargé de coupes de champagne.

Des rires se répercutaient sur des murs où manquait la collection d'œuvres d'art glauques de Salt. Charlie chercha du regard le tableau représentant un faon en décomposition. À sa place était pendue la gravure d'un homme nu, dans une pose artistique de danseur, alors que l'ombre derrière lui appartenait de toute évidence à une bête.

Bon, les œuvres d'art étaient *moins* glauques, en tout cas.

« Un tas de gens à cette fête, remarqua Posey, ramenant Charlie au présent.

— On va essayer de trouver la bibliothèque dont tu nous as parlé, dit Malhar. Voir si le livre ouvre encore la porte secrète. »

Sa compagne hocha la tête, clairement anxieuse de s'éloigner de la foule. « J'aime à croire que Rouge me les prêterait. Peut-être même qu'il m'en offrirait un comme cadeau de Noël.

— J'en suis sûre », confirma Charlie. Que les deux autres soient venus pour voler des ouvrages de crépusculiens, tandis qu'elle-même se contenterait de participer à la fête ne manquait pas d'ironie. « Mais si vous vous laissez enfermer au sous-sol, il risque de me falloir un moment pour vous libérer. »

Posey lui tira la langue puis s'éloigna en compagnie de Malhar.

Charlie s'aventura plus loin dans la foule dense des invités.

La lumière des lustres de la salle de bal avait été tamisée. Au lieu de tables basses, on avait disposé là des dizaines de canapés en cuir, dos à dos, autour d'une piste de danse. Un tas de gens que Charlie ne connaissait pas y étaient installés en robes éblouissantes, costumes de luxe et smokings. Un orchestre dont tous les membres portaient des masques en argent jouait de la musique pour faire danser les invités.

Rouge se tenait près d'un des canapés. La lumière changeait sa chevelure en un or pur qui contrastait avec l'argent étincelant de la décoration. Il avait aux lèvres un demi-sourire bienveillant. Sa grand-mère lui désignait la foule, comme si elle était en train de lui raconter une histoire à propos d'un invité. Adeline, non loin de là, riait d'une remarque de Topher, la tête renvoyée en arrière. Ses longs cheveux se répandaient sur ses épaules et sa robe bustier du bleu le plus profond.

La dernière chose que souhaitait Charlie, c'était se retrouver face aux amis d'Adeline. Elle aurait pourtant dû soupçonner qu'ils seraient présents. Que Fiona se tînt au côté de Rouge était plus surprenant. La vieille femme s'était certes présentée au tribunal, mais il pouvait y avoir à cela plusieurs raisons. Qu'elle fût ici, en train de rire avec l'ombre de son petit-fils, était tout à fait différent.

Charlie savait qu'elle aurait dû s'approcher du faux Remy Carver et lui apprendre qu'elle était arrivée, mais elle hésitait. Au lieu de cela, elle demeura sur le pourtour de la salle. Avec le contraste fourni par l'environnement, elle se rendait compte que sa robe s'était froissée dans la voiture, que ses boucles d'oreilles étaient de pacotille. Même son parfum sortait d'une bouteille à moitié pleine chipée sur un comptoir, chez Macy's.

Retardant l'instant fatidique, elle passa de pièce en pièce dans sa robe en satin crème. On la fixait, reconnaissant en elle une personne qui n'était pas de ce monde. Peut-être une chanteuse engagée pour l'occasion ? Lorsqu'elle apercevait son image reflétée dans une fenêtre – ses cheveux tirés en arrière, retenus par une pince en strass, son rouge à lèvres évoquant un bouton à pousser en cas d'urgence – elle se jugeait très élégante, mais elle n'avait pas sa place ici, voilà tout.

Des barmen en uniforme strict, pantalon noir et chemise blanche, confectionnaient des cocktails, la plupart mettant en jeu du Krug doré issu de magnums. Charlie ne reconnaissait pas un seul membre du personnel. Même ces domestiques-là étaient trop distingués pour faire partie de ses relations.

Afin de se donner une contenance pendant qu'elle errait, elle but coupe après coupe de champagne, essayant tour à tour les ingrédients supplémentaires qu'elles pouvaient accueillir – un morceau de sucre et de l'angostura pour un champagne cocktail classique ; du Chambord pour un kir royal ; du gin et du citron pour un french 75 ; du jus de pêche pour un bellini ; et puis de la bonne vieille vodka, juste pour réveiller les bulles.

Quand elle commanda cette dernière boisson, elle était déjà à moitié soûle.

« Votre ombre ! » s'exclama une fille en fixant l'espace où aurait dû se trouver cette dernière. Puis elle se plaqua une main sur la bouche. « Pardon ! On me reproche toujours de trop dire ce que je pense : je peux être très impolie. »

Plus jeune que Charlie, sans doute à peine plus de 20 ans, elle avait cet aspect extrêmement soigné, lustré, qui la faisait paraître plus belle que ne le lui auraient autorisé ses seuls traits. Elle s'exprimait avec un léger accent et dans un anglais un peu trop convenable.

« Je ne suis pas vexée, la rassura Charlie. Vous êtes une amie d'Adeline ?

— Sa cousine. Du côté de sa mère. »

Ladite mère, mannequin, s'était enfuie en Europe après avoir divorcé de Salt. C'était une dame qui désapprouvait les mauvaises manières chez les enfants, bien qu'elle eût abandonné sa fille, la laissant seule avec son sinistre père. Charlie jugea soudain étrange que cette femme ne se fût pas montrée après la mort du milliardaire. Cela dit, Adeline n'aurait peut-être pas apprécié une visite aussi tardive.

« L'année prochaine, je serai son assistante, reprit la cousine. Nous partons pour Amsterdam dans une semaine. Puisqu'elle veut acheter une maison à New York avant notre départ, il faut que j'examine un tas de propriétés, mais tout va tellement vite. Nous partons tous les trois pour la grande ville juste après minuit. En hélicoptère privé.

« Tous les trois ?

— Remy vient avec nous, ce qui est une bonne chose parce qu'Adeline est plus sympa quand il est là. » La fille soupira. « Vous voyez ? C'est le genre de choses que je ne suis pas censée dire. »

Alors, Rouge l'avait invitée ce soir pour lui faire des adieux définitifs ? Le sourire poli de Charlie se fit venimeux. « Est-ce que ce verre est pour elle ? »

Le barman poussait une deuxième coupe vers la cousine d'Adeline. « Oui, pourquoi ? fit cette dernière, que le ton employé faisait hésiter.

— Amusez-vous. Je vais lui apporter son champagne. »

À présent qu'elle avait un but, il lui fut facile de traverser la salle de bal. Cette conversation aurait eu lieu de toute façon, mais Charlie avait pensé prendre Adeline à part discrètement. Pure inconscience : dans la vraie vie, elle n'avait jamais été très discrète.

« Ton verre », dit-elle en tendant la coupe à Adeline.

Rouge la remarqua. « Char », fit-il, interrompant la conversation dans laquelle il était engagé.

Fiona lui donna un coup de coude. « Quelle jolie robe ! Dis-le-lui.

— Où est… », commença Adeline.

Le sourire venimeux de Charlie restait en place. « Ta cousine ? Par là. Je lui ai dit que je t'apportais ton verre, étant donné que l'on doit causer.

— Vraiment ?

— Faisons un peu le tour de la réception, proposa-t-elle.

— Si tu veux, répondit Adeline, dont le sourire faiblissait. Mais je crois que tu devrais d'abord t'entretenir avec Rouge. Il a des choses à te dire.

— Non », répondit Charlie. Elle lança un sourire radieux au faux Remy Carver. « Faisons passer les affaires avant le plaisir.

— Alors, en ce cas... », capitula la fille de Salt en buvant une gorgée de champagne. Toutes les deux sortirent dans le couloir et gagnèrent un salon moins fréquenté. Comme elles dépassaient une vasque en cristal emplie de chapeaux pailletés ainsi que de trompettes en plastique, Charlie s'empara d'une de ces dernières et la fit tourner entre ses doigts.

Adeline s'arrêta non loin d'une photo en noir et blanc d'elle-même, plus jeune, avec des couettes, assise dans un jardin empli de fleurs.

« Toutes les œuvres d'art sont nouvelles, observa Charlie.

— On les a sorties du grenier. J'en emporte une partie à New York.

— Super, dit Charlie. Mais tu n'emmèneras pas Rouge. »

Les sourcils d'Adeline se haussèrent et sa bouche s'incurva en un sourire, comme si elle se réjouissait d'avance d'un plaisir. « Pourquoi dis-tu ça ?

— Tu crois avoir un moyen de pression sur lui parce que tu peux... quoi ? Révéler à tout le monde ce qu'il est ? Peut-être donner l'impression qu'il a mal agi ? Et puis, bien sûr, tu disposes des papiers qu'il a dû signer. »

Adeline eut un demi-haussement d'épaules. Elle n'aimait pas être décrite comme manipulatrice et jugeait probablement les détails sans importance.

Charlie ouvrit sa pochette, y rangea la trompette, puis sortit son téléphone. Lançant l'appli d'enregistrement, elle appuya sur lecture.

J'ai regardé. J'ai regardé un tas de gens mourir pour que des ombres puissent se nourrir. Il est possible que j'aie moi-même tranché une ou deux gorges.

« Il est illégal d'enregistrer quelqu'un sans sa permission, remarqua Adeline. C'est un délit. »

Charlie sourit. « Ma foi, je suis une criminelle. »

La suffisance revint dans l'expression de son interlocutrice qui croisa les bras sur la poitrine. « Tu ne peux pas t'en servir.

— Bien sûr que si, dit Charlie. Je peux mettre ça en ligne, chez des hébergeurs qui ignoreront tes demandes de suppression. Je pourrai sans doute être arrêtée, mais tu devrais déjà savoir que j'ai un instinct de conservation déplorable.

— Alors qu'est-ce que tu veux ? » Adeline sourit. « Pas de l'argent, j'imagine. Ou peut-être pas une petite somme.

— Fiche-lui la paix. Rouge ne va nulle part où il ne veut pas aller et il ne fait rien qu'il n'ait pas envie de faire. Tu vas le laisser partir en tant que Remy Vincent Carver sans lui imposer un rôle à jouer.

— Qu'est-ce que ça peut bien te rapporter, ça ? demanda la fille de Salt, de l'acide dans la voix. Tu crois qu'il t'aimera encore quand il n'aura plus besoin de toi ? Ou bien tu crois qu'il t'aimera pour ça, pour l'avoir sauvé de moi ? De *moi*, franchement…

— Il n'a pas besoin d'être au courant de notre discussion, dit Charlie. Seulement de savoir qu'il est libre. Tu peux faire semblant d'être gentille, si tu veux. »

Les lèvres d'Adeline se retroussèrent en une grimace qui était presque un sourire.

« Je me fiche de toi, reprit Charlie en s'approchant d'elle. C'est lui qui m'intéresse. Ce n'est pas ton jouet. Et, avant que tu ne fasses une remarque dégoûtante à propos de lui et moi, ce n'est pas un jouet tout court. Un moment, j'ai cru que tu ne le considérais pas comme une personne, que c'était la raison pour laquelle tu le traitais ainsi, mais j'ai réalisé que ce n'était pas le cas. Il y a ici un paquet de domestiques que tu traites de la même manière. Tu ne considères pas les gens comme des personnes, n'est-ce pas ? Nous sommes tous des jouets, pour toi. »

Son interlocutrice secoua la tête. « Tu te trompes. Tu ne comprends rien à ma relation avec Remy, ou avec Rouge. Très longtemps, nous n'avons pu nous accrocher que l'un à l'autre. Nous nous protégions mutuellement. Nous nous aimions.

— Si tu le crois vraiment, tu n'as qu'un seul moyen de savoir si c'est réciproque. Laisse-le décider lui-même.

— Il ne sera jamais à toi, trancha Adeline.

— Oh, je sais », dit Charlie. Il l'avait fait sortir de prison. Il avait entraîné une armée d'ombres pour la sauver de Mark. Elle lui avait causé beaucoup de problèmes.

« C'était intéressant, comme discussion, soupira la fille de Salt, mais d'autres invités m'attendent pour m'extorquer des faveurs.

— La première personne à laquelle je donnerai cet enregistrement, c'est Fiona, conclut Charlie avec un sourire crispé. Alors, dis-lui dès ce soir qu'il est libre. »

Adeline but une gorgée de sa coupe. « Non, dit-elle après un long moment. Je ne crois pas que je ferai ça. »

Comme elle s'éloignait, Charlie s'effondra à moitié sur une chaise et ferma les yeux un long moment. Lorsqu'elle les rouvrit, Rouge se tenait au-dessus d'elle.

« Je suis content que tu aies pu venir, dit-il.

— Malhar et Posey doivent être en train de te voler, là. »

Quoique son sourire fût ironique, il n'éleva pas la voix. « Je suis désolé de n'avoir pas pu passer Noël avec ta famille. J'avais besoin de mettre de l'ordre dans certaines choses. »

Elle hocha la tête. « Je comprends.

— J'ai parlé à Bellamy. Il m'a expliqué l'arrangement que tu as conclu.

— Ne pas être crépusculienne présente des avantages, dit Charlie, refusant qu'il s'inquiète pour elle. Vu que je n'ai pas d'ombre, je ne peux pas être possédée.

— Mais pourquoi voudrais-tu accomplir un travail aussi ingrat ? demanda-t-il. Seule ?

— Il faut bien que quelqu'un le fasse. Je pourrai peut-être faire du Hiérophante un rôle plus intéressant que lorsqu'on nous l'a confié. Si certaines Furies ne se font jamais attraper, j'aurai en outre l'excuse facile de mon incompétence. »

Il ne paraissait pas convaincu. « Tu veux bien rester après minuit, quand les invités partiront ? Ça n'aura pas besoin d'être long. »

La jeune femme songea au trajet en hélicoptère prévu par Adeline. Était-il au courant ? Savait-il que sa tante comptait sur lui ? Voulait-il délivrer un dernier discours à Charlie juste avant de s'en aller ? « Si tu veux. »

Il lui lança un sourire empli de promesse. « La maison est à moi, maintenant. Adeline a préféré un peu plus d'argent. C'est moi qui suis sentimental, en définitive. »

Charlie refusa de laisser ce choix la déranger. Autant qu'il ait pu y observer d'horreurs, il avait grandi entre ces murs. « Il est juste que tu l'aies si tu la veux. Tu devrais avoir tout ce que tu veux.

— Savoir que tu seras ici à la fin de la fête est tout ce qui m'intéresse. » Il entrelaça les doigts avec les siens, exerça une pression, puis la lâcha.

Charlie avait besoin d'un autre verre.

Elle trouva Posey et Malhar assis sur les marches, les yeux fixés sur le téléphone de l'étudiant. La sacoche posée près d'eux paraissait plus gonflée qu'à leur arrivée.

« Qu'est-ce qui se passe ? » demanda Charlie.

Malhar tourna l'écran vers elle. Un article de *Vulture* : *Un thésard éclaire un chemin controversé vers l'éveil des ombres.* L'illustrait une photo prise au Congrès d'Élévation de l'Ombre, sur laquelle il contemplait l'objectif avec intensité, la main tendue comme pour appeler les fidèles. Derrière lui, on apercevait Posey.

Tandis que Charlie lisait, des textes apparaissaient sur l'écran.

« C'est arrivé il y a une heure, commenta tristement Malhar. Pourquoi les journalistes ne sont-ils pas occupés à faire la fête, le 31 décembre ?

— L'article sera peut-être enterré, risqua Posey. Si quelque chose de... euh... de vraiment gros se présente. »

L'étudiant soupira de telle manière que Charlie fut incapable de deviner s'il le souhaitait ou non.

« Le compte à rebours commence », cria quelqu'un dans la pièce voisine. Des domestiques sortirent de derrière le bar avec des plateaux chargés de coupes qu'ils proposèrent à quiconque n'avait pas déjà un verre à la main.

Charlie et ses compagnons passèrent dans la salle de bal. Près de la cheminée, des groupes commençaient à scander : *treize, douze, onze, dix, neuf...* Posey délesta un plateau de trois coupes de champagne. Ensemble, ils crièrent : *trois, deux, un...*

La moitié des invités, apparemment, disposaient de canons à confettis. De petites détonations résonnèrent. Il se mit à pleuvoir des morceaux de papier étincelants. Tout le monde commença à crier et à étreindre ses voisins.

Les musiciens entamèrent *Ce n'est qu'un au revoir*. Fiona posa un baiser sec sur la joue de Charlie. Posey la serra dans ses bras. Puis Rouge se matérialisa devant eux, se pencha pour donner l'accolade à la petite sœur, puis enlaça Charlie et, sans hésiter, l'embrassa sur la bouche.

« Bonne année », lui chuchota-t-il à l'oreille. Ensuite, avant qu'elle ne puisse réagir, il s'éloigna.

La fête commença alors à s'apaiser. Des voitures arrivèrent. Les gens s'en allèrent par petits groupes. Vers une heure du matin, presque tout le monde était parti.

« On t'attend dans la voiture ? » proposa Malhar à Charlie.

Elle secoua la tête. « Je prendrai un taxi.

— Si tu es sûre », conclut Posey, avant de la serrer encore une fois contre elle. La sacoche qu'elle portait heurta la jambe de sa sœur : au poids, elle renfermait plusieurs livres.

Quand le couple fut parti, Charlie vit Adeline descendre l'escalier, démaquillée, habillée pour voyager, les cheveux tirés en arrière et réunis en une queue de cheval serrée. Plusieurs domestiques descendaient des bagages divers. L'un d'eux décrochait un tableau du mur.

« Il est l'heure de partir, dit Adeline à Rouge. Tu as fini de faire tes adieux ?

— Je reste », dit-il, décontracté, comme si c'était de peu d'importance.

À ces mots, elle se figea. Cligna deux fois des paupières. « On ne séjournera pas là-bas éternellement mais, pour l'instant, j'ai besoin de toi avec moi.

— Néanmoins », dit-il en écartant les mains.

Charlie était aussi abasourdie qu'Adeline. Les paroles de Rouge, en voiture, devant la prison, lui revinrent en mémoire : *Arrête d'essayer de me sauver.*

« Rouge. » Adeline empoigna le bras du faux Remy Carver, impatiente. Sa voix durcissait. « On ne va pas discuter de ça maintenant. On pourra le faire à New York.

— Tu es habituée à me donner des ordres, dit-il. Je vais donc te pardonner ça. Mais tu devrais retirer ta main. »

Sa tante ne savait visiblement pas comment elle devait l'entendre.

« Ce qu'il y a d'amusant avec les héritages, poursuivit Rouge, c'est que, s'ils te reviennent, tu les touches.

— Mais les avocats... » Adeline s'interrompit : elle n'avait jamais aimé dévoiler son plan pour le contrôler.

« Ah oui, dit-il. Même une Furie peut convaincre un avocat de renoncer à un acte illégal qui ne lui rapporte rien, si elle dispose d'une grand-mère assez riche et si elle est sur le point d'hériter une immense fortune. Mais ne parlons ni d'argent ni de paperasse. »

Salt avait un jour donné à Charlie un recueil de contes destiné à la mettre en garde contre Rouge. Une page cornée signalait une histoire en particulier : celle de l'ombre d'un professeur qui s'enfuyait, devenait riche, et finissait par obliger son ancien maître à se faire passer pour elle. Le millionnaire espérait que le récit la convaincrait du danger que représentait Rouge en feignant d'être humain, si bien qu'elle l'aiderait à l'arrêter. Mais le conte recelait une vérité encore plus évidente. La jeune femme soupçonnait que même Salt en avait manqué la vraie morale : tout le monde se fiche qu'un homme soit ou non une ombre, pour peu qu'il ait assez d'argent.

Adeline ouvrit la bouche. « Nous savons tous les deux…

— Non, l'interrompit Rouge. Ne me menace pas avec ce que tu sais. Sinon, moi, je serai obligé de te menacer avec ce que je suis. »

Un long moment, ils se contentèrent de se regarder dans les yeux. Puis ceux d'Adeline glissèrent vers Charlie, comme si elle pesait les deux menaces.

« Tu me manqueras, dit-elle enfin à Rouge. Mais nous aurons toujours Monaco. *Tu seras toujours le premier que j'ai aimé.*

— *Il est temps que tu me laisses partir*[4] », répondit-il.

Elle ne tourna pas même la tête vers Charlie lorsqu'elle la dépassa.

Puis Fiona descendit vêtue d'un pantalon ample, un foulard autour des cheveux. « Addy a la bonté de me déposer à New York. Où j'espère que tu viendras me rendre visite, gentil garçon.

— Je viendrai, promit-il. Sérieux, je viendrai. »

Elle lui caressa la joue. « Alors, au revoir. » Elle se tourna vers Charlie. « Et à vous aussi.

---

4. Les deux phrases en italiques sont en français dans le texte original.

— Alors, ça ne vous dérange pas que…, lâcha la jeune femme. Ça ne vous dérange pas ? »

Fiona sourit. « Je suis bien placée pour savoir que les familles sont parfois compliquées. » Puis elle sortit.

Après le départ des derniers invités, les traiteurs achevèrent le ménage. Puis s'en allèrent également.

Rouge fit tourner la clef du manoir autour de son doigt et lança à Charlie un sourire authentiquement malicieux.

« Alors, quel effet ça fait d'être pourri de fric ? demanda-t-elle en s'approchant de lui.

— Celui d'être pourri », dit-il.

Elle leva les yeux au ciel. « Arrête donc de prendre tous ces bains de caviar.

— Viens avec moi, dit-il. Sortons. Tu peux emprunter un manteau. »

Le placard était empli de fausses fourrures, de vraies fourrures – dont une étole aux extrémités ornées de têtes de vison aux yeux ronds – ainsi que d'anoraks pour sports d'hiver et d'imperméables. Rouge sélectionna une vareuse d'homme en laine et la drapa sur les épaules de Charlie.

Ils sortirent ensemble sur la pelouse.

« Je voulais t'offrir un cadeau de Noël. Quelque chose que tu adorerais vraiment. Qui te montrerait ce que je ressens pour toi. Tu sais que tu n'es pas la personne la plus facile à qui acheter un présent, Char. Tu es capable de voler tes diamants et tes livres d'occultisme. Mais j'ai tout de même pensé à quelque chose. » De sa poche, il tira un briquet en argent, lourd et gravé de ce qui ressemblait à un blason familial. Du pouce, il en fit tourner la molette, allumant la mèche. C'était pour une Furie un acte dangereux, mais il garda la flamme en place. « Et si on brûlait cette baraque jusqu'à ce qu'il n'en reste rien ? »

Elle le contempla avec une stupéfaction qui donna lentement naissance à un sourire. « Personne ne m'a jamais rien dit de plus romantique. »

Le feu mit un peu de temps à prendre, mais se répandit ensuite très vite. Bientôt, le manoir de Salt fut la proie de flammes tellement hautes qu'elles semblaient brûler les étoiles. Devant ce décor, Rouge prit Charlie dans ses bras. Les yeux de la jeune femme, reflétant l'incendie, étaient aussi lumineux et brûlants que ceux de n'importe quelle Furie.

Charlie Hall, tordue depuis le jour de sa naissance, véritable aimant à catastrophes n'ayant jamais hésité à prendre une mauvaise décision, et plutôt deux fois qu'une, venait enfin de trouver son égal.

REMERCIEMENTS

Merci, tout d'abord, à mes lecteurs et lectrices. Celles et ceux qui sont avec moi depuis le début et celles et ceux qui m'ont découverte en cours de route : grâce à vous, je me sens moins seule et plus courageuse en tant qu'autrice.

Plus que tout autre livre récent, celui-ci a été amusant à écrire. Je le dois à la technique de Kelly Link : commencer en connaissant les dernières lignes du roman. Procéder ainsi, même si je n'étais pas sûre d'en être capablc, m'a donné quelque chose à quoi m'accrocher durant les très nombreuses révisions. Après tout ce temps, un changement de technique a enfin fonctionné pour moi !

Ce qui m'amène à adresser un immense remerciement à mes amis écrivains : Cassandra Clare, Kelly Link, Joshua Lewis, Steve Berman, Jedediah Berry, Emily Houk, Robin Wasserman, Sarah Rees Brennan et Leigh Bardugo. Merci pour vos retours réfléchis et incisifs. Je n'imagine pas écrire des livres sans vous, les amis, et je ne veux même pas essayer.

Merci à mes éditrices, Miriam Weinberg et Sam Bradbury. Sam, merci d'avoir bu du whisky avec moi en Écosse, d'avoir supporté quelques brouillons très fouillis et de m'avoir offert généreusement tes conseils. Miriam, merci d'avoir cru que je pouvais faire fonctionner ce livre, puis de m'en avoir convaincue.

Merci pour leur enthousiasme et leur expertise à tous les employés de Tor Books – en particulier Devi Pillai, Lucille Rettino, Eileen Lawrence, Sarah Reidy, Emily Honer, Emily Mlynek, Harper Bullard et William Hinton.

Merci à Mhari Nimmo, Rachel Kennedy, et à tous les employés fabuleux de Del Rey UK.

Merci à Cassie Malmo de m'avoir aidée à répandre la nouvelle. Merci à Heather Baror-Shapiro de diffuser mes livres dans le monde entier, ainsi qu'à Dana Spector et Mina Ross pour les faire circuler à Hollywood.

Merci à mon agente, Joanna Volpe, et à tous les employés de New Leaf – en particulier Lindsay Howard et Trinica Sampson-Vera. Grâce à vous, il est plus facile de faire des projets et de s'y tenir.

Merci aussi à mon partenaire, Theo, ainsi qu'à Kayla et Sebastian. Sans vous, il y a longtemps que je me serais arraché les yeux.

Enfin, merci à « la Vallée » de l'ouest du Massachusetts, où je vis depuis presque vingt ans, mais que je continue de découvrir. Je présente mes excuses pour les endroits que j'ai complètement inventés et pour les quelques libertés que j'ai prises avec la géographie. Veuillez considérer ceci comme un ouest du Massachusetts alternatif, empli de fermes à foudre, de bars où l'absinthe coule à flots et, bien sûr, de magie d'ombre.